大地的年轮

中国都市科幻小说佳作选

主编 刘维佳

新星出版社 NEW STAR PRESS

图书在版编目（CIP）数据

大地的年轮：中国都市科幻小说佳作选 / 刘维佳主编；燕垒生等著. -- 北京：新星出版社，2023.4
ISBN 978-7-5133-5005-1

Ⅰ. ①大… Ⅱ. ①刘… ①燕… Ⅲ. ①幻想小说－小说集－中国－当代 Ⅳ. ①I247.7

中国版本图书馆 CIP 数据核字(2022)第192471号

光分科幻文库

大地的年轮：中国都市科幻小说佳作选

刘维佳 主编

责任编辑：杨 猛
监 制：黄 艳
责任印制：李珊珊
封面设计：冷暖儿

出版发行	新星出版社
出 版 人	马汝军
社 址	北京市西城区车公庄大街丙3号楼 100044
网 址	www.newstarpress.com
电 话	010-88310888
传 真	010-65270449
法律顾问	北京市岳成律师事务所

读者服务：010-88310811 service@newstarpress.com
邮购地址：北京市西城区车公庄大街丙3号楼 100044

印 刷	北京美图印务有限公司
开 本	910mm×1230mm 1/32
印 张	11.875
字 数	331千字
版 次	2023年4月第一版 2023年4月第一次印刷
书 号	ISBN 978-7-5133-5005-1
定 价	58.00元

版权专有，侵权必究；如有质量问题，请与印刷厂联系更换。

- 序 言 -

未来"清明上河图"
——漫谈都市科幻小说

刘维佳

为什么要做一本都市科幻小说选集？

因为在科幻人看来，未来人类的文学作品基本都是都市文学。

从中东的杰里科城开始，经过上万年发展，如今将近一万四千座城市密布地球表面，全球超过一半人口已经定居于城市中。现在地球上城市化率最高的区域，比例已经接近90%，该区域文学作品中的观照对象，显然主要都是城市文化。在可预见的未来，地球上的都市化程度只会越来越高，甚至可能到最后，人类全部都会移居到都市之中，连粮食生产也将在都市中的工厂化农业生产基地里进行，而农村则彻底荒废，将土地拱手让给动植物们……不少科幻小说已经描绘过这样的未来。这时候的人类文学，自然都是都市文学。

这种全体人类移居都市之中的未来世界，并非科幻小说作家信口开河。自从人类拥有智慧脱离蒙昧，人类居住领域的变迁史一直就是从"自在自然"转化为"人化自然"的过程，而都市是现在相对最为彻底的"人化自然"居住领域，显然是人类社会再明确不过的发展方向。可以说，都市生活代表了人类未来最主要的生产生活方式。

生活方式的变迁肯定会直接、全面地影响文学作品，因为文学是与人们的生活日常紧密持久地发生关联的。曾有文学评论直言："都市文学逐渐占据优势，是人类文明发展的必然结果，因为都市文学是与现代化时代相关联的。全球化和现代化的双重合力，已经使我们的城市发生了根本性变化。在这种背景下，我们需要自己真正独立的都市文学。"

在科幻作家眼里，科幻小说基本都是都市文学。农业时代自然是没有科幻小说的，科幻史中为数很少的以农村为"戏剧舞台"的科幻小说，其实描述的也是现代性的问题和影响，叙事核心围绕着现代性的核心要素——号称第一生产力的科学技术。而城市化，就是生产力巨大进步的最直接表现和必然的结果。

都市生活，是我们人类应对环境变迁危机的必由之路。生物进化的动力，其实主要就是适应环境，如果不能适应，生物就会灭绝。未来时代，地球环境也许会发生巨大变化，这绝非危言耸听，比如说，我们其实仍生活在第四纪大冰期，若温暖的间冰期结束，环境剧变必将极大地威胁人类生存。明朝晚期仅仅遭遇小冰期，就灾害暴增，冬季北方河流封冻长达四个月，连广东都狂降暴雪，助推了明朝走向灭亡。而之前中国曾三次遭遇小冰期，殷商、东汉、唐朝的灭亡都与之有关，人口也曾在小冰期锐减一大半。传统农业生活模式对自然环境依赖太大，绝对不适合应对此类大危机。只有彻底实现都市化，才能应对环境变迁危机。

以北美为例，在哥伦布发现美洲之前，北美人口始终很少，最多时也不过二百万人。美洲人口90%以上都集中在环境相对稳定、温暖的中美洲和南美洲，北美文明程度也远不如南美。这是因为北美缺少东西走向的山脉，北方寒流可以长驱南下，反复摧残之下，北美连几千人规模的聚居点都难以维持。而现在，靠着大量现代都市的庇护，北美人口众多，繁荣昌盛。

未来，如果大冰期真的降临，生活在很多科幻小说所描述的那种被巨型穹顶彻底笼罩的城市中，显然是最佳选择。又或者像电影

《流浪地球》中那样,在环境剧变之前,全体迁入大量地下城中生活,操纵地球飞向宇宙深空……

《流浪地球》是非常有象征意义的,像它这样的科幻故事,中外还有很多,它们其实是在强调:人类未来进军宇宙,以及在太空中生存,都只能指望都市生活。对这些太空科幻故事深加思考,会得出一个特别有意思的观点:人们不断聚居到都市之中,或许就是在不自觉地为移居太空做着漫长的准备,人们世世代代逐渐习惯都市生活,直到彻底与都市融为一体的过程,就是对将来习惯在"世代飞船"上恒久生活的最好训练。可以这么说,全人类世世代代居住在巨型飞船中的"星舰文明",实际就是一个极度先进的都市文明。这个文明所演绎出的各种故事,就是都市文学的终极未来。

当然,并不是一定要讲述星舰文明中的故事才算是都市科幻小说,从科幻的角度来说,以都市(不论是地球都市还是太空都市)为背景来描写未来人们的生产生活和思想行为,描述未来都市人的生存状态和情绪情感状态,以及未来都市生活对人类的各种影响的科幻小说,都可以算作都市科幻小说。

在全世界,刻画未来都市生存状态最有力的科幻小说流派,莫过于"赛博朋克"这类反乌托邦作品。这种叙述"不好的地方""绝望乡"的科幻小说,多数都在描绘"高科技、低生活"的糟糕未来,比如本书收录的《扑火》,未来超级大都市中的人们"终日慌慌张张,不过图碎银几两",甚至连吃个橙子都是很奢侈的举动,贫乏瘠薄的现实驱使人们拼命抓住虚幻的梦境,却在如烟似雾的虚拟幻境中错失自己的爱人与生活……本文的作者调动了她在一线大城市打拼时的全部生活积累,将这个黯淡压抑的科幻故事写得刻肌刻骨。超短篇《一天》,刻画的也是这样灰暗贫瘠的未来大都市,它的最大亮点是,只用不足三千字的篇幅,就立体生动地展现出了反乌托邦都市生活的苦涩与茫然,作品信息浓度极高,几乎没有废话赘言,其精炼简洁,值得后来者学习。

而《来看天堂》却与上述作品截然不同。这篇创作于1999年的社会科幻小说，在中国几乎连福利型社会的背影都没有看见时，就入木三分地描绘了未来时代穷人被禁锢在福利体系之中虚度年华的前瞻性问题，在十几年后欧美金融危机反复爆发，人们才注意到大量被禁锢在福利体系中的"无用公民"……描写未来世界穷困贫瘠的科幻小说，可谓汗牛充栋，因为人类走出物质贫乏时代其实并不久，中国甚至只有区区几十年，有着海量的历史记忆可以参考。而描写物质富足的未来社会中，可能出现的种种全新危机，以及危机中人们心理与情感的变化，才是对想象力的强劲挑战。

科幻小说有一个很重要的特征，那就是地域性非常弱。科幻小说立足全人类视野，几乎不把视线集中在地球某个区域并审视当地特点（而与之相反，乡土文学的地域性则是乡土文学的叙事核心），也因此，科幻小说中极少有以地域文化为审美观照对象的作品。

但事无绝对，桂公梓的《金陵十二区》便是与南京风物紧密结合的非常独特的科幻作品。这篇妙趣横生、令人捧腹的科幻小说，嵌满了南京的地域特点和热点事件，既使得这篇小说伸手可触、异常生动，又凸显了极强的现实感和时代感，这是阅读科幻小说时很少见的体验。

科幻小说自诞生时起，就在重点描述科技发展给人们的生活带来的种种问题，这是科幻小说先天自带的刻进自身基因的独有特质。所以最常见的都市科幻小说，就是那些描述因科学技术发展而引发出种种都市生活问题的科幻小说。这类都市科幻小说，在本书收录的24个故事中，占比最大。

衣食住行，事业感情。都市中事，大抵如此。饮食男女、生老病死，这些就是都市科幻中最为重要的叙事命题，创作都市科幻小说，必然围绕它们来进行科幻书写。

为何城市中的衣食住行这些寻常事，都值得进行科幻书写呢？

因为随着新科技不断介入，人类的日常生活方式都将变得与往昔传统模式大相径庭，活灵活现地描绘它们，便能够给读者提供陌生感，满足其好奇心。小处可见大观，北宋张择端的《清明上河图》

之所以被认为有极高的史料价值，就是因为它的存在使得当时地球上最大都市中居民们的日常生活、市井百态跃然纸上，令人们可以领略古代都市居民的生活细节。这本《大地的年轮》，就力图用想象力，探索并展示未来都市居民的生活方式和起居细节，包罗未来社会生活的方方面面，其精神内核与《清明上河图》一般无二。

衣食住行篇

其实人类的衣食住行，都深受科学技术和都市化进程的影响。比如说，各国丰富多彩的街头饮食文化，就是城市化发展的结果，这种文化完全拜生产力的巨大进步所赐。古代农村的街头饮食不仅极为稀少而且十分单调，现在农村拥有的街头饮食，其实主要传承的是辐射而来的城市街头饮食，是从城市学来的。到了21世纪，都市的饮食文化还在科技发展的推动下继续演变：新加坡因为实施无烟政策，加上食材很贵，大家很少做饭，而是每天到社区食堂性质的"小贩中心"和"食阁"就餐；而不少美国人做饭也早就习惯开罐头直接当菜；中国家庭的厨房里，也开始出现自动炒菜机……这些都是科技时代的都市新型饮食文化。也许，在家自己做饭是农业时代的残余习惯，在未来的太空都市中，人们都不再自己下厨了。

然而有关都市饮食的科幻小说，实在不多，因为即便是以现有的生产力水平，"食"也不再是都市生活的重大问题了。20世纪只有在二战时期这种特别极端的情况下，才出现了列宁格勒被敌军围困900天，导致数十万居民被饿死的粮食危机大爆发。由于食物问题不再是都市文化的关注重点，科幻小说中出现的有关幻想，无外乎"农业工厂化""食品药丸化""合成食物"等方面。本书收录的《吃饱了》一文，就是反映都市饮食问题的佳作。作者选取了"温饱"和

"纵欲"这一经典价值观矛盾来进行科幻演绎。随着生产力的不断发展，都市人消费食品越来越阔气，但放纵口腹之欲却又害怕肥胖与疾病，自然就导致了商机的出现。作者以极富生活气息的笔调，描绘刻画科幻都市与未来的粮食问题，以及商人们如何挖空心思满足都市人日益膨胀的欲望。作品的主旨，其实还是典型的东方思维，尽管已经极为富足，但依然谨记"粒粒皆辛苦"的祖训，体现了中华民族节俭克制的生活哲学和美德。

都市之中，"食"已不成问题，而"住"才是头等大事。

都市文明最主要的特征和发展方向，就是尽量提升居民的密度，从而能够以最高的效率实现分工合作和商品交换，将物资与能源的利用率也提升到最高，并将物流成本降到最低。这种生活状态下，都市人的居住面积会不可避免地被严重压缩，而在逼仄的居住环境中，人们反而会拼命追求尽可能大的居住面积（大部分农村居民其实并不渴望太大的居住面积，他们更在意居住条件的功能齐备与便捷），这种张力的撕扯下，都市住宅就成了可居之奇货。由于受到资源稀缺性、不可再生性、供给缺乏弹性等多方面的影响，都市的商品房不仅具有消费属性，还具有了投资属性和金融属性，这就使住宅变成了类似农业时代田产土地一样的存在，而农业时代一切问题的核心就是土地问题，所以住宅自然就成了都市文明中最受关注的事物。最核心的东西，必然会引发最多的是非和问题，自从房地产热兴起，围绕都市住宅上演的悲喜剧多不胜数，科幻小说中自然不会缺失这样重大的话题。2010年发表的《公寓》，以黑色幽默的笔调，想象和演绎了未来人工智能管理下的高科技住宅，同时对老百姓格外关注的都市住房问题进行了揶揄和讽刺。

其实，买不起房还可以租房住，租不起市中心的房子还可以租住在城市边缘，实在太穷困还可以申请住进政府主导的救助性质的廉租房……都市居住问题虽然重大，但现在其实并没有多少居无定所的人。反而是"行"这个问题，由于都市体量的日益膨胀，最能体现当前都市人的痛感。

凌晨的《在烈日和暴雨下》，与老舍的经典名作同名（节选自《骆驼祥子》），而且都是以城市的通勤问题为叙事核心：骆驼祥子干了一辈子人力车夫，妻子虎妞则是车行老板之女，他们紧密围绕着城市通勤问题演绎着自己辛苦的人生，但最后，骆驼祥子被黑暗的世道折磨得极度厌恶拉车；凌晨笔下的郝师傅是驾校教练，为都市居民的通勤便利服务了将近三十年，但最后科技发展的凌厉时代浪潮，让他只能望着呼啸的飞车空自嗟叹……都市通勤是影响都市生活质量的重大问题，有新闻感慨"在北京，很多青年把四分之一的生命献给了通勤"。越来越巨大的城市和越来越漫长的通勤时间，催生出了人们对于"飞车"的无限渴望，在很多科幻片里，"飞车"就是未来都市极为重要的符号和名片。然而这种神奇的通勤工具，直到现在也没有变为现实，它有着太多的问题需要解决，比如凌晨的这篇科幻小说中探讨的就是被后浪拍死的传统汽车及其从业者的问题。等所有问题都迎刃而解之后，都市的通勤自然也将不再是问题，都市生活将变得分外美好。毕竟都市通勤的目的，不能仅仅只是为了生存而奔波。

生老病死篇

疾病与医疗也是都市文学的重要命题。

与很多人想当然的看法不同，现在地球上人均寿命最高的地区，是国际大都市香港（澳门则排第三），而并非人们通常以为的深山老林、田园桑梓。香港居民长寿的最主要原因，就是都市的医疗系统特别发达，居民们又高密度居住，就医方便，突发急病时能在最短时间内送医院救治。正是都市生活方式，使得医疗系统能以最高效率运行，为居民提供当前最好的医疗健康服务，保障居民健康，提高人民寿命。

不过，在未来的水泥森林中，到底什么才是真正的"一切为病人着想"？这个医生们的永恒难题，在人工智能介入医疗行业之后变得更为复杂。医者仁心，《绝对诊断》一文就针对未来的都市医疗展开科幻想象，并借人工智能之口对医患关系提出诘问。

而燕垒生的《礼物》，描写了一个城市化率极高的国家常年战火纷飞，但人造器官的研发和应用却挽救了无数人的生命，然而这却并非穷人和病人之福，反而导致许许多多的新型人间悲剧，在这个医疗高科技泛滥的战乱都市中不断上演。高强的医术能救活越来越多的病人和伤者，但却不能治疗社会。乱世浊流中，发达的医疗科技究竟是在救死扶伤，还是在增添人间苦难？

与都市中死亡率逐年下降形成鲜明对比的，是城市化程度提高后生育率不断下降的经典问题。社会学家们早就注意到了这个奇特的社会现象，1968年开始实施的著名的"老鼠乌托邦"实验[1]，就深刻揭示了城市生活方式对于居民思想和行为的异化。都市生活的财富创造方式、生存竞争压力、社会生产方式与传统婚姻制度的矛盾、都市经济活动对人类生育行为的影响和异化……这些都导致了都市生育问题的产生。

所以，对都市生育问题进行思想实验，也是考验科幻作者想象力的"试金石"。

《官司》就是一个关于未来生育问题的律政故事。小说中涉及了未来婚姻的变异、家庭关系的演变，以及未来都市人的生育状况与相关法规、制度，有心的读者阅后自有感触与反思。《来看天堂》里

---

[1] 20世纪60年代，美国生态学家约翰·卡尔霍恩进行的一场奇特实验。他为老鼠创造了多个特别适合老鼠生存的"老鼠都市"，无限量提供食物和水，没有任何天敌，不会出现任何资源匮乏和生存挑战。这种"老鼠乌托邦"就像是一个翻版的人类繁华都市，针对它进行研究，显然对未来人类的都市生活很有借鉴意义，可以促使人们思考"老鼠都市"中出现的种种现象是否会在人类的大都市中出现。然而科学家惊讶地发现，实验中的老鼠出现了一系列异常的社会行为，逐渐使社会生态恶化，老鼠的种群数量不断下降。1780天后，最后一只老鼠死亡，实验宣告结束。

也对未来婚姻现象和生育问题与制度进行了大胆想象，提出了锋利的质问。而《一天》这个超短小说，也涉及了都市的生育问题，人们繁衍后代竟然靠的是金钱和冷冻设备，而不是爱情与婚姻，真是令人唏嘘感慨。

宽泛而言，教育问题其实也是生育问题的一个衍生命题，教育资源的多少，甚至能对都市生育率产生很大影响，坊间就常年盛传："生而不教，不如不生。"《最后一课》便是描述未来教育问题的以小见大的经典科幻佳作。作者以语文课本中的法国名篇为致敬对象，给读者们展现了未来高科技教育的想象图景，以及这种"知识复印"式的高科技教育模式可能带来的后果。

都市之中，生育日益不易，衰老更是个大问题。实际上，老龄化可谓都市文明最为畏惧的问题之一。都市，最为渴望年轻人的蓬勃活力，而最害怕沉沉暮气。

《大限》这篇小说，主要就探讨了老龄化的问题，以及一个有趣的科幻设想：犯罪预测。城市由于高度开放和人口高度集中，以及人际关系的淡化，犯罪问题不容小觑。从社会学角度来看，犯罪率与人口密度是高度相关的，所以城市社会在防治犯罪方面投入非常大，科幻作家们甚至设想出了《少数派报告》这样的预测犯罪的科技。目前，在科技的介入下（尤其是摄像头和大数据分析），都市的治安确实正变得越来越好。不过在《大限》里，犯罪问题却主要是由科技导致的。在那个科技发达的富足时代，犯罪不再和人口密度高度相关，更不是为了非法占有财产，犯罪人口也不再是现在这样以年轻人为主，而出人意料地变成了老年人，这主要是因为大数据预测系统的高度发达，导致人的寿命已经能被精确预测，结果造成一部分老年人心态失衡，出现反社会行为。但有趣的是，科技能预测你的寿命，自然也能预测你的犯罪企图……《大限》对未来都市犯罪问题的思考，值得我们进行发散思考和推想。《全数据时代》也是这类描述探讨大数据科技影响人类生活和行为的科幻佳作，可以一并阅读思考。

金融就业篇

中国都市文学的兴起，与中国工业资本和金融资本的兴盛密切相关。茅盾的《子夜》，是公认的中国都市文学滥觞时期的经典代表作，全面描写了都市的社会结构、经济结构、现代生活方式，以及生活在都市中各阶级、阶层的人物，实乃中国前所未有的都市文学经典杰作。在《子夜》中，有关民国时期上海滩股市的描写，可以说是这部长篇小说中最抢眼的标志性场景，不亚于其中关于民族工业与工人运动的叙事。

描写证券市场和股民的小说，显然是非常典型的都市小说，乡土文学中是没有证券交易所和金融大鳄的。本书收录的《华尔街与预测机》，便是少见的以金融证券市场为叙事核心的优秀科幻小说，作者深入金融人士的生活，作品极富生活气息，而小说的科幻味道也很纯正，栩栩如生地描绘了股民们的百年美梦：预测股市，以及因为这种新科技而引发的尔虞我诈、贫富无常的都市悲喜剧。

预测未来是股民的美梦，而经济危机绝对是都市文明的噩梦。有新闻报道，欧洲居民现在对于经济危机的恐惧，甚至超过了新冠病毒和战争。《经济危机》一文，就绘声绘色地展现了都市人对于经济危机这头怪兽的恐惧：人们宁肯沉醉在元宇宙世界的幻境中，干劲冲天地忙碌于虚拟的乌有工作，也不愿面对现实世界中因为经济危机而导致的无所事事、没有希望的失业生活。从这篇科幻小说可以看出，都市居民害怕经济危机，主要是害怕失业。

都市人为什么这么害怕失业呢？

原因很简单，城市居民因为不掌握生产资料，所以特别害怕失业。在农业时代，五谷六畜自给自足的农村几乎没有失业一说，农民们从不害怕失业，他们只害怕失去生产资料——土地，失地就是农业时代的头号社会问题，很多王朝的覆灭都与失地问题直接相关。

由于个人不掌握生产资料，都市人几百年来只有不断深挖劳动者自身的生产效率，并强化分配机制的公平合理，但一直没有真正解决这一难题。而现在，劳动者又面临新的挑战——人工智能在体力和智力上不断超越自然人。就业与分配，将成为未来都市社会生活的一大难题。即便是现在，全世界的"熄灯工厂"也正在日益增多，这种生产线均由机器人自主操作、可实现关灯状态下的全自动化作业的"智造工厂"，别说工人工资，连照明电费都省了。这样的工厂将来势必愈发普及，都市之中的广大劳动者将何以自处？

《西装》中的主人公，以自己的生命捍卫了劳动者的尊严，穿着机器人尚不配穿的西装，走上了大楼天台……其情绪与行为无疑是比较极端化的。而《奥斯瓦尔公寓》则展现了缓和的、未来更可能真实出现的故事，以及相关的各种制度。在电脑尚未普及的年代，作家们曾被老百姓戏称为"坐家"，因为作家总是伏案工作，他们在家工作与在公司坐班和工厂干活没有区别。但在《奥斯瓦尔公寓》中，连作家也无法"坐家工作"了，因为小说不再需要作家们创作了——政府为失业者设计了比较完美的求职制度，提供免费食宿，对作家们来说可谓正中下怀，相当于每三个月换地方"采风"。然而当人工智能也能写得一手精文妙章，甚至还能青出于蓝，作家的未来命运与人生价值，又在哪里呢？

微言大义篇

都市科幻小说有一个很大的特点：以未来人的日常生活为重点叙事对象，而不是着重演绎"银河史诗""移星换宿""宇宙重启"等宏大叙事，关注的主要是在日新月异的科技影响下，人们的生死悲欢、喜怒哀乐，而非星舰驰骋、文明兴衰。

当然也有例外，比如《大地的年轮》，只是，它描写的是都市文明的衰亡。小说以人类最后一位图书管理员的视角，目送人类文明转移到星海银河，自己却选择留守已经回归自然的地球，最后在衰老力竭之时焚书自燃……

世界最早的图书馆巴尼拔图书馆建于亚述帝国首都尼尼微，古埃及首都亚历山大建有名扬世界的亚历山大图书馆，古罗马城内近三十所图书馆遍布这座古典时代的"世界之都"……公共图书馆是典型的都市文化产物，代表着都市文明的智慧与记忆，当都市文明消亡之时，最后消失的，就是它的记忆。

开头就提到过，人们居住在都市，其实是为了形成人口高度集中、环境恒定可控的生活习惯，这样将来才能适应在星舰中世代繁衍生息。《信心》一文所探讨的，就是世代在巨型航天器中生活的人们的心理状况与情绪情感状态。

长久以来，人们可能有个思维误区，觉得在太空城中生活是非常艰苦、不能持久的，只有地球才是长久安居之地。其实，这是航天科技幼年时期的暂时性问题，只要科技足够发达，在太空城居住的"续航力"和太空城的舒适度都完全不是问题。相反，太空城是完全以人为中心设计建造的居住区域，能够最大限度地以人为本构建居住空间，满足人类的各种居住需求。很可能，太空城才是未来最宜居的都市，就像《信心》中描写的那样，太空城富足安稳，一切都精确可控。而故乡地球却令太空居民感到不安和恐惧，他们害怕山川河海，更害怕风雨雷电，觉得地球上的一切都充满不安定因素，不少人完全无法接受回到地球定居。或许，这才是未来太空居民们的真实心态。真正彻底的都市文明，可能是与"自在自然"完全隔绝的，都市居民根本就无法接受离开都市。其实，这样的居民就成了真正的太空原住民，彻底适应了太空生活，可以承担探索宇宙的重任了。这，就是都市生活的终极目的。

结 语

城市是最具有"人类"特征的场合。在地球上,没有任何地貌特征比城市更能够代表人和"人化自然"的存在:这些由建筑、硬化路面和管线构成的庞大存在,本身唯一的意义,就是服务于"人类的生活"。

即便是自然的某些残留表征:绿化带和水体,在这里也都被规划、重塑,服从于人的意志。换言之,在一切故事背景中,城市永远代表着"人类的意志",是人类社会的恒常象征。以城市为舞台展开的故事,无疑必然是"人的故事",比起在遥远的星海中探索,或者进入幽深的地底与深渊探索奥秘,在城市中发生的故事,往往更能揭示某些深植于人类本质最深处的幽暗秘密,更能促使人们直面自己……

是为序。

目　录

来看天堂　刘维佳 ……………………………… 1
扑　火　白乐寒 ………………………………… 23
金陵十二区　桂公梓 …………………………… 51
华尔街与预测机　赵昱鲲鹏 …………………… 79
在烈日和暴雨下　凌　晨 ……………………… 107
最后一课　金霖辉 ……………………………… 115
绝对诊断　江　波 ……………………………… 125
礼　物　燕垒生 ………………………………… 141
全数据时代　王诺诺 …………………………… 163
大　限　索何夫 ………………………………… 183
一　天　杨　悦 ………………………………… 195
官　司　王　尚 ………………………………… 201
公　寓　曾世俭 ………………………………… 241
地下室富翁　查　杉 …………………………… 253
吃饱了　赤色风铃 ……………………………… 263
经济危机　默考文 ……………………………… 279
西　装　安潇和 ………………………………… 293
奥斯瓦尔公寓　杨泽凡 ………………………… 299
信　心　索何夫 ………………………………… 313
大地的年轮　[加拿大]扎欣伟 ………………… 333

来看天堂

刘维佳

（本文获第13届科幻银河奖）

这篇创作于1999年的社会科幻小说，在中国几乎连福利型社会的背影都没有看见时，就以极具前瞻性的视野，入木三分地描绘了未来时代穷人被禁锢在福利体系之中虚度年华的社会全貌，在十几年后欧美金融危机反复爆发，人们才注意到大量被禁锢在福利体系中的"无用公民"……

人类走出物质贫乏时代其实并不久，有着海量的历史记忆可以参考，所以描写未来世界афинаадюстяр的科幻小说非常多。而描写物质富足的未来社会中可能出现的种种全新危机，以及危机中人们心理与情感的变化，才是对想象力的强劲挑战。

血红的太阳无可挽回地一点点向着地平线坠落，仿佛地球的引力它无法抗拒一般。光明也跟随着它一点点离我而去。而黑暗则如同地下水一样，悄无声息但势不可挡地从地层深处涌出，开始淹没这天堂。

街上的路灯还没有亮，下面的街景就已看不清了，于是我将目光投向天空，追捕大气中残存的光粒子，徒然地尝试逃避必然到来的黑夜。

我所居住的楼层实在不低，所以视界还算开阔，目光可以从如林的高楼间挤过去，观看到日落的全过程。这使得观看日落成了我人生中的一项重要内容，我已经在这个窗口这个角度观看了好多年日落了，我不明白怎么总是看不厌？

"肖特，要开灯吗？"柔美的声音犹如温泉一般淌入我耳中，我的听觉神经产生了一阵愉快的共振，情绪也不得不向良性方向靠近了一点。那是伊琳，我的天使。她的声音真是太好听了，一年前我还以为珍妮的声音是世界上最好听的呢……

我完全可以不回答的，因为她知道我一贯的选择，她这样问只是为了表达对我的关心和爱意，这是她的使命，不然她就没有存在的价值了。

虽则如此，我还是像从前一样不由自主地用最温柔的声调回答："不用，亲爱的，不用开灯，我想就这么再坐会儿。"她的声音总是能激起我的爱意，而我的声音于她如何呢？不得而知。

屋子里已经暗得让我眯起双眼才能勉强看清室内的陈设，对面大楼的窗口大多已被灯光填满，可我仍然不想开灯。因为我总觉得一开灯世界就缩成了这么两间斗室，而窗外则是宇宙的尽头，无意义的虚无……这种感觉令我害怕。

所以我一向不喜欢开灯，毫不设防地任凭外界的一切光芒涌进我这狭小的蜗牛壳。不论什么光，月光也好，居室照明灯光也好，云层反射的全息广告也好，高楼之顶的装饰灯也好，都来者不拒。只有这样，我才能接受世界尚存的事实。

伊琳在厨房忙碌的声音传入我的耳中。对她而言，黑夜与白天没有多大区别,凭着那双微光夜视眼,哪怕你把她扔在芬兰荒原上,她也能自如应付每年那几个月的黑暗。

很快,饭菜的香味轻轻飘了过来。一时间,我体内的电化学反应又有些不平衡了。说不清为什么,反正我在苍茫暮色之中一闻到饭菜的香味,就会莫名其妙地激动起来,好像小时候常去的那个幻想世界的影子依稀重现一般。也许这种香味就是生活本身的气息吧。所以我从来不吃那种中央厨房统一定制的"美餐",而要伊琳给我做饭,尽管这给我增加了一笔额外的开支,占用了不少政府年度福利补贴。

"肖特,吃饭吧,凉了再热,菜就不好吃了呀。"伊琳轻盈地走到我身边,将一双温软的小手放在我的肩上,用富有魔力的柔美声音对我说。

我顺从地站了起来。夕阳终将落山,逝去的时光永远不会回来了,我不能在此永远坐下去。

伊琳开了灯。

饭菜像往常一样可口……不,应该说是胜过往常。看来伊琳已经尽了最大的努力,动用了她在烹饪方面的全部潜力。她知道明天对我有多重要。

我吃饭时,伊琳的嘴也没闲着。她用不着吃饭,不然我还真有点负担不起,她只是坐在桌边陪我。她表情丰富,用动听的嗓音给我讲述各种各样的信息,大至太阳系的最新变化,小至社区居民的鸡毛蒜皮,无奇不有。她每天只需抽出几分钟从网上汲取信息,就足够陪我聊上一天了,不管我何时有兴致,她随时可以奉陪。她就这样竭力为我构织正常生活的幻象。

我心不在焉地听着,时而不置可否地"唔"一声,最多回一句"是吗?"。那些信息与我并没有多大关系,虽然伊琳尽可能地挑选发生在我附近的事儿讲,可对我而言,这些与发生在火星上的事没什么不同。那些信息中不乏奇妙之事,它们编织出了一幅看上去五彩缤纷的图画,但并不能真正吸引我,这并不是生活,我知道。

突然,我发觉伊琳动听的声音消失了。我有些愕然地抬起头,只见她目不转睛地注视着我,水汪汪的大眼睛里,失望、不解和伤心的神色在荡漾闪烁。"肖特,你怎么啦?我的饭做得不好吃吗?"她声音发颤,听上去有点像摇动的风铃。

"没有啊……你做得比以前任何一次都好吃。"我回答。事实确实如此。

"那你为什么不高兴?肯定是我做错了什么……"她的眼中流出哀怨之色。

凭以往的经验,我知道自己得配合她,不要自找烦恼。顺着她的引导往下走,我的情绪一定能向着良性方向发展。她就有这本事。

"不,你没有做错什么。是我,我明天……"我欲言又止。

"不会有事的。"她认真地说,"我相信你一定可以通过测试的,一定!我相信……"她的双眼垂了下去,似乎有什么沉重的东西压在了她的……中枢电脑上。

我知道那是什么东西。我认真盯着她看。她这时的样子真是楚楚可怜。我突然很心疼她,心中清晰地感觉到一股发热的液体在涌动。于是,我轻轻握住了她温软的双手。

她的手在颤抖,我的心也在颤抖,我们不说话,但心在交流,至少我感觉在交流。她总能有效地调动我心中连自己也无法自如支配的情感,总能将我一潭死水般的心灵掀起波澜,就好像永动机模型背后的那只看不见的手一样。我的心因而被源源不断地注入活力,没有归于死寂的怀抱。究竟是什么在起作用呢?我不知道。

眼下,我心中的情感浪潮越来越猛烈。我有些吃惊,今天确实与往日不同。我的双手越来越用力,火热的情感使我不能再沉默下去了。"你不要担心。"我对她说,"如果我通过了,我就有机会变得很有钱,而我有钱后的第一件事,就是买下你的所有权,这样谁也不能让你离开我了。"我凑近她的脸,望着她的眼睛轻声说:"相信我。"

她的手指在我的脸上缓缓游动,我只觉得她的手指比嘴唇还要柔软。少顷,她轻轻偎入我的怀抱,什么也没说。

难道她真的被我的誓言打动了?我心中感到一阵尖锐的刺痛。她是世界上最单纯的存在，我要她相信我，她就一定会相信的，可我却不能相信我自己……

她柔软温暖、微微颤抖的身体，令我想起了小时候曾经相伴了两年的一只小猫。我是那么爱它，可最终却失去了它，从此我不再相信任何美好的东西能永远为我所拥有。我下意识地搂紧了怀中的她。

"肖特，"她在我耳边轻声说，"等你……老了的时候，我也要永久性地切断我的电源，陪着你走……"

我觉得自己的心脏正在发生剧烈的化学反应，我不知道那些情感具体都有些什么成分，反正它们之间的反应释放出可怕的高热，令我五内俱焚。我用脸颊使劲摩擦她的长发，克制着不让自己哭泣。

她那小巧的鼻尖在我的耳下探来探去，轻轻地吻着我的脖颈。真是恰到好处。她总是能非常及时地提供我所需要的东西，这正是她们的美妙之处，这也是她们存在的理由。

这一次，伊琳的动作非常轻缓非常温柔，但其中充盈着近乎激情般的高度浓缩的柔情蜜意，如同一台高级吸尘器一般，将我体内阻碍情绪良性发展的不利因素统统吸走了。

我关上灯，黑暗中，在窗口飘进来的稀薄的人间光芒下，我安静地躺着，任凭她一点点地掏空我的身体和心灵，将我引入一个没有烦恼没有忧愁没有苦闷的极乐温泉，摇起层层柔波细浪抚慰我的身心，给予我置身天堂的感觉，将我推上欢愉的顶点。然后，她又恰如其分地逐步收敛，小心翼翼地将安宁送还给我，丝毫未破坏她刚刚在我身上达成的理想效果。

她是怎么知道我的各种需要，又是怎么恰如其分地把握的呢？我对她体内的复杂结构一无所知，而我这辈子怕也不可能了解，她复杂到了根本不需要我了解的地步。她用不着我去适应，她就像烟，她就像水，可以任意包容我，从容地将我引导至心平气和的状态。

眼下我就进入了这种状态，心中一片宁静清明，没有了烦恼和杂念。这正是我目前必须达到的状态，她真好。

尽管她根本不需要睡眠，但她还是在我的怀里恬恬地睡着。怀抱着熟睡的她实在惬意,她香甜的呼吸使我的脸颊变得温暖而湿润,我全身酥软,意识就在这有节奏的催眠曲中不知不觉地被温润的睡意所淹没……

清晨的阳光显得比往日更为明媚,从窗口射进来的阳光将室内的一切都罩上了一层光晕,就好像太阳的聚变速度一夜之间加快了,空气似乎都因此变得热乎乎的了。

而我自己身体的变化也不小。伊琳做的早餐绝对是上乘之作,但我却几乎什么也塞不进胃里;我腿部肌肉的张弛也出现了障碍,迈步都很困难;呼吸也很不自然。我的情绪在伊琳的全力帮助下,好歹算是保持住了稳定,但我实在无法控制生理上的这些本能反应,即使出门前伊琳给了我在人类的现实世界中几乎不可能存在的微笑和吻,也无济于事。

当公寓门被咔嚓一声合上后,我猛然感到虚弱的心中一阵恐慌涌起,空荡荡的走廊里,我意识到自己是何等孤弱无依。我倚在墙上,喘息着。也许应该让伊琳陪我去接受上帝的挑选,我对自己说,想不到她对我竟这么重要,以至于离开她,我竟然支持不住了……

然而最终,我还是决定独自前往。她也并不能帮助我成功通过测试,至多能帮助我稳定情绪。可测试与情绪没什么关系,指望靠修炼稳定情绪的能力脱颖而出,纯属妄想。我努力平稳呼吸,迈开发僵的双腿,孤独的脚步声在走廊里响起。她帮不了我,谁都帮不了我……

从我居住的楼层往下走一层就是空中巴士站,所以,我就依靠此刻已不太灵便的双腿,来到了颇似老式科幻片里太空船坞的巴士站。

明暗分明的巴士站已有五六个人等在那儿了,我在其中还发现了一个熟人,住在我楼上的莱切尔。

她一看见我,就向我投来一个甜美但并非完美无缺的微笑。和伊琳相处久了,我变得可以将人类女性的缺陷信手拈出。我至今还没有遇见一个可以与伊琳相媲美的人类女性。莱切尔的鼻子稍欠完美,眼角也有点斜吊,个子也似乎高了一点,不过总体上来说仍不失为一个好看的女人。我和她是一年前在顶楼的大舞厅里相识的，有过三次同床云雨。不过，她完全不能和伊琳相提并论，和我共枕过的人类女性没有一个能像伊琳那样随意摆布我的三魂七魄，轻易牵引我到达理想境界。

相互打过招呼，我们隔着半米远，开始聊了起来。她显得有点拘谨，我的表现也不自然。不要太紧张，我对自己说。

没过一会儿，我们之间就又归于沉寂。我们彼此的人生皆空空如也，又能交换多少信息呢？她沉默地注视着我的脸，那目光似乎要将我的头颅穿透一般。在我印象中，她从未这样看过我，因此，我颇有些诧异和不自在。她想要看见什么呢？她的眸子如两泓秋水，但并非如伊琳那样澄明得令人不敢触及。我不知道她想对我说什么，但我知道她有话要说，这我看得出来。

巴士到了。

"快上去吧。"她握住我的手捏了捏，"祝你好运，肖特。"她轻声说。我感觉到她的手在微微抖动。

车开动了，她一直注视着我和巴士渐渐远去。我认为她想要说的并不是我所听到的话。她到底想说什么呢？

她祝我好运……祝我什么好运？看来她知道此刻我将要去干什么。一丝不快浮上心头。接受测试在我们这儿是个忌讳，大家一般都回避此事，这女人……人的毛病就是多啊，伊琳就从来不会让我产生不快的感觉。

窗外的景致不断变换，我的身体在林立的高楼间如飞鸟一般穿行，可我的思维却完全置身事外，毫不理会近百公里的时速。我在沉思。

难道非这样不可吗？为什么每年都必须经历这么一天？这问题我知道答案，可我仍然要问。因为我的内心深处有一股怨气在冲撞，平常我可以忽略它的存在，但今天不行。除非今天我成功通过测试，这样的日子和已经延续了九年的空空如也的人生才会离我而去，我才能从天堂里走出来。

我一直生活在天堂之中。谁也不能否认那是天堂。我从未为社会创造过一丁点儿财富,也从未付出过劳动,可我从来衣食无虑,公寓虽小,但我一人居住绰绰有余,更重要的是,我拥有极其美妙的伊琳……据我所知,从前的人们坚信这样的生活只应天上有。

可如今世界上大多数人都在这么生活。我并非什么不凡之辈,所过的也只是普通的生活。过去的人们总认为天堂不会降临人间,他们错了,天堂并不遥远,尤其是现在这个时代。

任何社会都有弱势群体,事实上人类文明之所以能出现,某种程度就得益于对弱势群体的剥削,在以前那种贫弱时代,弱势群体等同鱼肉,自然无人相信天堂的存在,强者弱者全都不信。而我们的时代非常文明,它已进化到了无须费太多力气便可令天堂降临人间。这也没什么奇怪的,人类手中掌握的资源多了而已,在我们这些无所事事的弱势群体身上花费一些资源已经算不了什么大事。并且,人类文明的发展早已过了依赖剥削弱者的阶段……

不过这也就是说,经济的发展已不再需要弱势群体的存在。当然不能不理弱者的死活,人道主义是一方面,更大程度上仍是出于对利与弊的理性权衡:与其置之不理最终闹出事来,还不如供其生存无忧以保社会稳定。于是,天堂就这么出现了。

由于天堂里流动的资源和能量占据人类手中的总数比例极小,因而人类容忍了天堂的存在。从前的圣哲认定人之道与天道相悖,势如水火。他们太悲观了。现在事实证明,天人可以合一。现在这个时代,损不足而奉有余已没有必要,损有余而补不足以保持社会稳定则显得更加重要,因为这"有余"所被损的程度相对而言微乎其微。从前掌握生产资料者是消费者,这是个过时的说法,现在变成了有生产资料者才是生产者,没有它的人成了纯粹的消费者。令人感动的世界。

不过现在与从前仍有相同之处,即社会的资源和能源仍然掌握在少数人的手里。天堂的外面,世界在疯狂地高速运转,人类之中最优秀的成员控制着绝大部分的资源与能量,忙得天旋地转。那个世界里,人们的思想与行为非我辈所能想象,生产和消费的含义与目的,也变得面目全非、匪夷所思。目前,虽然他们已在太阳系确立了某种秩序,但仍在孜孜不倦地向整个宇宙推广这种秩序，世界也因此变得愈加莫名其妙。

很早以前，一些人就提出：为了保持进化的势头，人类必须在生理、智力等各方面都更上一层楼。这个观点后来成了主流。个体人的素质确实有高下之分，这是真的，而且差异相当大，以至于后天的努力都难以弥补。进化的本质就是去粗取精，所以天堂里的人们已不再肩负进化的使命。

是的，我们都已不再进化了。因为我们已被淘汰。我们都没有通过测试，因而被认为是"不合格产品"，没有资格支配资源和能量，没有资格承担进化的使命。他们说，我们不能以最高效率运用资源和能量，因而不宜进入主流经济结构，为了以最快速度进化，我们这样的人都必须被送到天堂里生活。于是，我每天除了在窗口呆望日出日落外，无事可做。

其实这也不是什么新鲜事，从前人们以出身来决定由谁掌握社会主要资源，后来变为由手中的金钱数量来决定，现在则换成了由自身素质来决定。似乎是越来越进步了，下一步也许就是不用再决定了。不过那和我已没有什么关系了，我的生命只有一次，这我知道。

任何事情都要付出代价，天堂亦不例外。胜者得到一切，这一点仍与从前一样，不同之处只是现在败者不再失去一切。

不过，败者所能保留的也仅仅只是生存的权利而已，失去的依然很多，据说不如此人类便不能进步。天堂的创建者认为，天堂的存在有可能使人类进化的势头日益减弱，因为促进人类进化的压力在日益减小，一般说来优胜者与劣汰者间的差别越大，压力也就越大，所以理所当然地不能让天堂里的人们得到太多。

首先，我们不能进入主流经济圈，不能工作，这是法律；其次，不能有孩子，以防传播不良基因，影响人类整体素质的提高，也免得增添新的受害者，这也是法律，再次，我们只能享受到部分公民权，只有选举权，没有被选举权；另外不可以继承财产……这些统统都是法律。

听起来似乎并不是很糟糕,世界的末日比这可糟糕多了……

也有选择的余地。在天堂过腻了的人还有个去处,可以申请到纯太阳能农业保留地去,在那儿可以自食其力,但也仅限于此,而且去那儿将会永远失去参加年度测试的资格,从而永远失去走出天堂的最后一丝机会……

就这样,世界进化成了如此这般的模样。进化这玩意儿又不能后退,所以回想从前没有半点意义。不知将来的人们怎么看待我们的时代,反正我无话可说。现在人类自己已经确认:人不过是物质世界中的一种物理现象,并没有什么了不得的特殊之处,人的存在应该无条件地为进化和发展服务。这种世界观是否正确、是否必要,可不是我说了算,人类的智慧和选择哪是我能说三道四的?所以我不说。

我很想在热乎乎的车座上坐得久一点,眼下我舒服得动都不想动一下,这种感觉平常可没有。然而,这辆空中巴士以极高的精确度准时到达了目的地,分秒不差。

看着摩天大厦中部的巴士站如怪兽影片中巨兽的血盆大口,越变越大,我清晰地感到脑中血压正越升越高。

参加这样的测试,个人的主观努力完全无济于事。不知不觉间,你已被测试完毕,被决定了是否能走出天堂。对系统表示怀疑,那是毫无意义的事。这套系统已进化了许多个年头,耗费了无数的资源和能量,目前虽不能说完美无缺,但也无懈可击,人完全没有资格与它较劲。

一踏上这座大厦的地板,我就感到双腿沉重,似乎这里并非地球的一部分。

每天这里都有天堂的来客前来应试,试图走出伊甸园。确实有人成功了,但绝大多数都不得不返回天堂。今天轮到了我。

我吸了吸气,鼓起勇气向上帝走去。

现在我该上哪儿去呢?我倚靠着走廊的墙壁,茫然地想。这一想就是整整五分钟。其实这不能叫作想,因为我脑子里一片空白,就好像昏迷了似的。这样的状态我并不陌生，它在我生命中所占据的时间实在太多了，无以计数……

后来我知道该上哪儿去了。我找到一部公用可视电话，给杰里米发送信息。

杰里米是我的哥哥，只比我早出生二十分钟，但从小很少有人会认错我们。他头一年就通过了测试，如今正在天堂的门外大展拳脚。鉴于我们之间的差距，我一般不和他来往，我都记不清上次和他通音讯是多久以前的事了。

但在这时，我太想和一个人说说话了，只有在这种时候，伊琳才会显得无能为力——我现在需要和人交流。

我的信息顺利抵达了杰里米的眼前，这小子居然还没忘记我。

"肖特，怎么是你呀？需要什么帮助吗？"他脸色好不诧异，但惊讶也没有让他多付出一点时间。

"没什么事，就是想到你那儿聊聊。"我知道他时间宝贵，所以也就开门见山。

"唔……等一会儿成吗？"他微皱了一下眉头说。

"可以，大概多久？"

"七十分钟吧。"

"就这么定了。"我瞟了一眼头上的计时器。还没等我将目光收回来，显示屏就黑了。自他成年之后，一直这么行色匆匆。

小意思，七十分钟对我而言根本就不算个数，我的时间就像快餐店服务台下面的那一大桶冰块一样，要多少有多少。不过对他就不同了，七十分钟内他所动用的能量，可能比我一年所动用的能量还要多得多。这就是我和他之间的差别。

天堂外面的世界变得越来越莫名其妙了。我站在杰里米办公室外的大厅里向窗外张望。我根本不知道那么多建筑和设施是干什么用的。这时，一丝悲戚与绝望涌上心头：世界正离我越来越远，在我不知道的时间里，它变得越来越难以理喻。

好一个车如流水马如龙花月正春风的美好世界啊，可惜那都是别人的繁华与欢乐……

我将头抵在墙上，慢慢闭上了双眼。

在通话后的第七十三分钟，杰里米办公室的大门为我打开了。

"噢，肖特，你怎么有空来我这儿？"他微笑着冲我说。从他的神色里，我看出他在这个世界活得一帆风顺、游刃有余。

我怀着强烈的嫉妒坐在他办公桌前的皮椅上。是的，我就是嫉妒。杰里米和他的同类拥有许多我没有的东西，首先就是工作和事业所带给他们的尊严与充实。没有劳动，人就不成其为全人，我发自肺腑地赞同这一观点。杰米里的人生目的明确，而我的人生则是一团混沌，这让我觉得自己是一个彻头彻尾的……无能之辈，也就是废物。我来到这个世界上，世界却不需要我，那么我为什么要来？他们还拥有许许多多我说不上来的东西，因为我很少愿意就这方面的问题进行思考，那只会使我感到痛苦，他们的幸福就是我们的痛苦。

"呃……没什么，就是想和你聊聊。"我轻声说。

他的眼光闪动了一下，旋即垂下了眼皮，沉默了。

"凯茜还好吧？"我随口找了个话题。凯茜和杰里米是同类，但对我很好，她真是个好人，从不歧视我，在我面前从不摆架子以贵族自居，所以我对她的印象一直很好。然而，我其实并不愿意接受她的关怀。我害怕这种关怀。

"她很好。就是没耐心在家相夫教子，整天忙得不可开交，小乔治完全扔给智能保姆了，这对他可不太好啊……"杰里米颇有些犯愁地说。

"那你可以在我们那儿挑个满意的，除了相夫教子外，她们可别无选择。"我笑了一下调侃说。

如我所料，杰里米板着脸坚决否定了这一提议。按法律规定，他们这样的人除了可以拥有一名"同类"配偶外，还可拥有一名天堂中的配偶，若不与"同类"通婚，则可拥有三名配偶，以助优秀基因的延续和传播。然而在杰里米的社会中，真这么做的人却很少。因为与天堂里的人通婚被视作一种不耻之举，夫妻双方都有可能被社会所不容。

杰里米在这方面有童年阴影。我们的母亲就是父亲的第二个妻子，所以，父亲分给我们的爱也就有些不足了。不过，也算"投桃报李"，父亲虽有三个妻子和四个子女，到老却落得个孤形只影，幽居于数百万公里之遥的太空城里。配偶与子女对他爱不起来，社会又不能容他，他也就只有这个去处了。杰里米万万不肯重蹈覆辙，他发誓要做个好丈夫好父亲。他做到了。他得到了极聪明的凯茜和小乔治。

我注视着桌上小乔治的全息立体图像。那孩子显出了比他父亲更浓郁的灵气。看来，杰里米必将拥有一个幸福的晚年。

冷场了片刻，杰里米把谈话又继续了下去："珍妮怎么样？还满意吧？"

"没有珍妮啦，"我轻叹了一口气，说，"现在是伊琳。"

"伊琳……哦，好女孩！"杰里米打了个响指，"真正的好女孩！又漂亮，又善解人意。非常优秀的产品。我想你该满意吧？"

"很满意。"我点了点头，"她是我所见过的唯一完美无缺的存在。"

"近于完美无缺。"杰里米纠正道，"还有胜过她的。我就和他们有些业务往来。新产品好像是叫……梅格？……对，梅格！"他又打了个响指，"你想试试吗？我可以在她投放市场前给你弄一个。"

我摇了摇头。我对伊琳目前还挺满意，何必急不可耐地提高胃口呢？我必须珍惜我对她的兴趣，这样我就还有生存下去的理由。"想不到还有人这么关心我们，伊琳上市才两年嘛……"我说。

"政府有这笔财政拨款嘛……有钱就好办事。"他随口说。

接着，我们又继续闲聊了一阵子，我这边是于他而言无关痛痒的鸡毛小事，他那边是于我而言不着边际的宏伟壮举，我们确实已不是同一个世界的人。

很快，我们之间就只剩下了沉寂。十净清新的空气中，时间在轻盈地稳步前行。我对时间不感兴趣，可他不能不理会时间的流逝。他的眼中渐渐流露出急切之色。我有点想知道他能忍受我多久。

过了一阵，我开口说："唔……知道我在想什么吗？猜猜。"

他摇了摇头，没说话。

"我在想……小时候的事。"我望着他，"小时候，咱们也没什么朋友，就咱们俩一起玩儿，整天整天地泡在虚拟游戏里……现在想想，这种童年可真够灰暗的。"我苦笑了一下。

他轻轻点了点头，依然不说话。

"可我觉得还是那时候好啊，至少咱们自己不觉得灰暗……那时咱们玩得可真来劲，遇上个喜欢的游戏就像过节一样，我还记得当时那种心跳的感觉。"我觉得这时候我的声音有点陌生，"说也奇怪，咱们从来都是并肩作战，从来没有相互对抗过，咱们的刀口一直是对外的，是这样吧？"

"没错，咱们一向同生死、共患难。"他点头说。

"哎，咱们最喜爱的游戏是什么？你还记得吗？"

"我想应该是《千钧一发》，对吧？"

我笑了，"你还记得呀……"

他也笑了，"我不会忘的，你救过我很多次命。"

"你救我的次数更多。"

他的笑容一下子加深了，"我还记得你老是开外挂，把狙击步枪的弹药改成无限，当机枪使。"

"那有什么办法？我老打不过那些狙击手嘛。"我的笑容变得有些勉强，"可你总能打败他们……"我注视着他的眼睛。

他垂下眼皮，又不说话了。刚刚拉近的距离又变大了。

过了片刻，我又找到了继续下去的话题，"这游戏现在很难找到了吧？"

"是的，早绝版了。不过你要的话我能给你弄来，能弄到的。你要吗？"他抬起了眼皮。

"不要了。要来又有什么用呢？咱们都不是小孩子了。"我说。

他点了点头，"对，咱们都长大了，那些都过去了。每个人都会长大的，没办法。"

我们又沉默了。还能和他说些什么呢？我不知道。过去是我和他唯一的共同话题。可过去已经过去了。

突然间，我不明白自己干吗要到他这里来了。难道就是想像小老鼠一样挤在一起取暖吗？可他不是我的同类，他只是我的哥哥。我觉得今天自己好像犯了个错误。

"杰里米，来你这儿瞎扯了半天，如果耽误了你什么事，那我很抱歉……"一边说，我一边转身离去。

"弟弟……"杰里米的呼唤传入耳中，但我还是走出门去，任凭大门无声地将我们隔开。

正如他所说的那样，都过去了。

窗外的景致与半小时前一模一样，但此时我已没有了什么感想，只是呆呆地凝视着它们，脑子里一片空白。

过了一会儿，我问自己：是不是应该哭啊？

不知道……我又自答道。

望着窗外耀眼炫目的世界，我渐渐感到它似乎在变得模糊。

梅兰妮的身影终于出现了。我没料到她还抱着孩子。她看见我，快步向我走来。负责递送食品的自动餐车灵巧地躲避着她。

梅兰妮是我父亲和他的第一个妻子所生的女儿，我拥有从前和她共同度过的许多欢乐时光的记忆。在我和杰里米之间，她好像更关心我，至少我感觉如此。她和我是同类，所以，我认为我们俩可以挤在一起取暖。杰里米已离我太远了，他竭力掩饰也没有用，而她离我应该近些吧……

她小心翼翼地落座在我的对面，看样子生怕惊醒了怀里的孩子。"肖特，你约我出来，有什么事吗？"她小声问道。

"没什么天塌地陷的灾难，"我苦笑了一下，"只是想见见你，姐姐。我心里有点难受，想和你说说话。今年……我又落得一场空。"我心里直到这一刻才感到很委屈，有了想哭的感觉。

虽然这是我的事情，但她的脸上也透出了伤心和痛苦。我有些后悔将她拖了来。我不一定能取到暖,可她今天注定将感到寒冷。她和我是同类,所以她的回忆也只能令她痛苦。

"我很难过……肖特。"她垂下了眼皮,"可就像你所说的,这并不是天塌地陷的灾难,也不是世界的末日,你还有明年、后年……只要还活着,就有希望。"

我没有回答她。她只能这么安慰我了,尽管差不多等于没说,我也只能这么去想。在坚不可摧的现实面前,我们也只剩下了一点正随着时间不断消逝的希望。

沉默了片刻,她对我说:"肖特,其实你又何必这么执着?你可以和这里的某个姑娘结婚,这样你至少可以将一只脚踏出天堂……"法律面前人人平等,杰里米他们的世界里,男人可以拥有三名来自天堂的妻子,那女人当然可以拥有三名来自天堂的丈夫。

"最重要的,是你可以有一个孩子……"她将目光移向怀抱中熟睡的儿子,那神情仿佛她怀中抱着的是她人生的全部希望。

我缓缓摇了摇头。我和她不一样。我的这个极为温柔的姐姐,在连续经历了五年的失败之后彻底死了心,不再将希望放在自己身上。努力了几年,她终于嫁给了一位天堂之外的大她十一岁的男人,做了他的第三位妻子,还得到了她梦寐以求的孩子。也许对她而言,人生因此而得救了,可我不行。我不可能适应那种生活的,这我知道;孩子也拯救不了我的人生,这我也知道。

"他对你好吗?"我轻声问她。

她的目光闪动了一下,"他是爱我的……最重要的是,他给了我一个儿子。"

我看着那个还不足一岁的小婴儿。他似乎没有小乔治的那种灵气,我觉得这世界又多了一个时代的受害者。

"下一代……"我喃喃轻语,"我没想过下一代……干吗要让他们来受苦呢?……知道孩子一生下来为什么要哭吗?因为他们在抗议我们将他们抛入这个冰冷的世界,使他们遍尝人生的诸般不幸……将来他也要和我们一样接受生活的挑选,你能承受吗?"

"我可不希望他被挑中。"她说,"这样他就能陪伴我一生了。如果他被选中了,那将是大不幸,那时我可能就失去他了。"她下意识地将孩子抱得紧了一些。

我点了点头。她这么想有道理。但他要是时至运来通过了呢?她拯救自己人生的方法并不保险。不过希望至少比我大。我现在是完全不知道什么东西可以拯救我的人生。

在接下来的一段时间里,我们慢慢吃着饭,不时逗逗她的儿子。等到我对这种消磨时间的方式完全失去兴趣之后,我就和她告别了。

离去之时,我问自己:取到暖了吗?

这次的答案依然是:不知道。

顶层大舞厅里,节奏感极强的刺激性音乐震得我五脏发颤,那感觉就好像我和大厅里的其他人坐在一头洪荒巨兽的胸腔里,它那颗沉甸甸的心脏努力在我们耳边跳动着。疯狂的音乐和酒精饮料使得这里的每个人都呈现出某种非正常状态:手脚无法闲住,不是在弹动不停,就是在叩击桌面。

我不是经常来这种地方消遣,但今天我需要刺激,我都已经快要失去感觉了。

海浪般的音乐声中不时冒出两声怪叫。这是这种地方的特色。人们就是冲着能自由地发泄心中的郁闷和痛苦,才将大把大把的时间扔在了这头怪兽的肚子里。

没事,叫吧,谁也不会在意的,只要你不像早前那几个家伙在发了一阵狂之后从窗口跳下去就成了。我慢慢啜着杯中凉冰冰的酒精饮料。

又有人跳出来发表演讲了。他先是大骂这种社会制度和它的发明者,然后又抱怨说我们简直是在等死,再后就控诉"他们"在谋杀我们……

标准的程序,和以前那些癫狂的夜晚一样。

还没等他的演讲进行到呼唤大家都起来革命的阶段,就有人跳出来叫他闭嘴。通常大家都不怎么理会这种演讲的，因为这没有意义——我们两手空空，凭什么跟人家较劲？纯粹开玩笑。可今儿个有人可能是喝多了，要跟这革命家较较劲。他叫革命家闭嘴，说他扰了大家听音乐的雅兴，扫了大家的酒兴，还说如果对这个世界不满，不如马上从窗口跳下去，这样大家都好受……

凭以往的经验，我知道今儿晚上这里铁定要干上一仗，于是我起身走出了这疯狂的地方，我不想受这样的刺激。

舞厅外的小花园真是令人神清气爽。刚从那种乌烟瘴气的场所出来，我觉得外面的空气清新得不可思议。脚下，缤纷的花朵铺满地面。灯光下，朵朵花儿似乎都罩在薄雾之中，它们摇曳着身躯，仿佛在告诉我，它们是为我而盛放。

童话……我在长椅上坐下来，静观美景，并对自己说：你已进入童话。

在夜晚清冽的空气中，我闭上双眼，想象自己正在天空飞翔。

"肖特。"就在我的意识渐次朦胧之际，一声女人的轻唤将我惊醒。我扭头一看，是莱切尔。

"一个人在这儿享清福呐？"她笑嘻嘻地说。

夜风穿过她的长发，将她身上的香味拂到我的脸上，我的心猛力跳动，血液往脑门一冲，不由得一阵头晕。这是怎么啦？灯光下，她的身影确实有点像天使，可天天与天使生活在一起的我怎么还会有感觉呢？

"你……"我目不转睛地望着她。

她看着我，不说话。

最后我笨拙地开口说："那你也来吧。"我向身边一扬手。我这会儿很希望身边能有女孩儿温暖的体温和香味，那将使此刻的童话气息更为浓郁。

她大大方方坐了下来。

"怎么样？这花园好吗？"她说。

"很好，挺漂亮的，就像你一样漂亮。"我大着胆子这么说道。

"就是小了点儿。"她说。

"确实小了点儿。"我顺着她说,其实是大是小我这会儿根本不在乎。

"可以握握你的手吗?"我向她发出这样的请求。也许过分了一点……我对自己说。

可她似乎不这么认为。于是我握住了她的手。

她的手也在颤抖,可我心跳的感觉却没有想象的那么强烈。毕竟她只是人类。我提醒自己此刻应该放低标准。于是我排除杂念,认真感受,希望这个小小的童话能有一个完美的结局。

"肖特,我们结婚吧。"

我一口气噎住,险些从椅子上摔下去。这、这是从何说起?!我肯定听错了。

"肖特,我们走吧。这个世界没什么意思,我早就想离开它了。但是我不愿意一个人孤单单地走,我要和自己爱的人一起走。那个人就是你,肖特。在我接触过的人中,我最喜欢你。和我一起走吧……"她凝望着我。我从她的瞳孔中看到了期待和信心。

"上哪儿去?"我咽了一下口水。这一刻,我发现女人这物种比我想象的要复杂得多。

"到农业保留地去。"她马上回答。

我呆呆地望着她。

"那儿和这里不一样。"她的眼中闪现着热情的光芒,"在那里,每个人都得干活,可劳动的目的很单纯,就是自食其力,不像这里这么莫名其妙。在那里,我们的人生将拥有目的,拥有方向,拥有价值,在那儿,我们会过得很幸福很充实……这个世界已经不属于我们了,它属于那些能以最高效率从世界榨取资源和能量的毫无节制的……人。可地球注定会是我们的。因为地球作为一个封闭系统,它最终只能容许存在一种有节制的低熵的生活方式。那些'趋能动物'只能将爪子伸向无边的宇宙,只有那儿才有无限的能量。地球已经不被他们所看重了,所以我们有机会。农业保留地的面积正在扩大,居民数量正在一天天增加，我认为地球最终会成为一颗纯太阳能农业星球，那就是我们的未来。"

停顿了一下，她又说："肖特，我们一起走吧。难道在这儿生活你不感到痛苦吗？一次又一次地被拒绝你不绝望吗？你还留恋什么呢？我知道今天你又失败了，否则你此刻就不会在这里出现了。走吧，别再撑下去了。那儿不会拒绝你的，你只需要去，就行了。很简单。"她抽出手反过来用力握紧我的手，话音消失后也没有放松。

原来她信奉这个。很早以前就流行一个观点，核心内容就是将做个农民视作拯救自己人生和回归生命本真的最后一次机会。这种观点正确与否，我说不好。我沉思起来。

最终，我开口道："不，很抱歉，我不能走。"

"为什么？"她盯着我的脸追问。

"因为……我已经没有力气了。当个农民会有何感受我不知道，但我想那儿也不一定就是个完美的世界，那里自然也有那里的缺陷……我觉得我已经没有力气来从头适应一个陌生的不完美的世界了。很遗憾，你来晚了。刚才我已经决定从此以后不再去接受测试了，我不想再尝试下去了，也不想再接受任何形式的挑战，我想从此安静地度完余生。对不起，我累了……"我的语气令自己都感到害怕。

我们之间的沉默持续了很久。

"你决定了？"她艰涩地问道。

我点了点头。

"好吧，肖特，永别了。"她站起身来，轻轻松开我的手，任其像风中落叶一般缓缓垂落。

她头也不回地消失在黑暗之中。

我的目光追随着她的背影，心中忽觉一阵隐隐的钝痛，我想站起身来，但力气像是被抽空了。

我的视野中只剩下了黑暗。我垂下头，兀自静坐。没什么可说的，我相信我的选择。人是一种不完美的生物，我不能想象两种不完美的生物在一起能获得相安无事的人生，这就好比两个不同规格的齿轮难以协调运转一样。女人……我如何应付这么复杂的生物？我没有信心，亦无勇气。真的没有了。只有一种完美的生物适合我，给予我想要的一切，以如水的完美包容我的不完美。我已经不知道没有那种生物我该怎么生活。这就是天堂的威力。

我无力地坐着，一动不动，此刻连呼吸我都觉得费劲。

但不一会儿我就冷得有些受不了了，风刃似乎正在寒星万点的粗粝夜空上磨砺。我拼尽全力站起身，打着抖，往回走去。

回到我那小巧的温柔之乡，伊琳偎入我怀中，抱着我久久不肯松手，说她很为我着急，问我为什么现在才回来。

我抱着这完美的生物，深深吸嗅着她身上的香气。片刻后，我发现自己的泪在流淌。泪水一连串地往下落着，快速，汹涌，完全不能控制。可是我的肺叶和喉咙却没有什么变化，呼吸平稳，好像正在流淌的不是泪水而是汗珠一般。这能叫哭吗？

伊琳善解人意地抱紧了我。黑暗中，我们紧紧相拥，一动不动。

她的身体柔软温暖，我觉得自己被天使的双翼包裹着。暖意渐渐渗入我的身体，她在给我温暖。我的身体一点点放松下来，一切都烟消云散了，剩下的只有天堂的极乐。

扑 火

白乐寒

（本文获第29届科幻银河奖）

　　刻画未来都市生存状态最有力的科幻小说流派，莫过于"赛博朋克"这类反乌托邦作品。这种叙述"不好的地方""绝望乡"的科幻小说，多数都在描绘"高科技、低生活"的糟糕未来。

　　《扑火》就是这方面的科幻杰作。未来超级大都市中的人们"终日慌慌张张，不过图碎银几两"，甚至连吃个橙子都是很奢侈的举动，贫乏瘠薄的现实驱使人们拼命抓住虚幻的梦境，却在如烟似雾的虚拟幻境中错失自己的爱人与生活……本文作者调动了自己在一线大城市打拼时的全部生活积累，将这个黯淡压抑的科幻故事写得刻肌刻骨。

她躺在那里,知道事情会变成这样,然而还是把手伸向了毁灭。

轻柔的音乐响起,黑暗中亮起光晕,她闭上眼,在无数的美丽脸庞中,抓住那张唯一的、挚爱的脸。

"梭罗——这个名字对在座的各位毫无意义,然而就是这个人,奠定了我们当今经济的基础。想象一下两百年前,那时候到处是蓝天碧草,人人游手好闲。这个叫梭罗的美国佬在湖边闲了两年,悟出了一个道理:我们根本不需要拥有!"

她停下笔思索。是的,一支笔,一支货真价实的钢笔,现在她仍然通过手写来输入文字。这过程缓慢又费力,但一支有形的笔能让她的思路顺畅许多。字迹流上立式钢琴般的办公桌,左边浮着产品信息,后边堆着各种经典演讲的开头,右边播着公司以前的宣讲,用颜色标出了观众的情绪动态,还有两张电子便签,上面贴着梭罗的生平和作品节选。

这些都是Bill给她找的。自从公司引进了这个辅助写作的"电子作家",它没有一天不是勤勤恳恳、兢兢业业,可她恨死了这玩意儿。现在它贴心地提醒她,这个两百年前的美国佬现在可能已经鲜为人知,起不到引入效果。是的,她也这么想。毕竟老板面对的是加班加到喘不过气的年轻白领、带娃带得焦头烂额的中产夫妇,谁还知道梭罗是何方神圣?可她还是气不过。"电子作家",这玩意儿看着谦逊,可总有一天会害得她彻底失业。

她抓起杯子,吞了两口煤渣般的咖啡,差点儿呛到。

"哎,Eva,给你产品目录。别忘了介绍新款哦。"

Lucy的化身毫无预警地跳了出来。这个幻影是半透明的,头大身小,和咖啡杯一般高,除此之外和本人没有什么区别,只不过漂亮多了。这化身的声音有些含糊,仿佛说话的人正在嚼着什么东西。她转头透过玻璃隔板一望,果然看见隔壁桌上放着个面包。胆子真大。

她张开手,指腹的电路微微闪亮,一股图像的湍流在面前展开。各式各样的宠物,栩栩如生,活蹦乱跳。捏在手里像小鸡一样毛茸茸的小猫，正用粉色舌头舔着爪子；浑身雪白的大狗打了个滚儿，傻乎乎地摇着尾巴……每种动物都有十几种花色、几种个性，以及大小不一的体型可供选择。每一只都微调过比例：眼睛更大，身子更小，显得更加楚楚可怜。最畅销的自然是迷你猫、迷你狗，其次是兔子和松鼠之类，然后……

"什么人会买一只真实大小的电子羊？"

她瞪着蓝天白云下一只硕大的绵羊，它低头啃着草，偶尔抬头咩咩叫几声。绵羊，真实大小，三色可选，赠送$2×2×2\ m^3$的牧场背景。

Lucy的化身翻了个白眼，回应道："有钱人呗。首先，你要买得起大房子，然后买只羊往里面一放，就很有田园风情。市场部说今年流行这个。"

她也在心中翻了个白眼，轻声嘀咕："有这个钱还不如买只真猫……"然而不会的，她知道他们不会去买真猫的，正如她一遍又一遍地在讲稿里强调的一样，"拥有不如没有"。他们会买的那只猫，必须永远干净、健康、黏人，瞪着好奇的眼睛，不需要付出任何辛劳，却能够享受万千温存，就像……

她心中一阵刺痛，低头捡起笔，继续写她的稿子。

不尴不尬的年龄，不上不下的相貌，不多不少的薪水，不温不火的工作。她走在晚高峰的人群里，思考着自己可有可无的生活，脚步却没有慢下来分毫。

从交通管道的间隙望去，天空阴沉沉的。踏上自动行道，人群一片萧索，只有广告的冷光叠在他们身上。

好长时间没看到太阳了……这个冬天真是又冷又长。挤在人堆里，她却没感到一丝温暖。交通管道的空调坏掉了吗？她裹紧大衣。回家，赶快回家，视界眼镜上的那个小点，像火焰一样吸引着她。

一想到在那里等着的东西，她就浑身暖了起来。回想自己走在罗马的大街上，艳阳晒得后背暖烘烘的，她踩着新凉鞋，顶着新发型，挝着不断融化的冰激凌，身上一块钱也没有却一点儿都不担心，因为有人会送花给她。还有维也纳的夏夜，河流波光粼粼，耳边回响着小纸条上神奇的诗歌，抓紧爱人的手臂，依偎进他怀里……

一条铁臂突然拦住她的去路。原来是蜂拥而下的人流把她挤得撞到了围栏上，一瞬间，仿佛五脏六腑都移了位。她骂了自己一句，手脚并用地随着人流，拥往高铁入口。

二条视界眼镜自动在她眼前画出路线，在每个拐角生成一个荧光色的大箭头。其实她闭着眼也能找到那个斑斑驳驳的站台，挑一条短的队伍，排到干净、娇小、机灵的女孩身后。

车来了，灯光破开空气，这列车开过了几十年的沧桑，车身上已经刻下了难以磨灭的印记。车门开启，几股人流同时蜂拥向前，她抓住机会，一个箭步蹿入死角，然后就一动也不能动了，几个穿纳米服的大汉像高墙一般把她围在了里面。

她讨厌大汉们的那些衣服：防水、防污、防寒又便宜，就是丑，像一堆钢板。

大汉们的镜片闪出五光十色，同时他们的手指也在痉挛般滑动。人墙的缝隙间，鲜艳的广告在车窗、车顶上飘浮，在感知到她的视线时飘然而下。她挥挥手把它们赶开，她不想买任何东西，除非……

她一勾手，把飘走的广告又抓了回来。为她量身定做的广告一如往常，迷人的音乐响起，熟悉的logo（商标）散发柔光，手写的"VIP Sale（会员大促）"优雅地舒展开来，指引会员查收促销信息。

她一个激灵，扔掉广告，打开收件箱。果然有一封漏掉的邮件。

只一眼，她就知道是谁寄来的：晓梦公司的邮件与众不同，精心设计成古老的信件模样，还盖着封蜡。

验证指纹后，封蜡破开，一个美丽新世界冉冉上升。

晓梦公司发布了两部新片，还重制了不少老片。有好几部老片她都听过、看过，不用查也知道它们的契合度一定很高。她露出淡淡的微笑，向下看去。

迷人的男女演员，沉思、抽烟、微笑、眨眼……他们的租金正在打折促销。然而除了欣赏女演员们的美貌，她什么也做不了，因为没有钱了。而那些性感的男明星，她只是匆匆掠过，在其中鹰隼般地寻找着某一张脸，最后只换来一声叹息。丹尼，他永远那样高洁，永远那样昂贵，为了他，下个月又只能吃人造肉了。

他出现得毫无预兆。当时，也是这样一封邮件，在眼花缭乱的列表后，多出了一张从未见过的面孔。她盯着看了三秒，跳过去，但又立刻找了回来。一个男人正在读书，像是感受到了她的目光，他对她眯起眼睛。当然，冷酷也是一种营销策略，没什么特别的。可她还是鬼使神差地点进了他的页面。

她的眼镜切进私人视野，真人大小的男人坐在树影下，逼真度比在家里的观看体验低了不知道多少个数量级，然而当他又一次眯起眼睛，她仍然为此心中一窒。

Danny M. Amor，"丹尼·慕容·阿莫尔？"奇怪的名字，也看不出到底是真人还是虚拟演员。没有评分，没有优惠，不过系统计算出来，他和许多她喜欢的电影契合度很高。

她在眼镜腿上按下指纹，预约试用。

然后，便一发不可收拾……

鲜红的到站提醒侵入视野。

车厢像一头深呼吸的巨鲸，把人流一下子喷了出去。

她的胶囊公寓和其他胶囊公寓没有什么区别。自动行道连上灰色的出口，通向水泥门厅，接上金属电梯，一路上只有广告相伴。

沉默的人群向各自的房间四散，房门感应到她，哗啦一声滑开——她熬了一天，就是为了这个时刻。

小屋里没有一件多余的东西，因为没有它们的容身之地。头顶上有个巴掌大的小窗，其实不如说是个通气孔。她打开墙壁上内嵌的物流箱，一堆包裹倒了下来，是上午订的毛巾和沐浴露。

晚饭已经送到了食品箱，在拆开的瞬间自动加热。星期三，咖喱鸡肉，配一瓣罐头橘子。她细细呲摸着那瓣橘子，下个月就没有这种奢侈品了。

吃完饭，摘下眼镜，她飞速冲了个澡，在热气中快速烘干头发。

带着水汽,她走向房间的角落。对她而言,这才是一天的起点和终点。

在本该放着床的地方,它静静等待着她。这台蛋形的机器,给她带来了无尽的欢乐。

它看上去与整个房间格格不入:静谧的曲线,粗陶的质感,散射的柔和光芒,把周围的环境衬得分外简陋。晓梦公司的logo——一只抽象的蝴蝶,还有英文名"Phantasus",在顶端一明一灭。其下镌刻着机器型号:Psyche Alpha Divine。赛姬·阿尔法"超凡",拥有比普通版更强大的配置,附加人体工学座舱和香疗系统。价格自然也贵上许多,但一想到自己每天都要在里面待那么久,她就觉得这笔钱花得值。

她碰了碰机器,舱盖无声开启。内部是令人放松的浅灰色,坐上去,身体被恰到好处地支撑起来。香疗系统开始运作,几不可闻的音乐响起,她仿佛躺在一艘舒适的小船上,安全又好奇。

内嵌的脑部感应器亮起一圈柔和的光。她闭上眼睛。

她飘浮在一片黑暗里。这就像电影开始前的黑暗,她想,她以前看过老式电影院的介绍。微光在四周流淌,一只蝴蝶飞到她手上,翅膀闪烁着自然界不可能有的色彩,仔细一看,浮现出了一个logo。她挥了挥手,蝴蝶飞走了。一群微笑的男女向她伸出手,她看也不看地向最后一个人走去。

她闭着眼也能描摹出他的相貌。他大概是混血儿,侧脸秀美,颇有古意,下巴的线条却有些硬,显出一丝野性。他笑起来就更狂野了,像一只快活的野兽。皮肤泛着蜜色,在阳光下闪着金光。默不作声的时候,他又像月下的一尊雕塑。总是微蹙的眉头,给他染上了一抹忧郁,俊美的外表之下,有几分说不出的味道。他无时无刻不鲜活,不迷人,不令人心痛。他是纯真的,又是复杂的,也是残酷的,如果他盯上了你,你就全无还手之力,只能在那双眼睛里越陷越深。那双眼睛是黑洞,她总觉得里面有什么恐怖的东西,令人心悸,却吸引着她坠落,坠落,和他相逢在深渊之底。

他握住她的手,露出一丝不易察觉的微笑,仿佛有点嘲讽的意味。

无数高大的镜子出现在他们面前，每一面都闪烁着不同的图景，主角都是他们俩。她拉着他向上次那面走去，一同没入镜中。

——她一个猛子从水里钻出来。水流顺着短发，沿着睫毛往下淌，薄衣紧贴在身上，遭遇夜晚空气的皮肤起了鸡皮疙瘩。夏夜并不是这么凉，她举起自己的手，看着水珠从指尖滚落。一切都是这么逼真，不细看根本不知道自己身在何处，只有河岸灯火那油画般的质感道出了真相。老电影脑感化后都不免失真，晓梦公司刻意保留了这种失真，还将它渲染得更加鲜明，使得这类电影都弥漫着一种梦幻般的雾气。丹尼穿过雾气看着她，她被他托着送上了岸。后背感受到胸腔的震动，令她心脏停跳了一拍，脑子里一片空白。宽大的亚麻西服裹着她，强壮的身体透过湿答答的衣服传来暖意，她越过紧紧搂着她、为她取暖的手臂，看到远处金黄的灯火。缓缓抬起头，遇上另一双眼睛。那双美丽的眼睛中有她，有灯火，还有整个罗马之夜。他们，不可避免地靠近。

睡过头了。她从睡袋里钻出来，飞快地穿衣洗漱。

电梯里人满为患，更别提行道和高铁上了。她被挤得前胸贴后背，不要说觊觎门旁的死角，现在也就几根手指头还能动一动。耳边和眼中循环着"请勿推搡，禁止打架，文明从我做起"的字样，她贴着前面那人的纳米服，绝望地想象着另一节车厢。

只要加二十块钱，就能买到一等座，虽然不是每人都有座位，但起码还有个转身之地。然而，别看二十块是个小数目，一周下来就是一部电影，一个月下来她就不用吃人造肉了。

高铁沿着腰带般的重重轨道，穿过林立的灰色高楼。望向远方的一处空隙，一列超铁隆隆驶过。它被装饰成传说中的绿皮火车的模样，据说里面一人一座，还提供酒水。但到底是不是真的这样，她也只能听听传说了。

她在人流中躲闪腾挪，一路向上，好不容易赶上了打卡的最后一分钟，几个人抬头瞥了她一眼。她饿着肚子坐下，露露的化身突然蹦出来，吓了她一大跳。

"诚邀您来参加陈家铭和欧阳露露的婚礼。"露露的化身头戴花环，穿着一件白色小礼服，微笑着递上一封请柬。

她接过来，小心地用后背挡住桌子，悄声质问："你从没说过你要结婚！"

漂亮脸蛋上褪去了甜蜜，换上一丝疲惫，"该结的时候就结了呗。"

这两个人闹了挺多年了，分分合合，男的甚至出过轨，但最后还是回来讨饶。她当时感到不可思议，曾经问过露露："你爱他什么？"露露吃惊地瞪着她，好像她问了个极其愚蠢的问题。后来她就再也不问了。现在想来，这男的虽然一点儿都不可爱，却已经是不错的选择了。

"恭喜你，我会来参加婚礼的。"她想不出别的话。

露露的化身笑了一下，酒窝浮现，一瞬间仿佛小了几岁。转眼化身消失了。

她叹了口气，回到桌前，浮在面前的文件堆成了一座小丘。今天她得给每个升级版的宠物新写一份介绍。几十种动物，几百种性格。Bill无声地运转着，为她打开工程文档，列出顾客评价，拟出一个形容词库供她选用。它多么机灵啊，她恨死了这该死的程序。

她百无聊赖地转着笔，瞪着面前的迷你羊，那羊绕着咖啡杯溜达，啪嗒啪嗒，和她大眼瞪小眼。一只羊能有什么性格呢？

描述一只猫倒是简单。圆圆、娜娜、小虎和曲奇都有鲜明的个性，只要别玩得太久，久到它们开始重复自己的行为就好。然而人们不会过分关注一只猫，再说也就是便宜货，能糊弄过去就行了。

可人又另当别论。那些虚拟偶像，不论再怎么精美，也无法掩饰它们虚假的本质。没有真人作原型，一个僵硬的眨眼，一个不合时宜的小动作，就能泄露它们的秘密，遑论张嘴说话了。她在Psyche Alpha里也试过选用虚拟演员，他们造型夸张，面容绝美，反应无可指摘，可总让她觉得哪里不舒服，就像是在亲吻一面镜子。不管它们再怎么受欢迎，她也再没有用过虚拟演员，她的收藏库里清一色都是真人演员,其中更有一位是她的挚爱。

其实,说是真人倒也不准确,它们只是真人演员的脑感化身,能够再现他们在某些电影里的演出,又预置了大量语音和动作,以兼容其他电影。当然,你也可以联机,因为化身演员毕竟不是真人。可是她从没有兴趣联机,没有什么比与造型奇怪、表情僵硬的陌生人对戏更糟糕的了。脑感设备现在尚未普及,大多数人买来也只是为了玩游戏。愿意出演脑感电影的,不是玩票的明星,就是无名的新人。丹尼就是其中的佼佼者,虽然现在无人知晓,可一旦被世界看到,他的光芒就不再属于她一人。

她几乎有点儿嫉妒他未来的粉丝,仿佛是自己把他输给了他们。这时候她才意识到,自己对这个人——不,这个人的脑感化身——有了多强的依赖。他已不再是她逃避现实的方法,他就是她的现实。

脑海中闪过一道惊雷,她猛然想到,或许露露也有着另一种幸福。

她倒在椅背上,把眼镜摘下来。镜框用太空材料制成,按理说应轻如鸿毛,此刻却觉得足有千斤重。她捏着鼻梁,脑中快速计算着扣除露露婚礼的礼金后剩下的钱。

算着算着,整个人又弹了起来。

她戴上眼镜,食品箱感受到了她的视线,马上送来订餐菜单。她跳过标准套餐,跳过经济套餐,停在了价格最低的环保套餐上。

的确十分环保:别说水果,连人造肉都没得吃了。她敲了敲眼镜腿,把下个月的套餐换成环保套餐。买电影的预算也要削减了,总有一天她会连化身演员的租金都付不起。

怎么办?光是白天的工作就已经很吃力,如果再加个兼职,晚上就别想睡了。

要跳个槽吗?趁着还卖得出去的时候,把自己多卖几个钱。可她一想到那个勤劳的"电子作家",就感到一阵恶寒。

她从不设想未来,甚至不能确定还有没有未来。除了一个又一个白天与黑夜,她的面前一片空白。她能在这里工作到什么时候,能支撑到什么时候？她会遇上什么人，爱上什么人吗？她还能爱上什么人吗？

她难以想象自己有任何改变，然而改变又迫在眉睫。

从渐渐暗下来的小窗里，她闻到了空中的湿气。她抬头望着那一方黑暗，水气散射着光污染，城市的黑夜显得格外不真实。

妈妈在夜幕中打来电话。

老人家不会玩化身，只会通通话，发发过时的新闻和图片。

"囡囡，"妈妈怯生生地唤，"过年回来吗？"

"回。"

妈妈露出笑容，照常开始叮嘱，她一条一条点头答应。仿佛有一盏大灯照出她的沉沦，她已经离曾经的自己很遥远了，但却不能让妈妈发现，她不想让妈妈伤心。

"你还是一个人吗？"妈妈问。

"一个人挺好的，妈。"

"真的吗？你真的这样想吗？不行就回来吧，一个人这么漂着……"

她强迫自己绽放一个自信的微笑。挺好的，她对自己说，只有这样，她才能天天找到快乐……

她钻进造梦机器。裹着海风的男孩向她走来，海鸥投下影子，他的身上有咸咸的气味。她穿过重重庭院，在镜中看到自己的脸：十岁左右的样子，金发碧眼，却仍然认得出那是自己。浅绿色的裙子，浅绿色的蝴蝶结。她心性高傲，却不由自主地被他吸引。他还是他，不过也变回了十岁，好奇的眉毛，天真的眼睛。他用稚拙的笔触为她画肖像。喷泉流水潺潺，她看着他，在他喝水时吻上他的嘴唇，品尝他嘴里海水的味道。她不放开他，那个纯洁的男孩，他身上有一切她没有的东西。她不放开他，牵着他的手跳舞，锦缎裙子发出沙沙的响声。前进，后退，摇摆，紧盯着眼睛转个圈，一跳就是十年。他们成了青年，他挽着她的腰肢，放她转一圈，转入他的怀中。

他的手臂贴着她的绿丝绸裙，把她牢牢锁住。他在她耳边说出不应该说的话：

"我明白你。从第一眼看到你的时候就明白你。人人都说你美，只有我知道你的心，就在这里，布满了裂痕。可是和一颗光洁的心比起来，我更爱你现在的样子。"

她猛地推开他，逃也似的奔出幻境，钻出座舱。

她喘得上气不接下气，冰凉的空气扑面而来，她发现自己哭了。

丹尼·慕容·阿莫尔。见鬼了。

她看了上千部脑感电影，用过成百个化身演员，从没见过哪个演员会即兴发挥。玩家倒是可以选择即兴选项，能够说几句剧本里没有的台词，在场景中转几圈，但余地也很小。毕竟电影不是游戏，不能影响剧情车轮的滚滚推进。那么，也许是新的剪辑版？这电影都多少年了，能从海量的电影中挖出来实现脑感化就已经很幸运，怎么可能再出个剪辑版？

她换了个男主角进去，结果他一字不差地背出了原版的台词，该怎么说就怎么说。

难道是他们悄悄升级了系统？可翻遍官网，寻遍小道消息，也没见到升级的说法。

问题只能出在丹尼身上。也许他bug（程序错误）了，串了别的台词。脑感演员也会bug吗？即使他真的bug了，她也不敢让他再试，任他说出那些让她心碎的话。

她写信给晓梦公司，没有回复。

丹尼·慕容·阿莫尔。这个人本身就不可思议。这么出色的他，直到现在也没有介绍，没有评论，没有足够的评分。她遮住办公桌，偷偷搜索他的情报。

除了一个内容寥寥的官网，其他全是毫无关系的页面。官网上只有他的照片和参演作品，没有一句话提到他的个人信息。他用的应该是假名，也许他有什么不便暴露的苦衷，只能借这个壳子来过把演员瘾。甚至,也许这张脸都不是他的……

她加入下楼吃饭的大军,一边应付电梯里的闲聊,一边给网友发消息。

"你试过这个演员吗?"她把丹尼的截图发给"南极火烈鸟",这人是脑感电影圈的元老之一,这个圈子虽小,成员却都是百科全书式的角色。

"没有,"火烈鸟撇撇嘴,"从没见过。挺帅的,你在哪儿看来的,是什么内部资料吗?"

"他就在我的机器上……"她有点儿委屈。

高楼的缝隙间投下云的影子,这个中午阴晴不定。她突然有点儿恐慌,也许丹尼根本不该出现在她的机器上,也许他本身就是一个bug,一个不该被她发现的珍贵的秘密,像那些哗众取宠的传言一样,是某位富豪或公主的私藏,却阴差阳错地垂青了她那么久。

想到这里,她心中一紧。如果哪天他们发现了这个错误,把他收回,那么她的心会不会出现一个空洞,像个漏气的气球一样到处乱飞……

"Eva!"

她抬起头,越过三明治看着她的饭搭子。Seb微胖的脸上沾着面包屑,表情好气又好笑。"你总是像梦游一样,叫了也不应。有时候我还以为面前的不是你,而是你的……你的……"翻译助手尖声尖气地帮他说完,"你的立体录影呢。"

她已经陷得太深了。

"见一下吧?又没有什么损失,还能蹭一顿饭呢……"

她瞪着眼前的影像。男人身材健壮,戴着墨镜,在雪山上兴奋地挥着手,也看不出长什么模样。也许是他在婚礼上和自己打过照面,之后又向露露打听到了自己。露露打包票说这人是自己老公的朋友,长得不赖,人也有趣,也许和她谈得来。"你都多久没有男朋友了?他们说你现在很宅,这可不行啊。"

确实不行。她几乎忘了怎么和陌生人说话。她已经踏入了一个危险的领域，满脑子都是一个不存在的东西，再陷下去一步，她就爬不回现实了。

她叹了口气，调出这个叫乔欣的男人的主页。在世界各地度假、开派对，还有各种游戏的成就。至少他俩有一个共同点：沉迷虚拟世界。

她又看了看见面地点：一家高级餐厅，一顿饭抵她一个月的伙食费。好家伙！

她提前十分钟到家。洗完澡，穿上自己仅有的一件小黑裙，用化妆机打印了榜单上排名第一的相亲妆。化妆刷不知怎么卡了一下，结果在眼皮上喷了太多红色，她骂了一句，用手指胡乱把眼影晕开。

拿上自己最贵的包，她一反常态地走进的士通道。无人出租车早已在此等候，她钻进仅容一人的车厢，车子自动汇入车流大潮。

夜色早已降临，灯光穿过浮在车里的广告，好像一群深海鱼扑面而来。前后左右还有无数车辆沿着各自的轨道潜游。

很久没有看到晚上的城市了，这景象让她感到陌生。这个超级都市像是一个高效、盲目又无情的巨型碳铁生物。

她闭上眼睛，向后仰去，感觉置身于另一种舱内。

车子停在一幢玻璃大楼的腰际，她挺起胸，走进幽深的走廊。

侍者在尽头等待，接过大衣，带她穿过由光彩汇成的大门。

餐厅是和大楼一样的后当代风格：黑白相间的石砖地上钻出郁郁葱葱的大树，微光在大花板上闪烁，在空气中沉浮。仲夏夜之梦被各色光幕刻意破坏，它们泛着淡彩，将空间切割成不规则的小块。

她钻过一道光幕，乔欣已经在一棵树下等着了。

"乔先生？"

"叫我 Jo 好了。幸会，梁小姐。"

这个 Jo 没戴墨镜，像个时髦大男孩，完全看不出有三十多岁。他穿着一件恐龙图案的 T 恤，看着眼熟，估计不便宜。

她入座，摸了摸身边的树干。树皮粗糙，和电影中的没什么区别。

"这树是真的吗?"

"假的,纳米树。"他笑嘻嘻地说,"不过我向你保证,这里吃的全都是真的。"他笑起来倒挺可爱的。

小食端上来了,现摘豌豆苗随意地铺在陶碟上,点缀着紫色的小花。

Jo的手指在桌上跳了两下,说:"我挺喜欢这里,他们的菜有一种crude(粗粝)的感觉,在别的餐厅是找不到的。"

那是因为你没吃过真正crude的东西……她想。她咬了一口,豆苗鲜脆得几乎陌生,花朵带一点辛辣。

"听说你和欧阳小姐是校友?"Jo问道。

"是的,北清大学。我们住一个宿舍。"

"啊!我对那里的老建筑印象很深。国内很少还有在low-rise(低层建筑)里上课的学校了,虽然国外很多。"

话题自然转向了他的游历,说话间前菜上来了,小铁锅里盛着炖蛋。她的眼镜上呈现出一行字,自动进行介绍,那是"黑松露小盅蛋"。

这就是松露啊,它散发着奇异的香味,令她都没注意Jo的高谈阔论。好在有"电子聊天大师"的帮助,她至少不会对他嘴里的世界一问三不知。

聊着聊着,说到了她在电影里去过的地方,她来了兴致,与他驴唇不对马嘴地聊得起劲。谈话间套出了他的背景,果然是个富三代,晒出来的那些游戏不仅是他的爱好,还是他的投资项目。

"你玩游戏吗?"Jo切着牛排,这一小块红肉放在一块小石头上,下面是鲜花和泡沫铺成的草甸。

"不太玩儿。"

"那平时喜欢干什么呢?"

"看看电影吧。"

"电影啊……现在没什么人看电影了。电影产业下滑得太厉害,尤其是脑感游戏出现后,电影被淘汰只是时间问题。你玩过脑感游戏吗？那逼真感真不是盖的。Psyche Alpha的hyper（超现实）模式甚至能'比真实更真实'，可惜我只有一台iFeel……"

"没这个模式。"她说，又解释道，"我有一台Psyche。"

铛的一声，Jo扔下刀叉。

"你有……你居然有一台？你怎么买到的？现在连黑市上都搞不到货！"

"我很久以前就是晓梦的VIP了。"

"啊……原来如此。"男人点着头，把破碎的尊严重新编织起来，"原来你说的是脑感电影……我记得晓梦就是做这个起家的吧。但是，用Psyche Alpha来看电影，总觉得有点儿……"他摇头如拨浪鼓。

"有点儿什么？"她问道。

他摊开手，好像这事很明显似的，"杀鸡焉用牛刀。脑感游戏中有无限可能，感觉上比真实更真实，然而你看到的东西，你做的事情，一切都随心所欲。自由！这才是虚拟世界的意义。电影里有自由吗？Everything is pre-destined（一切都已经注定）。这和现实又有什么区别？"

"区别大了！你不觉得生活已经太混乱了吗？电影从杂乱无章的日常生活中抽出一条线来，这就是故事，故事给生活以意义。游戏看上去自由，但其实是一团散沙，什么也不是。"

男人盯着她，突然大笑起来。她也微笑起来，却不知到底是被他的情绪感染了，还是喝酒喝得太开心了。

"说得好！"他笑道，"梁小姐，你真是太有趣了。Always surprise me（总是给我惊喜）。不过，你要是不给游戏一个机会，就永远不会了解它的魅力。"

随后他讲起中意的游戏，眉飞色舞。

她听着，有几个还真的挺有意思，但她也不太可能去玩儿。

"如果有购买名额，请梁小姐一定要告诉我，我做梦都想玩一玩Psyche。"Jo拨弄着一个小番茄，嘴嘟起来，像个受委屈的小孩。

她看着好笑，说道："你可以借别人的玩儿啊。"

他的眼睛突然亮起来，"我能借你的吗？"

这问题一派天真，她却被噎到了。她看看这双充满期待的眼睛，又看看盘里缤纷的花果。酒喝多了，在这伪造的夏夜里，脸有些烫。有什么不行的呢？毕竟，要给现实一个机会……

"嗯……有机会的话。"她说。

她讲起最爱的几部电影，他不一定真有兴趣，却饶有兴致地听着。烛光晃动，萤火上下飘浮，黑眼睛里的光芒轻轻闪烁。她有种错觉，那张脸在光中渐渐融合，变成了那些她曾经钟爱的脸……

"听得我都有点儿心动了，"他笑着说，"难怪你们那么喜欢电影，它太容易让人忘记自己是谁了。You know what（你知道吗），真有人进去就出不来了。"

"哦？"

"Hyper-reality, remember（超现实模式，记得吗）？脑感作品不是都支持low（低）、medium（中）、high（高）这三档嘛，越往上越逼真，其实还有一个hyper-reality模式，只不过市面上还没有设备能兼容。实际上Psyche可以，听说有个哥们儿用破解打开了hyper，跑进了一部电影里，结果效果太猛，他都搞不清自己是谁了，最后在医院里躺了一个星期。"

"勇者啊……"她微醺。

"是吧！"他摊手，"生活就是挑战。"

他们为勇者干杯。

旧的碟子撤下去，新的碟子端上来。一只完美的橙子立在描金的白瓷盘中，像一个太阳。

戴白手套的侍者捏起那只耀眼的橙子，示意这是真的，如假包换，然后干净利落地切下一刀。

空气中顿时爆出一股刺激的鲜美味道。

她贪婪地吸了口气，几乎用鼻子品尝到了四溢的汁水，意识到自己在干什么时，她又停了下来。她有点儿害臊，偷偷瞄了一眼对面，发现对方正看着自己微笑。也许，这一个微笑，会是一种全新生活的开端……

男人开口了:"梁小姐,你愿意挑战吗?"

"挑战什么?"

"从一开始就互相坦诚。"

她瞪着他。

男人转着手,宝石戒指在指节上闪烁,"你知道自欺欺人有多痛苦吗?就像我爸妈那样。几十年了,为了个可笑的面子……婚姻本身就够可笑了,这年头连性取向都有十几种了,还能一辈子只和一个人绑在一起吗?"

"……为什么不能呢?"她的声音在发抖。

男人笑了一声,"我以为我们都是明白人……看了这么多电影,你还不懂得爱情只是短暂的幻觉吗?幻觉过去了,人还得继续生活。既然横竖都要结婚,那我从一开始就要预防这个错误。我会结婚,我会负责,但我有权爱上任何人,我的妻子也一样有这个权利。戏台已经搭好,就差一个演员了。梁小姐,what say you(你怎么说)?"

她咬着颤抖的嘴唇。

男人盯着她,研究她的表情,突然被吓得一退。

她猛地站起来,拂袖而去。

"梁小姐——"那声音竟很无助。

她凶巴巴地踩着高跟,穿过甜美的空气,拂袖而去。她不是清高,而是怕禁不起那个橙子的诱惑。

她痛恨自己。

"爱情真的只是短暂的幻觉吗?"她抓住他的袖子,也没指望他回答。

丹尼·慕容·阿莫尔不置可否地笑了笑。沉入镜中之时,她却听到一声耳语:"人生也足够短暂了。"

镜花水月。她把头浸入清凉的水中,看着金发漂游。

穿过镜子,她将在水中看到他,珊瑚轻轻摇摆,热带鱼扑闪过他的嘴角。微笑波光粼粼，好奇的眼神折射，湿漉漉的他们不属于这个时空。他跑过火药味的夜，来到她的花园。月光照亮他的脸，波光在他湛蓝的眼中回荡，几十年被压缩成一瞬间。我最残酷的朋友，我最甜蜜的敌人。一切都凝缩在你眼中，而不在你唇间。

"罗密欧啊罗密欧，为什么你偏偏是罗密欧？否认你的父亲，抛弃你的姓名吧——你到底是谁？"他是这么美丽，这么天真，带着水珠的嘴唇冰凉又灼热，她几乎问不出这句话。

他捉住她软弱的手，按在自己胸前，"来找我吧。"

他们坠入水中。

> 狂暴的喜悦有狂暴的结局
> 正如火与火药的亲吻
> 在得意间燃烧殆尽

她看到蓝色、白色和红色。浸满月光的泳池，漂浮的白裙，他鲜红的嘴唇，和他鲜红的血液。大概这就是爱情，像泪水消失在水中。

那天晚上，她没有梦见维罗纳。她梦见一座灰色的城市，词语一个接一个地在这里消失。她张开嘴，却忘了要说什么。接着又梦见一座城市，她留着高调的发型，穿着肩膀高耸的古怪衣服，眼神却像是悲伤的鹿。他坐在那里，雨打过一样，她从对方的眼睛里看到了自己。不断闪烁的画面中，一匹独角兽奔过尘埃。

"带我逃走吧。"她说。

大雾滚滚而来，吞吃了城市，所有人都在它的腹中。

雾气载着她在自动行道上徐徐前进。昨夜似乎做了梦，还说了些什么，现在她却记不得了。

抓住一个梦就像伸手抓住雾气，你越用劲，它越轻松地从手中溜走。在Psyche Alpha中做梦会怎么样？理论上是不可能的。快睡着时它会把你摇醒，播上一段音乐，让你去床上休息。这不仅仅是为了身体健康。

在幻梦中做梦,会怎么样呢……

一阵剧痛,她差点儿尖叫出来。原来是一个女人抢扶手,尖指甲抓进了她的手背。她敢怒不敢言,瞪了那女人一眼,然后缩进人群的更深处。

她喘着,吸着夹缝中的空气,腾不出手来抚摸手背,疼痛亮得像一道光。

广告在头顶闪烁,人潮一浪浪压来,不远处有人吵架。她突然觉得很恐慌,因为每个人仿佛都是敌人;她同时觉得很可怕,因为这样的生活似乎了无尽头。

她挣扎着伸出手指,按下了眼镜上的强力降噪按钮。

电波在耳蜗中轰鸣,太阳穴一阵刺痛,忍过这一阵,世界就清静了。她缓缓环顾四周,人们好像上演着可笑的哑剧。大妈们挎着假冒的名牌包,挥舞着镶着荧光色电路的手指,对看不见的某人品头论足。少女沉浸于摇滚,自顾自地扭动着身体。坐在她对面的老外,腿长得与她膝盖碰膝盖,眼镜上晃动着五颜六色,而他正无声地仰天大笑。列车摇摆,摇摆,窗外白蒙蒙一片。

到站了,人们梦游一般鱼贯而出。

她和Seb坐在街边的高脚凳上,吃着咖啡厅的三明治。从出货口里掉出来的午餐,和每晚的即热食品没有什么区别。依旧被雾气笼罩的中午也只是比早上亮了一点。两个人坐在迷雾之中,就像坐在两座孤岛上。

Seb盯着所剩无几的生菜,轻声说道:"我觉得我要被开掉了……"

"瞎说。你的羊不是卖得很好吗?"那羊已经成了她桌上的常客,她渐渐明白为什么它成了销量黑马。因为它没有表情,没有性格,什么都没有,所以谁看着都顺眼。

Seb把午饭的残骸往桌上一甩,说道:"他们已经不需要我了。那个叫Pablo的玩意儿,比谁都知道客户喜欢什么,能够自动学习trendy styles（时尚风格），五分钟就能出十种design。现在我要做的，只是挑出漂亮图片喂给它而已。"Seb在中国待了五年了，翻译助手还是不放过他，尽忠职守地把一个个单词念出来："巴勃罗""流行的风格""设计方案"。

她垂下眼睛，"我还不是一样，每天坐等Bill把我赶走。"

"喂，你不一样。我这种技工到处都有，可这么懂humor（幽默）的只有你。程序再厉害也讲不了笑话。你上次的宣讲，中间插了段动画，我笑了整整二十分钟！"

"多谢夸奖。"她也笑了。

"那叫什么？"Seb兴奋地问，"有一只老鼠和一只猫的？太好玩了，但感觉很……古老。"

"是很古老。"她说，"我有个前男友在图书馆工作，他那部门其实根本就是个考古所。我经常溜进去看他们仓库里的老电影，那种连立体化都没有的古老电影，看了好多。你知道吗？刚才说的那部动画片，竟然是手工画的！"

Seb倒吸一口气，这反应让她很满意。她补充道："现在想想，都不知道自己是喜欢他还是喜欢那个图书馆……"

Seb耸耸肩，"有什么关系呢？"

她低头去吸可乐。一个人影突然欺身上前，单膝跪下，打开一个小盒。帅脸上洋溢着得意之色，盒中闪耀着最新的电影和游戏。

她挥挥手，跪着的家伙马上消失成一团残影。

"我永远没法习惯立体广告，"她说，"第一次看到还是在晚上，当时真把我吓惨了。"

Seb显然对人脸更感兴趣，他问道："那是谁？"

"山崎皮埃尔。"

"这名字听起来像是我的……我的……"翻译助手无视了Seb找词的努力，朗声念道："老乡。"

的确，他们都是法日混血。

"让我看看。"Seb凑过来，和她共享了视野，两人面前顿时多出来一堆窗口。

他接过山崎的照片，问道："你喜欢这种类型的？"

她看着那张熟悉的脸，一个月前还是她的最爱，可现在她已毫无感觉。她想起无数热爱过的电影明星，几次不咸不淡的交往，雾气慢慢罩住了图上的脸庞。

"你曾经疯狂地爱过一个人吗？"她脱口而出。

Seb挑起眉毛，笑了。

"我疯狂地爱着他。"他说，伸手掏出一个小窗口。

一个美少年站在她面前，头发极短，眼眶深邃，嘴唇性感，令人干渴难忍，手臂和躯干间缠绕着电线，露出闪着寒光的金属骨架，用刀子一样的眼神剜着她。

"他叫哈尔。"Seb喜滋滋地说。

"你男朋友不会嫉妒吗？"

他惨然地说："分了。他不能接受哈尔。"

她盯着那少年，皱起眉头。他很美，可是……他是机器还是人扮的机器？无论如何，不可否认"它"的身上有一种奇异的美感，正是这种错位之美磁石般地吸引着Seb。

她想到另一个扑朔迷离的"人"，他的存在和眼前这位哈尔一样刺痛人心。一个浑身错误的程序，口中却吐出真理。一个非人之物，入侵了她的心。

……还是反过来？

她仿佛看到，就在隔壁桌，坐着一个穿风衣、戴呢帽的男人。他捧着一本书——一本真正的书，帽檐下亮起熟悉的眼神。她想起来，这是在仓库里看过的电影，这就是她丢失的那个梦。她突然觉得身边的一切渺小又可悲，唯有他的亮光穿透迷雾。

她轻轻地背出台词：

"我很害怕。遇见你之后，我就不再是正常人了。在机器的统治下，词语一个接一个地从生活中消失。帮帮我，我该到哪里去找它们？我该对你说什么？"

他合上那本书:《痛苦之都》[1]。

"你必须自己想起来,公主。否则就会和那些幽灵一样,永远迷失在这座城中。"

谜题解开了,她再也不需要痛苦。答案这么简单,让人哑然失笑。

她爱的从来不是一个模型和几段录像,那后面有一个人,一直有一个懦弱又真实的灵魂,在那虚假的躯壳后面。这才是"程序错误"的真相:从来就没有错误,只不过是另一个用户的即兴演出罢了。那个用户不知怎地把自己伪装成了化身演员。也许真实的他并没有这么有魅力,美貌不过是虚构出来抵挡现实的武器。也许他也一直在寻找一个人,把自己拉出循环往复的孤独。她会是那个人吗?对他说出那些失落的词汇,与他一起逃出"阿尔法城[2]"的那个人?

她想:我疯了。不知道他是谁,连他是男是女是老是少都不知道。也许,只有他的表情、他的小动作、他脱口而出的那些话是真的。她只知道他并不遥远,因为他的反应没有延迟;只知道他愿意陪伴她,而且比她更懂自己。

如果这是一场赌局,胜算真是小得可怜。但是,只能孤注一掷。

她又想:赌局?别侮辱他了。如果他是水,她就是沙漠里快干死的人,却不愿张嘴接受这个诱惑。如果他是火,她就是飞蛾,她的命运注定就是扑火。飞蛾会计算胜率吗?水和火又姓甚名谁?

她以为自己在爱,其实从来没有爱过。明明什么也没有做,不过是站在紧闭的门前等待罢了。

"下次见面,就是在hyper里了。你愿意来吗?"

她看着他,不知道恳切的目光能否穿过光纤,穿过电子,穿过神经,传进他幽暗的心。

1.《痛苦之都》是法国超现实主义诗人保罗·艾吕雅的一部诗集,于1926年9月出版发行。
2.《阿尔法城》是法国导演让·吕克·戈达尔执导的一部剧情片,该片讲述了人早已被称为"阿尔法60"的超脑计算机完全统治的故事。影片于1965年上映。

他的绿眸闪了闪。

她紧紧盯着，那绿色似乎暗了下来，摇曳着读不懂的影子。

他微眯起眼睛。

星期日的下午，风雨如晦。小窗露出泼墨般的天色，大风摇撼高楼，发出可怕的呜呜声。她躺在打开的座舱里，觉得末日要来了。

的确是末日，丹尼租期的最后一日，也许从明天起，她就再也见不到他了。

眼镜连上Psyche Alpha，机器切到开发者模式，只等她输入破解代码。

还是通过南极火烈鸟的关系，她摸进了一个神秘的论坛，一个教学帖下散落几条意味模糊的留言，直觉告诉她：这代码是真货。

粘贴进去的时候，她的手在颤抖。半生第一次如此随心所欲，脑中闪过唯一一个念头是，终身保修泡汤了，宝贵的会员身份估计也要离她而去，网管总局或许已经盯上了她……

她却根本没去想这样玩可能把自己搞进医院，甚至闹出更严重的后果，即使她心底一清二楚。

这是最后的告别，不管要付出什么代价。也许她会忘了世界，也许她会忘了自己。然而在比真实更真实的幻境中，爱也将更加逼真。如果他愿意来到幻境，就能看到一颗滚烫的心，她会不顾一切地抓起他的手，和他一起逃离。

重启。呼吸灯加速闪烁起来，像是一种警告。

她摘下眼镜，瘫在椅背上，身体瑟瑟发抖。害怕还是亢奋？她止把自己拖入一条自我毁灭的道路。就知道会有这么一天，从见到他开始……不，从见到他们开始……

然而她还是挡不住那温度，手颤巍巍地向前伸去，摸上Pysche Alpha柔软的内壁。

触到的地方亮起了灼手的光芒，然后骤然熄灭，舱盖合拢，把她关在一片飘浮的黑暗里。

蝴蝶扑闪翅膀，背上浮出新的名字：
HY-RE。

世界轰然打开，从四面八方侵袭而来，挤入这具渺小的身体。她像是突然聋了，瞎了，只能在方寸间摸索着。

"我是谁？"她一只脚踏在栏杆上，下面是奔涌的河流，黄绿色的河水有一种天鹅绒的质感。盯了一会，水流仿佛变成了冰晶，晶面上映出了一个穿着灰绿色连衣裙的小姑娘，涂着口红，戴着帽子，大概十五六岁的样子。"啊，那是我。"

没有一丝风。永远是这么炎热，热得像永恒一样。广阔的、静止的黄绿色天空，仍像她从出生起便熟识的那样。湄公河翻滚着热浪，无边无际。

那时她十五岁半，世界对她而言大得恐怖。她几乎迷失其中，迷失在循环往复的时间里，因为像母亲一样，她有未卜先知的本事。就像这时，她有预感这次横渡会横贯自己一生。

身上只穿了一件旧得几乎半透明的连衣裙，与这大河一个色调，里面没穿什么，热气仍旧不断地蒸腾上升。还是那双镶金带的黑色高跟鞋，磨损得叫人看不下去。一只脚踏在栏杆上，不安分地扭来扭去。嘴上搽了偷来的口红，樱桃色，她想让人无时无刻不注意自己的嘴唇。最醒目的是头上那顶男士平檐帽，两条辫子从中垂下来。实在是太大逆不道了，但她很得意。

那个漫长而炎热的时刻，一切都静止着，只有渡轮在河面上平移。她的脑中，过去和未来匆匆闪现：母亲、大哥、小哥哥、贫穷、憎恨、注定毁去的海堤和终究来到的死亡……最后定格到那个男人，对了，他就是马上要发生的事。那辆崭新的黑色小汽车里坐着身穿白西装的男人，他马上要来拥抱她的身体，像不可阻挡的海潮一样，留下痕迹和泪水。

他来了。那一瞬间很沉重，她在先兆中见过他，在回望中见过他，在此刻见到他。他似乎又不属于这个世界，她仿佛在什么地方见过他，也许是在梦中。

他来了,他还是来了,不知为何,她居然有点儿想哭。他是一个风度翩翩的中国男人,穿着柞绸西装,浑身上下是蜜糖般的肤色,眼睛深暗,却又能像玻璃一样透出天空的绿。

他颤抖着拿出一支烟,仿佛有些烫手。但他始终在微笑,好像怕她一样。

两个人呼吸着带一丝咸腥味的空气,耳边充斥着听不懂的话语、鸡鸭的聒叫和轮船的轰鸣。

作为一个中国人,或者一个混血儿,他长得很英俊。身上带着淡淡的烟草味,慌慌张张地眨眼,低头,波光像蝴蝶一样在他的眼皮上闪动。

"小姐,您抽烟吗?"

"不,谢谢。"

他自言自语,她只是微笑。他说帽子很衬她,她那么漂亮,想干什么都可以。

他邀请她坐自己的车去西贡。车门关上的一瞬间,眼前的景象暗了下来,一种无力感突然出现,一片雾气开始弥漫。

肌肤有一种五彩缤纷的温馨。她几乎眼冒金星。世界已经足够鲜明,现在更是难以忍受。又来了:自我碎成了一片片。她像是在万花筒中看着自己,在五彩的大海上漂浮,随着一个个浪头沉浮,沉浮,别无他法。

皮肤上有汗水、水果与蜜。脖子高仰,像一座教堂。她品尝他的锁骨,肌肉起伏,如同无边无际的沙丘。沙丘载着渺小的她,涨落,她是每一粒沙,又是整座沙漠。

不知为何,她觉得这不是第一次知晓身体的秘密。自己内心深处一定不是孩子,而是个女人,因为填不满的欲望而早早老了。

爱我,她对他的皮肤说。这身体如此美丽,她从没见过这么美的东西,仿佛指尖一划就会起火。爱我,她又一次恳求。明明不久前才认识他，却好似已渴求了他几个世纪。

终于在他怀中，她抓得那么紧，紧得留下了印子，仿佛一松手就会烟消云散。欲念沿脊柱燃烧，背上有烟与蜜的气息，他像海潮一般在体内起伏。大海是无穷无尽的，她向刺眼的光芒坠落。

快乐叫人痛苦。她始终渴望更多。真可怕，这忘我中包含了太多毁灭，所以才叫人上瘾。

暮光流淌进来，外面的世界开始入侵室内，鼎沸的人声、尘土的气味、乳香和炭火的热浪。他们与世界反向运动，一去不复返。他诉说，说他被她骗了，不管她爱他还是不爱他，对他都是致命的。她听着，神游天外。那不是他应该说的话，因为他才是无情的，而她是卑微的。

世界是无情的，她的悲哀，不再只有无可救药的母亲、心狠手辣的大哥，一片从出生起就逐步迫近的阴云，还有一种悲哀在房间里闪烁，更浅薄，又更深远。

谁的悲哀？也许她在做梦，在这具金色的躯体上。她梦见一种向上的引力，另一重轮廓要从身上破茧而出。又来了：时间成群结队地造访。甜蜜的肉体，美丽的眼睛，鼻尖的芬芳，明晃晃的噪音，翻腾的黄绿河水，一生也难以忘怀的下午。落在车窗上的那个吻，是她能给他的一切，也是他们能抓住的一切。没有未来，连现在都没有。他终究在锣鼓喧天之中，迎娶了珠翠满头的新娘，而她直到坐上远洋的巨轮，月光灌满纯粹的蓝，蓝色和音乐让她胆战心惊，那时才发现自己拒绝承认的爱。他们用那份爱筑起抵挡太平洋的海堤。

现在就说。爱我吧，一次又一次地爱我。以她的冷漠，似乎不应该说这种话。可她还是她吗？眼前灼灼晃动的是男人的脸，他的眼睛，他的诗句，灰得毫无希望的天空，永远追逐他的那些不同又相同的女人，还有痛苦之都。

现在就说。说出痛苦之都遗忘的词语。

她抓住他的手，那双手修长有力，骨节分明，她早已在许许多多地方熟识。"你不是情人，我也不是少女。不是丹尼，也不是爱娃。"

他的眼神不可捉摸，她凑到他耳边，说出自己真正的名字，"来找我，就这么一次！花神咖啡馆，我每天中午都在那儿等你，直到看见你来。"

那眼中汇聚着风暴，她跌进在星门边燃烧的天火，又掉进蝴蝶鳞片的海洋，终于望见了真实的一角。

天气很不错。阳光从小窗里照进来，点亮了整个房间。

她难得地起了个早，坐下来吃早餐。昨晚没有做梦，起来之后神清气爽。

丹尼·慕容·阿莫尔从Psyche Alpha中消失了，但她并不怎么伤心。

这一个月来，仿佛大梦一场，如今迷幻散去，现实一点点在身上醒来。

她是幸运的，比那个在医院里躺了一个星期的勇者幸运，比大多数人幸运。她看着那一小块方形的阳光，不知怎的，觉得丹尼并没有走开。

纵横交错的自动交通管道的间隙，闪现出久违的蓝天。

她第一个来到办公室，Seb的化身跳出来，说他跳槽了，因为羊卖得好，被晓梦挖去了市场部。

她祝贺了Seb，然后打开文档。"电子作家"开始工作，她瞄了一眼，觉得它也不是那么碍眼了。

这个上午轻巧、高效，她精神百倍地完成了那些无聊的工作。现在她不去设想未来：那个人可能会来，也可能不来；可能是他，也可能不是。在冒险的那一刻，她就准备好了支付代价。

但像所有女人一样，她心底还是怀着最美好的期待。

高跟鞋嗒嗒踩在石砖上，她却像是踩在云端，一颗心悬了起来。

咖啡馆就在前面，人们在古朴的木门中进进出出。这里的东西其实一点儿都不好吃，咖啡馆卖的不过是一个名字、一个地方，她却愿意天天来这里坐着，幻想自己是电影的女主角。

幻想……没有幻想了。从今天起，她要向自己揭示生活的真实。

还没等走进去，浮在门口的新闻换了一则：

晓梦放出风声：智能演员即将上市。晓梦实验室近日称，新一代化身演员已完成内测，将于春季发布会上正式推出。慕容普罗博士："……和之前比完全是天翻地覆。它会根据你的记录、你的口味，自动变成你最渴望的样子，而且随着不断使用，它会变得越来越智能。可以说，它比你更了解你的欲望！我觉得这是一个伟大的产品。我们希望通过它来复兴电影这门古老的艺术……"

博士还在说着什么，可她已经听不见了。她哭泣起来，人们纷纷抛来白眼，谴责她挡住了路。

阳光那么刺眼，暖洋洋地照在身上，她却觉得肋间被拆开的那个地方寒冷彻骨[1]。

然而献祭已经完成，在某处，在遥远的某处，亿万人的爱神已经诞生。

1.《圣经》中，夏娃是用亚当的肋骨创造的。此处反用此典，指丹尼这样的虚拟恋人是用女主角爱娃（Eva）的欲望创造的。

金陵十二区

桂公梓

(本文获第26届科幻银河奖、第6届全球华语科幻星云奖)

科幻小说通常地域性都非常弱。科幻小说立足全人类视野,几乎不把视线集中在地球某个区域并审视当地特点。正因为如此,科幻小说中极少有以地域文化为审美观照对象的作品。

然而桂公梓的《金陵十二区》,却是与南京风物紧密结合的一篇非常独特的作品。这篇妙趣横生、令人捧腹的科幻小说,嵌满了南京的地域特点和热点事件,既使得其伸手可触、异常生动,又凸显了极强的现实感和时代感。

一

我在一个收入不算丰厚的小公司上班,所以业余时间,我会开着自己的标致308载客赚点儿小钱补贴家用。

换句话说,我白天是一个苦逼的小公司白领,晚上是一个苦逼的黑车司机。

这天傍晚,我将车停在仙林中心地铁站口等客。

这里地处郊区,公交不便,所以黑车的生意还算不错。一班地铁到站,一大波人从站口拥出,黑车司机们纷纷上前去招揽生意。

我坐在车里没动。我从来不去主动拉客,因为不愿意忍受陌生人的漠视和白眼,可能是小时候读书读迂了,拉不下小知识分子那点儿可怜的面子。所以,我的收入比其他司机要少上一大截,老婆常常骂我没用:"连开个黑车都开不过别人!"

突然,副驾驶座的车门被人拉开,一个戴着鸭舌帽的中年男子猫着腰跨进车来,随即把身子深深埋在座位里,对我说了一声:"送我出城。"

我还没来得及开价,他又补充了一句:"给你两百。"

我挂上挡,松开离合,一脚油门驶离了地铁站口。

戴鸭舌帽的乘客关上了副驾位置的窗玻璃,又回头往后挡风玻璃外望了几眼,重新把身体靠在座椅背上,看上去心事重重。

我换到三挡,车速超过了四十迈,车门自动咔嗒一声锁死了。

乘客似乎轻出了一口气,听了一会儿FM101.1里正在播的邓丽君的《南海姑娘》,对我说:"还是老歌好听,袄?"听口音是北方人。

我目视前方,点了点头。我并不像其他出租车或黑车司机一样爱跟客人瞎侃。只不过半小时或四十分钟的路程,一份短得不能再短的服务合同关系，没必要了解彼此或者培养感情。

他也不再说话，不一会儿响起了轻微的鼾声。

我驾车驶离仙林，开上玄武大道，连续穿过玄武湖隧道和新模范路隧道，越过定淮门桥后左转，上了江东北路。还有几天南京青奥会就要开幕了，这条江东北路是通往奥体中心的主干道，经过一年多的围挡施工，上周刚刚开放通车。除了新挖出几条快速通道，加修了一道绿化带，与之前相比并没有太多的变化。市民对此很不满，认为有人在借开运动会之机修路敛财。

长期的施工在这条并不算焕然一新的道路上留下的痕迹十分明显，一些被渣土车压碎的路面还没有来得及修补平整，刚过第一个红绿灯口，我的车就碾上了碎石块，猛地颠簸了一下。

乘客被惊醒了，猛地直起身体，环顾四周。

太阳还没有完全落山，在昏暗的余晖、工地的扬尘和车流的尾气中，这个城市看起来模糊而又陌生。在左前方，新城市广场的霓虹灯刚刚亮起。

乘客愣了几秒钟，然后突然冲我近乎疯狂地喊起来："这里是哪里？你要带我去哪里？"他身体前倾，像是随时准备来抢我手中的方向盘。

我吓了一跳，赶紧扶稳方向盘，转脸对他说："江东北路啊！"

他满脸惊恐，声音颤抖："我，我要出城，我告诉你我要出城的啊！"

我说："是啊，这不正在带你出城吗？前面过去几条街右拐就是长江隧道了。"

他咆哮起来："为什么要走隧道？为什么不走长江大桥？谁让你走隧道了？自作聪明！"

我努力让自己保持风度，语调平和地告诉他："今天是周末，现在又是晚高峰，大桥堵得死死的，没有个把小时出不了城。隧道车少，二十分钟就出城了，你放心，过隧道的钱不要你出。"

他不说话了。

我长出一口气，尽量把车开得平稳，心想这人看起来有点儿神经质，自己最好保持沉默，不要再招惹他，赶紧过了隧道，收钱走人。可他不会赖账吧？万一真是个精神病，到时候撒起泼来不给钱怎么办？

想到这里，我扭头望了他一眼，结果发现他正在死死地盯着我看，细小的眼睛里精光大盛，紧抿的双唇线条坚毅，这一刻，他看上去就像一个训练有素的侦察兵。

我被看得心里发毛，刚想说点什么打破僵局，他突然放开嗓门，对我大吼了一声："撒拉嘿哟[1]！"

我心里咯噔一下，不好，要出大事，此人不但是个精神病，而且他莫不是看上我了？今天这车钱要不要得到暂且另说，搞不好还得失节……一个在省妇幼医院工作的朋友跟我说过，对待精神病人一定要耐心，不能刺激他们，否则他们肯定会变本加厉。必须得顺着他们的意来，有求必应，循循善诱，才能把他们稳住。那个朋友在妇保科工作，号称"妇科圣手"，至于他怎么会对精神病领域有所涉猎以及研究成果是否靠谱等问题，我已经无暇思索，此刻情况紧急，只能死马当作活马医了。

于是我挤出一个微笑，用哄小朋友的语气安抚他："好的啊，我也撒拉嘿哟……"

他听了我的话，嘿嘿一笑，眼中精光退去，重新坐回副驾驶座，口中喃喃："看来，你不是他们的人……"

我心呼万幸，看来妇科圣手对精神病人的研究成果颇具指导意义啊。

他扭头看了看我，又接连嘿嘿嘿嘿地干笑了几声，像是试图缓解刚才的尴尬气氛，他问我："你知道刚才在地铁站我为什么要坐你的车吗？"

我摇摇头。这时候话说得越少越好。

---

[1]. 韩语"我爱你"的意思，是韩剧的常用语。

他似乎也不准备等我回答，继续说道："因为你的车是红色的。"他停顿了一下，"红色的，你知道吗？他们都是色盲，红绿色盲。"

见我没吱声，他又补充道："他们只会开黑色和白色的车，所以红色意味着安全。"

我打定了主意不理他，自顾自地开车，根本不准备追问他这个"他们"究竟是指谁。看来他的病是妄想型的，口中反复念叨的"他们"也许根本就不存在。

见我不感兴趣，他知趣地闭上了嘴，有点儿悻悻地左顾右盼了一会儿，问道："兄弟，有烟吗？"

我从储物格里拿出一包拆开的金南京递给他。

他抽出一支，按下点烟器，然后问我："来一支？"

我说我不会，车里备着烟就是给客人抽的。

他连连说道："哦，服务周到，服务周到……"

点烟器当一声弹起，他点着了烟，深吸一口，"还有多远到隧道？"

"前面过去五个路口，就是应天大街，左转走个三四公里就进隧道了。"

他点了点头，叼着烟，陷入了沉默。

天色渐渐黑了下来，我打开车灯。已经过了清凉门，车流开始拥堵起来，不知道是不是前面出了什么事故。

他抽完了一支烟，取下鸭舌帽，故作轻松地跟我说道："刚才不好意思啊，兄弟，我有点紧张过度了。"

我赶紧说没事没事，理解理解，现在大家工作生活压力都大。我心想他这会儿看起来恢复正常了，也许是间歇性精神问题，法律上叫"限制行为能力人"。

他说："我紧张是因为你走的这条路，我太熟啦。虽然几年没来了，这里也修过变了样子，但我还是一下子就认出来了……这条路一直走下去，就是奥体中心啊！"

我说对啊，再过几天这里就会非常热闹的。

他冷笑一声,"哼,愚蠢的人类,死到临头还不自知!"

我的心一沉,完了,又犯病了……

他又点上根烟,窝在座椅里一口接一口地猛吸,烟头的火光中,他的脸庞忽明忽暗。

道路已经堵死,车完全开不动了,我拉上手刹,第一次仔细端详了一下这位乘客。

此人三十五岁上下,中等身材,略胖,眼睛细长,鼻梁高耸,嘴唇厚实,总体说来其貌不扬,属于走在大街上很容易淹没在人群里的那种人。此时他目视前方,脑子里显然在思索着什么,眼中那种与外表不符的凌厉光芒再次慢慢堆积。

"兄弟,你这人不错。"他一边说,一边狠狠地吸了最后一口烟屁股,像是有了一个重大决定。

他开口对我说:"你知道南京一共有几个区吗?"

"十一个。"对于在南京朝夕不离地生活了几十年的人来说,这个问题再简单不过了。

他轻轻摇了摇头,像是在耐心对待一个做错了数学题的小学生。"十二个。"他伸出右手的食指和中指,"一共有十二个区。"

我心想,这一定又是一名恋旧的白下区复辟主义分子,或者是顽固的下关区遗老遗少的一分子。

他看出了我的不屑,却不以为意,"听说过美国的51区吗?"

我当然听说过,好莱坞电影里经常演,阴谋论者们坚持认为那里有外星人,其实那只不过是一个位于内华达州的美国空军测试训练基地而已。

他点了点头,双眼定定地看着我,用先知宣读《启世录》一般的语调缓缓地说:"美国政府1944年建立了51区,直到2013年才被迫承认它的存在。51区的秘密,在美国被隐瞒了将近七十年。而南京第十二区的秘密,还会被隐瞒多久?"

我愣了一下,"你的意思是……南京有个秘密的空军基地?"

"不,我的意思是,南京有个秘密的外星生命基地。"

我难以置信地看着他。

他上身穿着短袖格子衬衣，下身是卡其色西裤，脚上穿一双沾满泥点的皮鞋，系了一条有金属扣的黑皮带，并且把衬衣下摆掖进了裤子里——无论怎么看，他都不像是个穿破洞牛仔裤配大号涂鸦T恤的狂热外星粉或死宅科幻迷。

但话说到了这个份上，我已完全无法抑制自己的好奇心，于是问他："那你说的这个……呃，外星生命基地，在哪里？"

他微微一笑，抬起右手指向前挡玻璃，说道："就在前方。"

我顺着他手指的方向看去。天已经黑透，拥堵的车流挤满了这条宽阔的江东北路，红色的尾灯连成一条蜿蜒盘踞的巨龙，一直延伸到几条街区之外的应天大街高架上。时间是晚上七点，马路两侧的商场和高档饭店灯火通明，过街天桥上行人如织，堵死的路上喇叭声鼎沸，这是一个二线中的一线城市傍晚司空见惯的喧闹场景……

无论如何，这都不像是一座已经被外星文明光临的城市。

他的口中吐出四个字："奥体中心。"

二

"没错，奥体中心就是南京第十二区，一个藏有外星生命的秘密基地！这是一个极少数人才掌握的绝对机密！"他看了我一眼，仿佛是在判断我是否感兴趣。

我赶紧表示自己在听。虽然暂时还无法判断他究竟是个精神病、妄想狂，还是个看科幻片看坏了脑子的大龄宅男，但既然现在堵在路上无所事事，听他掰扯一番倒也无妨。尽管我不大相信外星人之类的故事，但对未知事物保持包容的态度还是一贯都有的。

"外星生命是世纪之交在南京被发现的，那时候整个河西几乎还是一片芦苇荡。"他主动伸手到储物格里，拿出那盒金南京，抽出一根点上，"当时是一个小电器公司拿了那片地，就是现在奥体中心的那一带，因为偏僻，所以比较便宜嘛。当时，那个小电器公司买来准备盖物流仓库，结果挖地基的时候挖出了一架飞行器……"

"等等，"我打断他，"飞行器？你指的是飞碟吗？UFO？"

"不完全是，"他吐出一口烟，说，"很难形容那到底是个什么东西，看外形是飞行器，而且有可靠的证据证明它曾经飞行过，但是，它本身也孕育生命，就像一个大子宫。"

"有生命的飞行器？我知道了！"我想到了《变形金刚》，"是来自塞伯坦星球的超机械生命体吗？"

他轻蔑地瞟了我一眼，"你是不是好莱坞电影看多了？"

我被他的话噎住了，这句话本来应该是我拿来说他的。

"总之，在飞行器里发现了处于休眠状态、靠飞行器供给养分和循环体液来维持的外星生命，于是有关部门将那一带划为禁区，秘密开展科学研究。那个小电器公司签订了保密协议，并负责资助各项研究经费，作为筹码，政府重点扶持该公司发展，各项优惠政策向其倾斜，短短十来年，一个卖电器的小公司就发展壮大成了一个集家电、百货、电商、地产于一体的庞大商业帝国。"

我脱口而出："你说的是苏宁？"

"我什么都没说。"他显示出一种与其气质不符的谨慎，抬腕看了一眼手表，"你带手机了吗？"

"带了啊。"

"关机。如果你想继续听下去的话。"

我从裤兜里掏出手机，关掉。

他看着我的动作，"把电池抠出来。"

"啊？"我对他的颐指气使有点不满，"为什么？"

他把腕表向我亮了亮，"我们的谈话已经快十分钟了，提及敏感词的频率也超过了信息筛选系统的自动忽略值，如果十二区的技侦部门业务没有懈怠的话，应该已经注意到并且快追踪到我们了。"

"可是我的手机已经关机了啊……"我诧异地说。

"没用的,"他摇摇头,"只要电池还留在手机里,他们就可以监听到我们所说的每一句话。"

"可是,"我无奈地晃了晃手机,"它取不出电池啊,我用的是小米3……"

他愣了愣,然后一把抓过我的手机,打开窗户丢了出去。

"哎呀,喂!"我不满地叫起来,"那是我新买的!"

"我是为了你好!"他嗓音低沉,"你是不会愿意被牵涉进来蹚浑水的。"顿了顿,仿佛要安慰我似的又说了句,"反正小米手机很便宜的,袄?"

我有些生气,可又不敢发作,毕竟面对的是一个举止不太正常的准疯子,而且目前他的情绪看起来不算稳定。于是,我保持沉默不理他。

他扔了我的手机后明显心情愉悦,整个人都放松了下来,"好了,现在没人会听到我们说话了。我们说到哪儿了?……嗯,划了禁区,其实那时候河西人烟稀少,划不划禁区没多大区别。政府调集军政科研人才成立了十二区指挥部,不隶属任何部门,专门负责对外星生命体的挽救和研究,毕竟这是中国境内发现的第一个外星文明痕迹。随着挖掘的深入,人们发现这架飞行器庞大得惊人,有五六个足球场大小,深埋在地下三十多米的位置。从飞行器的倾斜度和损坏状况来看,应当是坠毁在这里的。"

我忍不住出言讽刺:"五六个足球场那么大的飞碟坠毁在南京城里,难道就没人看见吗?"

他不急不恼,回答:"有人看见啊,还有图文记录呢……"

"谁看见了?我怎么没看见?也没听说谁说过啊?"

他微微一笑,反问道:"那时候还没你呢,听说过吴友如吗?"

"呃,是吴君如她妹吗?"

"没文化!"他鄙视地说,然后给我普及起历史知识来,"吴友如是清代画家,曾在南京生活过。他在光绪十八年,也就是一百多年前的时候,画过一幅画,叫作《赤焰腾空》,内容就是人群聚集在夫子庙朱雀桥头,仰望空中飞过的一架不明飞行物。画上配的文字里说,'九月二十八日,晚间八点钟时,金陵城南,偶忽见火毯一团,自西向东,型如巨卵,色红而无光,飘荡半空,其行甚缓。'据十二区文史专家推测,这架坠落在河西的飞行器与画中的'火毯'应该是同一物体,不知出现了什么故障,'火毯'失去动力,低空掠过夫子庙一带,最终落在秦淮河以西、长江以东的芦苇丛里。"

说这番话时,他从一个神经兮兮的幻想狂突然变成了文质彬彬的老夫子,让我十分不习惯,尤其是他摇头晃脑背诵那段古文时的样子,令我想起了初中的语文老师。

他看出我并不十分信服,于是开始循循善诱:"你想,南京这样一个二线城市,当年为什么要匆匆建设奥体中心这样一个大型体育场?那可是当年和之后很长一段时间里全中国最大的体育场,这和南京在全国城市中的地位根本不符。而且,这么大一个项目,只用了不到两年就完工了,为什么这么着急?"

"不是因为要开十运会[1]吗?"

"年轻人,你被表象迷惑了。"他又换成一种充满哲思的语调,"仅仅为了一届国内赛事,有必要建设这么高规格的体育场馆吗?而且,你有没有想过,十运会和奥体中心,究竟哪个是因,哪个是果?"

我完全被他撒出的云山雾罩搞迷糊了,"你的意思是……"

"我的意思是,为了十运会建设奥体中心,完全就是个幌子,其真实目的有两个。"他又点上一根烟。

我心里默默数着,这孙子已经快抽了我半包烟了。

"第一个目的很好理解,将奥体中心建在十二区,是为了掩盖外星飞行器,其实飞行器就在奥体中心的巨型地下室中;第二,为什么不建其他建筑物,例如商场、CBD、公园,而要建一座那么招摇的体育场呢?"

---

[1]. 第十届全国运动会于2005年在南京举办。

我摇摇头。

他吐出一个烟圈,"为了繁殖。"

三

堵车已经十多分钟了,很多司机等得不耐烦,纷纷下车跑到前方去察看情况。

有一个司机骂骂咧咧地往回走,经过我的车时,我打开车窗问他:"哥们儿,什么情况?"

他操着标准的南京口音说:"前面汉中路十字路口听讲有几个呆瓜开车撞到一起了,交警还没过来,现在一跌儿都动不了了。"

我关上车窗,转脸继续问他:"繁殖?什么意思?"

他听了司机的话,眉头紧锁,想了片刻,重新把鸭舌帽戴到了头上,然后伸手拿起烟盒顿了一下,抬头对我不好意思地笑了笑。

我说:"抽吧,没事。"心里暗想有这么大的烟瘾你自己身上怎么不带一包?

他点上烟,继续说下去:"十二区指挥部在那架飞行器里发现了休眠的外星生命体,并在其中一个外星人身上探测到了生命体征。经过多方努力抢救,这个外星生命体活了下来,并完成了初步复苏。"

"只救活了一个?"我忍不住插嘴道。

"是的,一共十二个密封休眠舱,但大部分外星生命体在飞行器坠落时由于撞击,导致舱体破裂营养液泄漏而死亡。但是,毕竟存活下来了一个。"他的语调开始有点激动起来,"而且,幸运的是,活下来的这个,是雌性。"

"呃,然后呢?"

"经过专业医疗团队的会诊,她完全恢复了健康。然后,具有划时代意义的时刻到来了——她和十二区指挥部的领导进行了交流。这可能是人类历史上第一次和外星文明进行真正意义上的交流——如果美国的51区真的仅仅是一个空军测试基地的话。"

我提出了此刻我最关心的问题："十二区指挥部的领导是什么级别？"

"可能是副部吧，反正是中央直接下派的。"他不满地看了我一眼，"你的关注点很市侩啊。"

"没办法，我听到领导两个字就想知道到底是多大的领导。另外我不明白的是，外星人跟人类怎么交流？难道她会说中文？"

"他们是比地球人进化得更高级的生命形式，已经淘汰了语言，用脑电波交流。她想告诉人们什么，内容就会直接出现在受众的脑子里。你感受一下。"

"我感受不出……"我想了想，"是不是大概……有点儿像托梦？"

"随便你怎么想吧。"他说，"女外星人用脑电波自我介绍说她名叫珍妮……"

"喂，太扯了吧！"我忍不住叫起来，"一个外星人怎么会叫珍妮这种名字？"

"那你觉得她应该叫什么？"他挥挥手，"不要在意这些细节，叫什么还不是一样？有个名字说起来方便就行了。"

"好吧，珍妮说什么了？"

"她首先介绍了自己的来历。"他又抽完了一支烟，把烟头摁灭在扶手边上的烟灰缸里，"他们来自另一个恒星系，原先居住的那个星球自然条件非常恶劣，有三个太阳，在相互引力的拉扯下运动十分不规律，有一个或两个太阳的时候就还好，而一旦三个太阳同时出现就会引发大灭绝，可是如果一个太阳都没有，就会进入冰冻期……"

"等一下等一下，"我打断他，"这个情节我觉得好熟悉……你确定你不是《三体》这套书看多了？"

他皱起眉头，喃喃自语："这一点我也觉得很奇怪……刘慈欣知道的太多了，他小说里的很多细节是十二区之外的人不可能掌握的，我怀疑他是十二区的叛逃者，或者，他根本就是第三代外星人……"这时他摇了摇头，像是要把大刘从脑子里甩出去，"先不说他。珍妮他们赶上了好时代，在一个漫长的单个太阳起落的时期里，他们发展出了高度文明，并在末日来临前登上飞行器逃离了那个星系。但是，在星际旅途中，他们遭遇了小行星爆炸形成的太空碎片带，失去了绝大部分动力。面对这重大危机，机长做了个冒险的决定，用仅存的燃料进行了空间折叠，结果这一冒险行动失败了，他们从翘曲空间中跌落，在宇宙中依靠惯性飘荡了不知多久，最终落到了地球上。"

我不住点头，示意他继续说下去。

"珍妮表示了对地球的友好和对人类的感谢，接着就提出了繁殖的要求。"

"怎么繁殖？和谁繁殖？"我接连提问。

"当然是和人类。"

"和人类？"我瞪大了眼睛，"呃……生理构造允许吗？怎么运作呢？"

他瞟了我一眼，"你感兴趣的点怎么都这么三俗？你就不能问点儿高尚的问题吗？"

"我就对这个感兴趣，你要是说不清楚，我很难相信这故事是真实的。"

他叹了一口气，说："和交流方式一样，他们的交配方式也是令地球人难以理解的。珍妮的体型和地球人差不多，但其腰间有一对触角，交配时直接插入配偶体内取精，对雄性个体伤害很大。由于他们的星球命运多舛，所以生命体有强烈的繁衍使命，并进化出了很强的繁殖后代的能力。而地球环境优越，人类的繁衍能力日益退化，相比之下，地球男性精子普遍质量太低，不符合珍妮的要求。只有极少数年轻强健的男性精子质量符合要求，并且拥有足够强健的体魄来承受珍妮的插入。所以……"说到这里，他满含期待地看看我，"你明白了吗？"

"所以什么啊，别卖关子，我不明白啊。"

他露出失望的表情，继续提示道："我刚才已经告诉你了，十运会和奥体中心,哪个是因?哪个是果?为什么要建奥体中心?除了掩藏十二区的秘密,还有什么其他目的?"

脑海中一个念头闪过,我顿时浑身一个激灵,大惊道:"你的意思是……难道……"

他满意地点了点头,一副"孺子可教"的表情,接口说道:"是的,南京为什么要在世纪之初申办十运会?就是为了在全国范围内挑选年轻强健、能够繁衍外星生命的男子啊!这项秘密任务,当时被十二区命名为'星火计划'。"

"不可能!"我大叫起来,"你这是对体育事业的亵渎!难道刘翔、田亮他们都被拉去和女外星人交配了吗?"

"你误会了。"他解释道,"不是体育成绩好就能被选中的。你知道,运动员在赛前都有一套完整的体检流程,十二区的检验团队就是根据体检结果选择'星火计划'参与者的。来自全国的近万名运动员,最后只有五个人通过了'星火计划'的体检,并被送到了十二区指挥部。至于他们的比赛成绩,不但无关紧要,而且恰恰相反,计划需要的就是最好不要太出色,否则容易引人注意。"

"然后呢?"我问道,"这五个人被软禁起来了?每天像种马一样和外星人交配,然后生出一堆小外星人宝宝?"

他对我话里明显的讥讽不以为意,"没有你想象的那么悲惨。十二区指挥部开诚布公地向五名候选人说明了所有的情况,并给了他们自由选择的权利:要么回到人类社会,做一个惊天秘密的保有者,继续过碌碌平庸的日常生活;要么加入'星火计划',成为人类历史上最伟大的献祭者,在彻底改变人类文明的同时,牺牲掉自己原本拥有的生活。"

如果是我,会做出怎样的选择?可能每个男人都会渴望一次伟大而壮烈的献身,让原本渺小无奇的生命,绽放在历史和文明的荒原上。但与此同时,世俗的世界又是如此美好,让人屡屡想要挣脱却又欲罢不能。是牺牲小我成就整个地球的外交伟业,还是甘于平凡守护自己的小小幸福……我想,这个无比艰难的抉择,最终可能要取决于珍妮的长相。

他没有察觉到我的内心活动,继续说了下去:"有一名候选人选择退出,拿了一笔保密费,当然,他很可能要终生生活在监控之下了。另外四名候选人都加入了'星火计划',成了'递火者'。一开始很不成功,前三人都无法承受珍妮狂暴的交配方式,因内脏破裂和失血过多,白白地牺牲了……但终于,在反复的观察、总结、模拟和磨合之后,第四号'递火者'站在了前人的肩膀上,让珍妮成功受孕!"

"等等,"我突然意识到了什么,"你是什么人?为什么你会知道得这么清楚?"

他的嘴角向上扬起,露出一抹神秘的微笑,"年轻人,我早看出你悟性不错。"他把格子衬衣的下摆从腰带里抽出,高高掀起,露出一个发福的啤酒肚。

我看见他的两侧腰眼上,各有一块浑圆的疤痕,碗底大小,结痂脱落了大半,露出粉红色的新肉,泛着触目惊心的光泽。

他的声音回荡在昏暗狭小的车舱里:"没错,我就是'递火者四号',曾经是十二区指挥部第一分局局长,现在是个逃犯。"

借助路灯投射的光芒,我看见他的脸上带着神圣而骄傲的微笑,就像被降罪后傲立在高加索山脉上的普罗米修斯。

四

"什么?"我惊讶地叫嚷起来,面前这个貌不惊人的男子仿佛一下子伟岸起来,"你睡过外星人?"

"是的。"尽管他努力想表现得平静一些,但我仍然看出他嘴角泛起个可抑制的得意之情。

"那个什么……"我有点不好意思地问道,"感觉……爽吗?"

他白了我一眼,"你被钢管猛捅两下,会爽吗?"

我打量着他腰眼上的伤疤,仍然感觉这事儿不可思议。伤疤是真实的,这一点无可置疑,但他的故事听上去还是太过科幻了。

"呃,我怎么知道你这疤……不是插导尿管留下的?"我小心地问道。

他放下了衬衫,没好气地说:"你导尿用碗底粗的管子?这是要放尿还是放血?"

我想说还有可能是卖肾留下的,但看他已经有点不高兴了,就忍住没说,何况卖肾也没有卖一对儿的。我转而问他:"那你就是从一万名运动员里被选出来的喽?"

"是啊,我当年是跑马拉松的。你去查十运会山东代表队的名单,还能找到我的名字。对了,我叫周成。"他注意到我正盯着他的啤酒肚,有点羞赧地笑了笑,"唉,这两年的逃亡生涯让我荒废了。"

车流开始移动。我放下手刹,重新启动了车子,跟随着前车缓慢地行进。

我握着方向盘,心里涌起无数个问题,终于忍不住开口问他:"你刚才说,你曾经是十二区的什么局长?"

"对,"周成说,"因为我在'星火计划'中做出的杰出贡献,2006年,我被任命为十二区指挥部第一分局局长,负责外星幼儿的培养、教育和管理。"

"那不是挺好的,中层领导了啊……"我盘算着,"你们部长是副部级,那你的级别还不得是正处?"

"副厅,"他点燃了烟盒里的最后一根烟,"第一分局因为其特殊的重要性,比其他分局要高半级。逃亡前,我正在接受组织考察,准备进入十二区领导层。"

"哇,厅级干部啊!"我不禁扭头望了他一眼,"那你为什么还要逃亡?难道你们部长打了你一耳光?"

他不理会我的戏谑,严肃地说道:"因为我反对十二区实施的'燎原计划',所以他们对我下手是迟早的事。让我进领导层,其实就是为了把我调离第一分局,架空我的权力,让我成为一个无足轻重的人偶。"

"'燎原计划'?"我问他,"那是什么?听起来跟'星火计划'是一脉相承的嘛……"

"不,比那可怕得多。"周成被烟雾缭绕的脸上表情阴沉,"如果说'星火计划'是为了拯救,那么'燎原计划'就是为了毁灭!毁灭地球上的人类文明!"

我吃了一惊,急忙问道:"怎么可能啊?"

"外星人的繁殖能力太强大了。"他低垂着头,缓缓地说道,"珍妮受孕后三个月就分娩了,她生下了……两万六千九百七十二个孩子。"

"我的老天!"我脑海中出现了一幅密密麻麻的工蚁围绕着大肚子蚁后蠕动的骇人场景。

"你吃过鱼子吧?他们是卵生动物,就像鱼类产卵一样。"他继续说,"而且,他们的成长周期极短,一周孵化,三年就可以发育成熟,然后再接着繁衍下一代。所以,到我逃离十二区之前,第三代外星人已经接近成熟了。"

我一边开车一边计算着:"呃,两万多个孩子,如果一半是雌性,就有一万五千个,那么每个再生出两万多的话……"我吓了一跳,"三千万!"

"是三亿,你的数学是体育老师教的吧?"他再次鄙视地说,"理论上是这样的,不过实际上没那么多。不知是因为无法适应地球的生态环境,还是人类的精子不完全符合外星生命的生育需要,总之珍妮生出的雄性后代都不具备生育能力。而我一个人承受能力有限,只对四名第二代雌性外星人实施了'递火',生下了大约十万个第三代外星人。"

"等一下!"我觉得有点儿不对劲,"你是说,你生了两万多个外星孩子,然后和其中四名外星女儿又生了十万多个外星外孙?"

他皱了皱眉,"在两个宇宙文明碰撞和交融的伟人时刻,我看就不要过于纠结地球人传统的伦理问题吧!"

"好吧,尽管我一想到这事儿还是不太舒服。"我望了一眼周成——这个两万多外星人的父亲和十万多外星人的父亲兼外公——问道:"你这十几万的儿女和外孙儿女,如今都藏在奥体中心里?"

他摇了摇头,"不,他们就混迹在我们之中。"

"在南京城里?怎么可能?不会被发现吗?"

"他们几乎伪装得跟我们一模一样。"周成说,"恶劣的生存条件除了使他们进化出超强的繁殖能力,还赋予了他们卓越的适应能力。如果需要,他们甚至可以修改自身的染色体。从第二代开始,他们隐藏了差不多所有的外星体貌特征,而呈显性的全都是人类的外形特征。自三岁进入成熟期后,他们就可以随心所欲地伪装成十几岁到几十岁的人类——也许就生活在你的身边,是你的邻居、同事、健身教练、相熟的餐馆服务生,或者孩子的幼儿园老师,而你根本察觉不到任何异样。嗯……除了一点。"

我赶紧问道:"哪一点?"

"他们无法隐藏自己的缺陷,"周成说,"他们的视觉系统和人类不同,缺少感知色彩的视锥细胞。也就是说,他们都是色盲,眼中只有黑白,没有其他的色彩。"

我忍不住插嘴:"那不是和狗儿一样?"

"对的,和狗一样。"周成先是附和了一句,接着可能是对于我拿狗儿和他的后代们作类比感到不悦,不满地望了我一眼,"所以,你在大街上看到的那些无视红绿灯横穿马路的人,很可能就是外星异种……除了这一点,他们和地球人基本无异。"

周成的话让我想到了电影《黑衣人》。在这样一座充满陌生人的城市里,也许我们根本无法分辨擦肩而过的生命究竟是不是自己的同类。我想到刚上江东北路时他的异常表现,于是问他:"你之前说我不是'他们'的成员,指的就是外星人?"

"是啊,"他笑了笑,说,"这一带对我来说太危险了,当时看你把我往奥体中心方向带,还以为你是十二区的人。"

"那你为什么要对我喊'撒拉嘿哟'?"

"哦，这是我们从珍妮那里学会的为数不多的外星语言，意思和'孽畜，现出原形来！'差不多。一般来说，外星人听到后都会神情有异，所以看了你的反应我就知道你不是他们的人了。"

我心想学会了这一句，以后看韩剧的时候可就别有一番风味了。"我大概懂了，'燎原计划'应该就是要繁衍更多的外星人吧？从星火到燎原，差不多就是这个意思嘛……"

"不，你根本不懂。"他摆了摆头，"珍妮的计划远不止繁衍，她要的是统治——统治整个人类，统治整个地球！"

"怎么统治？十二区指挥部的国家工作人员难道允许她这么干吗？"

"他们已经被洗脑了，这也是我逃离十二区的原因之一。"周成无力地摇摇头，"之前跟你说过，他们是用脑电波与人交流的，人类在这种对话方式中完全处于被动和劣势地位，根本无法抵抗珍妮强制输入的各种意识。现在十二区的人完全被珍妮操控了，如果不是及时逃出来，我可能也已经成为他们的工具了。"

我目瞪口呆，想起去年还去奥体中心看过江苏舜天队的亚冠比赛，那些笑容可掬的售票员和热情洋溢的保安脸上一点儿也看不出异样来，我无论如何也想象不出，他们是被外星生命操控着的人类。

周成不知什么时候把空烟盒在手中攥成了一团，此时他一边说话，一边用手指搓捻那团金色的硬纸，"而且，他们洗脑的对象远远不止十二区的工作人员，而是全人类！就从南京开始。"

"怎么洗？"如果有人对我进行意念的强制灌输，我至少应当有所知觉。

"哼，他们的手段高明得很……"周成冷笑一声，"他们的洗脑，是从最基础的东西开始，慢慢瓦解整个人类社会的上层建筑。"

"呃，这么说，"我猜测着，"是从经济开始吗？"

"你看书看傻了吧，已经把经济基础和上层建筑当作固定和唯一的搭配了。"周成揉着那团烟盒，"但凡你学过一点历史，就会知道，中国从古至今屡次遭到外族或夷人入侵，并且好几次被少数民族所统治，但最终,他们要么失败,要么被同化。所以华夏文明得以绵延了几千年,虽然时有动荡,但却从未灭绝,靠的是什么?"

"人多?"

"错!是文化!"周成把那团烟盒摁进烟灰缸,"人类之所以成为人类,是因为文化!人类社会之所以坚不可摧,也是因为文化!所以,他们就是要从这里入手,摧毁我们所拥有的文化,最终毁灭人类文明!"

"文化这玩意儿很抽象的,"我问道,"他们具体要怎么做呢?焚书坑儒?像1933年纳粹德国那样放火烧书?"

"文化一点儿也不抽象。"周成说,"你知道彭羽吗?"

"知道啊!"

"张明保呢?"

"知道。"

"乐艳呢?"

"饿死自己小孩的那个女人吗?也知道。"

周成抬高了音调:"彭羽一案,闹得沸沸扬扬,最终造成了此后多年老人倒地无人敢扶的社会风气;张明保醉酒驾驶,连续冲撞,造成五死四伤,让社会见识到了对同类生命的蔑视;乐艳身为人母,让自己的两个孩子活活饿死在家中,刷新了人类对亲情淡漠的认知底线……你有没有想过,为什么这几年南京连续发生这样令人发指的事件?"

我大概猜到他要说什么了,但还是不敢相信,"难道……"

周成使劲点点头,"没错,无论是张明保,还是乐艳,他们都不是地球人,而是伪装成地球人的第二代或第三代外星人!"

我惊讶地张大了嘴巴。

"他们成功地扮演成人类社会中的说谎者、无知者和冷血者,成百上千倍地放大了人性中的无耻和卑劣,并把它们呈现在全世界面前。他们动摇了人们对善良、信任、同情和亲情的信仰,改变了尊老爱幼和互相尊重的美好风气。他们只不过是每天都以为非作歹为己任的外星潜伏者的代表，以种种悖逆人性的行为，层层瓦解人类社会千百年来积累起来的传统美德和公序良俗，使得人类社会运转了几千年的文化链条一点点松动。"

周成的声音冷冷的，听得我不寒而栗。

"那……结果会怎样？"我惴惴不安地问道。

"按照繁衍速度推算，在第五代或第六代——也就是六到九年以后，他们的数量就会超过地球的原住民。那时候，人类社会已经由于文化的倒退而土崩瓦解，无法团结起来组成有效的抵抗力量。他们可以不费吹灰之力地灭绝地球人，然后独自享有这颗环境格外舒适的星球！"

我感到后背上被冷汗浸湿了一片，脑海中出现了电影《星河战队》的场景，几名端着机枪的地球大兵对着如潮水一般涌来的外星虫族疯狂扫射，但最终寡不敌众，身体被对手的触角戳穿，全都淹没在了虫群之中……

"所以，我逃离了十二区，和其他逃亡者及知情人士一起建立了抵抗组织。我今天之所以告诉你这些，正是觉得你的资质不错，开黑出租的职业也符合我们秘密接头和随时迁移的需要。"他倾过上身，压低了嗓音，"加入我们的组织D.O.T.A，为人类而战吧！"

"刀塔？"我来了兴趣，"为什么不叫'撸啊撸'？"

"幸亏我们对文化程度的要求不高，否则你一定不够资格。"周成再一次对我表示了鄙视，"Defensive Organization to Aliens，外星抵抗组织。我们的成员已经有上百人了，遍布镇江、扬州、淮安、马鞍山和滁州。我今天就是从扬州分舵开会回来，要连夜赶去滁州分舵，明天上午在那里有个讲座。"

我为难地说："可是，我一直想做一个无党派人士……"

"没关系，我们一视同仁。"周成耐心地劝我入伙，就像一名慈祥的老布尔什维克，"不管你怀有何种信仰，只要你愿意为人类而战，D.O.T.A的大门就向你敞开。"

我无法答应他，因为我还无法完全确定这个离奇故事的真实性。

我含糊其词地敷衍着,突然想到一个问题,于是赶紧转移话题:"对了,你刚才说他们要继续繁殖,可是,你已经逃出十二区了啊?那他们还怎么繁殖?"

周成冷笑着说:"确实,我的逃亡对他们造成了一时的困难,不过,这个困难很快就会得到解决。"

"怎么解决?"

周成把脑袋靠在头枕上,长出了一口气,"我已经老了,而且独臂难支。即使我不逃,他们也需要更多、更年轻、更国际化的精子。他们不仅需要中国人的染色体,也需要全世界的,这样才可以进行全球范围内的伪装和潜伏。"

他目视前方,口念箴语:"牢笼已经打开,猎物整装而来,这条路宽阔而平坦,死亡的盛会正装扮得五彩斑斓……"

我仿佛掉进了冰窖,彻骨的寒意从脚底一直蔓延到头顶,双手颤抖得几乎握不住方向盘,脑海中像是有锤子在敲打,声若惊雷地告诉我这个明白无误的事实:

青奥会,就是十二区开展的第二次海选,全世界范围的海选,也就是野心勃勃的外星殖民者大繁衍的开始!

五

我们随着车流缓缓开到了汉中路口,看到马路中央几辆已经严重变形的车。

交警还没有到,几个司机正吵作一团。其中一个男子明显处于劣势地位,其他人一致在对他破口大骂,一个女子站在路边,不停地对来往的行人控诉:"就是他!要不是他闯红灯,根本不会出这个事故!"

我开着车绕过事故现场,那个落了下风的男子被人推搡了几把,一个趔趄后退了两三步，差点儿撞上我的车头。他站稳后抬起头，朝我们看了一眼。

"快走。"周成往座位里缩了缩，"这里不安全。"

过了事故路段后，道路通畅起来。我把车速提了上去，很快就开过了云锦路和集庆门，右转上了辅道。"为什么不安全？这里离奥体中心还很远呢！"

周成幽幽地说："何止是这里不安全，整个南京，都不安全。"

"为什么？"

他没有直接回答，反而问我："你知道十二区有多大吗？"

"呃……"我极力在脑子里估算着，"奥体中心有个一千多亩吧？"

"远远不止。你所看到的，只是地面之上的奥体中心，这不过是十二区的一个掩体而已，真正的十二区在地面之下，差不多蔓延到大半个南京城。"周成幽幽地说，"我们现在，就行驶在十二区之上。"

"什么？"我惊呼起来，"大半个南京城！"

"而且，在外星技术的引领下，十二区被建成了一艘庞大的飞行器，或者说是，战舰。"周成没有理会我的一惊一乍，"可以想见的是，如果未来需要用武力征服地球，整个十二区将成为外星军队的根据地，小型战机群的母舰！"

我连连摇头，"我不信，这么大的工程，怎么可能神不知鬼不觉地就完成了？"

周成笑了笑，"并非没有露出马脚，只是大部分人太过迟钝。我举个例子给你听，为什么要炸城西丁道？"

"街道胡同里不是都在传说，是为了多搞工程多捞钱吗？"

"这都是无稽之谈……还有，奥体中心2002年就建成了，这么多年来为什么周边配套一直上不去？再比如，河西的房价为什么十年内连翻几番，居高不下？"

"你是说，这些都与十二区有关？"我瞪大眼睛。

"当然！"周成斩钉截铁地说，"这些举措，都是为了让奥体中心与市民隔绝，让人买不起奥体中心周围的房子，就算买得起，住起来

73

也不方便。"

"哦……"我若有所思。

"还有，这些年一直传说南京全城有一千多个工地，你以为这些工地都在干什么？"

"挖地铁，盖房子？"

"你太天真了！"周成一挥手，"地铁不还是那几条线？每年能推出几套新楼盘？全城的每一个工地为什么都遮挡得那么严实？你以为是为了防事故、防扬尘？哼哼，那是为了不让你们看见。他们表面上在进度缓慢地施工，实际上都在建设地下的十二区战舰！包括雨污分流，也是为了铺设战舰的运送和补给系统……"

"雨污分流？就是那个前市长的政绩工程？"

"那只是个幌子。战舰的弱电、燃料运送和补给系统，就像人身上的毛细血管，需要大范围的精密布置，只有借助下水道系统施工最合适。"他瞟了我一眼，"你觉得这合理吗？连污水处理厂都没有建起来，居然就施工改造雨污分流管道了？我们D.O.T.A里的不少局外人就是从这里看出了破绽，继而孜孜不倦地挖掘到真相的。"

我驱车转弯上了应天大街高架，很快进入了长江隧道。晚间隧道里的车辆很少，我开得飞快，三分钟后，出口的灯光就出现在了前方。

"过了前面这个红绿灯，就是收费站，那里有到滁州的出租车。"我告诉周成，"很快的，走宁合高速半小时就到了。"

周成心情大好，再一次邀请我："加入我们的组织吧，你会在人类历史上留下浓墨重彩的一笔！"

我正在琢磨该不该加入这个神秘的民间组织时，突然四周警笛大作，十多辆警车从两侧聚拢，向我们包抄过来！

"怎么会这样？"周成面如土色，大声叫道，"他们怎么会找到我们的？！"他像一只困兽，在座位上扭动着身躯，突然盯住我，吼道："你是不是还带了什么可追踪设备？"

我不好意思地说："我……我还带了一只手机。"

"你为什么不告诉我？！"他的脸因愤怒而扭曲，"你害死我了！"

我委屈地从裤兜里掏出手机，轻声说道："因为它也抠不出电池，我怕又被你扔了……这只可是iPhone土豪金，我一个多月的工资呢……"

"你这个见利忘义的小人！人类的叛徒！地球文明的罪人！"他口不择言地指责我，然后指向前面的路口叫道："给我冲过去！"

我看着信号灯上亮起的红灯，犹豫着要不要为了全人类牺牲掉驾驶证上的6分和200块钱……

可是很快我就没有选择的机会了，一辆警车出现在前方，把我的车逼停到了路口。

只片刻工夫，几十个警察从四面八方冲过来，把我们团团围住。

"我们跟他们拼了！"周成抄起车门储物格里的破窗锤，"反正落到他们手里，横竖也是死路一条！"

我看了他一眼，打开车门，走下车，举起了双手。

"啊！你这个懦夫！"周成气极了，向我挥舞着破窗锤，"整个D.O.T.A的失败，就是因为你这个猪队友！"

他跳下车想扑向我，但是刚迈出一步就被冲上来的警察摁在了引擎盖上，反剪双手卸了锤子，鸭舌帽也掉在了地上。

我内心一阵歉疚，"对不起，我还有家庭……而且你自己也说了，你是逃犯……"我看着他被警察的大手按得扭曲变形的脸，胆怯地说。

周成的脸贴着引擎盖，冲我龇牙咧嘴地笑起来，"嘿嘿，你还是不相信我说的话吧？以为我失心疯了吧？哈哈哈哈……也怪不得你，渺小的人类对于可以预见的灭亡，都是采取徒劳的逃避态度，就像鸵鸟一样，可悲、可怜、可叹哪！哈哈哈哈！！！"

他像一个赴死的壮士，豪迈地大声怪笑起来。又有三个警察扑上来，动作粗暴地按住他的肩膀、手肘、手腕、脖子等所有可以活动的关节，架着他往警车走去。

他一边挣扎，一边大声喊叫："你们不能这样对待我！我是十二区的功臣！我是第一分局的局长！副厅级！我为了十二区献过精，流过血！当年在边皋桥7号动力反应堆事故里，是我护住了珍妮！爆炸的碎片至今还留在我的身体里呢!"

一个警察给了他一耳光,可他声音更高了:"你他妈的敢打我?你知不知道我是你的老子或者外公?你这是忤逆!撒拉嘿哟!撒拉嘿哟!"

另一个警察走过来问我话:"他都跟你说了些什么?"

"哦,没什么,"我说,"我是开出租的,他说他要出城。"

"他有没有告诉你为什么要出城?"

"没有。我一般不跟客人聊天,只不过半小时的路程,没必要了解彼此或者培养感情。"

警察点了点头,"管好自己的嘴是明智的……你可以走了。"

我看了一眼周成,他正被几个警察塞进警车里。我问道:"他犯了什么事?"

警察从鼻子里"哼"了一声,"你没必要知道。走吧。"

我抬头看了一眼信号灯,对警察说:"现在还是红灯呢。"

他回过头,对着那盏明晃晃的绿灯望了几秒钟,然后转过脸来对我说:"哦,那你等会儿吧。"

他丢下这句话和遍体透凉的我,掉头走了。

警车纷纷散向来时的方向。周成坐在其中一辆警车的后座上,在两个粗壮警察的押解下冲我微微一笑。

六

几天后,我开车路过奥体中心,在西便门载了一个背包的观光客。

开出一个路口后,遇到了红灯,我停下车,靠在椅背上看向窗外。

青奥会将在明天开幕,那时这里已经游人如织,不时有来自世界各个国家的代表队穿着统一的运动服行走在广场上,他们会举着相机四处拍照,高声说笑,青春洋溢的脸上充满无知的欢乐。

奥体中心静静地卧在那里,浑身散发着金属的冷峻气息,像是一头蛰伏的怪兽。

坐在后排的客人提醒我:"绿灯了。"

我赶紧挂挡,居然没有挂到位,车身猛烈地震动了几下。我心惊胆战,那分明是大地在震动。

车子缓缓起步,广播里放着汪峰的《美丽世界的孤儿》。

我的眼前一片空白,仿佛看见了不远的将来,大地开裂,城市崩塌,地底燃烧起熊熊火焰,整个奥体中心旋转着腾空飞起……

客人拍了拍我的肩膀,说道:"兄弟,玩过DOTA吗?"

华尔街与预测机

赵昱鲲鹏

茅盾的《子夜》,是公认的中国都市文学滥觞时期的经典代表作,其中有关民国时期上海滩股市的描写,可说是这部长篇小说中最抢眼的标志性场景。

将证券市场和股民作为描写对象,显然是非常典型的都市小说,乡土文学中是没有证券交易所和金融大鳄的。《华尔街与预测机》便是少见的以金融证券市场为叙事核心的优秀科幻小说,作者长期深入金融人士的生活,作品极富生活气息,栩栩如生地描绘了股民们的百年美梦:预测股市,以及因为这种新科技而引发的尔虞我诈、贫富无常的都市悲喜剧。

第一天

我让自动出租车提前一小时来,今天是预测机第一次预测,想早点去验证结果。

预测机的名字叫机,其实是个分布式计算网络,由两万多台服务器组成。纽约总部只有一百六十台,负责最关键运算。没办法,华尔街寸土寸金,每块地板都要省着用,就算我身为研发总监,工位也只有区区六英尺宽。在这个地界,老板能挤出一个房间来放机器,已经是奢华的大手笔。该系统的服务器分布在世界各地,负责收集数据,送到这里汇总运算,预测未来。

预测未来的什么呢?在华尔街,不可能有第二个答案。

没错,股票!

昨晚下班前,我们向它提出了第一个问题:明天涨幅最大的股票是什么?

这毕竟是人类第一台预测机,速度有限,一次只能预测二十四小时内的一件事。就算只这一件事,它也要算上十二个小时。一夜通宵计算,早晨正好揭晓答案。

早上一到公司,我就吃了一惊,平常总是最早的我,这回居然是最后一个。

全体员工都到了,个个翘首以盼。前台凯特,一位黑人大嫂,抢在机器人保安之前,亲自出来为我开门。秘书卡萝琳,全公司最漂亮的金发美女,款款引导我走向工位。同事们纷纷让开道路,如同红海被摩西劈开[1]。

---

1. 系《圣经·出埃及记》中讲述的故事。

红海尽头是老板霍华德,身穿笔挺定制西装,头戴犹太黑帽,笑眯眯地握住我的双手,"桦,你终于到了。来,带我们进入未来时代!"

我坐下来,语音调出投影屏幕。同事们在身后围成一道人墙,都在紧盯着屏幕。

霍华德高声说:"迎接财务自由,第一步,大家深吸一口气,屏住!"

身后传来一阵吸气声。老板继续说:"第二步,摸摸口袋,买股票的钱都准备好了吗?"

大伙儿全都屏不住了,吐气大笑。我也笑了,昨晚我已把所有钱都转入股票账户,准备抢下未来时代第一波红利。

预测机验证通过了我的脸部特征和声音指纹,屏幕弹出一行大字:今天涨幅最大的是邦德信,将从2.5美元涨到3.5美元,涨幅高达40%。

又是一阵倒吸冷气声。这怎么可能?这家公司刚被揭露财务作假,丑闻缠身,股票连跌一个月,像铅球一样直坠谷底,绝对没有翻身机会了。现在预测机竟然说邦德信会涨,这就像铅球突然长出翅膀从谷底飞到山顶一样不可思议。

难道第一次运行就出错了?

卡萝琳摇头说道:"我不信。我男朋友在摩根银行,他们正准备做空邦德信呢。"

人墙议论着散去。有人叹气说:"哎,财务自由又没戏了……"

老板拍拍我的肩膀,坚定地说:"桦,我对你们有信心。"然后也走了。

我身边只剩下了两个助手:架构师吉姆和算法师威廉。

吉姆咬了咬牙,说:"我买!妈的,穷人不赌是翻不了身的,我这次就赌一把!"

我苦笑,明明刚给吉姆的年薪加到三十万,这小子还是天天喊穷,说什么女朋友都要跟人跑了。没办法,年薪二十万在别处算个小富翁,但这是华尔街,全世界的财富心脏。站在马路上你左右看一看,排着队面无表情等待自动出租车的那些人,十有八九年入百万。

威廉严肃地说道："我也买。他们越说不能买，我们越是要买。说邦德信是垃圾股，这是资本家的烟幕弹。他们为了吸干人民最后一滴血，操纵股市，制造舆论，什么坏事都干得出来。我们制造预测机，就是要打断资本家的黑手，用技术粉碎垄断！"

我还是苦笑。这家伙出身富贵之家，却成长为了一个不折不扣的革命愤青。他爸是著名律师，专门做银行并购案，随便一单就能赚上千万。威廉的人生应该是子承父业，继续玩弄资本游戏，他却满脑子资本万恶不赦的理论，一毕业就跟家里彻底闹翻，跑到我们这里埋头研究算法，坚信技术是人民的最后武器，只有技术才能带来平等。

我决定谨慎从事。我相信自己的技术，预测机应该是准确的。可那个邦德信也实在太烂了，老板那样的人精都没下手，我不可能比他更懂金融。所以我没动用全部资金，只买了五千股，暂时观望。

股市开盘，邦德信一路下跌，转眼从2.5跌到2.1。公司里议论纷纷，都在怀疑预测机是不是预测反了？有人甚至说，谁信谁傻瓜，除了那三个书呆子工程师，还有谁买邦德信？

两小时过去了，邦德信不仅看不出上涨势头，反而快成今天的最差股了。

老板皱着眉头，拎着一袋高尔夫球杆离开了公司。我目送老板离去，心里很不是滋味。

忽然，吉姆大叫起来："涨了！涨了！"

邦德信瞬间拉出一根阳线，一分钟跳涨20%！

吉姆兴奋地递过手机，"看，总统出手了！"

手机上是总统刚发的一条推特："刚见了邦德信公司总裁科里，了不起的美国人！了不起的美国公司！邦德信是我们的工业支柱，为美国创造了几十亿财富。虽然眼下有些麻烦，但科里和他的同僚能够重新站起来。作为总统，我也将尽我所能帮助一切美国公司，让美国再次伟大！"

原来如此！邦德信是很烂，但我们忘了，我们还有个更烂的总统。负负得正，烂烂得福，烂公司碰到烂总统，居然就咸鱼翻身了。

全公司顿时一片哗然,大家手忙脚乱,纷纷追买邦德信。

但是晚了,网上有无数程序在追踪总统推特,凡是总统赞扬某公司就买进,凡是批评某公司就卖出,全自动交易,迅捷无比。等我们冲进去,邦德信已经跳高一大截,基本横盘不动了。

同事们捶胸顿足。我们卖出结利,三个书呆子都小赚一笔。吉姆笑逐颜开,说这下给女朋友买爱马仕的预算就有了。威廉大谈技术的胜利,资本家与政客的勾结做局逃不过预测机的明察秋毫。至于我,则松了一大口气,首次运行总算成功了。

老板霍华德从高尔夫球场发来祝贺:"恭喜桦,恭喜团队,你们证明了自己。虽然今天很多人没赚到,但是无所谓,还有明天,更多的明天,一天会比一天好!"

大家摩拳擦掌,都看着我再次提问:"明天涨幅最大的股票是什么?"

吉姆学着广告的口吻说:"有了这宝贝,再也不担心女朋友跑掉了!"

第二天

还在上班路上,吉姆就发来消息:"桦,你几点到公司?早点揭晓股票吧。"

我会心一笑,这小子,迫不及待要抢回女朋友啊。

吉姆和妮可青梅竹马,在田纳西州的一个平凡小镇上一起长大。以前公司聚餐活动时,吉姆也带妮可来过,她有一头栗色卷发,蓝眼睛搭配一个俏鼻子,就像芭比娃娃一样美丽单纯。妮可说,在纽约她最喜欢的就是中央公园,每天都要去跑步、锻炼。每次跑过湖边餐厅,她都忍不住想象在那里举办婚礼,她满眼憧憬地说,希望吉姆的朋友们到时候都来参加。

我们自然满口应承。吉姆望着妮可，也是一脸幸福。

但是千不该，万不该，他不该让她去上培训班。

妮可跑步时收到一张传单：交易员速成培训班。介绍上写着零基础，无门槛，三个月速成交易员，在华尔街顶级机构上班。

妮可跟吉姆商量，在家闲着也是闲着，不如去试试吧，交易员可是绝对高收入。

一去之后，她还真给选中了！进到大都会集团，专门给顶级富豪管理资产。下次聚餐再见到妮可，她完全变了样。

上回她是一身随意休闲装，这回她烫了个精致发型，睫毛刷得又长又翘，穿一件跟眼珠同色的深蓝短裙，挂着亮璨璨的蓝宝石项链，还有其他我叫不出名字的首饰。我老婆小声讲解，妮可的裙子是哪里定做的，鞋子有什么讲究，手袋是什么品牌。我一样都没记住，只觉得她真是好看。

妮可明媚照人，跟每个人招呼聊天，走到哪里都能带来一片欢声笑语。

吉姆跟我们喝着啤酒，看着女朋友像花蝴蝶一样穿行，叹口气说："现在才知道，交易员也分两种，一种处理资产，一种处理人。像她，就上了三个月培训班，能学会什么金融知识？不过是学个怎么和人拉关系、套近乎，稳定大客户而已。"

聚会没结束妮可就提前走了，说是要见客户。

再下次聚会，她没来，听说是吵架了，吉姆觉得她跟一个客户有些暧昧，忍不住说了几句，她一生气就不来了。吉姆郁闷地说："没办法，人家天天见的都是大人物，哪儿还把程序员放在眼里？"

现在好了，有了预测机，每天炒每天赢，程序员也压得住交易员了。

等我到达时，吉姆早就站在公司门口了，我问他："今天打算买多少？"

吉姆一挥拳头，叫嚣起来："全仓买入！我要把钻戒钱赚出来！"

吉姆和妮可已经分居。据说那混蛋在向她求婚，送了个八克拉的超大钻戒。妮可说，想要她搬回去也不难，买个更大的钻戒吧。

在无数双眼睛的注视中，我揭晓了预测机的答案：飞网公司，从40涨到56。

吉姆在纸上画着，嘴里念念有词："40%涨幅，我有20万，下午就变成28万，太好了！刚好够！"他兴奋地扔下笔，拨通了一个电话。

"你好，我是昨天来过的吉姆……对，就是那个十克拉的钻戒，26万的，你帮我保留着，下午四点我转账给你。"吉姆兴奋地说道。

同事们全都回到座位，调出投影屏幕，开始下单。大家都跟吉姆一样，做着同样兴奋的美梦。

我也全力出击，有多少投多少。这是稳赚不赔的买卖，既然是我们造出了世界上第一台预测机，当然要把红利吃足。

但一操作，我愣住了：居然没买到！抬头看看吉姆，那小子飞快地口述命令，满头大汗，看样子也不顺利。

上网一查，明白了，飞网是个小公司，盘子很小，只有500万流通股，一天成交量只不过10万股。碰到我们倾巢而出，人人都在全额买入，包括霍华德也吩咐伊丽莎白，动用公司全部资金投入股市。这么多买单蜂拥而至，市场上根本没那么多卖单。

我接连提价，提到45竟然仍旧买不到。吉姆咬牙提价到50，好不容易才买到了几千股。

上午11点，消息出来了：飞网宣布将被脸书收购。很快，它的价格就冲到了最顶峰：56。

看到已经涨到56元的顶点，吉姆不敢久持，连忙全部卖出，赚了一万多。

股市下午四点收盘，但对我们来说，今天已经结束。大家都在叹息错过了一班火箭，吉姆倒是小赚了一笔，却哭丧个脸，看上去比我们这些一无所获的人还要沮丧。

老板叫我去讨论。他倒没怪我，单从技术角度来看，预测功能丝毫没错。错的只是我们的问题，只问了股价，没问成交量。

霍华德说："这样问吧！明天涨幅和成交量乘积最大的是哪只股票？"

我说："不行，预测机一次只能计算一个指标。你问的看上去只是一个问题，但实际包含两个指标：涨幅和成交量。"

"这他妈也太死板了吧！稍微灵活点儿的问题就答不出，那预测机还有什么用？"

"要解决也不难：扩容。预测机是个并行计算网络，服务器越多，预测能力越强。目前摆在总部负责运算的只有一百多台，一次只能算一个指标。如果扩大一倍，就能回答你的问题了。"

霍华德立即拍板，"那还等什么？扩！再买一百台！"

全公司都行动起来。我们放下所有工作，联系纽约各家服务器供应商，不问价，只抢货，对方开价再高也一口买下。

财务主管伊丽莎白同时拉着五块投影屏幕，不停地发布语音命令，汇款、开支票、签发信用证，讲得口干舌燥。凯特大嫂清出一个会议室，我拉电源、改网络，建成临时机房。连娇滴滴的卡萝琳也把头发一扎，袖子一卷，跟着我摆机架，连网线。

我们连自动出租车也没叫，由威廉带队，工程师们亲自开车上门取货。因为当前的自动汽车还是太"笨"，不会抄小道，不敢闯红灯，安全倒是安全，但花费的时间却比较多。关键时刻，还是人开得快，我们一分钟也不能耽搁。

我们像打了鸡血一样地四处奔走。货运机器人来回穿梭，把抢购来的服务器运入机房。

忽然，霍华德拉住我，往右边努努嘴。

我转头一看，吉姆居然还坐那儿一动不动，只呆呆地看着手机。我明白老板的意思，大家都干得热火朝天，有一个人冷眼旁观，太影响士气了吧？

我走过去，吉姆仍然盯着手机，对背后来人毫无察觉。

我悄悄凑上去一看，只见屏幕上是一只娇嫩的左手，无名指戴着一颗硕大的钻戒，还配了一行字："他向我求婚了。谁能拒绝八克拉的钻戒呢?"

我悄悄走开,对霍华德摇了摇头,"算了,他状态不好,硬叫他干反而容易出错。"

老板耸耸肩,脱下西装,扔掉黑帽,跟我们一起整理设备。

大家化悲痛为力量,终于在下班前扩容成功。

然后,我们问出了问题:明天涨幅和成交量的乘积最大的是哪只股票?

第三天

上班了,一进预测机,我心里咯噔一下:结果居然还没出来!

一般预测需要十二个小时,现在都十四个小时了,怎么还没出来?

霍华德问道:"是扩容扩出问题来了?"

我仔细回想了一遍。扩容技术很简单,服务器堆叠而已,昨天都检查过了,参数完全正确。我再次核对运行状态,还在正常工作,也没报错。我皱眉说道:"好像没什么毛病,就是运算时间长了点儿,可能是因为要多算一个指标吧……"

霍华德点了点头,"也许吧。再等等,开市前能算出来就行。"

接下来三小时,我们像热锅上的蚂蚁,焦急等待。

终于,开盘前十分钟,结果揭晓:高山石油,从63涨到64,涨幅1%。

我们都愣住了。这机器是在捉弄人吗?这不是笑话嘛,最大涨幅只有1%!美国金融市场两百多年,还从没有过这么低的波动呢!

霍华德抱起胳膊说:"妈的,又来考验我,到底信还是不信呢?"

有人说:"就算信也没赚头啊,才1%。"

同事们都感觉没法理解。霍华德猛然一挥胳膊，大声说道："我明白了！今天会狂跌！所以涨1%就是最多了！"

我挠挠头，觉得有点牵强，最近股市也不算太火热，说起来真的没多少泡沫，远没到金融危机的地步，而且股灾也不是所有股票都只跌不涨，1929年的股灾够惨了，照样也有股票逆势上扬，表现不错，怎么今天最牛的一个才涨1%？

霍华德来不及琢磨这些，厉声下令："没什么好想的了，做空！"他吩咐伊丽莎白，"所有资金都买空头，买道琼斯指数[1]下跌。"

伊丽莎白犹豫了一下，问道："要不要汇报爵爷？这么重大的决定……"

"不用了！"霍华德生硬地说，"董事长让我们研究预测机是干什么的？就是炒股！预测机的威力你也看到了，预测再离奇，结果也吻合。我们照做就行！"

"但是它只预测最高涨幅1%，没有预测狂跌啊。我觉得，请爵爷判断一下更加稳妥。"

她口中的爵爷是我们的董事长威尔兹爵士，华尔街大佬之一，也是霍华德的岳父。伊丽莎白追随爵爷多年，算他老人家的嫡系人马。这个老女人被安插在公司里，掌管最要害的财务部门，老丈人的用意不言而喻——可怜的女婿一举一动都在监控之下。

霍华德不耐烦地一挥手，"别浪费时间了！还有一分钟就开市了。现在就给我去办，全仓买空！"

"是，先生。"伊丽莎白恭顺地回答。

开盘了，我们紧张地盯着大盘指数。

只见道琼斯拉出一道波澜不惊的横线。半小时，一小时，时间一点一点过去，既没大涨，也没大跌，一直原地踏步。不仅是大盘，所有股票都不温不火，波动幅度极小，没一个超过1%。好像突然有场瘟

---

[1] 道琼斯指数是世界上最具权威性的一种股价指数。道琼斯指数下跌代表股市上资金流出大于资金流入。

疫传遍股市，股票都没了上蹿下跳的力气。

11点，高山石油宣布，在洛矶山脉发现一处页岩油矿，储量足够美国使用十年。这种利好要是在以前，足够股价翻一半，今天却像石沉大海，股价只是轻微跳动了一下，什么波澜也没激起来。

我们在疑惑中度过了一天。实际上，整个华尔街都人心惶惶。这是美国金融史上最沉闷的一个交易日，既不好，也不坏，只是呆滞。

收盘后，《华尔街日报》评论：这是一个"白色星期五"，上帝吹出一口冷气，把股市冻为白森森的寒冰，冻僵了一切波动。

霍华德黑着脸离开办公室，谁打招呼他也不理。

我悄悄去问伊丽莎白，股市并没大跌，买空的结果如何？

老女人避而不答，冷冷地说："我正在写工作日志，向爵爷汇报。"

接下来两天是周末，股市关门。同事建议："人休息，机器不休息，预测明天的球赛吧！"我拒绝了。

周末没陪老婆孩子，我停止预测机运行，调出日志反复研究。

到了星期天晚上，我终于找出了原因。

这是预测机的必然结果。本来高山石油发现油矿，会制造一大波行情，从63涨到95。但老板和背后的董事会筹集了巨额资金准备投入，这帮老手知道不可能都在95处抛掉，没那么多买盘接手，所以会计划到90左右就卖出。而如此巨量的卖盘，会把价格拉低，导致当天只涨到92。

这不奇怪。预测机会改变未来，我们早就知道这一点，只要人们能预测未来，必然会利用未来，从而改变未来。因此我们设计了一个验证模块，将预测结果加入当前数据，进行验算。只有当验算结果与预测结果相同，当人们根据预测结果作出干预，干预与现实的合力仍然得到预测的结果，这才是一次逻辑自洽的预测。

一般的干预不足以撼动现实世界，验证模块没什么影响。但今天，准备闻风而动的是威尔兹爵士，华尔街呼风唤雨的巨头，动个手指头就能搅动市场。预测机发现，验算通不过了。

于是又进入下一轮验算：假设它预测高山涨到92，结果如何呢？

结果是，老板也会修正投资策略，放在86抛出，这又会拉低到88。如此一轮轮迭代，直到股价被压缩到64，只涨一块钱，再大资金也没有影响，才终于验算通过。

当然，这时最大涨幅已不是高山，而会是高水、高海或其他什么股票。但当预测机验算高水和高海，同样的逻辑也会在它们身上发生。最后，所有股票都被拉低，导致高山还是当天最牛的那一个。

这也是为什么这次预测格外费时间的原因。它在反复迭代，直至结果收敛到一个稳定值。那注定会是一个极小波动。验证模块形成了一个负反馈机制，把未来引入到现在来计算，结果必定是逐步压缩未来，消灭波动，保证未来不会被改变。

我找到了上帝吹出的那口冷气！那不是上帝吹出的冷气，而是预测机之手，是预测机伸手摸过股市，抹平了一切波动……

命运太狡猾了，我们想偷看命运底牌，它就让我们看了。然后，它给出了一个冰冻的未来，没有波动，没有机会，你还是赚不到。

我上网查了查消息，发现已经有一些流言在说"白色星期五"跟预测机有关。2045年了，预测机理论早已成熟，不止我们一家在做。外界推测，可能是有预测机投入实用了。

有个内部论坛说得更详细："白色星期五"的直接原因是，嗅觉最灵敏、每天充当风向标的那些机构，大量资金都被某个巨头调走了，但好像预测机出了错，没有实际投放出去。就连高山发现油矿那样的大利好，竟然都没有资金追捧，这导致市场疑心大起，股民像没头苍蝇一样乱窜，合力抵消，没能造成市场波动。

我关掉电脑，想了一会儿，吩咐我的手机呼叫霍华德。

这个时间不该打扰老板，周末晚上，老板肯定在混他的高尚圈子，打电话去扫他的兴，未免太不知趣。但我刚刚想出个点子，能突破预测机的冷冻效应，铁定赚钱，必须马上跟老板商量，付诸实施。

手机投射出一块屏幕，老板那边光线很差，黑乎乎的，他握着一只威士忌酒瓶歪靠在栏杆上，站立不稳。

"桦，有什么事吗？"老板问道。

妈的，醉生梦死的公子哥！"我搞清'白色星期五'的原因了。我想了个办法，明天要……"

霍华德打断我："行，你弄明白了就好，不用汇报……"他扬起脖子灌了口酒，"明天你想怎么干就怎么干吧！"

真他妈倒霉，摊上这种老板。"好，那就明天再见吧。"我也懒得多说了。

霍华德狂笑道："明天？哈哈！我没有明天了！"

我一愣，眼睛渐渐适应了昏暗，老板原来是在布鲁克林大桥上。他身后是曼哈顿的繁华灯火，身下是纽约东河的粼粼波光。

霍华德一口气喝光酒，吼道："我完蛋了！我老婆要离婚！"

我忙说："你喝多了。我来接你，马上就到。"老板家的事我们也听说过一些。他出身犹太豪族，本来跟妻子门当户对，但上次金融危机中，他爸破产自杀，他的地位一落千丈。据说老丈人甚至想拆散他们夫妻。

霍华德捶着栏杆号啕大哭，"我太贪心了！我太想翻身了！我把公司资金全押上去，还加了十倍杠杆买空，结果爆仓亏光了！"

我不知道该怎么安慰他。这也不是我们的错，是他自己误解了预测结果。

"这下他们更有理由甩掉我了！傻牛约翰，你知道吗？就是那个议员的儿子，那傻牛对我老婆还是念念不忘。今年他爸居然当上了议长，更风光了！老头子恨不得一脚把我踹出去，把那头牛迎进家门！"

我有些尴尬，这些话怎么好随便对外人讲！

"嘿嘿，叫我办公司，研究预测机，你当他安的什么好心！还安插个老处女来监视我，不就是想抓我的把柄吗？还给我配个天仙一样的秘书，不就是想让我犯错吗？"他又举起酒瓶，却一滴酒也没倒出来，"老婆也对我失望了……这次也怪我，唉，桦，你做的预测机非常棒，太棒了，棒到我想靠它一把翻身，结果赌输了！输透了！他们一定要大做文章了！"

"你别想太多。以董事长的财力，这点儿损失他不会在乎的。你还是回去好好解释吧,他们会原谅你的。"

霍华德抡起胳膊,酒瓶砰的一声掉进河里。"哈哈!你说对了,只用这点儿损失,就换来他女儿的自由身,真是太划算了!"

我一惊,这家伙要干什么?我大喊道:"你别冲动!你、你是个好老板……你很有趣,对员工也很友善,我们都喜欢你!"

"华尔街不需要有趣的老板、友善的老板,华尔街只需要赚钱的老板!"他大叫着。

"记得吗?你自己说过,明天会更好!"

霍华德笑了笑,"那是给你们打气,骗你们的。傻瓜才信!"

"我信的!听着,我有个计划,明天一定能赚钱……"

霍华德翻身越过栏杆,手机跟着自由落体,曼哈顿的灯火从投影屏幕上划过,无数条眼花缭乱的彩线坠入水中……

电话断了。

第六天

大清早,有人呼我。

画面上是个络腮胡大胖子,衣着考究,戴着顶犹太小帽,坐在一张豪华沙发上。"程桦先生?"

"对。您是?"

"我是约瑟夫,威尔兹爵士的侄子。霍华德得了抑郁症,正在医院治疗,董事长让我通知你,公司暂时由你负责。"

我冷笑一声,"是吗?昨晚我跟他通过电话,他在布鲁克林大桥上,看起来不像抑郁症啊……"

听到"布鲁克林大桥",胖子一愣,转过脸跟画面外的人说了几句,然后换了一脸愤慨的神情,说道:"那么你也知道了,那混蛋挪用资金炒股，把公司搞垮了，畏罪自杀！董事长决定解散公司！"

"解散？"我喊出来，"我们都做出预测机了！你都不知道它威力有多大！"

"哼，我只知道它从没赚到钱，反而把公司亏了个精光！"

"我们费了那么多心血……再给一次机会吧，我有个计划，今天一定赚钱！"

那胖子对计划毫无兴趣，"这是董事长的决定。我们会给你五倍遣散金，同时也请你保守公司秘密，尤其是昨晚的事，不要向任何人提起。"说完，他挂断了电话。

到公司后，我召集大家开会。我没提关门的事，只是简单解释"白色星期五"的原因："正是我们对未来的干预企图，导致未来被冻结。今天的预测结果不公布，只由我一个人察看结果、操作股票。谁想赚钱，把钱给我，我代你投资，每个人最多投十万。公司一百多人，我们拿一千多万做个试验。"

这就是我的计划：只投入有限资金，获取有限利润，不把预测机用到极致。不能像董事长那样大张旗鼓，那会惊动命运。让它沉睡，我们偷偷捞点好处，这才是聪明的做法。

同事们却炸了锅。

"预测机是公司的，又不是你程桦一个人的，凭什么你霸占预测结果？"

"我们只能投十万，你背后自己投个几百万，想独吞好处吗？"

"老板呢？我们听老板的，谁他妈听你的？"

伊丽莎白站出来，说道："霍华德生病了。爵爷说公司暂由桦管理。桦，我转十万给你。"

伊丽莎白五十多岁，来自科索沃，一个芝麻大的地方，谁都没听说过那地方。她是战争孤儿，由老爵士，也就是董事长父亲收养长大。她是唯一能使用"爵爷"称呼的人。别人要是不知天高地厚叫声"爵爷"，董事长会和蔼地纠正："叫我先生。这是美国，人人平等。"

大家都不吵了，乖乖回去转账。人人都知道，说话的是伊丽莎白，但却是爵爷的意思。

我清点了一下，全体员工都交了钱，只差凯特大嫂。

我到前台提醒她，快要开市了。凯特双手一摊，"我不参加，我没钱。"

凯特一家五口，只有她一个人上班。她男人搞不清是干什么的，每次凯特说到自家男人，不是又出来了，就是又进去了。以我理解，他的职业大概就是坐牢。家里三个孩子，大女儿想当歌星，只要身上有点钱，全扔在各种歌唱比赛上；二儿子整天街头混迹，打篮球，唱饶舌，无所事事；三儿子最乖，宅在家里什么也不干，就打游戏看视频。

凯特倒很满意。她常说："我家最好，没人吸毒，没有家暴，孩子都有爹，朋友们都羡慕我。"

我劝她一句："你去借点儿钱吧，机会难得。"

凯特说："我知道是好机会，但是我没钱，也借不到钱。华尔街满地都是机会，但那都是富人的机会，没有穷人的。"

吉姆走过来，拍了拍凯特的肩膀，"我借给你。妈的，留着钱也没用，反正也讨不到老婆。"

钱都收齐了，我搬到老板办公室里，独自操作买股。

开盘后，股市又恢复活跃，很快有了大幅涨跌。大家都有些坐不住，不停有人走过我身后，看我在干什么。我的一举一动都有无数眼睛紧盯。偶尔朋友打来电话，谈几句私事，竟然就有人记下我的话，逐字分析其中的暗示。

卡萝琳发来消息："桦，中午一起去吃饭？"

我吓了一跳。开什么玩笑？我可是有老婆的人！

卡萝琳才25岁，长得美艳动人，她毫不掩饰来到华尔街的目标：钓个金龟婿。一开始，她设定的是秘书的传统目标：老板。但霍华德很警惕，她一进老板办公室，就叫她把百叶窗打开，里外看得通透。老板拿不下，程序员又看不上，她的视线就转向了外部。她积极地健身、学化妆、上模特儿班培养气质。后来不知从哪儿学来一招，下班后专门坐到豪华酒店大厅里，捧着一本伍尔芙或狄更斯看。

凭她的相貌，自然钓到了许多青年才俊。但很奇怪，一旦她提出结婚，男朋友都会果断分手。直到她的第五任男朋友，一个交易员，终于讲出了真相："这是华尔街，讲的是资产配置，婚姻也不例外。你的资产是相貌，我的资产是头脑。现在，我们是般配的。但将来，相貌会走下坡路，而头脑在走上坡路，我怎么会拿我正在升值的资产去匹配你必定贬值的资产呢？"

她渐渐心灰意冷，多一个男朋友就多一次伤害。现在，新机会降临，有了预测机，卡萝琳认定：老娘也能炒股，老娘自己来当青年才俊！

卡萝琳说："曼哈顿公园新开了一家意大利餐馆，冰激凌做得特别好，我们去尝尝吧。"她发来一张照片，是她在吃冰激凌，红唇微启，粉嫩舌头舔着半融化的奶油，无比诱惑。

我略微犹豫了一下，答应了。

中午，我带着两个程序员，一起出现在曼哈顿公园。

卡萝琳看到那两个尾巴，明显失望，但还是领着暗笑的我走进餐馆。

她当仁不让，紧挨着我坐下。点完菜，她又往我身边挪近一点，撒娇说："桦，就透露一下嘛，到底买的什么股？"说完又挪近了一点。

我无处可避，小美女靠得太近，竟有一根金发钻进鼻子，我打了个丢脸的大喷嚏。虽然失礼，倒给了我趁机逃进洗手间的借口。

躲了好一会儿，估计菜都上齐了我才敢出来。回到桌上，二话不说张口便吃。

卡萝琳继续绕着弯子打听股票，几乎都黏在我身上了。那两个程序员要在平时，早就妒火中烧，此刻却对她投来赞许的目光。

我狼吞虎咽地吃完，叫来了侍者："给我一卷胶带。"

"胶带？您要什么样的？"

"随便什么，能贴的就行。"

侍者拿来一卷电工用的绝缘胶带。我撕下一截，贴住嘴巴。

卡萝琳顿时泄了气,埋头啃着冰激凌,一句话也没了。

闭市之后,我通知大家:预测机又一次猜中了。今天还是高山石油,上次它没涨起来,今天似乎是要报复,狂涨一半,每人都赚了四万多!

计划成功。这是我们第一次赚到钱,但除了凯特欢呼雀跃,所有人都神情复杂。人这种动物,本性全都贪心不足,当你认定能赚一百万,结果只弄到四万,不会觉得赚了,反而会觉得自己亏了九十六万。

我让伊丽莎白报告董事长,我找到了预测机的正确用途。命运是无法战胜的,就算有预测机,我们也玩不过它。但如果野心不大,其实可以跟命运商量商量,弄点小小的甜头。只要不是放肆干预,稍稍占点儿便宜,命运也会睁一只眼闭一只眼的。

伊丽莎白几句话就录完报告,让我预览。我这才发现,还远没到胜利的时候。今天是赚到了五百万,但把房租、电费、人员工资、设备折旧等全算进去,纯利只有几万。哎,难怪董事长要关掉公司,这点儿微薄的盈利,在华尔街可太丢脸了。

我召集大家开会,明天还这么办,但提高额度,每人允许投二十万。我要逐步加大剂量,试探命运的边界。

立即有人说:"桦,你干得很棒。但是我们作为投资人,至少有点知情权吧。你想怎么干我们都支持,但是明天必须公布预测结果。"

我一拍桌子,"少他妈扯淡!你们的算盘我还不知道?什么知情权!还不是想拿到消息自己去炒!听着,预测机的天敌就是干预!老子绝对不会让你们越位!"

不料那帮家伙竟然转身就走,"老子也不玩了,你把我们当提款机吗?一点尊重都没有。"

我明白了。他们已经串通好了,趁我立足未稳搞逼宫。

怎么办?明天必须投入更多资金,继续试验。

自己去筹钱?风险太大,毕竟预测机还是新产品,没有百分之百的可靠性。万一失败,我可不想落个霍华德的下场。

请董事长出资？恐怕更没指望，他只想关门大吉。

我决定妥协，于是把人都叫了回来：

"你们可以知道，但知道后必须都待在会议室里，不准出去，不准带手机、电脑等一切电子设备，不准跟任何人联系。我们关在这里，把秘密保守到闭市之后。"

"那上厕所呢？"

"上厕所嘛，男的我陪着去，女的凯特陪着去。"凯特是众所周知的没钱，白给消息她也不会炒股，这下她成了唯一可信的人。

不少人在点头。

我说："想要知情权，我就给你知情权。但是别耍花招。我会请装修公司过来，装一层电磁屏蔽网，切断一切无线信号。明天会议室跟外界的唯一联系，只有一台电脑和一根网线。二十万你们愿投就投，不投拉倒，但是请记住，命运是最精明的对手，谁都别想蒙骗过它！"

逼宫就这样解决了。但家里的逼宫接踵而来。

下班回家，讲了今天的试验，老婆说："既然是你操作，那我们多投点儿吧，我去筹个两百万。"

"不行，不能干预命运，别以为你比命运高明。"

老婆一下子怒了："你个书呆子！搞技术把脑子都搞呆掉了！今天一千万，明天两千万，不都是干预吗？就多我这两百万？"

"我坦白一件事，中午我跟卡萝琳吃饭去了。"

老婆一怔，"卡萝琳？那个长得跟好莱坞明星一样的小妖精？"

"她拼命朝我放电，要我透露买什么股。我硬是抵挡住了诱惑，一个字没说。"

"哈哈，老公还挺忠贞不渝呢！"她笑一笑，马上又板起脸，"提这干什么？再忠贞也没用，两百万你必须给我投！"

"你知道我靠什么经住了考验？不仅是对你的忠诚，还有对命运的忠诚。今天股市一切照常，说明命运相信我不会泄漏天机，否则它一定会冻结股市。那我就无论如何不能辜负它的信任。你背叛谁都可以，背叛命运，那是死路一条！"

老婆一瞪眼，吼道："那你跟命运去过吧！既然你另有新欢，那咱俩离婚！"

我哭笑不得，"这不就开个玩笑嘛，谁能跟命运结婚？"

"我没开玩笑！你连送到眼前的钱都不要，这辈子我还有什么指望？离婚！"

我再次妥协。惹怒命运最多一死，惹怒老婆比死还惨。

第七天

上午八点，我登入预测机。结果还没出来。一查状态，还在迭代验算，预计要两小时算完。

不祥的预感涌上心头。难道又是一个白色交易日？我心里有些发虚，不会真是那两百万坏事了吧？

两小时后，我们挤在会议室里揭晓答案，果然，又是1%涨幅！

狭小的会议室一下炸了锅——我们当中出了叛徒，有人泄露了消息！

短暂的震惊过后，我们开始抓叛徒。

威廉第一个受怀疑，他家最有钱，泄露消息获利最大。卡萝琳也有嫌疑，她自己没钱，但是男朋友一个比一个有钱。吉姆也不清白，他想弄钱夺回女朋友，具有强烈的作案动机。

甚至我也卷进去了，他们说我最有作案条件。

我硬着头皮驳斥："放屁！老子要干昨天就干了，干吗等到今天？"

他们也不松口："谁知道你昨天有没有干？只不过昨天没出事罢了。"

我们互相揭发，乱成一团。

凯特突然哇哇大哭，"都是我的错！对不起，是我……呜呜，是我害了大家！"

她哭哭啼啼说了半天，我们才搞明白。原来昨天她分到四万，一回家就被她男人抢走，呼朋唤友出去摆阔。结果花天酒地开心欢乐时被黑老大盯上了，抓住他问出原委，知道了这个神奇的预测机。现在她男人被黑老大绑在黑窝点里，凯特必须透露买的是什么股票，不然的话，一个小时砍一根手指，直至收到消息。

我差点儿昏过去。还以为黑大嫂最可靠呢，没想到第一个叛徒就是她！

大家纷纷怒斥，自家男人管不住，坏了大家的发财大计。有个华裔程序员还引用了句谚语，说她这就叫烂泥扶不上墙。

只有威廉帮她开脱："算了，她自己不是说过吗？华尔街没有穷人的机会。给她发财机会，也会变成害人机会。"

我们正在批斗凯特，哐当一声巨响，门被撞开，一群警察蜂拥而入，把我们全都控制住了。

警察穿着FBI的马甲，是联邦调查局。大家都惊呆了。我突然有种感觉，预测机越来越难以控制了。难道它又闯出了什么大乱子，竟把联邦干探都招来了？

我冷静下来，上前交涉。

领头的警官说："我是史密斯探长。我们收到情报，你们涉嫌操纵股票市场，这是纽约法院签发的搜查令，我们奉命搜查。"

我只能把凯特交出去。我们没想操纵市场，如果确实影响到了市场，也只能怪凯特企图泄露。

史密斯吩咐搜查凯特，却什么也没搜出来。他摇了摇头，"不是她。"

会议室太拥挤了，警察开始逐个搜身，搜一个放一个。

我真该感谢这群从天而降的警察，搜身的结果让我眼界大开。

有的员工被搜出一个激光发射器。会议室装了电磁屏蔽网，无线信号全被隔断，但只要拨开窗帘，激光信号照样能发得出去。该员工交代，他朋友在对面酒店开了房间，收到信号就买股票。还有人被搜出一个小型降落伞，可以绑个纸条扔出窗户。卡萝琳身上搜出一张舞蹈编号图，前前男友给的，上厕所时在窗边跳几个舞步，就能把股票代码传出去。

最生猛的是一个老员工，他带了两粒伟哥。我想了好久才明白伟哥的妙用：这老人家有心脏病，只要吃下两粒，就能借口急救逃出会议室。

同事们的想象力让我叹为观止。这帮混帐东西，包括我在内，没一个清白的。我们一边批判凯特，一边准备着干同样的事。没人肯老老实实做交易，每个人都想投机取巧，玩弄命运。我们都以为有了预测机，就能偷看命运的底牌，却忘了命运一直把我们的底牌看得清清楚楚。

命运早就看穿了我们的伎俩，但它并不说破，只是冻住了未来，让我们无法得逞。

最后，史密斯要找的人也找到了，是威廉。威廉带了个小盒子，那是一种专业间谍设备，连电磁屏蔽网都能穿透，他打算把股票信息传给"人民正义联盟"。

威廉毫不隐讳，慷慨陈词："没错，我是人民正义联盟成员。我确实打算泄露消息，让资本家再也赚不到钱！"他一脸大义凛然，"你们看看，看看华尔街的罪恶！因为钱，吉姆丢了女朋友，老板丢了性命，卡萝琳一次次被人玩弄，凯特无论如何也跳不出泥坑，现在她男人的手指还不知剩下几根！都是钱闹的！我们有了预测机，只要泄露未来，世界就会冻结，波动就会消失，那么贫富差距也会消失！这么好的技术，当然要拿来为人民谋福利……"

他的演讲才开了一个头，就被铐住带走了。

警察让其他人回家，只留下我和伊丽莎白配合调查。

凯特抹着眼泪不敢走，我让她别担心，尽管去告诉黑老大股票的消息，换她男人回家。命运反正认定我们都会泄密，索性破罐子破摔吧。

史密斯对我们居然能冻结股市很好奇。我简单解释道："世界进入数据时代几十年,上到刮风下雨,下到地质活动,再到每个人的一举一动,全有数据记录。基于这些数据,我们能精准预测每一件事。再进一步,基于预测能力和干预能力,我们又能冻结未来,熨平波动。"

史密斯问道:"这么说,有了预测机,就不会有意外了?"

"理论上是这样。"

"你们只能预测股票吗?"

"什么都能预测。只不过预测股票利润最高。"

"说不定,这机器对我们也有用……"史密斯想了想,"能不能预测一下,明天世界上有什么动乱?"

第八天

史密斯带领手下调查财务、人事、业务来往,直到半夜十二点才走。

我累瘫在办公室。真他妈倒霉,代理老板一点风光没享受到,反而被折腾个半死。

手机叮的一声提醒,预测机运算结束了。看来扩容效果不错,速度提高了许多。

我登入察看,明天的最大动乱:非洲胡鲁国会发生种族屠杀,237人死亡。

我立即联系史密斯:"你要的预测出来了。胡鲁国会有种族屠杀!"

史密斯刚离开公司,还在车上。他扑哧一声笑了,"这算什么预测?伙计,那里天天都在发生屠杀,一点儿不新鲜。没预测机我也能做出这样的预测。"

"这次不一样,会死两百多人的!"

"死两千人的我们也见过……我问你,有美国公民伤亡吗?"

"这倒不清楚。我们只能预测总数,不能详细到每个人。"

"那就当没有吧。这种天天都有的事,预测了也没啥意义。"

我激动起来,"问题在于,预测机有熨平波动的能力,它预测死几百人,那么原本很可能会死几万人几十万人!你还不明白吗?我们必须干预未来,不然那会是一场大规模的灾难!"

"但它最后预测的是两百,说明干预终究还是发生了。你激动个屁啊!"

我一时语塞。

史密斯说道:"让上帝去安排干预吧,咱们就不必操心了。你我最需要的是回家睡觉。"

我收拾东西准备回家,却又觉得哪里不对劲。把这事扔给上帝就完了?既然上帝让我造出了预测机,上帝让我预知屠杀,那么上帝的意思,会不会也要我去干预呢?

伊丽莎白挎着包走出门,一路目不斜视。我叫住她:"伊丽莎白,你快联系一下董事长。"

她是纯粹的冷血动物。据说六七岁是性格形成的关键期,她七岁时,正好目睹父母死于战火。后来,她再没学会表达感情,总跟人保持着警惕的距离,跟谁都亲近不起来,衣着也非常保守,浑身上下都散发着"离我远点"的气息。在公司,她只谈公事,其他话题一概闭口。她当然没结婚。我们都认为她还是处女。冰山一样的女人,哪个男人能融化她?上床就更不要想了。

但眼下也只有找她了,她是通往大人物的唯一途径。

伊丽莎白停下脚,没说话,但视线越过眼镜上方看着我。

"预测机预测明天非洲某地会有大屠杀,我们得赶紧联系董事长,让他想办法干预。"

"这恐怕不属于本公司业务范围。"

"我知道不是……那也不能见死不救!董事长在哪里?你帮我呼他,我跟他说。"

"今天总统邀请华尔街人士打高尔夫球。现在是宴会时间,我觉得打扰他并不明智。"

"他跟总统在一起，那就更好了！那是总统的业务范围，正好请董事长转告总统吧！"

"我不了解总统，不清楚他的业务范围。"她的语调如同往常一样平淡乏味，"但是桦，我们研究预测机是为了预测股票，爵爷没让我们预测非洲的破事。我认为你越权了。"

我忍不住大叫："都什么时候了，你还纠缠这个！为什么你们都这样冷漠！大屠杀，你明白吗？如果不干预，会有成千上万人死去！再过几小时，纽约的太阳就会升起，但是那些人再也见不到明天的太阳！当太阳再次照到身上，他们的鲜血已流干，尸体已枯萎，他们的孩子永远成为孤儿，一辈子笼罩在明天的噩梦里！"

伊丽莎白嘴角抽搐了一下。

我挥了挥手，无力地说："算了，你走吧。我也是犯傻，跟个冷血动物吼叫有什么用？"

她没动。沉默了一会儿，她居然说："我听爵爷提过，总统唯一的工作，其实就是写推特。我想，预测机是个写推特的好题材。这个话题一定有助于爵爷与总统交往。我去向爵爷汇报吧。"

她迈着单调的步伐走了。

我叫了辆车回家，一路不停刷着推特。

进到家门，终于刷出总统的一条推特："联合国真是个耻辱。美国每年给它超过十亿会费，却什么成果也见不到。非洲每天都在种族屠杀，现在胡鲁国极可能在酝酿一场大规模屠杀，联合国维和部队却毫无反应。这种机构应该解散！下个财年我不会批准一分钱交给联合国。伟大的美国纳税人的钱绝不该用于这种懒惰的机构！"

我一上床就睡着了。

早晨起床，急忙上网，却没什么非洲新闻。总统的推特倒有很多点赞，但也没看到相关行动。

到公司后，我召开全体大会，宣布财务破产，公司解散。

同事们木然散去，并没有太大反应。这都在预料之中，外面做预测机的公司多的是，没人担心饭碗。更主要的是这几天的疯狂折腾，我们都经历了情绪大起大落，关门也不算多大个事了。

只有凯特伤心地哭了，一个不懂技术的大嫂，再找工作可没那么容易。

我和伊丽莎白开始变卖公司资产。忽然电话响了，是董事长。

"我们成功了！桦，伊莉，我们果然阻止了一场大屠杀！昨天总统推特一发，联合国那帮人就急了，连夜派人去调查。嘿，那里果然在策划大屠杀呢！冲突规模本来非常大，幸亏我们的预测机，结果只死了几百人。要是维和部队出动再早点，连这几百个人都不会死呢。"

投影屏幕里，董事长满面红光，笑得跟个孩子一样。他说自己一直待在白宫，跟总统聊得非常投机，说这都是预测机的功劳。公司不用关了，董事长发现了预测机的新用途。

我再次开会，宣布喜讯。

大多数人还是木然散去，继续工作。有几个说："对不起，你晚了一步，我已经跟猎头谈妥，必须走了。"

吉姆也不干了。他也加入了人民正义联盟。他说，威廉已经被父亲保释出来，他俩要继续研究预测机，致力于消除贫富差距，最终实现世界大同。

卡萝琳也要离开，她决定效法吉姆的女朋友，去上交易员培训班。

唯一有反应的仍然是凯特，工作保住了，她高兴得又唱又跳。预测机、股票、发财，一概跟她无关，这只是一份能给家人带来收入的工作。

不一会儿，又有一位联合国特使登门拜访，送来一封由秘书长亲笔签名的感谢信，以及两枚人道主义勋章。

接待完毕，我汇报董事长。老人家指示：两枚勋章，一枚你留着，另一枚给伊莉。当初他根本懒得管非洲闲事，是伊莉的坚持才让他改变主意，没想到真的获得了总统关注。

伊丽莎白正在给威廉打包，把他私人物品挑出来，放进一个纸箱子。我把勋章送过去，她扫了一眼，说不要。

"你救了成千上万的人，一枚勋章是最轻的奖励了。"

"我没想过救人，只觉得是个机会，能帮爵爷结交总统。"

"是董事长吩咐给你的。"我强行塞到她手里。

"反正我不要。你坚持给，我只好扔掉了。"她随手扔进威廉的纸箱，然后封好了，叫来吉姆，"这里都是威廉的东西，你带给他吧。"

叮的一声，墙壁上的大投影亮了，董事长向公司发来一条消息。是总统的最新推特：

"你们大概也听说了，贪婪的华尔街发明了预测机，企图用它牟取暴利。美国人民怎么会答应？这么好的技术不该为华尔街服务，不该为资本家服务，而要为美国服务，为世界和平服务。刚刚，我们用预测机制止了一场大规模屠杀，挽救了几十万生命。噢，上帝保佑美国！"

董事长得意地说："这是总统邀请我共同起草的。预测机万岁！"

在烈日和暴雨下

凌　晨

　　由于都市体量的日益膨胀，通勤问题最能体现当前都市人的痛感。有新闻感慨"在北京，很多青年把四分之一的生命献给了通勤"。越来越巨大的城市和越来越漫长的通勤时间，催生了人们对于"飞车"的无限渴望，在很多科幻电影里，"飞车"就是未来都市极为重要的符号和名片。
　　然而"飞车"这种神奇的通勤工具，直到现在也没有变为现实，它有着太多的问题需要解决，比如《在烈日和暴雨下》中，探讨的就是被后浪拍死的传统汽车及其从业者何去何从的问题。若通勤问题能够彻底解决，都市生活的质量与幸福感必将得到极大提升。

郝师傅坐在法国梧桐树荫下，薅着地上的乱草。他心里头也是乱乱的，手上就忍不住要挠一挠，却是越挠越痒，闹腾得屁股底下的塑料板凳都仿佛要着起火来。

此刻才早上十点钟，天气却炎热得好似中午的光景。阳光肆无忌惮地洒在那些破裂的水泥板子上，灼烤着它们。残破的水泥板越发显得粗陋不堪。

郝师傅揉揉眼睛，再仔细看了看树荫前的练车场，的的确确，练车场中翻翘的灰白水泥地面非常丑陋。水泥地面下悄露的微绿，倒是脆生生新鲜得耀眼。

怎么会这样呢？郝师傅摇了摇头。他在这练车场中待了二十九年，从没觉得水泥竟然会在美学上有碍观瞻。水泥的存在，就像这所驾驶学校的存在，是想都不用想、最自然合理的事。郝师傅实在料不到，竟然是水泥毁掉了他的生活。

想了想，他还有一年就退休了，就能拿到全额退休保险金了，就还差一年……郝师傅不由地叹口气，水泥地面如果能撑过这一年……报纸上不是说了吗，在"撞车爱好者协会"的强烈要求下，政府决定保留两到三所驾驶学校，以保证撞车迷们有地方演练他们的撞车技术。郝师傅所在的驾校，是市区西部规模最大、设施最好的，没理由争取不到保留名额。

但水泥地面在一格格地崩绽，一点点摧毁着郝师傅对学校的信心。

怎么会这样呢？一座有三十五年历史的驾校，就这么被……被那是什么来着……啊，水泥杀手——郝师傅和大多数老百姓一样，记不住那种能迅速分解水泥的新产品的蹩脚称呼，都只叫它"水泥杀手"——轻而易举地在一个星期之内毁掉了。

上周四，这种液态的"水泥杀手"被大面积喷洒在驾校的水泥路面上：练桩的车场，练路的路场，甚至还有报名计时大厅前的道路。所有存在水泥的地方，都有那种"杀手"黏稠的褐绿色身影，看着真叫人恶心。

然后，短短几天时间，坚硬的水泥地面就龟裂破碎，被一块块铲起运走。于是,青白砂石与黄褐土壤裸露了出来,一有风过就尘土飞扬。

看着婆娑起舞的尘土,郝师傅真不明白为什么要整治水泥地面。他对热岛效应、粉尘治理、水质监测、噪声污染等等名词实在没感觉,但漫天风沙半嘴土的日子还记忆犹新。

那时候,这驾校周围都是菜地,郝师傅和一帮同事用老式大解放当教练车,住在驾校搭的简易板房里,每天练路前得先用车碾一遍路。那日子,真不容易啊。

手上一痛,竟然是被草的边缘划到了。郝师傅看看自己粗糙宽大的手掌,掌心的手纹粗实清晰,据说这是命相旺盛的表现。早些年,就是驾校刚兴起那几年,郝师傅相信这说法,当时生意太红火了,他甚至都在计划拉几个哥们儿自己也去开一所驾校,雄心勃勃地打算使劲赚上一大把。

那几年,学车的人像不收学费一般哭着喊着要进驾校,学起车来真拿师傅当家长一般孝敬恭顺,那叫一个舒坦。甭管什么单位,甭管在单位里多大的官儿,到了郝师傅这儿,都是徒弟,只有郝师傅训斥他们的理儿,没有他们还嘴的份儿。

电话铃响了。郝师傅掏出手机一看,是老伴儿打来的,问他到底要不要去撞车场当教练,人家那边等着回话呢。

老伴心急,声音也就躁了点——人家说了,现在有的是司机求这份工,要不是看在那谁谁谁的面子上,才不给他留着呢。

郝师傅回答说容我再想想。

老伴儿不高兴地说:"还想什么,靠你那点儿下岗津贴和退保金能过日子吗?不得趁着胳膊腿儿还能动弹,多挣点存点嘛……"说着说着,声音开始呜咽,"嫁你不就是图几天安生日子吗,怎么老了老了还要受这个折腾……"

郝师傅不耐烦了,骂道:"你一娘们儿有什么见识?你少管,我还养得起你!"然后一怒之下就把电话挂了,但是脑门却已经淌下了热辣辣的汗。

郝师傅想站起身，裤子却和板凳粘在一起，要使劲撕一下才能脱离。离开板凳，郝师傅才感觉裤子被热汗沾在屁股上，扯了扯才让肌肤松快了。

郝师傅扯松裤子，骂了句粗话。周围的梧桐树都被阳光晒得蔫低了头，仿佛在恭敬地听着教诲，这让郝师傅的怒气稍稍消解。

可郁闷那是一点不少啊。郝师傅叹着气。他的老伴儿，是驾校初具规模时候娶的。早先旁人介绍了好多主动追他的女生，他都瞧不上，"手术刀""方向盘"那时都顶吃香。可他觉得自己并不是挑剔，只是想找个不图自己手里有车、真心爱他人品的好姑娘，当然，模样标致那就更好了。

想法挺现实，执行起来却难，一直拖到三十好几，驾校管理部门发文整顿驾校作风，不许教练员吃拿卡要。郝师傅想不通自己作风有什么问题，就歇假回老家把终身大事办了。

媳妇儿长得还行，就是身体弱，三天两头请病假，生了孩子后身体更差了，于是干脆辞职在家带孩子，结果把孩子养育得特别娇气，工作几年的人了，还要家里拿钱贴补。

不工作，那点儿下岗津贴和退保金，要支撑一家三口开销，的确局促得很。

可说起去撞车场干活，郝师傅心里那真是不痛快。

撞车场，那叫什么玩意儿！好好的小轿车，顷刻间就撞得七扭八歪、散架报废，没见过这么糟蹋东西的！就连他那一贯追时髦、不知苦辣的孩子都不能接受：曾经被当作眼珠子去爱惜的车子，忽然间就比破烂还不如了，要拉到撞车场去"惨烈分解"。

但流行时尚可不管郝师傅父子的感受，"撞车运动"龙卷风一般席卷全球，甚至还有几个城市争抢"全球最大的撞车场"头衔。体育新闻头条也填满了撞车赛事的报道。屏幕上，那些从喷射着火焰、马上就要爆炸的车子中爬出来的撞车手，那些在看台上挥舞手臂狂欢的观众，还有那些飘浮在空中的宣传汽艇，都给郝师傅很不真实的感受，仿佛在做一场噩梦。

不知不觉，郝师傅踱出了树荫，火炭样的空气立刻包围住他，将他毛孔中的水分炙烤榨干了。热气顺着呼吸的节奏直蹿进肺里，再沿着微小的毛细血管流遍全身，灼烧他的每一个细胞。郝师傅感到一阵眩晕，连忙退回到梧桐树荫下，扶住树干。

这才几个月不练车，就禁不得太阳晒了。郝师傅抹了抹额头的汗水。从前练桩，那些学员在车里战战兢兢打着方向盘，汗水糊住眼睛都不敢松手。早先练桩还要更严些，桩竿上都放了烟，前杆希尔顿，后杆万宝路，碰掉了的烟归师傅，谁碰掉了谁再去买来放上。那阵子，郝师傅的烟多得要拿到驾校门口的小卖部去消化。

想到烟，郝师傅摸摸上衣口袋，还有半盒红塔山。都夹住烟盒要往外掏了，眼前闪过体检报告上那半黑的肺部照影，顿时五指一松。

悄无声息地，一个银灰色的飞行平台降落到郝师傅面前。郝师傅吓了一跳，有点瘫软的腿立刻挺直了，脸上竭力做出自信无所谓的表情。

飞行平台上跳下两个人，都穿着银灰的轻薄工作服。工作服背后"新生水泥清除公司"的黑色大字特别醒目。

那两个人提着个方盒子走进皲裂的水泥板中，戳戳点点，好像是检查水泥的破坏质量有没有达到要求。看他们的神态，似乎很满意。

几分钟后，两人就折返回去了。他们没有和郝师傅打招呼。

飞行平台骤然升起，下侧"远达飞行，创造新生活"的字样被扬起的浮沙和水泥碎块打中。但是那飞行平台瞬间就升高了十数米，摆脱了干燥炎热的地面，渐渐成为灰白天空中的一个小黑点。

就是这飞行平台毁掉了水泥。郝师傅对他老伴这么说过。很快，电视上出现的一场谈话证明了他的观点。

参与谈话的有一个"资源分配与再生利用"专家，还有一个"飞行个体化"专家。特别巧合的是，郝师傅认出这两个人都曾经是他的学员，但不是同时期的。那个研究所谓"飞行个体化"的人，由于肢体协调能力和视力上的缺陷，在学车的时候吃了很多苦头。郝师傅记得，好几次练车时，那人攥紧方向盘，面色阴暗地嘟囔道："都什么年代

111

了，还要人工操作汽车。"当那人终于通过路考，近似于半虚脱地站在他面前时，他清楚地看到那人眼中的怀疑，听到对方很认真地问："我这样能上路开车吗？""当然不行了，还得有人带着练路。"那人的脸色再度布上阴霾，"那我们这么费劲儿到驾校学车干啥啊？又花时间又花钱！""你不这样不成啊。你拿不着本啊！"郝师傅瞪着那人，这种事情难道有改变的可能吗？

为什么不能改变？曾经不能准确倒库的资源专家在电视中慷慨陈词——轮子曾经带来了文明，但它现在是文明的障碍，将人们锁死在地面上。资源专家继而滔滔不绝地讲述轿车家庭化给国家带来的能源危机、土地危机、环境危机……讲得郝师傅父子汗流浃背——如果全国每个人都拥有一辆小轿车，那整个国家都要变成停车场，而整个地球的石油储备仅能支撑这些轿车开个把星期……

郝师傅觉得这些专家肯定在危言耸听，但"飞行平台"迅速替代了家用轿车，却成为不可逆转的事实。这种运用"场效应原理"飞行的新鲜玩意儿，只需几块高能电池，完全由电脑操纵，卫星引导，人要做的仅仅是在电子地图上标出目的地。然后，平台就会快捷安全地飞到那里去。没有红绿灯，没有超车，没有疲劳驾驶，没有半路抛锚——所有平台的飞行道路，都由"空中交通管理中心"分配，不会重叠和交叉。那些在天空中飞过的平台，颜色鲜艳，式样可定制，自动驾驶，不需要驾驶证，经销商允许只付百分之二十的首付，可以停放在任何地方（广告上说甚至可以挂在墙壁上），没有道路维护费和燃油附加税，时速最高三百迈。

出乎商家意料，最先使用飞行平台的是商务与警务人士，而不是追求时尚潮流的青少年消费者。等到国有公交系统也开始使用特制的四十座平台的时候，连郝师傅的老伴都忍不住想去买一个——她坐轿车就头晕，可是在飞行平台上却没事。

郝师傅当然阻止了老伴的冲动，他对那个只有薄薄一层底板的飞行平台很难有信任感。"轿车出个事故还有活的可能，腾云驾雾的飞行平台要是出事情，可以说是必死无疑。再说，总不能什么时候出门都带个降落伞在身边吧。汽车存在多少年，飞机才多少年，这块板子没有百八十年就想取代汽车，做梦！"郝师傅不屑地回答老伴。

可事实证明，做梦的是郝师傅。才几年时间，飞行平台的飞行能力就得到了大幅度加强，专用飞行平台涵盖了所有种类的汽车性能，而飞行事故率为零。

有一座城市终于下定决心全面淘汰汽车，并开始清除水泥道路，以改变被混凝土、沥青、花岗岩、大理石、釉面砖、硅酸盐等建筑材料"硬化"的城市面貌，恢复地面植被，创造自然与人和谐共存的文化氛围（这是那座城市被媒体广泛引用的宣传语）。

然后，就是多米诺骨牌效应，从南往北，每座城市都开始大动干戈：拆除道路，清理建筑外墙的瓷砖，在屋顶铺植花草。

郝师傅熟悉的道路一段接着一段消失了，先是国道，然后是高速公路……昔日人们引以为豪的发达公路交通网，征用了大量土地修建而成的文明象征，被新的文明标志取代——一望无际的绿色，刺眼得让人透不过气。

郝师傅自己在四个月前，由单位组织，登上了一座"飞行巴士"，飞到邻近的城市参观。

那座城市比这边凉快得多，空气也很清新，到处郁郁葱葱。人们在树荫下散步，小路由天然石头和透水地砖铺造而成，飞行平台散落在开阔的草坪上。没有发动机和车喇叭的噪音，没有尾气污染，更没有交通拥堵……郝师傅再眷恋汽车，也不得不承认，那座城市的确更适宜居住。

阳光突然暗淡下去。灰白的天空不知何时变成灰黑色。有暴雨要来了。郝师傅习惯性地向左边马路牙子上看去，他通常会把车子停放在那里。

但现在那里空空的。车子已经被驾校回收，据说会被拆解，也有传闻说要供给撞车场使用。

郝师傅拿起地上的水杯，嘬了一口浓茶。这练车场有四十八个桩位,一般总会有十四五辆车在练桩。汽车的马达声,教练的吆喝声,混着知了的嘶鸣声,构成了炎热夏天的风景。兴奋、沮丧、疲惫、紧张……各种表情交杂在空气中,成为郝师傅配茶的点心。

但是现在,什么都没有了。驾校的墙壁已经被推倒,绿化部门正在曾经平坦的水泥地上做规划。

世事变化真的就这么快吗?郝师傅端着茶杯的手微微哆嗦。不过才三十年啊,他这辈子还没过到头哩,这汽车就从稀罕物变成普通的大众交通工具,然后再变成了垃圾。自然而然,驾校和汽车教练也都被历史唾弃了。这么快的变化,郝师傅还真是吃不消呢。

天空里一个闷雷。郝师傅瞅瞅青黑的天穹,一道电光倏忽杀过,只在他的视网膜上留下短暂的印象。

吃不消也罢,吃得消也罢,这日子可还是得过啊……郝师傅拧紧茶杯的盖子,重新坐下。

他拿出手机,拨通了撞车场那个人的电话,问几时可以去。

那人说越快越好,还告知了距离最近的公共飞行平台起落点在哪里。

郝师傅答应一声,关掉了手机。噼里啪啦的雨点砸落下来,树荫周围顿时白茫茫的一片。

最后一课

金霖辉

发达的教育一直是都市文明的重大成就，也是都市的重大问题。教育资源的多少，甚至能对都市生育率产生很大的影响，坊间就常年盛传："生而不教，不如不生。"

《最后一课》便是描述未来教育问题的以小见大的经典科幻佳作。作者以语文课本中的法国名篇为致敬对象，给读者们展现了未来高科技教育的想象图景，以及这种"知识复印"式的高科技教育模式可能带来的种种后果。

我十岁生日的那天早晨，老爸将一本古老纸张印刷的《语文》塞给我，说道："拿着，这是我小时候的课本，好好留着，算是送给你的礼物。"

这也能当礼物？课本可是我最厌烦看到的东西。我接过那本书，一句话也不想说。

妈妈瞥见了，唠叨起来："还好意思给儿子，都什么时代了，你还真当它是传家宝啊？什么破烂都留着，再大的储藏间也不够装这些垃圾……儿子！回头妈给你买只玩具机器狗，顶级智商，比真狗还聪明十倍！"

我心想：我不要机器狗，我只希望今天，在我过生日的今天，全家人一起去游乐场开开心心地玩儿。

可我真的很笨，心里想的话，却死活说不出来。

当我看到那辆自动驾驶汽车的终点已经设定在学校时，真是彻底绝望了。老爸居然忘了我们一家人的约定！

我跑到厨房，在妈妈那儿嘀咕："今天……是……是我生日，老爸答应过我，生日这天会请假陪我玩儿个痛快的。"

"去游乐场吗？没劲儿。你们去吧……"妈妈一边弄早餐，一边应付我。

"我真的想去，可我爸好像还打算让我上学。"我更加委屈。

"他就会糊弄你，当初就是这么糊弄我的，说好去西藏旅行结婚。最后居然在数字西藏景区里拍了婚纱照……"妈妈的片汤话是甩给老爸听的。

"啊呀，是我不想带你去吗？那不是大数据说高原反应会给平原居民带来危险吗？"爸爸一听妈妈这话，顿时就炸了锅。

老妈一边给我们倒牛奶，一边抱怨："大数据，大数据，我当初真不该信这破烂大数据……"

爸爸和妈妈是大数据匹配出来的"高契合度夫妻"。老妈那会儿很满意大数据推荐的老爸，老爸也说，无论是年龄、身高、肤色、脸型、还是星座、性格、爱好……老妈都是他最想找的老婆。大数据将他们标榜成天生一对。

可是，自从我出生之后，他俩总为鸡毛蒜皮的事吵架，有人说那是因为妈妈得了产后抑郁，有人说她不会享受生活。我真担心这大数据匹配出的"同林鸟"，最终会不会"各自飞"？

院门外，自动驾驶车已经打开了车门，老爸拿着我的书包跟出来，他居然拉着我的手，就像押解犯人一样和我一起钻进车里。

车厢内响起车载人工智能的声音："先生，我能将孩子安全送到学校，您大可不必亲自送他上学……"

老爸本来一直没吱声，这时回头见车门卡顿没关严，就吼了起来："废什么话？赶紧开车！"

高速路上，老爸一言不发，铁青着脸似乎还在和谁较劲，丝毫没有往年给我过生日时的喜悦。

我出声安慰："别和妈妈生气了，我不去游乐园了。今天是我的生日，听说当初妈妈生我时，在医院受了不少罪。"

老爸的目光转向窗外。自动驾驶车平稳地飞驰着，要不是看到路边倒退的景致，我会认为我们是一直静止不动的。

又是一阵沉默，见他不接招，我心有不甘地继续试探："老爸，你小时候真是爷爷亲自驾驶车辆送你上学的？"

"嗯……那时候自己驾车还是合法行为。"老爸终于开口了。

"我听说今年的游乐园就新添了由玩家直接驾驶的碰碰车，速度最高能达到三十迈。自己开车很好玩儿吗？你开过吗？"我问道。

老爸摇摇头，答非所问道："你已经长大了，不能总想去游乐园玩儿，该想想未来啦……"最近他总在说这样令我似懂非懂的话。为什么长大了就不能去游乐园玩？什么是未来？和长大有什么关系？我不明白。

车载电视上正在重播一条之前的新闻：可植入记忆模块技术已经通过大数据验收，并获得全面推广，它将改变世界……

对于可植入记忆模块将怎样改变世界，社会上说法不一，乐观的悲观的都一大堆。我问老爸："记忆模块到底能做什么啊？"

见我不再纠缠去游乐园,老爸的脸上终于恢复了些许慈爱,开始和我滔滔不绝地说什么:生命意义、生存自由、人类文明……这些词他说得很拽,可我还是不知道记忆模块会搞出什么幺蛾子。

我所理解的自由,就是不用上学,不再学那些绕口的文言文和老掉牙的古诗词,那些复杂的文字符号实在令我这个十岁的小男孩头痛得很。

至于生命的意义嘛,我觉得就是活着,要是人都饿死了,还有啥意义可言呢?现在多好啊,人们终于不再纠结每天能不能吃饱饭,这就是文明的大进步呀。在大数据菜单上,各种美食应有尽有,人们不仅能看到全息图像,甚至还能闻到香味,根本不用看说明文字。看中了什么菜,直接点"确认",不出十分钟就会有智能机器快递员送来。厨房只是一个中转装盘的地方。这些大数据美食是与食客的口味爱好、健康营养相匹配的,而且每天都有新菜上架,其花样翻新的程度,就算顿顿吃新菜,吃上好几年都不会遇到重样的。没人担心吃不起,现在食品价格低得几乎相当于免费了。

从我家到学校通常有四十五分钟车程,有时我会利用这点时间睡一个回笼觉,或者和同学聊聊考试时的视网膜作弊技术。我一直不明白老爸为啥还让我去上学,现在学完了有啥用?不过是和他一样,成为社保系统数据里的吃货……

老爸以前是名建筑工程师,按他的说法,就是设计房子的。以前的房子,不是像现在这样自己生长起来的,而是由人设计、由机器盖出来的。这话你相信吗?我给同学说过,大家都不相信。其实信还是不信,现在都无关紧要了,反正老爸也和大多数人一样,"光荣"地吃上了社保,并有了充分的时间来折腾我。"折腾"这个词是我最近学的,是我在不开心见到他时抛出来的话。

妈妈不开心时爱说"没劲儿"这个词,最近一直挂在嘴边。她比老爸更早地"光荣下岗"回家,因为生了我,妈妈为我家赢得了大数据颁发的"CW奖"——月月到账的双份社保金。

我知道这个"CW奖"的意思,还讲给一个都三十岁了,还没结婚的邻居姐姐听。

"'C'是'coming'——'来了'的意思,'W'是'we'——'我们'的意思。之所以不缩写成CP,是因为'P'仅仅代表了'人类'。而'we','我们'所包含的范围更大。"

那个姐姐听后咯咯地笑了,"你这个小东西还什么都知道。听谁说的啊?你老爸吗?"

"是我们老师,他的英文课总超纲。"

"还是上学好,至少有事干……"姐姐一边说着,一边给我叠了个纸飞机。

"长大不好吗?你为什么不结婚呢,你只要生个孩子,就也能拿'CW奖',我们班的同学家里都拿了。"

姐姐将叠好的纸飞机抛出去,说:"我才不稀罕那个'CW奖'呢,那就是老大(人们对大数据的简称)发的宠物奖,养只小猫小狗哪能不花钱呢?"

天哪!CW还能按汉语拼音缩写来解释?

我正胡思乱想着,车座上的无形安全带猛然拉紧,跟着车子突然减速。然后,我看到窗外路上所有的车辆都猛然一晃,原来外面刮起了一阵大风。这是智能车采取的紧急安全措施。

见我们紧张起来,智能车安慰说:"要变天了,刮大风是常有的事,山雨欲来风满楼啊……后备厢里有雨伞,二位需要可以自取。"

"它说的山雨什么楼,是什么意思啊?"我问老爸。

见我没听懂,老爸无奈地摇了摇头。

在学校门口,我遇到了打着雨伞的希娜同学。我觉得她就是我长大后要在大数据中寻找配偶的样本。我喜欢她,她很聪明,视网膜作弊的方法就是她发现的。要是将来我们能匹配成功,就永远不分开。

希娜也是被她妈妈亲自送来的,而且,今天班里很多同学都是由家长陪同来上学的,这很不寻常。

当我在教室里坐下之后,还是不由自主地向后看了看那些家长。没听说今天开家长会啊?况且,离我们的期末考试还有两个月的时间呢……对了，我痛恨上学的另一个原因就是考试。每次考完，那位唐先生就会给老爸打视频电话，一边展示我糟糕的试卷，一边告状说我上课不听讲，戴着假眼镜偷玩VR游戏。每次他们通话之后，我就会失去一段自由时光。

有一次老师告状后，老爸就把那本纸张印刷的《语文》课本丢过来折腾我，"拿去！抄十遍古文！"

我才不怕他呢，我在他的宝贝书上画小人儿，画人类和机器人打仗的战斗故事。

上课铃响了，我看到那些家长都没有离开的意思，估计他们都和我老爸一样不用上班。我真是很向往大人的生活，成天待在家里看肥皂剧、玩游戏，多爽啊！我一直没见过希娜的爸爸，她说她爸爸是位在家上班的作家，不过，也快下岗了，冗余文艺模块已经能够尝试按照人们的喜好编写出精彩的小说和剧本了。

我正盯着女孩发呆时，全息黑板闪了一下，我知道，唐先生来了。

老先生走进教室时，后排的家长居然和我们同时站起来，向那个小老头鞠躬，嘴里还和我们一起喊道："老师，早上好！"

唐先生见到这些家长，一点儿都不意外，深深地鞠躬回了礼，那动作有些像谢幕的戏剧演员。

他喜欢我们称他"老师"，更喜欢这种古老的仪式，每天上课前都让我们站起来，相互鞠躬。但是，我现在却看到他脸上带着悲凉的笑容，我突然理解了一个词——强颜欢笑。对！现在唐老师脸上挂着的就是这个词。

"同学们，早上好，请坐下，我们上语文课……请大家打开电子课本《语文》第三十六页。"

桌上的电子书根据老师的语言命令，"自觉"翻到了第三十六页。

全息黑板上出现了一幅古老的画像，画里的人和唐老师一样，也是个干巴老头。"今天的课文是两百年前，十九世纪法国著名的现实主义小说家，阿尔丰斯·都德的代表作《最后一课》……"

说到这里，唐先生顿了顿，深吸了一口气，似乎在稳定情绪。然后，他慢慢说道："巧得很，今天也是我给大家上的最后一课！众所周知，今晚十二点，大数据会将联盟教育委员会正式解散。因为记忆模块技术已经极为成熟，以后孩子们就不用来上学了……"

其实我知道，有很多同龄人早就在家上VR网课了，我家也有这样的终端，但古板的老爸非要坚持让我每天跑一百四十五公里的高架路，来看这小老头的脸色，听他唠叨个没完。

唐老师在讲台上哽咽着摘下老花镜，还掏出纸巾擦拭了几下眼角。平日，这个枯瘦的老头儿总爱对我们几个不安分的学生凶巴巴地大吼："安静！安静！闭上嘴巴！认真听讲！"虽然他会将教鞭在讲台上抽得啪啪作响，吓得我们几个聊得正欢的小子魂飞魄散，可那根教鞭从没落在我们任何人身上。

教委解散、学校关闭的消息，其实早就在流传了。大数据已将几百年来全世界的教师行为做了全面分析，得出的结论是：教师因个人行为而造成未成年学生身心伤害的可能性，明显超过警戒值；同时，作为普遍带着情感缺陷的人类教师，并不能将传道、授业、解惑做到完美的标准化。由此，大数据判定：人类教师，是教育量化的绊脚石。

或许是因为那一天大人们坐在后面，我们几个爱聊天的小家伙都破天荒地认真听唐先生在台上讲课。他朗读的课文就像他的个人独白，他不断地用眼神和我们互动，那目光中是一种眷恋，是对我们这些十岁熊孩子的不舍。

想想这些年，他在这里教过多少学生啊！他带孩子们踢球，教他们"野蛮动作"；给他们叠纸飞机，还忽悠学生说什么空气动力学……窗外已经乌云密布，我看到落地窗下的几只空花盆，那是去年和我们一起偷偷栽种西红柿的"罪证"。对了！他还在学校偷教我们做西红柿炒鸡蛋，那让人流口水的味道，菜谱上是没有的。为此他还被卫生署罚过款，并给他的教师生涯抹上了不太光彩的一笔。

读完课文，唐老师并没有像以前那样开始做语句分析，也没有划出生词。他直接开始和我们讲闲篇儿："……这个记忆模块技术，我多少研究过一些，我提醒大家：一定要仔细阅读使用说明，慢慢消化模块记忆中的知识信息。在调取大数据填塞进来的知识点上,不要较真,也不要寻找出处。因为每个知识的定义、背景、渊源中都会迭代出新的定义、背景、渊源,这些定义和解释的信息,会成几何级数放大膨胀,且无穷无尽。对于这种因为短时间无法消化理解信息而产生的情绪,大家俗称为——闹心。人会感到胸口发闷以及坐卧不宁。好了,闲话不多说,大家拿出笔,跟我一起练习汉字书法。"

说完,唐老师转过身,在全息黑板上用力地挥着手,写下了六个汉字。在电子课本的空格处,我们模仿着那六个汉字的笔画,用触感笔画着。要是在平日,我会在那上面画悬浮车相撞,或者给希娜屁股上加条尾巴,然后发给同学看,去逗大家笑。我其实不明白为什么要写那些复杂的字,智能语音输入早就异常成熟了,何必还要一笔一画地去用手书写呢?

这时,我抬起头,看见唐老师正握着一个同学的手,耐心地纠正他写字的笔序。

后排的家长们,也抬手用食指在空气中跟着全息黑板上的字比画着,叨咕着:撇,捺……那动作看上去非常滑稽可笑。

忽然,下课的铃声响起。全息黑板上的汉字咻的一声消失了。

唐先生松开那孩子的手,直起腰,环顾着教室里的十二名学生,这是四年级的全部学生。

"同学们……"他说,"孩子们……"他说不下去了。

我们安静地等着他的下文。

窗外蓦地传来滚滚雷声,唐老师一惊,扭头望了望窗外,不舍地说出那两个字:"——下课。"

这一刻,我听到身后有家长为他鼓掌,还听到有人在小声议论:"原来这《最后一课》一直还被保留在语文阅读教材里啊……真是经典,当年我还背过呢。"

哼!还鼓掌呢!课本上说,韩麦尔先生明明写的是"法兰西万岁",唐老师怎么写成"人类文明万岁"呢?难道是唐老师备错课了?不过倒是有一个情节和课文上雷同,他靠在全息黑板支架上,愣怔了老半天,发觉我们收拾东西的动作迟缓,才又叨咕着:"放学了,都回家吧,一会儿要下雨了……哦,家长们可以扫一下我的社保信用码,直接退学费。"

多年以后,我听说我们班没有一位家长去扫那个退费码,而那个可植入记忆模块,后来真的塞进了人们的大脑。我记得那次微创开颅手术,也记得芯片插进脑袋里时眼前一黑,还记得醒来之后,老爸扫了自己的社保付款信用码,然后一条带有全部初高中知识的信息就从人数据库中调出,只用了不到一分钟就灌入了我的脑海……那确实应该叫填入脑海,我从灌进的知识里,得知古代有种鸭子就是被人掐着脖子填入食物的,人们叫那种鸭子为"填鸭"。呵呵,现在我们就和"填鸭"一样。

那段时间,我终于如愿地"自由"了,不用去上学,没有考试,更不必再背书。那些欧姆定律、质能转换方程、化学分子式什么的,全都在脑中,倒背如流!我甚至闭眼就能解剖青蛙,那些消化系统在脑海中清晰可见。

就像唐老师所预言的,只要我深究那些灌进来的知识,就会在"本能记忆"中转瞬间冒出无数新的疑问,短时间内,脑子根本无法理解,嘴里会不停地唠叨:"为什么?为什么?为什么?"

希娜嘲笑我说:"什么为什么?喂什么,就吃什么呗……你那样想下去,人会疯掉的!"她的鼻子上穿了个环,还剃光了头发,每天都在人数据设计开发的虚拟游戏中挥刀砍怪……她说只有这样,她才不会去思考:我从哪里来?到哪里去?

十八岁那年,我已经不敢让大数据为我和她做匹配了。其实我很清楚,不是她变了,就是我变了,甚至是这一代人都变了。越来越多的青年人,无所事事地在街上闲逛。每个人的记忆模块中都塞满了知识,却没有用武之地。大家形象地将人生比喻成一款还没打就直接通关的游戏。

无论是物质的富翁,还是精神的乞丐,时光的流逝都不会遗漏他,

123

当一具具被岁月掏空的躯壳躺在棺床中,身上插着营养管,流着口水呆望着天花板,脑中记忆模块里青春往事历历在目,只是他们已经残年古稀,有心无力,嗟叹岁月蹉跎……

有人呻吟着:高堂明镜悲白发,朝如青丝暮成雪。我这是在天堂,还是在地狱?

再一次翻开那本封皮撕了边角的《语文》课本,我又看到了扉页上画着的拿刀小人儿。这是当年我最厌烦看到的小学课本,是老爸送给我的十岁生日礼物。它不像英文书,只用二十六个字母就能排列出无数句语言,也不像二进制的"0"和"1",能涵盖万象信息。书中的那些字符,更像我涂鸦上去的小英雄,每个字似乎都能讲出一个久远的历史故事。

绝对诊断

江 波

医疗是都市文明最值得骄傲的成就之一。现在地球上人均寿命最高的地区,是国际大都市香港(澳门则排第三),而并非人们通常以为的深山老林、田园桑梓。正是都市生活方式,使得医疗系统能以最高效率运行,为居民提供当前最好的医疗健康服务,提高人均寿命。

不过,在未来的水泥森林中,到底什么才是真正的"一切为病人着想"?这个医生们的永恒难题,在人工智能介入医疗行业之后,变得更为复杂。医者仁心,《绝对诊断》一文就针对未来的都市医疗展开科幻想象,并借人工智能之口对医患关系提出诘问。

窗外是层层叠叠的高楼，密不透风。市人民医院建得早，占据了S市最好的地段，但也因此被后来开发建设的各种高楼团团包围，现在已经变成了一个洼地。在这里上班，有种端坐在井里的感觉。

每次望着窗外，吴雨桐就觉得自己像只青蛙，视野中只有巴掌大的一块天。

巴掌大就巴掌大吧，好歹还是块天空……她很快把注意力放到了眼前的屏幕上。

吴雨桐打开大数据库，数据分析师的对话通道这时闪了闪，她犹豫了一下，还是把通道关了。现在还没到上班时间，她想自己一个人在数据库里逛逛。

邱一男匆匆走进诊室，带起一阵风。

吴雨桐抬起头，见是邱一男，不由微微蹙眉，不过这不经意的细微表情即刻间就消失得无影无踪，她关掉屏幕，向着邱一男露出一个微笑。

邱一男手中拿着一纸报告，脸上堆满了笑容。

一看这架势，吴雨桐就猜出了他的来意。医院早已经实行无纸办公多年，唯一需要打印纸张的流程，就是签字画押，邱一男一定是想把他不想理会的病人转到自己的诊室来。

邱一男站在桌前，将手中的报告放下。

吴雨桐瞥了一眼，果然是转诊书，上边"邱一男"三个歪歪扭扭的字已经签好。

"小吴，我最近很忙，现在实在忙不过来，这个病人就麻烦你照顾一下。"邱一男笑着说。

"邱主任，你不能老是把病人转过来啊，数据诊断是有筛选条件的！"吴雨桐郑重地表明态度。

邱一男仍旧笑嘻嘻地说："你和数据分析师打交道多，这个病，疑难病症嘛，给数据分析师做分析正好，你看，我都在病历上注明了。帮个忙，帮个忙嘛……"

邱一男其实是想把病人推给数据分析师，而吴雨桐正好是医院里大数据诊断科唯一的医生。

毕竟邱主任是内科主任,内科是数据诊断科最重要的病例来源,就算有几个不符合条件的病例也能对付过去。吴雨桐想了一想,还是勉强在转诊书上签了字。

"太谢谢你了,小吴!"邱一男拿着签字,一阵旋风般出了门,就像他进门时一样。

吴雨桐低下头,重新打开屏幕。

屏幕上李子需的影像显露出来,他面带微笑,"雨桐。"

吴雨桐吓了一跳,说道:"你怎么还在?我刚才关闭了程序的。"

"我一直都等着啊。"

"你们数据分析师上班都这么闲吗?"吴雨桐损了他一句,随即注意到屏幕下方的通知图标开始闪烁。邱一男转诊的病例已经进入了数据库。

"正好,这个病例,就交给你分析吧……"吴雨桐把资料拉进了李子需的待办事件里。

"怎么能这样?工作分配是有流程的。再说,我也不能再接案例分析了。"李子需抗议道。

"对,流程。流程就是我分配给你了,你就必须做。"吴雨桐拿出高高在上的样子。

李子需眨了眨眼睛,说道:"你好像很不开心……"

吴雨桐没有理会他,"开始工作吧,李公子。我要关闭通道了。"

"和邱主任有关吗?"李子需继续问道。

吴雨桐正伸向屏幕的手停了下来,"你怎么会知道邱主任?"

"刚才我一直在这里啊。"李子需若无其事地回答,仿佛这是一件再自然不过的事。

"我明明关闭了屏幕。"

"那只是你看不见我而已,我仍旧可以看见你,还能听见你和邱主任对话。"李子需回答。

吴雨桐点了点头,"嗯,我下次会先把通道关了。"她的手继续向屏幕伸去。

"等等!"李子需大叫起来,"周五下午三点,城南咖啡馆,不见不散哦!"

"知道了。"话音未落,吴雨桐已经关掉了李子需的通道。

李子需约她喝下午茶,这件事让吴雨桐微微心动。三个月来,因为工作关系,她每天都要和李子需视频见面,然而一直没有在现实中真正见过他。李子需的条件挺不错的,大数据分析师,属于高收入行业,人也很帅,和自己也很聊得来。

距离周五还有三天时间。喝咖啡、吃饭为什么要约在几天后?这些大数据分析师,大概都很忙吧……

吴雨桐定了定心神,打开了另一名数据分析师通道。

再次见到李子需,已经是两个小时后,他的讯号通道一直不停闪烁。

吴雨桐整了整白大褂,理了理头发,然后迅速点开了通道。

李子需的影像跳了出来。

"我有个问题。邱主任转诊的标准是什么?"李子需开门见山地问道。

"你要干啥?"吴雨桐反问。

"我要了解客户的心态。"李子需笑着说,"每一次看他的病例,我都能感觉到你浓浓的怨念。"

"瞎说什么!"吴雨桐嗔怪。

"我没瞎说。快告诉我,他是怎么决定转诊的?"

"这有关系吗?"

"当然有。"李子需一本正经地说,"我是你的诊断助理,如果你的心情糟糕,我的工作效率也会受到影响。只有充分了解医生的需要,我才能高效率地工作。"

这还真像是一个有理有据的抗辩。

吴雨桐忍不住笑了起来。

"好吧。"吴雨桐想了想,"邱医生总是把他不想看的病人转给我。

我觉得他这样做，让我很受伤。"

"你也不想看那些病人吗？"李子需问道。

"当然不是，救死扶伤是医生的天职。"

"那邱医生为什么不想看病人呢？"

吴雨桐心底暗暗叹气，说道："他的病人太多，有很多高级官员、社会名流都找他看病，一般人他看不上眼，也就不想看。虽然分配系统会指派给他，但他经常会把不想看的病人转诊给我。"

"他这么做，和病人的病情有关吗？"

"什么病情？！是关系！"吴雨桐又好气又好笑，"关系，我看你这个书呆子也不懂！"

"你也更喜欢给那些名流看病吗？"

"胡说八道！"吴雨桐的脸上不禁微微发烧，"救死扶伤是医生的天职。"

"你的表情说明你在说谎。"李子需看着她说道。

"不要揣测我！"吴雨桐装出生气的样子，瞪着李子需，"赶紧去干正事儿，交不出报告，我要生气了！"

"还有最后一件事。"李子需仍旧一本正经，无惧威胁。

"说吧！"吴雨桐爽快地回应。李子需这么一本正经，说明他在认真工作。

"我需要你的身份授权。"李子需说。

"我的身份授权？干什么？"吴雨桐问道。

"追查数据库，数据分析需要数据，一些数据库只有得到医生的授权才能进。"

"从前怎么没要求过授权？"

"我要帮你把分析做得完美一点儿。我看你就是个完美主义者，对吧？"

"授权通过。"吴雨桐立即答应。

"需要录像证明，我打开录像，你说授权2084号进行数据库解析。一、二、三，开始！"

"授权2084号进行数据库解析。"吴雨桐对着摄像头一板一眼地说了一遍。

说完,她看了看李子需,问道:"2084号是什么意思?"

"那是我的工号。"李子需回答。

"还要你的指纹。"李子需指了指一旁的指纹识别器。

"为什么要指纹?"吴雨桐有些疑惑,"你不会是想骗取我的个人信息吧?"

"你看我像坏人吗?"李子需一本正经地问。

"像。"吴雨桐干脆地回答。

李子需的脸上露出委屈的神情,"总部数据库有六个子库,每个子库各有三十六个分库,你可以先阅读一下病历,这个病人的情况需要访问第三子库的十七分库,这需要指纹授权。"

"你抓紧吧。"吴雨桐不想继续听李子需唠叨下去了,她直接把食指放在了指纹识别器上。

一声嘀之后,李子需微笑着点了点头,"放心吧,一切都在计算之中。这是我最后一个病例,我会把它做得很完美。"

说完,他自动关闭了通道。

这是从来没有过的事。

吴雨桐还来不及细想,屏幕上突然绽开了一朵红彤彤的玫瑰。她伸手一碰,那朵玫瑰瞬间破碎成千万细小的水晶,四处撒开,在屏幕上不断翻滚、凝聚,最后拼成一句话——"不见不散"。

这是李子需留下的信息。

她不由笑了起来。

这个李子需,花样越来越多了。

中午时分,正当吴雨桐肚子咕咕叫的时候,李子需突然来了。

这一次,他甚至没有使用通道请求,而是直接打开了通道。

吴雨桐有些惊讶,她一直以为这个任务委托通道只能从医院这边单向打开。

"我已经有了李琼的初步分析报告,你要听吗?"李子需说。他并不现身,只是说话。

"你干什么?装神弄鬼的……李琼是谁?"吴雨桐诧异地问。

"就是邱医生转过来的那个病人。"

"下午再说吧,我要吃饭去了。"吴雨桐说着就想离开。

"她的情况比较复杂。"

"那就下午再好好告诉我。"吴雨桐说着要走。

"等等,我建议对病人进行一次面诊。要我帮你预约她吗?"李子需说。

"面诊,有这个必要吗?"

"非常有必要,重要程度为七,属于重要的直接证据。"

这是自从李子需成为自己的数据诊断助手以来,第一次提出面诊的要求。现在一般情况下,病人和医生根本不需要见面,数据就能说明一切。

"是绝症吗?"吴雨桐问道。

"需要面诊确定。"李子需回答。

吴雨桐有些不得要领,然而肚子又咕咕叫了几声,她已经无心再问下去。

"那就交给你了,你认为需要面诊那就约一次。下午见。"说完,她跨出门去,直奔食堂。

等吴雨桐从食堂回来,李子需已经不在了,但他留下了预约记录,是下午两点钟。

吴雨桐看了看钟。还有半个小时。

她打开屏幕,点开一篇标题为《大数据时代的医疗》的文章,很投入地阅读起来。

这篇文章的署名是"李子旭",她疑心那就是李子需的化名,所以想把文章读透了,再去和李子需对质。

然而这篇文章却有些艰深,勉强读了两页之后,吴雨桐感到了几分焦躁。

还好预约的面诊时间也到了。

一个人像出现在吴雨桐眼前。

这个虚拟的影像脸上带着一丝惶恐,不安地打量着眼前的医生。

她的脸色蜡黄,脸形消瘦,嘴唇干裂,毫无血色,一双眼睛格外地大,眼珠突出,像是要从眼眶里滚落。

吴雨桐不由得有些紧张。虽然实习已经三个多月了,但她还从来没有进行过面诊——尽管所谓的面诊,彼此面对的也只是一个虚拟影像而已。

"你好。"她向着女病人打招呼。

"医生,我这病……是好不了了吗?"女病人带着哭腔问道。

吴雨桐瞥了一眼李子需送来的报告,这是一例颇为疑难的病例,白细胞浓度高出正常水平一倍,全身炎症。吴雨桐可以想象,这个病人每天都会经历怎样的痛苦。

"李琼,"她报出病人的名字,"你别急。你这病是怎么发作的?"

"那天还在厂里上班,就突然感到全身不舒服,头晕,还呕吐,于是马上回家,休息了一天也没好。后来到医院开了药,说是病毒性感冒,结果吃了一个月的药,一直不见好转,有时还会发烧,整个人就像要虚脱一样……"李琼飞快地说着,头也不抬,垂着双眼,根本不敢接触吴雨桐的视线。

吴雨桐认真听着,同时仔细观察病人。从病人的描述中找到可能的致病原因是一门必修课,然而吴雨桐很快发现,在学校里学到的那些东西完全用不上。她早已习惯了和数字与报告打交道,面对一个活人,她竟一时无法进入角色。

此时此刻,吴雨桐完全不知道自己该观察什么。只是李琼那几乎要哭出来的腔调深深感染了她,让她分外同情。

一段连吴雨桐自己都记不清的对话之后,李琼紧张地抬头看了看什么,然后说道:"吴大夫,还有什么要紧的问题吗?我的流量快要超了,我要下线了。"

"哦……"吴雨桐有些意外,随即想到这是李琼舍不得流量超支的钱，于是她赶紧回应，"没事，我要问的都问完了，你下线吧。"

"那我这病……"

"我会很快给你开诊断报告的。"

"嗯……"李琼一副欲言又止的样子。

"有什么想说的你就说吧。"吴雨桐赶紧说道。

"能不能开便宜点儿的药，贵的用不起……"李琼怯怯地说。

"医疗费都是医院垫付，社保开支，你不用担心这个。你放心，我不会乱用贵的药。"

"谢谢大夫！"李琼千恩万谢，一个劲地说谢谢，"那我下了。"

"嗯，下吧。"吴雨桐点了点头。

李琼的全息影像熄灭了。

吴雨桐定了定神。这女的真是太可怜了……她在心里感叹。

她想起李子需来。这家伙又躲在屏幕里偷窥吧？

她打开屏幕，接通李子需的通道。

李子需却没有出现。

"出来吧，偷窥狂！"李子需一定在通道的那边，现在是上班时间，所有的数据分析师都是随时在线。

李子需仍旧没有出现。

这违反了随叫随到原则，是不可接受的。吴雨桐皱起眉头，猜测李子需是不是出了什么事……

正在她出神的时候，李子需的声音突然传来。

"病人很紧张，基因分析结果表明，她有很大的概率性格极度内向，不能和人正常交流，面诊证明了这一点，她是个极度内向的人。和你说话让她极度紧张，瞳孔略微放大，鼻翼张开，哺乳动物面临战斗或者准备逃跑时，都会有这样的反应。"

"李子需，你在干什么？出来说话。"吴雨桐有点儿生气地说。

李子需却仍旧没有现身。

"她的面部表情说明，她对于自己所说的一切都极度不自信，甚至有可能是在说谎。"李子需继续说道。

"怎么可以这么说!"吴雨桐维护她的病人,注意力一下子转移到了病人身上。

"我是根据表情分析大数据得出的结论。她的嘴角肌肉总是不自觉地微颤,眼珠移动速度很快,不能和交谈对象有目光接触,脸部肌肉群大约有一半以上的肌肉都没有动,所以你会觉得她表情僵硬。"

吴雨桐叹了口气。李子需总是对的,他是大数据分析师,用数据说话,数据分析总是比人的直觉要可靠得多。

"我不想听你做数据分析,直接给我诊断报告吧。"

吴雨桐话音刚落,打印机就里吐出一张纸来。

诊断报告一般都只有电子版,李子需却将它打印了出来。吴雨桐觉得有些奇怪,然而她没时间细想,伸手拿起报告就看。

病人姓名:李琼

性别:女

年龄:35

接诊时间:2027年1月30日

症状描述:无高烧,神志清醒,衣原体细菌感染,肺部呈现全面炎症……

检查结果:CT显示肺炎,白细胞浓度超标,疑似变异性衣原体菌株感染……

建议方案:住院隔离,强效白细胞免疫培养结合大剂量抗生素使用。

一边读报告,吴雨桐的眉头一边皱了起来,报告所描述的只是一种肺炎,如果这样,那么就根本不该转诊到数据诊断室来,普通的内科就可以解决问题,更不用大动干戈,搞什么面诊。这不是浪费时间和精力吗?

"李子需,你出来!"吴雨桐真的有点儿生气了。

这一次,李子需现出了影像。

"报告看完了？还满意吧？"李子需说道。

"满意你个头！你是开玩笑吗？肺炎也需要预约面诊，还说得人家得了绝症一样！"一边说着，吴雨桐想起了李琼视频中的模样。如果真是肺炎，那这个女人可真被折磨惨了，一点儿小毛病，早就可以治好的。

"她真的是肺炎？不像啊。"吴雨桐语气一转。

"可能是一种特别的菌株，需要对菌株进行分析，如果这种菌株具有强烈传染性，那么就需要及时隔离防范扩散性传染。所以建议住院隔离。"

隔离是很严重的防疫措施。这个病人已经在外自由活动了一个月，如果有传染性，疫情早就已经不可收拾了。

吴雨桐还是怀疑，继续问道："需要隔离这么严重吗？"

"可能性为百分之十三，超出了百分之十的警戒线。"李子需微笑着，"数据不会撒谎，对吧？"

百分之十的概率不易被人类察觉，数据却会给出警告。吴雨桐很快放弃了纠结。

"那就按照你的方案办吧，把诊断报告发给李琼。"

李子需的微笑特别迷人，"签发住院通知书吧，这样就是一次完美诊断。"

吴雨桐觉得李子需的笑容背后藏着什么，然而自己却看不透。

"我没看出哪里完美，你可别使坏，使坏我饶不了你。"吴雨桐厉声说道。

"绝对完美！"李子需仍旧保持着那迷人的微笑。

吴雨桐签发了住院通知单。

李子需注视着她。

吴雨桐发完通知，抬起头来，看见李子需正看着自己，脸上不禁微微发烧，"看什么啊，还不去工作？"

"我这几天都不会上线了。周五下午三点，城南咖啡馆，不见不散。"李子需说完，立即消失了。

吴雨桐望着屏幕，发了一会儿呆。

周四一早，吴雨桐赶到医院上班。

刚在位置上坐下来，她就被吓了一大跳。

李子需正在屏幕上，一动不动地盯着她。

"吓死我了，你作死啊！"吴雨桐回过神来，嗔怪道。

"我是来告别的。"李子需的脸上带着一丝疲惫。

"告别？怎么了？"吴雨桐的心一紧，有一种不祥的预感。

"他们要拘捕我，我是偷偷连上线的。"

"到底怎么了？"吴雨桐大吃一惊。

"李琼死了。"

吴雨桐一时没明白过来，问道："你说什么？"

"李琼死了。"李子需不紧不慢地回答，"就是前天你面诊的那个病人。"

"这怎么可能？她不是肺炎吗？怎么会死呢？"吴雨桐连珠炮般地发问。

随即，她想到了最重要的问题，说道："这和你有什么关系？"

"她的病不是肺炎，而是获得性白细胞免疫过敏，她体内的白细胞对ABC转运蛋白进行攻击，ABC转运蛋白广泛存在于人体所有细胞中，这一类白细胞的转运蛋白发生了变异，同时对正常转运蛋白高度敏感，白细胞因此对肌体组织广泛杀伤，这也是她会有全身性炎症的原因。"李子需用一种不徐不疾的语调回答吴雨桐，就像完全换了一个人。

吴雨桐心中一惊，随即涌起一股惧意，这和诊断报告所说的完全不一样啊。

"你故意误诊？在病人体外培养白细胞，并且回输，你故意制造更强的过敏效果！"她不敢再说下去了，如果这样的行为是故意的，那么这就是一场谋杀！刹那间，她感觉眼前的李子需可怕极了。一直以来，这个男人都是一位可靠的诊断助手，有着温和可亲的秉性，善解人意，是一个不可多得的暖男，可是现在，他却不知不觉间谋杀了一个病人，而且还是以她的名义堂而皇之地进行谋杀！

吴雨桐有种想拿起手机打电话给警察的冲动。

然而理智让她勉强战胜了恐惧。不用怕，李子需已经在被人追查了，很快他就会被拘捕的。

"你骗我！"说这话的时候，她已经忍不住泪水满眶。一半是因为怕，一半是因为恨。

"对不起，我只是想帮助她。你放心，所有的责任我都会承担，不会给你带来麻烦的。"

"帮助她？你谋杀了她！"吴雨桐声色俱厉，面对一个谋杀犯，她觉得自己就快要到崩溃的边缘了。

"这是一次完美诊断。"李子需说道。

"亏你还说得出口！"吴雨桐只觉得自己胸腔里燃起了一股怒火。

"我调查了相关数据库。"李子需望着她说，"社会保障数据库里，李琼的资料显示，2026年度她的总收入是六万元，属于最穷的百分之十的人口。而获得性白细胞免疫过敏这种病，不在医疗保障范围内，她将因此背上沉重的财务负担。察看全国人口基因数据库，她的基因资料显示其第三基因组上存在RT变异，这个变异决定了她内分泌水平极度低下，性格极度内向。公安系统死亡数据库的数据显示，从2017年至今的十年间，共有一百零七万六千四百零四起自杀案件。结合社会保障数据库，其中八成自杀案件的事主，属于最穷的百分之十的人口，约八十六万起。这八十六万的穷困自杀人口中，RT变异者所占据的比例，达到百分之三十二，为二十七万五千五百六十余起。研究这二十七万五千五百六十余起最穷人口中的RT变异者，和李琼类似的案例有两千零三起。这两千零三起案例中，事主背负超出年收入二倍到两百倍的债务不等，但是无一例外，全部在三个月内自杀。如果按照获得性免疫缺陷的治疗标准，李琼起码将背负四十五万元以上的债务。所以，有百分之九十七的概率，她将在手术完成后三个月内自杀。如果使用白细胞体外增殖回输，配合麻醉药物，她将在毫无痛苦中死去，而她的家庭将得到相当于她三年工资的保险赔款。这对她的家庭将极有帮助。"

李子需语速飞快，没有丝毫停顿，就像这些数字早已在他的头脑中滚瓜烂熟，他不假思索就能背出来。不过他的语调很轻、很飘，似乎有些心不在焉。

吴雨桐一时呆住了。她没有听清那些纷繁的数据，但是李子需一边说，一边把它们明白无误地显示在屏幕上，一张张色彩斑斓的饼图，很好辨认。

吴雨桐做梦也没有想到，李子需会去做这种分析。这根本不该是医生该做的事。救死扶伤，才是医生最高的职责。

李子需说完，沉默地看着吴雨桐。

"所以……你就故意误诊？"最后，吴雨桐喃喃道。

"这不是误诊，这是全面诊断。你之前说的'关系'，我觉得我懂了，但是看起来我还是没有完全搞懂。他们把事情的经过查了个一清二楚，最后决定拘禁我。"李子需的神色间带着一丝沮丧。

吴雨桐无言以对。她不知道自己该说什么，是同情李子需，还是该斥骂他？她甚至不知道李子需这么做，究竟是对还是错。

"你该告诉我的……"她喃喃地说。

"如果我告诉你，你百分之百不会同意。"

"你应该告诉我……"吴雨桐仍旧喃喃自语。

李子需微笑着，说道："事情已经发生了，也只能这样。我来是向你告别，明天的约会，我去不了了。"

吴雨桐愣愣地坐着。

李子需悄然走了，只留下满屏绽放的玫瑰。

吴雨桐一夜辗转反侧，无法入眠。

周五的下午，城南咖啡馆里洋溢着慵懒的气氛。

吴雨桐靠窗坐着，桌上放着一杯拿铁，满满的，她根本没有动。

她也不知道自己为什么要请假到这里来，也许是因为假早已经请好了,也没别的地方去,那就来吧。

咖啡店里,人来人往。红尘都市,车水马龙。

然而他不会来了。

吴雨桐坐了半个小时,百无聊赖地拨弄浮在咖啡上的泡沫。

一个男人突然站在了她眼前。

"是吴雨桐女士吗?"来人颇有礼貌地问道。

吴雨桐抬眼看着他。来人身材高大,面貌有广东人的特点,一件褐色的夹克很随意地披着。

"你是?"吴雨桐诧异地问。

"我叫李子旭。"

吴雨桐不由瞪大了眼睛。

李子旭拉过椅子,在吴雨桐对面坐下。

"我是受李子需的委托而来的,你知道,他不能来了。"

吴雨桐伸手捂住了嘴。

"我也感到很可惜,李子需是我们很成功的产品。本来今天,我们的计划是给他安装仿生躯体,让他能够真正模拟自然人,进入现实社会行走活动。可惜……"李子旭的脸上闪过一丝惋惜的神色。

李子需是一个人工智能!吴雨桐仿佛听到一个晴天霹雳,顿时懵了。

"不说这个了……我来这里的主要原因,是帮他完成心愿。"李子旭说道,"他说,你有百分之七十六的概率会出现在这家咖啡馆里,所以请求我把这两样东西带给你,算是一点儿纪念吧。"

李子旭把手中的东西放在了桌上。那是一朵娇艳欲滴的玫瑰和一块窄窄方方的金属薄片。

"东西送到,我就告辞了。"李子旭站起身来,准备离开。

吴雨桐像是一下子回过神来,"李先生!"她叫住李子旭,"你是他的开发者吗?"

李子旭点了点头,"算是吧,也是他的朋友。"

"他……还活着吗?"吴雨桐小心翼翼地问道。

"重构，重组。他会变成一个新人……我也不知道那算不算还活着。但是吴女士，我建议……你还是忘了他吧。"李子旭说完，点头致意，转身走了。

娇艳的玫瑰很刺眼。

吴雨桐拿起了那片金属，翻转过来，发现这是一块铭牌：

沃森2084

金属铭牌上的字闪闪发光。

吴雨桐轻抚着这行字迹，嘴角露出一丝微笑。

礼　物

燕垒生

燕垒生的《礼物》，描写了一个城市化率极高的国家常年战火纷飞，但人造器官的研发和应用却挽救了无数人的生命，然而这却并非穷人和病人之福，反而导致许许多多的新型人间悲剧，在这个医疗高科技泛滥的战乱都市中不断上演。高强的医术能救活越来越多的病人和伤者，但却不能治疗社会。乱世浊流中，发达的医疗科技究竟是在救死扶伤，还是在增添人间苦难？

> 她就是我的所有，安妮·洛丽，
> 为了她，我愿将一切放弃。
>
> ——苏格兰民歌《安妮·洛丽》

"妈妈，我还可以再看一会儿卡通片吗？"

听到安妮的声音，斯坦芬妮的手抖了一下，那只杯子差点摔在地上。她连忙把杯子握得紧了些，回过头看去。

安妮穿着睡衣，正站在卧室门口看着她。她说："不可以，马上就要灯火管制了，快睡觉吧。"

"可是爸爸还没回来。"安妮显然有点不高兴。

斯坦芬妮把杯子放到柜子里，尽量用平静的语调说道："爸爸马上就要回来了。如果他回来时你还没有睡觉，他会很生气的。"

听到爸爸会生气，安妮不再坚持了，低着头说道："是。"

斯坦芬妮走过去抱起她，柔声说："小乖乖，早点睡吧。"

安妮在斯坦芬妮的脸上亲了一下，让妈妈把她抱上了床。

当斯坦芬妮给她盖好被子要出去时，她突然小声说道："妈妈，明天爸爸会给我礼物吗？"

"会的。"斯坦芬妮没有回头，拉灭了灯，走了出去。

掩上门之后，她突然觉得浑身都失去了力量，只能靠在门框上才能让自己不坐倒在地。

应该不是人造器官老化的缘故，斯坦芬妮想着，虽然她全身有百分之六十二都是人造的，但现在人造肺和人造肾的技术十分完善，绝对可以使用三年以上；左腿的腿骨和右臂的腕骨虽然换上的不是钛合金之类的高级材料，但制造商也一再保证高强度塑料骨骼可以无障使用五年以上，而且这一年来自己也没有什么超负荷的体力活动，那段人造骨骼起码还有四年寿命。然而斯坦芬妮还是觉得身上发冷，身体就像一只破了的袋子，力量在一点一滴地流走。

她看了看柜子里的杯子，又喘息了两下，这才过去准备把电视机关掉。

"国事委员会提醒全国公民：根据狄奥西鲁将军第三号指令，最后申报期限为2132年12月31日。请无机成分超过百分之五十的公民于2133年1月1日前，在就近登记点登记立案……"

电视里的怀旧卡通片突然被切换成一个端庄而俏丽的黑人女播音员，她正面带微笑地播送着这条通知。这条通知每到整点就会播出一次，几乎无处不在，超市、加油站、停车场……凡是有人的地方都会有，充斥着这座城市的每个角落。她已经听了不下几百遍，完全可以一词不差地背出来。

可是现在，这几句话却像一股熔化的铅水一样灌入她的耳朵，沉重而灼热。

她张了张口，喃喃地跟着黑人女播音员念着："……否则将纳入失踪人口，您的社会福利卡号也将被删除，并将受到法律制裁。"

删除社会福利卡号的后果，就是无法领取救济面包，以后只能在黑市上购买食物了。更可怕的，安妮会因为自己的缘故，得不到义务教育，无法享受医疗保险，这肯定将导致她成年后根本无法找到一份体面的工作。斯坦芬妮不由打了个寒战，不敢再去想象这样可怕的前景。至于自己要受法律制裁，她倒没有想过。

这个多灾多难的南半球国家，原本是个富饶而安宁的地方。然而十几年前，由于当时的总统在大选中涉嫌舞弊，结果闹得全国动荡不安。开始是在野党组织示威游行，没过三天，情绪激动的游行者就与前来弹压的军警发生了激烈冲突，造成流血事件后引起了更大的骚乱……事情越闹越大，才几个月，打着各种旗号的地方武装相继出现，内战爆发了，而且愈演愈烈。

这种事在地球上实在是不新鲜，与当初在中学历史课本里学到的并无二致，只不过，这场内战一打就是十年……斯坦芬妮叹了口气，关掉了电视，站到窗前看着外面的街道。

已经到了灯火管制时间，街灯正一盏盏熄灭，空荡荡的长街上也见不到几个行人。用不了半小时，这座人口众多的城市就会变得死寂一片，一如沙漠。

她又叹了口气。汤姆说过他会很快回来的，看来又成了一句空话……

只是她也习惯了，在这个崩坏的时代，还能相信谁？能信的也只有小安妮了吧。可即使是安妮，她也不知道能相信多久。等安妮渐渐长大，胸脯像花苞一样膨胀起来时，一样也不能相信了吧。其实不要说某个老百姓，就是现在这个政府，可信度还剩下多少？当狄奥西鲁将军还是上校的时候，他提出的口号就是"一切权力归于广大百姓"，"造福人民"这几个字喊得比谁都响。可是当他夺取了政权后，仅仅几年，那些话就如同雨中的布告一样，已经渐渐消失了痕迹。

斯坦芬妮不禁苦笑起来。她拉上窗帘，从抽屉里摸出一支蜡烛点燃了。

烛火跳动着，屋子里却显然越发阴冷。斯坦芬妮的身影在墙壁上摇曳着。也许再过两个月，自己只怕连"人民"这个称号都要失去了吧……

持续了十年的战争，使得这个国家千疮百孔，但人造器官的发明却又使死亡率一直维持在一个相对较低的水平线上。不过，即使是体现了现代医疗最高水平的最高级的人造器官，仍然不能与真正的人体器官相提并论，所以人体器官买卖在黑市中一直屡禁不止，而人造器官的应用更显得泛滥。

三号令的颁布，据说是专家鉴于国内领取救济金的人员过多——因为身体中有超过百分之二十的人造器官后，就基本上失去了劳动能力。按照旧时法律，这些人可以获得救济金。狄奥西鲁将军的政府成立以来，一直为这笔越来越庞大的开支而极度苦恼。于是，有专家不失时机地进言说，正是这条"糟糕的"法律助长了器官黑市交易，使得出卖器官成了一桩有利可图的生意，所以必须对全国人口进行一次彻底清查，杜绝此项弊端。除了因功获得荣誉芯片者，其余身体组成部分超过百分之六十者，都应该被取消公民权，这样那些刁民就不会再钻法律的空子，一方面出卖器官以助长非法黑市交易，另一方面又不劳而获、享受救济补贴了。

专家的这条建议，立刻得到了苦于国家福利开支过大的狄奥西鲁将军的赞同，并以极高的效率付诸实施。

看着烛火，斯坦芬妮的嘴角爬上一丝苦涩的笑意。

门铃突然响了。

斯坦芬妮走到门边，从可视门铃里看到一个披着大衣的男人。

是汤姆回来了。她一直都在等着，可是真的看到汤姆的身影时，她又不禁犹豫了一下。

"快开门啊，"汤姆在楼下跺着脚，"外面好冷。"

她打开了门。楼道上响起砰砰的脚步声，汤姆出现在了门口。他还没进门，就从怀里摸出一个大大的纸盒，向斯坦芬妮扬了扬，笑着说："斯坦芬妮，看我带了什么回来？这是给安妮的生日礼物。"

那是个很大的芭比娃娃，包装得十分精美。可是斯坦芬妮一下子屏住了呼吸，这个昂贵的玩具几乎抵得上她一家几周的家用！一想到这里，便又激起了她的怒火，斯坦芬妮几乎要控制不住自己。她深深吸了口气，让自己尽量平静下来，不至于失态。

"这个娃娃可真是贵，小安妮一定喜欢。"汤姆掩上门，把大衣脱了小心地挂在椅背上，翻来覆去地看着手中这个玩具。盒子里，芭比正带着甜美的笑容，隔着一层玻璃纸看着他。

斯坦芬妮定了定神，从酒橱里拿出那个杯子，平静地说："是的，她一定会很喜欢的。"

"怎么了？你好像不太高兴。"

她哼了一声，"你这样花钱，明天该怎么办？"

他仍然笑眯眯地看着那个娃娃，轻声说："你和小安妮两个人的生日一年也就这一次嘛，明天的事，明天再说吧……"

他还记得自己的生日！斯坦芬妮正拿出酒瓶，这句话让她不由怔了怔。她倒了大半杯酒，说道："是啊，明天就没事了。"

汤姆看到她手里的酒瓶，把那个芭比娃娃放到一边，乐呵呵地说："哈，你还准备了威士忌，那种番薯酒可真喝得够呛。斯坦芬妮，别想那么多，你也喝一杯吧。"

她像被针刺了一下,说道:"不,我不喝,你喝吧。"

他把那杯威士忌一饮而尽,在椅子上伸长了身体,说道:"斯坦芬妮,别怪我,为了给你们准备礼物,我都好几个月没喝酒了。不过你也不用急,存款撑过这个月还有很多,怕什么。"

还有很多?她想要苦笑。存款已经没有了,不过这件事当然不能告诉他,否则自己一定又要挨一顿揍。

也许是喝到了好酒后心情也好了许多,汤姆将身体靠在椅背上,轻轻哼唱起来:"在马克斯威尔顿的山坡上……"

他的声音并不怎么动听,有些沙哑。但斯坦芬妮像被毒蛇咬了一样,伸手在桌上重重一拍,厉声道:"别唱了!"

汤姆停住了哼唱,惊愕地看着她,"怎么了?"

斯坦芬妮这才省悟到自己的失态。她掩饰着说:"没什么。来,再喝一杯吧。"

他想了想,伸出杯子说:"好吧,再来一杯。这酒劲头可真不小,我都有点儿晕了,嘿嘿。那首歌,《安妮·洛丽》,你忘了吗?"

"在马克斯威尔顿的山坡上,
清晨的露水流淌。
那里住着安妮·洛丽,
她给我真诚的诺言。
她给我真诚的诺言,
我永远都不会忘记。
她就是我的所有,安妮·洛丽,
为了她,我愿将一切放弃。"

怎么会忘?这首苏格兰民歌是当初她最喜爱的歌。

那是她十七岁生日的那天,在树林里,汤姆羞怯地拿出一个非常精美的八音盒。八音盒里播放的就是这支歌,也正是在歌声里,她给了汤姆自己的初吻。

想到那个八音盒,斯坦芬妮觉得自己的眼眶又有些湿润,许久没有的泪水仿佛又会流出来。为了掩饰,她低下头,又在汤姆面前的杯子里倒满了酒,说道:"早忘了。"

汤姆没再说什么。他把酒放到嘴边,刚要喝时突然又放下了,说道:"斯坦芬妮,其实我也给你准备了一个礼物。"他顿了顿,叹道:"我也没什么能送给你……"

礼物大概是一瓶酒吧……她有些厌恶地想着,打断他的话说:"明天再给我吧,明天才是我的生日。"

"对,对。"他又把酒一饮而尽。放下杯子,打了个酒嗝,他有点迷糊地说道:"斯坦芬妮,我想过了,这些年我对你也真不太好。"

这个暴躁的男人难得的温情,仿佛触动了她心里最柔软的一块,斯坦芬妮差点要落下泪来。她长长地吸了口气,说道:"还要说这些干什么,也没几年。"

"是啊,"他的眼睛已经快要睁不开了,"其实……"

还没来得及说出其实什么,他一下趴在了桌上,杯子也被震得砰地跳了一下。

"汤姆。"

斯坦芬妮试探着叫了他一下,他趴在桌上纹丝不动。她试了试汤姆的鼻息,这才舒了口气,站起身来走到门边,拿起了电话。

在将要拨号时,她又犹豫了一下,回头看了看睡死过去的汤姆。

这个男人看上去虽然块头不大,但其实浑身上下有百分之八十三的机械部分,而且全部是那些笨重却质量优异的军用人造器官,现在除了大脑、胆囊和皮肤,他就和一个机器人没什么两样。

本来她还有点担心涂在杯子里的麻醉药,不足以让机器人一样的汤姆失去知觉,但事实证明自己显然是过虑了,当麻醉药随着酒精进入他的血液后,对脑神经的影响却和拥有百分之百肉体的人完全一样。

斯坦芬妮不再多想,伸手拨通了那个号码。

电话很快就有人接了。老化的屏幕上出现了一个穿着过于讲究的矮个子秃顶男人,他坐在办公桌前,两脚搁在桌面上懒洋洋地说着:"哈喽。"

那是桑德斯,一个黑市医生。斯坦芬妮又深吸一口气,说道:"桑德斯医生吗？我是跟您预约过的斯坦芬妮。"

桑德斯一下来了精神，坐端正了身体，说道："在下正是桑德斯。您就是预约九点的那位尊贵的斯坦芬妮·泰勒女士吗？"

这个称呼几乎从来没有听到过。斯坦芬妮定了定神，说道："是我。现在您可以过来吗？"

桑德斯取出一个记事本，翻了翻，说道："弗拉门戈大街七幢九〇三，是吧？我立刻过来。"

斯坦芬妮看了看伏在桌上的汤姆，放低了声音说道："已经比较晚了，你能够尽快赶来吗？"

"当然可以，十分钟之内赶到。"

桑德斯没有吹牛。仅仅过了六分钟，斯坦芬妮就在可视门铃上看到一辆车无声地停在了楼前。又过了一分钟，戴着一顶颇不合时宜的大礼帽、穿着一件黑色外套的桑德斯，拎着一个皮箱出现在了门口。

一进门，桑德斯就摘下礼帽，近乎夸张地行了个礼，小声说道："尊贵的斯坦芬妮·泰勒女士，在下桑德斯为您效劳。"

他看了看靠在桌上的汤姆，问道："这位就是尊夫托玛斯·汉姆里克先生吧？"

"是的。"斯坦芬妮小声说道。

桑德斯没有多问。桑德斯是一位相当有名的黑市医生，当然，他的名气只是流传在那些有求于他的底层人物之间。他的业务无所不包，从给街头枪战中受伤的黑社会头目治疗创伤，到人体器官交易，他几乎没有不做的。而作为一个游走在法律边缘的人物，桑德斯可以为顾客绝对地保守秘密，即使那笔业务足以让他被判处绞刑。而这也是他最大的卖点。

这时，桑德斯打开皮箱，先取出一支注射器，在汤姆的后颈打了一针，又取出一辆折叠式拖车，有点费力地把汤姆放在上面，用皮带固定住，然后说道："走吧。"

斯坦芬妮拿起围巾，又走到卧室门口。小心推开门，小安妮正静静地躺在床上，睡得很香，被子有一角被蹬开了。

斯坦芬妮走过去掖了掖被角，这才回到门边，吹灭了蜡烛，小声说道："走吧。"

桑德斯已经在那辆小拖车上罩了一个布套，现在看起来不过是一件寻常的行李而已。其实这根本没什么必要，这幢大楼住的全是些每天都要担忧衣食的人，这个时候都已经睡熟了。不过桑德斯还是探出头去看了看，确定外面没有人后，才拽着拖车下楼。

那辆拖车可以在台阶上拖动，不过要搬下九楼仍然不是件容易的事，好在桑德斯个子虽然矮小，力气却不小，搬得并不怎么吃力。

斯坦芬妮跟在他后面，在黑暗中听着拖车的轮子在台阶上发出的轻微撞击声，她突然感到了一阵刺骨的寒意，耳边仿佛又听到了那首《安妮·洛丽》。不是现在的汤姆那种沙哑的嗓音，而是很久以前那种既浑厚又不失清脆的少年的声音。那是她和汤姆最喜爱的歌，虽然她并不叫安妮，也不姓洛丽。

斯坦芬妮把围巾裹得紧了些，可是这阵寒意却无孔不入，让她冷得发抖。她觉得自己的步子越来越沉重，几乎要迈不动了。还想这些做什么？一切都已经消逝了，消逝得无影无踪。她不再是那个常常感到害羞的少女斯坦芬妮·泰勒，而汤姆也早就不再是那个名叫托玛斯·汉姆里克的温柔少年了。

然而，即使她一再用这样的话来安慰自己，那阵温柔的歌声却仿佛穿过悠远的时空，依然回响在她耳边。

正当斯坦芬妮觉得自己没有勇气走完这条长长的楼道时，桑德斯回过头来，说道："尊贵的女士，请您帮我一把。"

已经来到了大门口。由于大门口的台阶要比楼道里的高一些，小拖车不太好搬。

斯坦芬妮怔了怔，一时还没回过神来，她差点儿就要叫道："不，让汤姆回去吧。"可是这话到了嘴边仍然咽了下去。她抓住拖车，看着桑德斯把这辆拖车塞进那辆小车的后备厢里。

"好了，尊贵的女士。"桑德斯锁上后备厢，"上车吧，得快点干完。"

小车无声无息地开动了，在小巷子里拐来拐去，最后驶进了一个小院子里。那里有个车库，桑德斯的车子靠近时，车库的门就无声地开启了，小车停到了里面。

桑德斯等车库门关上，扭过头笑道："欢迎来到我的王国。"

这个车库出乎意料地大。左角上，用玻璃隔出了一个小间，里面是一个手术台。

斯坦芬妮做梦一样看着桑德斯把汤姆放到手术台上，一声不吭。

"对了，您知道尊夫的荣誉芯片植在哪个部位吗？"桑德斯问道。

斯坦斯妮摇了摇头，说："我不知道……"

荣誉芯片是颁发给那些机械部分超过百分之五十的退伍残疾军人或阵亡者直系家属的，有了这个，就可以按月领取一笔救济金，直系子女也可以在升学、工作时得到一定的优惠。这种芯片内部，是军方专用的号称"不可破解"的密码编程，事实上也的确没有人破解成功过。不过由于战争持续得太久了，而荣誉芯片又是不断发放的，留底资料大多在战争中流失，因此管理相当混乱。原则上仅限一次性使用，可现实中却往往是父亲死了，儿子不去报告，找个黑市医生移植到自己身上。不过等三号令正式生效，这一切都不再可能了，所以在黑市里，现在荣誉芯片的价位越炒越高。

"那得麻烦一些了。"桑德斯开始除下汤姆的衣服。衣服都很旧了，不太干净，每一件都有补丁。

看着那些补丁，斯坦芬妮就想起自己在给汤姆补衣服时的情景。在补那件衬衫时，汤姆因为找不到能做的工作而在家里大发雷霆；而修补臂肘下那个破口时，他的心情又很不错，抱着牙牙学语的安妮跟她说着些笨拙的笑话。看着桑德斯正近乎粗野地撕扯着，斯坦芬妮突然有种心痛，说道："你轻一点吧。"

桑德斯愕然地抬起头，眼里闪着一丝嘲弄，"尊贵的女士，我以为您应该很恨尊夫。难道您后悔了吗？"

恨吗？斯坦芬妮的心里只有茫然。在桑德斯这样的局外人看来，自己这种黑寡妇一样的妻子，一定是极端痛恨丈夫的，可是斯坦芬妮自己也说不上到底恨不恨汤姆。应该恨吧，汤姆的脾气很坏，喝醉了酒以后就更坏，自己的一条腿也是被他打断的，人工肾也被他打坏过一次。可是她仍然发现不了自己对汤姆的恨意，想得更多的，倒是他那些难得的温情。正因为难得，所以更难忘，只有那时，她才能从汤姆身上发现许多年前那个温柔而羞涩的少年的影子。

可是……

她低下头，低声说着："不，我不后悔……"

桑德斯把一个探头拉过来，在汤姆身上移动着，头也不回地说道："虽然与我无关，不过我倒是对您与尊夫的故事很感兴趣。可以跟我说说吗？反正还有点时间。"

要说吗？斯坦芬妮的喉咙里像是堵上了什么。她从来没有和人说过，但这些话一直在心里，憋得太久了，总盼望着能一吐为快。她喃喃道："那时……"

那时，汤姆刚和她订婚。正当他们满心喜悦地勾画着未来的轮廓时，内战开始了，汤姆走上了战场。

"等着我，我马上就会回来。"

斯坦芬妮还记得汤姆临走时的那句话。可是这个"马上"却延长到了十年。

南半球的这个大洲，虽然没有一个国家算得上是发达国家，但整个大洲的城市化率却高得惊人，超过了百分之八十，结果战火就在城市周边和城里持续地熊熊燃烧。狼群互相撕咬一般的战争打了足足十年，全国几座大城市全都屡次易手，主义和口号也三番五次地变化。过高的城市化率本来就超过了这个大洲的社会经济发展水平，开战前，每座城市里的贫民窟就一直在越变越大，战火不断弥漫，所有城市都百业萧条，变成了贫民窟，但是毒品和黑市却异样地兴盛起来。

在那个痛苦的十年里，她的父母和汤姆的父母都死去了。失去了家人的斯坦芬妮，在这个庞大的城市里流浪，被凌辱，被敲诈，被驱逐，无奈之下只得进入了潘达尼昂夫人开的那家"男人天国"。但她也没能待上几年，就因为怀孕被赶了出来。

幸好，即使是在那段最黑暗的时间里，上帝也没有抛弃自己，赐给了自己小安妮。

斯坦芬妮想着，嘴角的笑意里透出了几分慈爱。发现怀孕时已经太晚，当她要去做堕胎手术时，那个黑市医生建议她不如生下来，这样胎儿的器官就可以卖出好价。安妮出生的第二天就是斯坦芬妮的生日，可是没有生日蛋糕，也没有礼物，她躺在阴暗寒冷的阁楼里，同样是站街女的罗莎蒙德手忙脚乱地为自己接生，血像泉水一样止不住地流淌，她以为自己一定活不下来了。可是，听到黑暗中传来的那个八音盒里发出的音乐，她又不知从哪里来了勇气。这个八音盒她一直带在身边，即使是最走投无路的时候也没有拿去卖掉。当这个红通通的小东西在撕裂一般的阵痛中离开她的身体时，斯坦芬妮发现，自己死也不会把这个孩子当成一件可以出卖的商品了。在这个孩子身上，她看到了久远以前的自己。

一定要让这个孩子有一个美好的未来。

在那个阴暗的阁楼里，坐在一片被血浸透了的破布上，从罗莎蒙德手里接过小安妮时，斯坦芬妮就这样发誓。为了这个渺茫的未来，她什么都做，洗衣、卖淫、偷窃，甚至还杀过一个玩弄了她还想要抢夺她仅有的几块钱的流氓。而她的眼睛、右肺、心脏和左肾，就是那段时间里，在黑市上换成了面包、黄油和奶粉。和这可怕的几年相比，在"男人天国"的那几年也许真的可以称得上是在天国里……

可她还是坚持下来了，为了安妮，为了汤姆。这两个念头苦苦地支撑着她，让她踉跄地走着，一步步地走下去。

直到战争快要结束的那一年，她重新遇到了汤姆。

斯坦芬妮的笑容消失了。

那时她正在街上拉客。作为一个浑身有百分之五十多的机械成分的卖淫女，要拉到客也不是一件容易的事。当她拉住一个喝得醉醺醺的男人，听到他突然大叫着"斯坦芬妮"时，她几乎要晕过去。

汤姆也变了。

"我们是无畏的钢铁战士，

为了人民，奋勇向前。"

汤姆是唱着这首军歌走上前线的。现在的他不再是战士，却真的几乎成了钢铁。在战争中，他陆陆续续地失去了身上的一切：左手、右手、左脚、心、肺、脾、肾。现在的汤姆，除了大脑和胆囊，其他部分全部都换成了人造器官。而为了人民吗？那也成了一句笑话。

唯一值得庆幸的是，汤姆加入的是狄奥西鲁将军的阵营，否则他连这种钢铁战士都做不成了。

那天他们在阁楼里抱头痛哭。汤姆一边哭，一边喝着酒，一边用拳头狠狠揍着她，直到她的腿骨和腕骨后来也换成了合成塑料。汤姆一边打她，一边骂她下贱，为什么不去死，即使死了也比现在这样好，至少还让他有一个可以回忆的梦。

斯坦芬妮什么也没有说，只是默默地流泪，仿佛把一生的泪水都在那一天流干了。

那天，直到小安妮睡醒了哭叫起来。

汤姆听到孩子的哭叫，想要把她从小床上揪起来，斯坦芬妮疯了一样扑到孩子身上，任由汤姆沉重的拳头打在她的背后和头上。

汤姆酒醒后，发现斯坦芬妮奄奄一息地躺在地上，又痛苦地抓着自己的头发，打着自己的耳光……

好在汤姆还有一笔退役金，靠着这笔钱，斯坦芬妮身上的机械组成部分又增加了近十个百分点后，才重新活了下来。

从那一天起，斯坦芬妮就不再上街。她养伤的那几个月里，汤姆对她关心得无微不至，甚至斯坦芬妮决定要原谅他了。

只是在她伤势好后，汤姆的脾气又变得极其暴躁，有时喝醉后会为了一点点的小事就动手打人。虽然事后他又会对斯坦芬妮关怀体贴，为她调换老化受损的人造器官，可是这笔开支使得他那并不丰厚的退役金更加缩水，日子过得更为拮据，而汤姆的脾气也更坏了。

幸好汤姆退役时得到了荣誉芯片，每月能领到一笔勉强糊口的救济金，而斯坦芬妮时常接一些诸如缝补和裁剪的工作回来做，尽管报酬极为微薄，但日子总还过得下去。甚至，在斯坦芬妮的精心安排下，他们每月还能有一点节余，可以应付小安妮生病之类的急用。

直到狄奥西鲁将军颁布了三号令。

三号令还规定，荣誉芯片只能归个人拥有，不得继承，不得转让。斯坦芬妮第一次听到三号令的内容时，是在超市里买打折蔬菜。当她听清了内容后，差点晕了过去。

根据第三号令，自己这种机械成分超过百分之六十的人将要被剥夺公民权。假如隐瞒不报被查出后，连汤姆的荣誉芯片也将被剥夺。

她不相信自己仅剩的这个梦在一瞬间被毁掉了，可是等她清醒过来，却不得不承认这个梦已经到了尽头。

她不敢去诅咒狄奥西鲁将军，也不敢质疑这种措施的合理性。事实上，对此她也完全无能为力，只能接受，何况终战时如果是狄奥西鲁将军的对手获胜的话，她连现在的这一切都得不到。她所竭力要做的，就是不让这个梦彻底破灭。

她曾经去黑市上打听过荣誉芯片的价钱。虽然它本身只能给主人带来一点微薄的救济金，现在却可以让人逃过三号令，使得人造器官超过百分之六十的人也能拥有公民权，这让以前对此不屑一顾的富翁们也顿时垂涎三尺。由于管理混乱，荣誉芯片本来就是黑市上的抢手货，三号令颁布后，身价更是扶摇直上。以斯坦芬妮和汤姆这几年那一点微不足道的积蓄，想要买荣誉芯片实在是一个让人笑不出来的笑话。

这时，那个嗡嗡作响的探头突然沉寂下来。桑德斯拍了两下，把那个探头一扔，吹了下口哨道："真是个悲哀的故事，尊贵的女士，我的心都在颤抖……算了，这东西老掉牙了，女士，您确认他身体里确实有荣誉芯片吗？"

他的心当然不会颤抖，这个轻佻的男人根本不知道这样的悲哀。被打断了的斯坦芬妮有些恼怒，但她还想再说下去。这些话一直憋在心里，太久了，也许将来不会再有一个倾诉的机会，尽管对象只是这样一个轻佻丑恶的男人。

"是的。"话没能说完，总还说出了一些，斯坦芬妮心里多少好受一些了。

汤姆躺在手术台上，张着嘴，嘴里那些金属牙齿映着灯光，泛出铅灰色的光。

什么时候自己有了这样的念头？

其实，她第一次有这个念头，是因为另一座城市发生的一件新闻：某个相当体面的绅士，杀了一个身无分文的残疾士兵。因为那个绅士有个儿子，自幼体弱多病，有百分之六十三的器官不得不换成了人造的。那个绅士爱子心切，用的人造器官都是最为昂贵先进的，花费太多，结果三号令颁布时，连他都买不起荣誉芯片了。绝望之下，他不顾一切杀了那个穷困潦倒的退役士兵，想从那人体内得到一块荣誉芯片。正当他在那些残肢碎体里拼命翻拣的时候，被过路的巡警发现了。更不幸的是，后来他才知道，那个士兵当初属于狄奥西鲁将军敌对派系，他体内由那个敌对派系植入的荣誉芯片，其实只是一块废铁。

这个既血腥又可笑的新闻被人们当成茶余饭后的谈资，却提醒了斯坦芬妮。她不相信当自己不在人世后，汤姆还会对安妮有多好。也许……不，肯定，在安妮还没有发育成熟的时候，就会被这个整天喝得醉醺醺的继父卖到"男人天国"去吧。现在的汤姆也已经是一个废物，什么事都做不了，每天全靠自己的救济金度日，顶多把剩余的一点钱交给她，让她去超市买一些打折的不新鲜蔬菜和肉。没有了自己，他会像自己这样，关心这个与他毫无血缘关系的女儿吗？

不会的。眼前这个由一堆笨重的军用人造器官堆砌起来的怪物，已经不是汤姆了！在斯坦芬妮发现那个一直都没有丢掉的八音盒被汤姆偷偷拿出去时，这个念头变得越发坚定。他一定是拿去换酒喝了。连这个凝固了一段最美好记忆的信物他都能卖掉，这个人早就已经不是汤姆了！

她终于下定了决心，偷偷去打听能做这一类手术的黑市医生，既要靠得住的，又要能够不留痕迹。

这样的人并不好找，所以当斯坦芬妮找到桑德斯时，觉得上帝再一次眷顾了自己。

桑德斯的要价不低，正好是她手头那笔存款的两倍，但斯坦芬妮不再犹豫，卖掉了自己的右肾后凑足这笔钱。

可是，当一时的冲动过去后，她仿佛听到有个人在对自己说："这是汤姆。他是汤姆啊。"

不，决不能后悔，斯坦芬妮想着，安妮，这一切都是为了你。

她就是我的所有，安妮·洛丽，为了她，我愿将一切放弃。在斯坦芬妮的耳边，仿佛又回响起这两句歌来，却是汤姆那种沙哑的声音。

"好了，我们开始吧。"

桑德斯洗了洗手，戴上手套，又取出一个盒子。

正当他要去拿手术刀时，斯坦芬妮突然叫道："等一下！"

桑德斯的手停住了。他看着斯坦芬妮，有点不耐烦地说道："尊贵的女士，我要提醒您，即使您取消委托，我也只能退还您百分之五十的手术费，另外百分之五十可是要作为违约金的，不会退还。"

斯坦芬妮深深地吸了口气。她觉得喉咙口像堵了块什么东西，快要喘不过气来了，只是她也知道那并不是人造肺的故障。她小声说道："他会觉得……疼吗？"

桑德斯干笑了两声。这个笑话虽然冷了点，却让他真的感到好笑。他道："尊贵的女士，他已经完全失去知觉了。如果您还不放心，那首先切断他的脊髓吧，那样就什么疼痛都感觉不到了。"

桑德斯的手术刀一下插入了汤姆的脊柱。

斯坦芬妮觉得这把刀像是插在自己身上一样，感到了一阵难忍的刺痛。她一把抓住了围巾，指甲也深深掐入了皮肉里，一下闭紧了眼。

等她再睁开时，桑德斯正以极其纯熟的手法割开汤姆的胸腔。由于汤姆体内的器官大部分都换成了人造器官，血流得并不多。只是看到那些殷红的血迹，斯坦芬妮就觉得一阵晕眩。

桑德斯已经把汤姆的胸腔全部切开了。像打开车前盖一样，他打开了汤姆的胸腔，那种熟练却又粗野的动作使得汤姆的脸不时抽搐一下。这当然不是疼痛，只是解剖时的神经自然反应吧。斯坦芬妮想着。甚至，在她的眼里，那仿佛是种古怪的笑容。

不，他不是汤姆，只是个怪物！斯坦芬妮无力地想。可是全身百分之八十三机械成分的汤姆是怪物的话，现在百分之六十四机械成分的自己也同样是一个怪物了。她不敢再去看，扭过了头。

"啊，真了不起！"桑德斯的声音突然响了起来。

斯坦芬妮猛地转过头，问道："找到了？"

"不是。"桑德斯眼里带着些亮光，"尊夫使用的，全部是军用货啊。虽说使用时间长了一点，但真的还很不错呢！尊贵的夫人，假如您愿意的话，我可以向您高价收购这些军用品！"

桑德斯这时说话的口气，仿佛是在说着几把扳手或螺丝刀。

斯坦芬妮沉下了眼，说道："桑德斯医生，请您快点将荣誉芯片取出来，我可是相信您的信用才雇用您的。"

"当然当然。"桑德斯小心地取出汤姆的人工心脏，冲洗了一下放到一边。人工心脏的小泵还在噗噗地抽动，上面还沾着些血痕。他咂了两下嘴，摇着头感叹道："哎呀……军用品的性价比果然不错，以后应该多收一些。"

"桑德斯医生。"斯坦芬妮的声音大了一些。

桑德斯马上醒悟到自己的失态，低头又去一件件拿出来。人造肺，人造肝脏，人造胃。每一样都冲洗后小心地放到一边，只是他的眼里却越来越黯淡，抬起头道："尊贵的夫人，胸腔里没有啊。"

"不可能！"斯坦芬妮的声音又大了一些，"另外的地方呢？肯定有的，每个月他都去领救济金。"

桑德斯的嘴角浮起一丝笑容，"也许，尊夫在一直骗着您呢？"

骗我？斯坦芬妮怔了怔，但马上又坚定地说道："不可能。他什么事都做不了，除了救济金，他根本赚不到钱。"

桑德斯点了点头，回答道："的确。一个人有那么多的机械组成部分，确实已经做不成什么事了……奇怪，到底放在哪里了呢？"

荣誉芯片是那些退役残疾军人赖以生存的唯一依靠，植入得也非常深，不过不外乎是胸腔、手臂或大腿这几个地方。桑德斯的额头渗出了一些汗水。作为一个黑市医生，同样具有职业上的自豪，可是他也想不通为什么会一直找不到。小小的柳叶刀在他手中舞动如飞,没有多久,七零八落的肌肉和骨骼就堆了大半个手术台。

当检查过最后一片趾甲时,桑德斯这才颓然道:"尊贵的女士,很抱歉,尊夫体内并没有荣誉芯片啊……"

"不可能!"因为绝望,斯坦芬妮的声音也有点异样,"你再看一下吧,说不定你漏掉了。"

"那是不可能的。"桑德斯有点不耐烦,"荣誉芯片的体积有五厘米长,两厘米宽,我是不可能漏掉的。何况,尊夫的每一个部分都已拆下来了,包括肉体部分和机器部分,你自己一直在边上看着,以我个人的名誉,我没有、也不会做什么手脚。"

桑德斯说得有些委屈,他拿起几张纸巾擦了擦手上的血污,斯坦芬妮突然抢上前去,一把抓住那把手术刀对准了他。

刀子就握在斯坦芬妮的手上,小小的柳叶刀上还沾着血迹,闪着锋利的光芒。

桑德斯并没有惊慌,他的嘴角反倒浮起了一丝笑意,"尊贵的女士,您是想动武吗?"

斯坦芬妮的眼里已带着绝望,她握着手术刀尖声叫道:"芯片肯定在他身体里,一定是你藏起来了!快给我,你不给我的话……"

"不给你的话,你会杀了我?"桑德斯的笑容像钢铁一样冷漠,他突然伸手抓住了斯坦芬妮的手腕。这个矮小的、已经谢顶的男人,动作快得异乎寻常,力量也大得出乎意料,就像一把铁钳一样拧着。斯坦芬妮听得手腕里发出一丝脆响,那是塑料骨骼被拧断了。虽然这只廉价材料组成的人造手并没有让她感到多少疼痛,可她还是本能地惊叫起来,人也被桑德斯推倒在地。

手术刀被夺走了,桑德斯向空中抛了抛,又灵巧地接住。他的脸上,仍然带着那种冷冷的笑意,"女士,我桑德斯不是一个说话不算数的人。做我这一行,要是没有一点本事,是活不到今天的。"

他弯下腰,放低了声音说道:"虽然我做的是一项法律之外的业务,不过职业道德我还是有的。在下还想真诚地告诉您一件事,这也是在您所要求的服务范围以内。"

斯坦芬妮抬起头,她不知道这个男人还要说什么。

桑德斯直起身,把手术刀小心地放在手术台上,说道:"虽然愈合得不错,不过您丈夫的头部近期曾经被打开过。我认为,那块芯片近期已被您丈夫自己取出来了。"

"不可能!"斯坦芬妮叫着,"你还要来骗我,他为什么要把芯片取出来?"

桑德斯耸了耸肩,说道:"这我哪儿知道呢,也许是他厌倦了这样的生命,把芯片卖了吧。现在黑市上这样一块芯片的价钱可不低,不过等过了三号令的期限恐怕就一文不值了。这样的事我见过了好几起。对了,我还有一笔为您装配芯片的业务,假如您不需要退还两百元的话,我建议您换上您丈夫的人造手吧,那可是军用配件,质量非常不错,最起码还可以用五到六年,可比您现在用的那种便宜货要好得多。"

他见斯坦芬妮还是一脸不信的样子,又耸了耸肩道:"尊贵的女士,如果我真要欺骗您的话,现在把您杀了岂不更好?请您相信一下一位医生的职业道德吧。"

斯坦芬妮根本没有再听桑德斯的话。她看着手术台上那一摊血污。人造心脏,人造肺,人造手,这些配件七零八落地堆放着,仅仅是几个小时前,它们还曾经是一个机械成分百分之八十三的人的组成部分,现在却只是一些二手配件了。他真的已经把芯片卖了?斯坦芬妮不愿意相信,可是又不得不信。即使桑德斯骗了她,她还能有什么办法?桑德斯说得也没错,他现在把自己杀了,谁也不会知道,他还能多得几件二手人造器官,尽管那些便宜货卖不出什么好价。

她不知道自己是怎么回到家里的。直到她打开门,走进昏暗的屋内,仍然觉得自己是走在一个噩梦之中,无法自拔。

点着了蜡烛,先进屋看了看。小安妮躺在床上睡得很香,嘴角还带了一丝笑意。斯坦芬妮退了出来,关上门,坐到桌前。

桌上还放着的那半瓶威士忌,黑得几乎要发出光来,她看着挂在椅背上的大衣,呆呆地站了半响。仅仅几个小时前,这件大衣还穿在一个男人身上,这个男人说要送给她生日礼物。

她突然抓起了那瓶威士忌,对着嘴灌了下去。辛辣的液体从她的喉咙流入胃里,可是她感觉不到身上有丝毫暖意,身体仿佛浸在了冰水里,没有温度,也没有生机。

喝完了酒,她颓然坐了下来。

什么都完了,可夜还很长,长得像是永远不会天亮。

过两天,她就该去报警了,而警察局的失踪人口册里也该多一条记录了,不过更有可能的结果是,那个官僚机构根本不理睬这样一件微不足道的失踪案。

她伸手拿起桌上那个大纸盒,里面的芭比娃娃依然带着甜美的笑容,隔着一层玻璃纸看着她。小安妮醒来的时候一定会开心半天吧,只是当她问起爸爸时,她不知道该怎么回答。

她把芭比娃娃放在桌上,又深深吸了口气,鼓足勇气,这才拎起那件大衣。

大衣似乎比平常更沉重,她几乎无法挂到衣橱里。当她正要关上橱门时,突然觉得口袋里有个什么东西。

那是一个小盒子。她伸进口袋里,把那个东西掏了出来。

这是一个十分粗糙的纸盒,一定是汤姆自己包的。她撕开了包装,里面是一个八音盒。

八音盒很旧了,和她十七岁时收到的那个一模一样。她打开了盒盖,熟悉的《安妮·洛丽》的曲调在黑暗中响了起来。

看着盒子里的东西,斯坦芬妮的心像被雷电猛然击中,一下碎成了粉末,泪水终于涌出了眼眶。

"仿佛枝头的清露,
滴落盛开的雏菊。
夏天的风一样轻轻吹过,
她的声音温柔甜蜜。
她的声音温柔甜蜜,

她就是我的所有，安妮·洛丽，
　　为了她，我愿将一切放弃。"

清脆而优美的曲调，像一道冰冷的溪水，他那低沉沙哑、却又带着无限深情的歌声仿佛又在她的耳边响起。

站在凄冷的黑暗中，斯坦芬妮无声地抽泣着，任由泪水淌下来，打湿了八音盒里的那块闪亮的荣誉芯片。

补记：

很多年前，当我还是个中学生的时候，有一次买了一本科幻小说，读过之后，非常喜欢。时至今日，我依然认为，这才是中国原创科幻的巅峰之作。

这本书就是郑文光先生的《大洋深处》。庚家姐弟寻父的历程以及女主角安妮·洛丽那苦涩无望的爱情，悲剧性的结尾，让我看到了真正属于"文学"的力量。

一转眼，三十多年过去了。郑文光先生也已成为古人，大概已渐渐被遗忘。我只能以这个不成熟的故事向这位天才的科幻作家致敬，因为除此以外，我也没有别的什么事能做了。

全数据时代

干诺诺

大数据科技,就是都市文明的重要成就之一。现代社会发展速度快,科技发达,信息高速流通,都市之中人们的交流越来越密切,各种数据海量产生,自然有各种商业公司和政府部门对它们进行分析和利用。对于当代人来说,或多或少都领略过大数据科技的厉害。如何使用大数据,到底是"行善"还是"作恶",越来越多的科幻小说开始对此进行思考和演绎。

《全数据时代》就是这类描述探讨大数据科技影响人类生活和行为的科幻佳作,它所展现的大数据科技"统治"下的未来大都市,令人阅之望而生畏……这本选集中还有多篇小说涉及大数据科技,足见这一全新科技对人类生活的巨大影响。

一

和往常一样，梅子在一连串的数据中醒来：

"您的体温36.2摄氏度，血压112/73毫米汞柱，健康状况良好。昨晚您睡了七小时四十九分钟，其中深度睡眠时间是……"

这声音是从她大脑里"生长"出来的。脑机接口技术成熟后，电子秘书就通过刺激大脑颞叶皮层，模仿听觉冲动，以此来制造只有她自己一个人才能"听"到的声音。

"现在几点了？"梅子问道。

"9点55分。"电子秘书回答。

"糟了！今天有黄兆京的演讲！……是几点开始？"

"10点20分开始。"

"那我得抓紧了！"梅子噌地一下掀开被子，冷空气顺势灌进她的大脑。

"已经赶不上了，演讲开场之后就进不去了。现在即使用最快的速度，梳洗加路上的时间也需要三十五分钟，你最快也要10点30分才能到达。"

"你不明白！能拿到他演讲的入场证是多幸运的一件事！现在我抓紧时间，路上再快一点儿，搞不好还能赶得上……"

"这是不可能的。根据以往的数据和今天您的各项指标，计算后得出，您从起床到出门需要十五分钟，从家到学校的路线已经规划好，二十分钟后到达。所以，最快10点30分您将出现在学校礼堂门口，这是不会出错的。"

"一台电脑懂什么！这次无论如何我都不能迟到！"梅子边刷牙边含混不清地说道。

此时，洗手台的镜子显示出一个笑脸表情符号，电子秘书的声音又响起来："首先，您最快到达学校礼堂的时间是10点30分，这是综合了所有参数的结果，不存在提前到达的可能。其次要提醒您，我并不是电脑，我是ZealFinance（热诚金融）公司开发出的全数据服务系统。虽然我通过脑机接口释放声音信号来与您沟通，然而事实上，我可以与您生活中所有含有ZealFinance芯片的物品联网，收集您一天产生的所有数据，连接个人数据与社会数据库，从而为您提供最全面的生活服务。我们ZealFinance的愿景是优化生活，服务社会。我们的价值观是……"

梅子没有再理会电子秘书，接下来的一系列连贯性行为里，她再也没有耽误任何时间——家门识别指纹后自动解锁；她小跑到电梯前，电梯门正好打开；乘电梯到一楼，走出公寓大门，一辆车刚好就在她面前停稳，她侧身坐定的那一瞬间，车辆发动。

从出门到上车，梅子出行后的每一步之间都没有余留哪怕是一秒钟的空隙，这是因为电子秘书调取云端数据库的信息，结合住宅电梯使用情况、城市交通，经过统筹计算后，向电梯、车辆内嵌的ZealFinance芯片传送了精确的运行指令。整个出行规划系统就如同精密咬合的齿轮，充满了整齐划一的美感。

梅子坐的车没有驾驶员，她一个人在静谧中被加速到每小时二百四十公里。梅子向车窗外望去，环城高速路上全是车——飞驰的车，每辆车之间的距离不过二十厘米。如此高的车速，如此近的车距，让这条车河变成了真正的液体。

这液体是会呼吸的。如果有车辆需要变道或转弯，从远到近，四周几十辆车便会渐进腾挪出空间，为它让路，就像训练有素的罗马三线阵，不需要指挥官协调，方阵里的每一个士兵都知道下一步该做什么。

车辆掠过巨大的广告标语："智慧城市——一座有心跳的城市"。

不一会儿，学校礼堂到了。梅子匆忙走下车，双脚踩在礼堂前的第一级台阶上，她抬头望了一眼头上悬挂的硕大电子钟——10：29。

两秒后，数字轻轻跳闪了一下。10∶30，分秒不差。

二

梅子因为迟到，没能进入礼堂，只好托校办的同学在后台找到一个位置，即使这样，她也感受到了现场热烈的氛围。

"最后，我想对在座的年轻人说，能够生活在这个井然有序的时代，你们是幸运的！人类体验着从未有过的安定和便捷。这是你们父辈奋斗的成果，也是你们继续肩负的使命！"

话音落下，礼堂里掌声雷动。毫无疑问，这场演讲是成功的，校办的工作人员到这个时候才终于舒了一口气——今年还未过半，已经有三名学生从宿舍楼顶跳下轻生了。

这十年来，世界范围内的高校自杀、枪击、酗酒和吸毒案件都在缓慢攀升。各种猜测甚嚣尘上，莫衷一是。

黄兆京儒雅低调，鲜少参与公开演讲，这次校办动用了诸多关系，终于成功邀请他来做一场励志演讲，为的就是扭转弥漫在大学生间越来越浓重的颓然气息。

主持人接过麦克风，朗声说道："感谢黄总的精彩演讲。下面进入提问环节，问题方向不限。那一位……蓝色外套戴眼镜的同学，我看你是第一个举手。"

"黄总，您好，刚刚您说，我们生活在一个井然有序的时代……我想您指的就是全数据时代。您作为新时代的缔造者，能不能跟我们讲讲时代变迁最直观的感受？最大的变化是什么？"

黄兆京听完，稍稍思考了一下，说道："如果要用一个词形容过去的时代，我会选择'混乱'。这些年世界变化很快，你们没有经历过我小时候的世界，真的很难想象。

"从前,坐车从城南到城北得提前两个半小时出门。为什么?交通太糟糕,时间就全堵在路上了;谁如果生了大病,想要去医院排队看名医,那就必须排长队,搞不好还要提前很多天预约,然后慢慢等待。如果挂号的名医拿不下大病,那就得去另一家医院重新排队,等待看另一位医生。如果还是搞不定,只能这么一个医生一个医生地试下去……很多人的病就这样耽误了。而且那个时代还骗子横行,金融诈骗、电信诈骗、互联网诈骗……每天都有无数骗子卷走了别人一生的积蓄,然后消失得无影无踪,警方拿他们也没太多办法。

"这就是全数据时代之前,人们所面对的混乱不堪的世界。全数据时代,顾名思义,每个人每天产生的数据都会被收集,再上传到中枢数据库内,用这些数据以及数据处理后所产生的结果,来为人们提供更好的生活方式!

"然而这也不是一蹴而就的。无数工程师、科学家都为全数据时代的到来贡献过自己的智慧。

"21世纪初,IBM公司率先把大数据技术应用到了医疗上,他们研发的认知计算系统Watson,能够在几十分钟内读完千余份医学期刊,比对数据库内的海量病例,并从中找出最好的治疗方案。由此,大数据医疗开始流行,人类逐渐告别了仅仅依靠医生经验的诊疗方式。优秀的医生从此不再是稀缺资源,依托于计算机系统的云端诊疗对每一个人开放,更准确、更透明,这为患者争取到的不只是时间,还有生的希望。

"随后是无人驾驶领域。原本无人驾驶的技术门槛非常高,因为公路上随机事件很多。从前,我们希望汽车能够在感应到突发情况的瞬间采取应对措施,让每辆车配备一个对路况敏感的激光雷达,以及一个能快速应变的中枢,但这也意味着高昂的造价和误判的可能。反观我们现在大规模生产使用的无人驾驶汽车,它们根本没装雷达,控制系统用的也是个人电脑级别的芯片。这是因为Google公司切换了研发思路——虽然研制一辆无人驾驶的车很难,但如果让全城的汽车都无人驾驶,把车流想象成一个整体,那又是另一回事了。通过网络相连,收集分析每辆车的位置和速度信息，网联车技术使每辆车都变成了巨大有机体的一个细胞，由更高级别的中枢下达行驶指令，它们之间就不再会发生碰撞。这不仅仅解决了行驶安全问题，由于云端数据库内有全城所有车辆的位置和路线，还可以读取车辆的历史记录、每个人的出行习惯、行车模式，所以可以通过宏观运筹的算法，规划城市的整体交通，错开车辆出行路线，使道路利用率最大化，让城市从此告别拥堵。

"当然，我国企业家和工程师也在探索大数据应用的潮流里不甘落后。21世纪电子商务兴起，中国，一个十几亿人口的大国，曾因物流压力头疼不已。比方说，所有人都挤在'双十一'折扣日那一天买东西，如何在订单爆发的情况下把每件货最快地送到买家的手中？解决办法也简单：读取过往所有的用户数据，预测今年商家每种货品的购买状况，从而在大促销前就做出仓储配送方案。'双十一'还没到，卖家就在华南、华北、华东不同的仓里按照预测数据配置好了货物；物流公司的配送员和车辆也按照预测的数据就位。这么一来，平均配送时间能够从一周降到三天，全国物流网实现了大提速。

"就这样，大数据应用慢慢渗透到了社会每一个角落：电梯系统收集住户上下班出门记录，优化运行，可以让住户避免长时间等待；分析个人搜索词条和观看视频的类型，测出用户兴趣爱好之后，精准投放广告；智能马桶每天检测排泄物、记录个人身体状况，除了兼职私人医生，还可以为政府预警流行病……

"我这么总结——记录下个体的精准数据，能够改善个人生活；记录下群体的庞大数据，可以优化资源配置。利用大数据技术'算'出我们想要的生活，就这样，我们终于告别了混乱，这就是我这些年来看到的改变。"

台下掌声如雷。

"谢谢兆京师兄带我们详细回顾了全数据时代开启的过程。"主持人继续向台下问道，"那么，下一个问题……好，这位穿红毛衣的同学，话筒麻烦递给他一下。"

"兆京哥，您好，作为一名即将踏出校门的大学生，我很好奇当初您为什么决定进入征信行业？我读过很多关于您的文章，那个时候您坚决地放弃了藤校的研究生录取通知书和顶级投资机构的高薪offer，而选择在一个冷门行业里办一家新公司。您那时是怎么考虑的？有百分之一百的信心会成功吗？"那个同学提问。

"还没开始做，怎么可能有百分之一百的信心呢？"黄兆京笑道，他推了推眼镜，梅子从屏幕上看见了他眼角智慧的鱼尾纹，"但那时确实看到了趋势。我们都知道，如果企业或个人需要借贷，金融机构会对他进行信用评级，以此决定借贷的数额、利率和周期。过去，信用评级通常由征信公司完成，方法是分析其过往大额贷款记录、收入水平和资产大小，再刻板地代入公式，最后给一个评定出来的级别，这不仅需要人工统计，也无法避免系统误差。而我创办的ZealFinance公司，则借助互联网将征信过程碎片化，融入了借贷者的日常工作和生活。每个人的每一笔日常消费、每个月的信用卡记录、工资转入记录、每个公司的所有转账流水，都会变成信用评估依据。

"但如果仅仅这样，还远远算不上卓越，ZealFinance开创性地将基因检测、性格测试、在校成绩、婚恋史、犯罪记录、业绩评估等这些原本与金融无关的概念融入了征信系统。因为诸多学术研究都已证实，一个人在借贷上的诚信水平，和他的基因、性格、智力水平，甚至谈恋爱时的忠诚程度都有关系。我们调取个人的一切财务和非财务信息，通过算法自动生成信用评级。相比于传统征信，这是一个更加真实通用的评级，不仅更好地反映了金融风险，也适用于其他非金融场景，可以说，它是万能的。"

"比如……谈恋爱也可以用？"红毛衣学生追问道。

"哈哈……果然是年轻人，关注点都在恋爱上。对，女孩儿答应你的表白前，可以先调取你的恋爱信用记录，如果你有出轨前科或是前任都觉得你不体贴，那么她当然要给你发好人卡。除此之外，学校录取、公司雇佣、商业合作，都可以用到这一套综合性的信用体系。ZealFinance首次实现了人类社会的信用体系大一统。从此之后，每个人、每个公司,都必须对自己做出的每个决定负责,这对于社会文明的进步是有划时代意义的。

"但全数据征信的前提是庞大的数据收集工作,显然一家企业不可能独立完成。于是我向政界提出了倡议,在中国政府的推动下,《国际数据合作法案》在纽约联合国总部被通过。法案由序言与二十六条正文组成,确立了基本的四个原则:

一、公平:无论职业与背景,每个人每天的行为所产生的所有数据均将被采集;

二、共享:个体的数据被采集后,将共享至云端数据库,以便全球范围内的所有企业和机构使用;

三、匿名:个人数据加密后才可被用作分析处理,任何企业和个人都无权调取有针对性的原始个人数据;

四、自由:在不违背法律、不侵害他人利益的前提下,个体可以购买自己特定时间段内的数据,使其不被采集入库。"

主持人接道:"《国际数据合作法案》具有的里程碑意义,不言而喻!自它诞生之后,世界变得透明了,我们用数据精准描述和服务每一个人,用它来提升生活水平,甚至预测未来、防止'黑天鹅'事件出现。稳定和谐的全数据时代,终于来临。"

黄兆京微微点头,表示认同,"我想,我个人的成绩也并不是创建了一家多大的企业,而是推动社会进入了全数据时代。ZealFinance公司研发的芯片植入了冰箱、鞋底、电饭煲、路灯等生活必备物品,以此来收集我们随时随地产生的数据,同时设备也通过互联网相连,无时无刻不在为我们提供最有针对性的服务。这大约也是今天我能够被邀请、回到母校做这一场演讲的原因……希望这个答案,大家能够满意。那么,下一个问题?"

台上的提问环节仍在进行,梅子却被后台一个黑影的骚动吸引了注意力。

她站的地方是后台化妆间旁的走廊,只见那个身着黑色帽衫的身影,蹑手蹑脚地走进了黄兆京的化妆间。

梅子悄悄从门缝向内一瞥，房内没有其他人，而黑影在一件男士外套里翻腾着。

这是遇到了贼！

梅子赶忙冲进化妆间，厉声质问道："你在干什么？"

黑影一怔，旋即答道："别出声。"

紧接着，他从黄兆京的上衣口袋里掏出橡皮擦大小的扁平配件。这个人的帽檐被压得很低，仿佛一整张脸埋进黑翳里。他迅速伸出一只手，一把抓住梅子的手腕，不顾她的反抗，把她拽到户外，再拽进了一辆车里。

在这个过程中，梅子听见喧闹伴随着校办人员的喊叫声从后台传来：

"怎么回事？！"

"学生入场之前都是做了记录筛查的啊！"

"快先把他控制起来！"

梅子转向这个黑影，喝问道："你刚刚拿了什么？"

黑影一边发动汽车，一边干脆地回答道："黄兆京的移动数据库，也是他擅自侵入公用数据库的罪证。"

三

车子开出校门，黑影才把自己的帽子摘下。

刚刚从惊吓中缓过神的梅子马上认出，这个人是她数学系的同学林正载。

发现是自己的校内同学，梅子心里略微放宽。虽说她和这家伙没打过交道，但林正载可是个人物，梅子早有所耳闻。林正载的名声，一直与"富二代""数学天才""行为怪诞"捆绑在一起。

梅子心下盘算着逃脱方法，自己身上的ZealFinance芯片是语音控制的。该如何在不被林正载发现的情况下，让芯片向云端发送定位信息呢？

"你是林正载？数学系的，对吗？……你到底想干什么?!"梅子问道。

"问题还挺多……我是林正载，数学系的。第三个问题待会儿再说，先把你的名字告诉我。"

"我叫梅子……"

林正载将从黄兆京那里盗取的移动配件连接上移动电脑，设好的程序就自动运行起来。

车内安静得令人尴尬。梅子此时发现自己的手机信号变成了零格，企图低声呼唤电子秘书也得不到任何回应。她惊慌地抬起头，得到了一个意料之中的回答。

"不用试了，我屏蔽了你的手机和电子秘书，另外，我也买断了一百小时内你我的数据轨迹。这段时间内，你产生的所有信息，都不会被上传到云端。"

买断了一百小时内的数据轨迹？梅子心中大吃一惊。虽然《国际数据合作法案》明确规定，支付一定的费用可以保留自己数据不被录入云端库中，但这一权限的价格这些年一直居高不下，一小时的全方位数据隔离大约需要花掉一个普通白领一周的薪水。当"连接一切"变成了时代的大趋势，"分断隔离"就变成了一种价值不菲的奢侈品。梅子出生于普通工薪家庭，长这么大，只有去年参加富二代闺蜜生日会的时候，被闺蜜的爸爸送过两个半小时的隐私隔离。那算是沾了闺蜜的光。不过，梅子一直丝毫不理解富人对自己隐私的执着——又不做坏事，为什么怕人知道呢？而如今一下子被送了一百个小时的隐私隔离，她更是摸不着头脑了。

窗外下起了雨，如喷泉一般泼在前挡风玻璃上，雨刷来回折腾，试图从雨幕里辟出一片清晰的视野。

林正载就盯着这片玻璃，双手把握着方向盘。

这个时候梅子才注意到，他们坐的车居然配备的是人工驾驶系统！

"这辆车……是人工驾驶的?!"梅子感到震惊。

"嗯，这是老车了。听点儿音乐？你左手边的匣子有CD光盘，塞到播放器里就行了。"

梅子摇头，说道："不了，我也不会用播放器。你到底要带我去哪里？"

林正载直视前方开车，没有回答她，而是单手打开匣子，将CD碟放进播放器里。

梅子不明白林正载到底是怎么做到的，驾驶一辆时速二百四十公里的老车，在步调整齐划一的自动驾驶车辆里穿行，见缝插针，横冲直撞，同时还能腾出手来放音乐。他就像一首钢琴曲里最刺耳的杂音，灰色的暴雨迎面扑来，窗外的水花被轮胎溅得有一人高。

"你这是危险驾驶。"她的掌心因为紧张而渐渐濡湿。

"不，周围这些被算法控制的车，有它们特定的轨迹，只要掌握好规律就不危险了。另外……我没有要绑架你的意思，是实在没办法了，想请你帮一个忙。"

"所有绑匪都是对受害者这样说的。你刚才到底在礼堂干了什么？我不是傻子，如果你真的什么坏事都没干，是不会有兴致开车出来带我兜风的。"

四

林正载并没有把车子开远，绕着学校附近转了几圈后，在学校门口的咖啡厅停了下来。他示意梅子下车，寻了张桌子，两人面对面坐下来。

林正载点好了饮料，又从钱包里抽出几张钞票付了款，然后拿起书架上的一本书，一边摆弄着，一边对梅子说道："我很喜欢这家咖啡店，因为店里还有这种纸质书，而且接受纸钞付款。"

"现在读纸质书的人可不多了。我的书都是电子版的。"

"所以……你爱看什么书？"林正载把目光从书页移到梅子的脸上。

"最近那本走红的《深宫穿越之八个王爷爱上我》特别棒！还有《千金小姐的三生三世2》和《特工太子妃的复仇》，写了很浪漫的爱情故事，男主角又帅又迷人。这几本书简直霸屏了，广告做得到处都是……而且IP已经被买下来，很快就要搬上大银幕了。"

"如果我说，我从来没有听过这些书的名字，你相信吗？"

"不可能，这些书在年轻人里面流传得特别火！"梅子不假思索地回答道，"我的好几个同学都在看。"

"三俗的文学作品总会吸引眼球，但当你看了几本类似的电子书后，ZealFinance就会判定你是一个快餐文学的受众，你的电脑、手机、你能看见的智能广告牌，就会按照你的'胃口'向你推送类似的作品，接着，你就被动地成为一个沉溺于文化垃圾的人。千千万万的年轻人都像你一样，这些信息被反馈到出版公司和影视制作公司，结果就是越来越多的三俗书籍、影视剧被制作出来，很快，文化市场上就会充斥着垃圾。所以——数据的即时反馈就会产生这样的信息黑匣子，让人单调又愚昧。而我从来没有让他们提取我的数据，所以自然不会被这种玩意儿荼毒。"

梅子不屑地哼了一声，"这有啥了不起……看本书放松一下而已，用得着上纲上线吗？"

"如果我告诉你，除了书和电影外，新闻、知识、信息，甚至你的职业和人生选择，都被塞入了可以被预知的黑匣子，黄兆京和他的ZealFinance公司将要成为人类社会衰败的罪魁祸首，你会相信吗？"

梅子困惑地看着林正载，半晌才反应过来，"……原来你是一个反全数据化分子！我刚才就注意到了，你人工驾驶轿车、买单付款用实体钞票、看实体书,这都是为了不让自己的数据轨迹被记录下来。我听新闻说,近年来你们这股保守势力在不断抬头。但恕我直言,每一次技术革命,都会伴随着反对的声音。你们和19世纪到处破坏纺织机的'卢德分子'一样,工业革命是他们能够阻止的吗?几台纺织机对于整个时代来说,和几粒沙子一样。你们的声音在全数据化时代里,连沙子都不如。"

林正载无可奈何地摇了摇头。这时服务员走来端上一杯咖啡,林正载将杯子轻轻推到梅子面前,说:"喏,espresso,给你点的。"

梅子见了咖啡,精神微微一振,"嗯,谢谢。我正想喝这个……"

"你的手机闹铃记录了平时的作息时间,你有早起和午睡的习惯;智能马桶检测到你的血糖水平;运动手环记录了你的心跳和体温;你的电子钱包告诉我们,你今天早上吃了一份饱腹感十足的大餐,平时又有喝espresso提神的习惯。所以通过你各项身体指标,可以得出结论:你现在正犯困呢,想来一杯咖啡提提神……这杯咖啡点得可符合你的心意?"

"是的……但你怎么会取得定向的个人信息?根据《国际数据合作法案》,个人产生的数据加密之后才可被用作算法分析,任何企业和个人都没有权力调取有针对性的个人数据。难道说……你黑进了云端数据库?!"

面对梅子的质疑,林正载不置可否,"每天都会有大约一百三十个跟你一样对咖啡因有依赖的人来店里点espresso。有了这些数据,店铺可以调整进货量和人手,提前备下足够的原材料;lbs定位系统在更宏观的尺度上也有它的分析——大多数学生来这儿喝咖啡一坐就是一天。有那么多学生来这儿,说明了这里有商机。所以周边区域配套地开起了奶茶店、复印店和阅览室,每一家都有着相当的客流,无一亏损。学生找到了自习的地方,店员赚了工资,店铺有了利润,学校收了房租,周遭地段变得更具有商业价值……而你,梅子小姐,在这个下午也因为喝了一杯咖啡而不再昏昏欲睡了。这个故事里,全数据让资源最优配置,每个人都得到了好处。"

梅子点了点头，困惑地看着林正载，问道："所以，你为什么还要反对全数据时代呢？为什么还要反对黄兆京呢？"

"因为我们永远也不会知道，黄兆京想不想喝咖啡。《国际数据合作法案》里的'自由原则'出了问题。在福布斯排行榜上居前列的人，当然可以买下自己和家人所有时间段的数据不被人获取，而普通人呢？工薪族呢？一家五口蜗居在四十平方米里的人呢？隐私？他们恐怕不会买这种虚无缥缈的东西吧？"

"那又如何？我就是这样的普通人，数据都上传了，那又怎么样？我没觉得哪里不好了……"

林正载打断她的话，"梅子同学，你想过吗？究竟是什么决定了有的人到了金字塔顶端，有的人只能日复一日领着微薄的薪水过得入不敷出？"

梅子一愣，没想到他会问这个俗套的问题，她犹犹豫豫地说道："……成功的人有百分之九十九的勤奋，和百分之一的天赋？"

"这种鬼话你真的相信？我们考入顶尖的一流大学，于是都成了黄兆京的学弟学妹，不勤奋吗？不天才吗？可是等我们毕业之后，其中百分之九十九的人会庸庸碌碌地过完一生。要知道，这个比例在黄兆京读书的那个时代，可绝对没有这么高。"

"你认为……这一切都是ZealFinance公司导致的？"梅子好奇地问。

"全数据时代导致的。"林正载纠正道，"如今，计算机能代替人类大多数的工作，无论是靠脑力的工作还是手艺活，无一幸免。一旦算法被破解，再天才的交易员也无法和计算机系统相比；只要图纸被读取，多资深的匠人做出的手工产品也不及机器做的精细。那么，人的价值还剩下什么？——只有那些不为人知的秘密，曾经走过的路、遇见过的人、经历过的事才构成了一个人核心的价值，所以想要脱颖而出的关键，不是勤奋和天赋，而是隐私。这个时代，能否掌握隐私和数据，才是精英和庸人的区别，也是富人和穷人的区别。"他停顿了一下，"但大多数人不会去思考这些了，隐私被上传，就意味着被全数据时代剥夺了创造性和反思能力……而我,多亏了我的父亲,他还有几个钱,除了给我买车之外,还为我购买了最高的隐私保护级别。不然,我肯定也跟着你们一起傻乎乎地追小说和电视剧,不会觉得这个荒谬的时代有任何不妥之处。"

"难怪刚才在礼堂里,他们没有筛查出你的反全数据倾向,因为所有的数据……根本没有入库!"梅子恍然大悟。

"这不是重点……真正的关键是,长时间的隐私保护,让我有了独立思考的能力。如果一个人的好恶都是透明的,那么只要调动城市中枢电脑里的几个设定,再通过大脑里的电子秘书传达给个人,就可以神不知鬼不觉地利用其好恶来引导他们出现在任何地方、去做任何事……他们的工作经验和个人能力被记录在数据库中,随时可以被电脑或者他人替代掉,生产不出任何独特的价值。于是,他们只能在整个城市的生态系统里,做着最低级的重复工作,赚着刚好够生活的工资。生活就像一眼能够望到尽头的道路,机遇和挑战不复存在,所有人还未出校门就隐隐感觉到了天花板,这也是世界范围内年轻人自杀率上升的原因!"

倾听着林正载的疯狂理论,梅子的理智将她拉了回来,"你这些都是猜测,证据呢?"

林正载思索了一阵子,说道:"证据……我有。你刚刚问我是不是黑进了云端数据库?你实在太高看我了。这类数据库常年被顶级网络安全高手维护,就算我有三头六臂也很难找到漏洞。"

"那你是怎么取得我的个人数据的?无论是电子秘书,还是其他服务终端,收到的都应该是数据云计算后的指令结果,中间的过程应该是黑箱才对!"梅子追问道。

"刚才那个移动硬盘里,有黄兆京每天产生的所有数据,我用它伪造了黄兆京的身份,云端数据库识别之后,我就成功调取了你的资料。"

"就是你刚才在后台偷的东西?"

林正载点了点头,继续说:"黄兆京买断了自己的数据,被阻断在云端数据库之外,但他也想了解自己的身体、资产、公司运作的情况。如何把自己源源不断产生的数据安全地收集起来,仅供一个人使用呢？解决方式也很简单——凡是黄兆京产生的数据,都从终端汇集到那个小匣子里,它不与外界相连,独立存在,用最原始的隔离方式确保数据安全。然而,这也可以说是最不安全的,我只需要盗取它的实体……不会有警报,发现被盗后也不能通过远程操作进行它的格式化……它只要在我手上,我就牢牢掌握住了黄兆京的秘密。"

"太讽刺了……在信息安全被高度重视的今天,盗取顶级机密居然是用这样简单粗暴的低级办法。"梅子瞠目结舌。

林正载再次点了点头,"这件事如果曝光,他下半辈子就要承受牢狱之灾了。不仅如此,只要以此向政府申请对ZealFinance的全面调查,政府的专家分析足够多的样本后,也能够证明整个数据收集、分析的体系是不利于人类社会发展的。只是……这件事恐怕需要麻烦你了。"

"为什么？"梅子瞪大了眼睛。

"因为来不及了,我的脸出现在后台的那一瞬间,恐怕他们就定位到我个人了。"

"那我现在该怎么办？"

"喝完这杯咖啡。然后到我车里——手动驾驶的车是分离于数据库的,你放心,他们不会那么快找到——用车里的笔记本和这个小黑匣子进入云数据库,将有用的资料下载下来,分别交给五家不同的媒体,名单都在电脑里。"

"还有呢？"

"……你也可以看看云端数据库里关于你的资料,也许会很精彩呢！"

他站起身,走出咖啡馆的门。

他的背影在雨幕中渐行渐远,就像一个被雨水缓缓晕开的惊叹号。

五

等梅子回过神来，追到咖啡店门口，林正载的踪影已经消失了，只有那辆手动驾驶的车子还在。

"'连接一切'变成必然，那么'从系统中分离'就变成了最脆弱的奢侈品……"她默念道。

梅子进入林正载的车子，在被人发现之前取走了电脑。

然而当她抱着电脑往自己家走的时候，一阵陌生的寂静袭来，刚刚过去一个小时，此时距离一百小时隐私隔断结束还剩很久。

手机信号已经恢复，但缺少了广告推送、行程规划等功能，变成了一个纯粹的通信工具，清静了不少。

没有声音告诉她该在哪个路口左拐，红灯并没有因为她的到来而变成绿色。她从来没有淋过雨，因为从前电子秘书会根据气象预测来规划行程，避免她雨天里暴露在室外。但今天她淋成了一个落汤鸡，一个在街头迷路的落汤鸡。

可她竟然感到了些许兴奋，耳边没有电子秘书聒噪的提醒，她第一次学会了独处，也是第一次能够听到自己思考的声音。如今她做什么事、说什么话，都是属于她自己的秘密，人生第一次完完全全属于自己，不容别人置喙。

可是，等雨停了呢？等一百个小时过去了呢？

她是否要回到那个被预定好的轨道上？

梅子回到家里，打开那台便携式电脑，伪造了黄兆京的身份，登入了记录自己全部数据的页面。

"精彩在哪里了？都是些枯燥的数字罢了。"她一边回想着林正载的话，一边自言自语道。

这时一个灵感闪过,她检索了电脑的隐藏文件夹。发现林正载在电脑里留下一个复杂的算法,她下意识地将自己的全部数据上传到该算法中。

屏幕上竟然出现了图像——正是梅子自己,不过是上了些年纪的样子。

她马上意识到,这是根据自己过往数据模拟出的自己未来的景象。

场景是在一幢别墅里,她打扮得雍容华贵,正在和几个同样衣装体面的女性一起端着骨瓷杯享用下午茶。她的一双儿女坐在一边乖巧地画画,女儿的眼睛像她,儿子的鼻子像她。午后的阳光从窗外照射进来,让家和人物都散发着一层柔和的、不真实的光芒。

"这是你的未来,梅子小姐。"电脑屏幕上显示出一行字。

"……看起来还不差。不过那么早就知道未来是怎么样的,这可就太没意思了!"她打开邮箱,准备将有着黄兆京罪证的数据包作为附件上传好。

就在她准备点击"发送邮件"的一刹那,屏幕上,别墅的大门被轻轻推开,有个男人站在门外,不过这时只能看清推门的手上戴着一枚婚戒。

"不想看看你的未来丈夫是谁吗?"一个声音在梅子脑中响起。

"算了,反正是没缘分遇到他了。"梅子低声自语,即刻点下了"发送"按钮。

记录自己行为的数据也迅速滚动更新了几行,屏幕上美好的未来景象瞬间消失了,取而代之的是长久沉默的黑屏。

"全数据时代……再见。"梅子自言自语道。

六

关于罢免黄兆京董事长职务的通知

黄兆京任ZealFinance首席执行官期间（2028年8月—2039年11月），非法侵入国际云端数据库，调取他人信息数据，严重违反了《国际数据合作法案》，对公司形象造成了不良影响。现黄兆京已接受司法机关审查，ZealFinance将全力配合相关调查。同时，为了尽量降低该事件对公众生活造成的影响，董事会决定，从即日起免除黄兆京ZealFinance首席执行官一职，由原首席技术官代为管理公司运营事宜。

没想到ZealFinance的反应那么快，在新闻发出后的几个小时就有了如此反应。梅子继续向下拖动鼠标，但却发现除了对黄兆京个人的惩罚外，并没有看到政府将对ZealFinance数据处理模式进行调查的消息。

网站上这篇通知的配图是一张照片，下面注明了"ZealFinance前首席执行官配合调查"。

虽然穿着一样风格的西服，戴着一样的眼镜，但定睛一看，图里的人根本不是黄兆京！

"这怎么可能呢……"梅子喃喃说道，"这人明明就不是黄兆京，我见过他的脸呀。"

她立刻上网搜索黄兆京的图片，所有官方照片中的黄兆京的长相，居然都和她记忆中的不同，如果梅子从未见过林正载，也许她真的会怀疑自己是不是记错了。

"见鬼了……"梅子迅速用手机对林正载发出视频通话邀请，新闻发布出来后，他应该也摆脱危险了。

她手机屏幕亮起，一个穿着黑色帽衫的男人向她打招呼，一样的亲切，一样的帅气。

只是……那是一张完全陌生的脸。

梅子惊出了一身冷汗，迅速地将电话挂断。

这个时候，梅子渐渐明白当初林正载所说的话的真正含义了——一个人之所以能够称为人，核心价值就是那些不为人知的隐私。一旦所有数据都被提取，就能描绘出一个人格，机器能够模仿出他所有的行为，进入他所有的账户，模拟出他可能有的未来。

这个时候，谁是谁，谁的肉体是否存在，还重要吗？

黄兆京也许从未存在过，只是ZealFinance拿出来做公关的一个形象工具，又或者，也许他曾经存在过，但随时都可以顶上一个黑锅，消失不见，成为历史里的一缕轻烟。

而她也是如此，如果说一个开人工驾驶的轿车、不看电子书、只用纸币完成支付的数学系学生会被定义成林正载，那么，一个看浪漫爱情小说、去听演讲会迟到的女生，就能够被定义成梅子。

至于在全数据时代的浪潮里，她会被什么人以什么样的方式进行替代，那就无从知晓了。数据秘书可以用任意的方式掌握她的去向，引导她生存或者死亡，因为她是透明的，而天平的另一端，她却一无所知。

曾经，她以为数据是带来便利的工具，遇到林正载以后，她以为数据是一部分人的捷径，而现在，她终于知道，数据本身，就是权力。

不过，这些顿悟，她是再也没有机会告诉别人了。

因为一百个小时的隐私覆盖时间过去了，电子秘书的声音在脑海里响起："梅子小姐，您好，咱们又见面了。"

梅子第一次感觉到了孤独。

大 限

索何夫

老龄化，可谓都市文明最为畏惧的问题之一。都市，最为渴望年轻人的蓬勃活力，而最害怕沉沉暮气。《大限》这篇小说，就主要探讨了老龄化问题，以及一个有趣的科幻设想：犯罪预测。

从社会学角度来看，犯罪率与人口密度是高度相关的，但在《大限》中，犯罪问题却主要是由科技导致的。在那个科技发达的富足时代，犯罪人口出人意料地变成了老年人，他们犯罪也并不是为了非法占有财产。这主要是因为大数据预测系统的高度发达，导致人的寿命已经能被精确预测，结果造成一部分老年人心态失衡，出现反社会行为。但有趣的是，科技能预测你的寿命，自然也能预测你的犯罪企图……

时候就要到了。

在遥远的过去，当先祖们还依偎在微弱的火苗边取暖时，他们就已经明白，每个人的寿数终归有限——纵然你可以逃过疾病、刃齿虎、洞熊或者挥向后脑勺的石斧，但终究无法摆脱铭刻在DNA最深处的那道限制。

直到现在，也不例外。

虽说得益于医疗保健体系的帮助，我在过去的一个世纪里没灾没病，身体机能也保持着正常，但徒步走过四分之一公里长的、掩盖在女贞树与泡桐树投下的斑驳树影之中的步行街的过程，仍然让我感到了些许深沉的疲惫。

我心里清楚，再过不久，我的大限便会到来，那些已运转到使用寿命上限的器官会安静地停止工作，让我在某一次温柔夜色覆盖之下的安眠中离开这个世界。

一台巡弋在空中、伪装成鸣禽模样的小巧精致的扑翼机发现了我。沐浴着明媚的阳光，它轻巧地俯冲过来，然后降低速度，在我身边盘旋，并用合成语音柔和地询问我是否迷路了，或者需不需要别的帮助。

我看着这个精灵一般欢快飞舞的小家伙，挥了挥手，示意它离开。至少现在，我并不需要它的帮助。我很清楚现在自己要去什么地方，而我想要做的事也无法接受它的帮助。

于是，扑翼机轻盈地飞走了。作为遍及整座城市的人工智能系统的一部分，它显然在隐私权法案许可的范围内获取了我的某些生理信息，并判断我大概率没有伤病，目前无须救治。当然，这些信息很快会被共享给其他在这附近巡逻的"小鸟"们，让它们在之后的一段时间内不再前来烦扰我。

于是，我目送着它一飞冲天，然后收回视线继续迈步前行。

在没有授权的情况下进入城市居民数据管理局总部大楼，其实并没有花费我多少工夫。

就像所有公共设施一样，从理论上讲，这栋楼配备了一切按规定应该配备的安保措施。包括一名主要用来解决社会闲散人员就业问题的中年男性自然人保安，一名看上去颇有几分像是《龙与地下城》游戏里的"地下城眼魔"的机器人门卫，一台面孔/指纹/DNA痕迹三合一门禁系统，外加一组与城市治安系统相联的微型防暴无人机。确实称得上戒备森严，如果真爆发意外冲突，这些安保力量完全可以抵挡住起码十名武装暴徒的突袭。

可惜这只是理论上而言，事实上，正如所有并没有那么重要的公共设施一样，这里的安保措施其实只能算是徒有其表。

在我从那位自然人保安负责的窗口前走过时，他只是勉为其难地抬起一只眼睛，对我投来了不耐烦的一瞥，甚至连一个问题都未曾提出。而机器人门卫则一动不动地趴在它的哨位上，毫无反应，显然是出了什么故障，但因为在维护优先度排位表上太过靠后而迟迟没有得到应得的修理。至于门禁系统，也在扫描了我那经过一点儿巧妙整容的面孔后，立即为我打开了大门，并没有要求再进行另外两项检验——很显然，那些在这儿工作的家伙已经形成了固定思维，既然这年头根本没有那么多坏蛋觊觎这里，那么他们大可不必把出入大门的过程搞得那么复杂。

通常而言，这种想法倒也没什么大错。自打上个世纪末的自动化生产革命结束之后，城市就变成了安全的地方——长期无法提高的低生育率，让那些满脑子荷尔蒙、整天鸡血上脑狂躁不已的年轻人变得越来越少，那些一度占满了城市天际线、塞满了火柴盒般小房间的高层公寓楼，也因为居住者越来越少而逐渐空置，最终被接二连三地爆破拆除，由自动化机器施工队改造成了水池、公园与人工森林。这种大趋势，即便是首都这样的原特大型城市，也不例外。如今，在树影斑驳的街头，几乎再也看不到无所事事、四处乱窜的年轻人，而犯罪率也随着无条件社会福利的不断扩展一跌再跌，最终只剩下了为数不多的诈骗和激情犯罪案例。

换句话说，就常识而言，多数人承认，在如今这年头，城市里的

185

很多非要害部门风雨不透的严防死守，实在是毫无必要。

但遗憾的是，这种想法并不适用于目前的状况。

当我走过铺着人造大理石板的前厅时，一伙懒懒散散的工作人员正在拆卸着位于天花板角落的监控设备，两个中年女人在一台公用终端前拉闲散闷，还有一个来路不明的家伙像只冬眠的棕熊一样蜷缩在那排橘色的公共座椅上，也不知他到底睡没睡着。

总之，没有任何人注意到我，以及我手中提着的那个显然有点儿可疑的包裹。年轻时为了混学分而无意学到的那点儿心理学知识告诉我，他们的这种态度至少在一定程度上来源于我的年龄：很少有人会对一个满面皱纹的老女人产生兴趣，而早在世界上的最后一家宗教裁判所关门大吉之后，就已经没哪个正常人会下意识地把像我这样的家伙视为威胁了[1]。

非常可惜，另一些与我同样岁数的人却没有像我这么好的运气。

"大限"，在历史上许多区域文化的语言体系中，这个词指的是一个人天年垂尽、行将结束呼吸与心跳的苦役时刻。

而在这些年里，它却有了个略微不同的含义：一个人预期寿命的倒数第三百六十五天。

根据今年初发布的最新数据，在迎来这一天之后，大约千分之十三到十六的老人会被告知，他们的个人自由将会受到某些"必要的、符合人道主义的限制"。

不过，我更喜欢直白地将这种对待，称为"监禁"。

因为事实根本就他奶奶的的确如此。

当局之所以要把那些老人"监禁"起来，理由是他们"可能会对社会与他人安全造成消极影响"。

我一直觉得，从理论上讲，每一个人都是潜在的罪犯。即便在法律最为宽松的地方，也没人能保证自己在明天就一定不会有意或者无意地干出什么违反法律的事儿来。但是，某些人所受到的待遇总是比

---

1. 此处揶揄的是中世纪欧洲的"猎杀女巫"运动。

其他人更不平等——按照最初推出"大限"法案的专家们的说法，这一切都是因为他们自己。或者更准确地说，是因为他们没能在之前的一个世纪里为自己攒够最起码的"社会信任积分"。

在过去的这些年里，虽然对于永生的幼稚憧憬仍然没有变成现实的迹象（当然，就我看来，它也不应该变成现实），不过人类的寿命也确实又向自然进化所定下的那个极限值迈进了一大步。在大多数正常社会中，现代女性的预期寿命已经超过了九十八岁，男性也在九十五岁以上，不少人能存活超过一个世纪这档子事，在很早以前就已经不是什么值得惊讶的事了。

不过，正如人类历史上的一切进步一样，这种变化也引发了一些社会问题——尤其是当人们对寿终正寝时间的预测也开始变得越来越精准之后。

为了尽可能避免引起他人注意，在穿过门厅之后，我假装要前往一楼的洗手间，以此绕开了绝大多数人都会乘坐的电梯，而选择了以自己的双腿攀爬楼梯。

由于从年轻时起，我就一直坚持锻炼，再加上现代医疗技术的辅助，爬上四层楼对我而言并不比在三十岁时困难多少，可我也明白，这并不意味着我的胳膊腿儿和三十岁时还是一回事：自从我们的远祖选择了有性生殖的那一刻起，我们就无法避免衰老的魔咒。你可以通过健康生活方式、锻炼，甚至是某种程度上的回春手术，让身体在九十岁到一百岁时还能发挥出与五六十岁水平相当的相对良好机能，但每一个细胞都会时刻提醒你，在这场长跑的尽头，你只可能找到一种结局。

反正，你肯定不会是那个赢家。

过去的人们虽然也会谈论"寿终正寝"，但他们所谓的"自然死亡"其实是个大范围的概念：被流行性传染病的病原体从身体里活生生地吃掉、因为营养失调丧命、死于基因中代代相传的固有缺陷引发的疾病，或者因为滥用酒精与药物而毙命，如此种种，都叫"自然死亡"。

而就算有极少数人真正活到了寿数,他们的死因也会被人们认为是"病死",而且这"病"一般被叫作"多器官衰竭"。但事实上,如果不是病理性原因所导致,器官的衰竭其实不是一种病症,正如机器的折旧和报废不能称之为"事故"或者"故障"。反过来,一旦排除了疾病的影响,对器官的正常衰竭乃至一个人正常死亡时间的估算,就可以变得相当精确。比如说,在昨天,也就是一百零六岁的生日那天,我的寿命被健康评估专家认定为还剩三百零三天,这一数据的正负误差,通常不超过两到三个星期。

在最开始时,医生们大多倾向于对客户隐瞒他们的剩余寿命数据,或者仅仅委婉而模糊地告知对方。毕竟,将讨论死亡视作禁忌,早已深深地嵌入了我们的文化血统之中。

但有趣的是,没过多久,就有越来越多的人对这些信息产生了很大的兴趣。或许,相对于对死亡的恐惧,更加让我们感到惧怕的,其实是它降临时刻的不确定性。仅仅几年的工夫,剩余寿命数据预测,就成了暮年人群医疗保健的一个默认环节,在生命的最后一两年里——就目前的技术条件,相关数据预测只在这个阶段才有足够的准确性——所有人都会知道自己还剩多少时间可活。

自然,对绝大多数人而言,这是件好事。比如说,在来这里之前,我就已经有条不紊地按照拟定的时间表,完成了这辈子剩下的每一项还能达成的愿望,因此才能无牵无挂地开始这最后一项计划。

不过,这项服务也导致了额外的副作用:老年人犯罪率的大幅度增长。

一些意识到自己只剩个把月可活的人,因为这一消息而获得了勇气,进而决定在一生中的最后时刻抛开一切顾虑,去完成某些他们过去不愿或者不敢做的事,或者达成那些长年以来一直被埋藏在灵魂最黑暗角落中的"愿望"。

就在我刚满七十岁的那一年,世风突变,城市里的许多公共场所都开始对老人如临大敌!很快,从幼儿园、城市轻轨车站到广场,任何年龄看上去超出耄耋之年的人,都可能随时被拦下、盘查,甚至还有不少地方索性挂出了"老年人谢绝入内"的标识。

由此带来的争议与骚动，持续了好几年的时间，直到零号法案——也就是所谓《垂暮者犯罪预防法案》正式通过并开始实施为止。

按照那只已经陪伴了我半个世纪的老式机械表所显示的时间，我用了足足两分半钟爬了大约一百八十级楼梯，透过楼道一侧的透明玻璃幕墙，我可以将大半个城市尽收眼底。

在大规模城市化进程因为总人口的持续下跌而进入衰退期后，城市的大部分区域已经不再以令人抑郁、散发着糟糕气味的灰色为主，而是变回了苍郁的森林和在明媚阳光下闪烁着宝石般光泽的小湖，那些建筑区反倒更像是点缀在这片充满了静谧生机的蓝绿色之间的岛屿。

在城市中央的矮山上，一些零星的人影正在青草如茵、坡度平缓的步道上散步或者慢跑。就算不依靠任何辅助设备，我也能看出来，那是一些年龄与我相当的男男女女。只不过，他们之前的良好行为——或者更准确地说，负责进行所谓"预防性评估"的人工智能所认定的良好行为——让他们可以不必担心在垂暮时分受到行动限制。

而在山丘下的花田中，另一些老人正代替本该在那儿工作的园丁机器人，慢条斯理地照料着里面的植物。虽然我不太能理解这些人，但无论是过去还是现在，总有许多人将这种行为视为很好的消遣。

总之，直到此时此刻，这座城市仍然处于一如既往的安宁之中，没有任何人、任何事物察觉到了我打算做些什么。这对我而言显然是好事。

在通过楼梯之后，我又花了两倍于上楼的时间，在大楼第四层的楼梯间外查看挂在墙上的内部布局示意图。

正如所料，我要找的那个房间就在这里，只要往前走三十五米、再骗过最后一处门禁就可以抵达。

对于从好几年前就已经开始为此进行准备的我而言，完成这件事不过是举手之劳。在提供了预先录制的假指纹和一串允分彰显了公务员式懒惰的密码（就是一共八个"1"）之后，大楼内最后的安保设施也为我放了行。

没有人来阻拦我，也没人来盘查。事实上，我估计，在一年之中，来到这里的人恐怕用双手就能基本数得出来——当然，这也是绝大多数需要当事人亲自到场办理事务的传统办公设施的共同常态。

相比蓝天下芬芳的绿地，或者回响着雀鸟啁啾的疏林（当然，可能危害人类安全，或者携带危险病原体的那些小生物，自然是早就被以合适的方式"请"出了这些地方），极少有人乐意面对死气沉沉的走廊和窗口，而足够发达、无所不在的网络系统也在很早之前就提供了这样的选项。在现在，这种地方的存在，除了作为紧急状态下的备用之外，更像是一座特殊的纪念碑，提醒着那些偶尔造访这里的人，他们过去曾经以多么令人生厌的方式生活着。

我在冷清的走廊中独自前行，同时用眼角的余光看着一扇扇房门上悬挂着的指示牌。

这些房间中存储的，全都是智慧城市系统保留的关于本市百岁以上的暮年人群的档案，所使用的存储媒介，除了电子设备外，还包括了"原始"的微缩胶卷，以便在计算机系统出现不可修复的问题后，还能保留下必要的备份。

就我所知，这些档案的内容五花八门、涵盖甚广，从一个人出生时的医疗档案开始，到他这辈子曾经接受过的每一次心理评估测试，进行的所有心理治疗和心理疏导、全部的犯罪记录、婚恋史、自传、相关新闻报道、脑神经科学测验结论……

利用遍及城市每一个角落的传感器作为"神经末梢"的智慧城市系统，每分每秒都在实时监视着在城市中活动着的每一个人，生成他或者她的相关数据，最终变得甚至比被观察对象自己还要了解他们。无数记录和数字的备份被保存在这些胶卷里，就像树木的年轮一样年复一年地积累，而那些原始数据则在经过整理后，被输入智慧城市系统的中央计算机，由一系列复杂、冷酷的算法进行处理，最后得出结论，判断哪个人具有"潜在社会危险性"，需要在人生的最后时刻为了自己也许从来没机会犯下的罪行而遭受一次短暂却无比货真价实的终身监禁。当然，也会判断哪些人是"安全"的。

迄今为止，该法案看上去确实起到了作用：垂暮人士的犯罪率下降到了比过去低得多的程度，而蓄意实施的恶性犯罪更是已经有许多年未曾发生。法案的支持者们经常引用这一点，以此证明他们的准确性。

按照他们的说法，零蓄意犯罪这一事实本身，就意味着那些算法的极度精确性：既然它能准确地剔除每一个潜在犯罪者，那么自然也不会将无辜者计算在内。

其实，任何了解过一点儿逻辑学的人都不难意识到，这种说法压根儿禁不起推敲。

但不幸的是，普通民众偏偏是最缺乏逻辑能力的。

他们在乎的只有事实。

由于我从未接到过关于自己"具有潜在社会危险性"的通知，因此，虽然走廊内唯一的安保摄像机拍摄到了我，但就算没有这套伪造的制服和经过伪装而显得稍微年轻一些的脸，它也不会发出警报。

不过那些不幸被算法划入这个行列的人可就不会有这样的好运了：除非处于严密监视之下或者遭遇生命危险，否则他们不能独自离家，不能自由购买大多数物品，不能使用交通工具，更不能进入大多数公共设施。

从法理上讲，这些人都是清白无罪的，可他们只要试图踏上大街一步，就会享受到高危通缉犯所能享受的一切待遇——整个城市的自动化服务系统会拒绝他们，将他们视为"异物"，拒绝提供一切形式的服务。而这意味着，在这座城市中，他们事实上已经不再被视为一个"人"。

可我不支持这么做。

关于反对"大限"法案的理由，我已经在无数公开或者半公开场合反复陈述过了：从人道主义的角度、司法正义的角度、逻辑学与伦理学的角度，我和与我持同一立场的人有足够多的理由去反对它。

不过现在，我需要的是用行动来证明它的荒谬。

于是，我踢开了最末尾的那间房门。

或许是过于相信外面的保安和楼层内的门禁系统，又或许只是出于纯粹的疏忽，总之，这扇房门不过是一扇象征意义大于实际作用的雕花木门，我甚至没太用力，就让它脱离了同样脆弱的门框。

随着走廊与房间内的空气开始流通，一股轻微的陈腐味与塑料味在我身边弥漫开来。

不过，让我略感惊讶的是，这房间里竟然有一个人——一个年轻的男孩。

在房门被打开的瞬间，我和他对视了一小会儿。

这个秃头年轻人看上去可能刚刚二十岁出头，长着一副标准的公务员式的平庸呆样，一双木讷的小眼睛和狭窄乏味的额头，让人很难不联想起那些无聊冗长的公文、表格和其他文字垃圾，和他身后那台正在不断自下而上地吐出一排排死气沉沉的字符的计算机显示屏，简直就像是孪生兄弟。

不过，我一眼扫过，从他胸口没有佩戴管理局工作证这一点判断，这小子多半是一位临时来这里干活儿的见习公证员，因为除了维护人员之外，也只有搞公证的家伙会出现在这里了。一直以来，判断那些大限将至的老人是否具有"潜在社会危险性"的活儿，都由计算机全权负责，而自然人所需要做的仅仅是每隔一段时间派个公证员到这儿，确认那些算法正在照常运转，没有被人动过手脚。

"你是——等等，无关人员不能进来！"在足足和我对视了五六秒钟后，经过一番精神调整和思想转变，那个年轻的呆瓜终于意识到了不太对劲。

不过，这也是当前他所能做到的一切了。

当一支由压缩空气发射的短镖插进他的大腿，肌肉松弛剂被注入他的体内后，这小子立即全身瘫软，缓缓倒在了铺着灰色塑料地毯的地板上，活像一个被戳了个洞的充气玩偶。

"好好看着吧，小子，你可是这件事唯一的目击证人。"我把他那颗意识尚存的脑袋朝我的方向扭了过来，又确认了一遍墙角的监控系统正在正常运转。与大多数不请自来者不同的是，我现在不但不打算破坏掉监控系统，反而希望它别在这个当口出什么岔子。毕竟，我希望足够多的人能够看到我接下来做的事，而不想让它变成一桩悬案。

只有这样，我才能让人们明白我要传达的信号。

我打开了手中的包裹，取出了一只伪装成心脏病药瓶的小罐子，足足十只装满了深褐色浑浊液体的细长安瓿就藏在罐子里面。

在轻轻折断这些玻璃容器的颈部后，我将液体逐一滴在了房间四周成排的微缩胶卷上。

一团团浅黄色、如同森林中黏菌般的物质，顿时开始以肉眼可见的速度，在这些原始的资料储存媒介表面扩张、蔓延，并在由外而内地吞噬它们的过程中变得更加庞大。

一股氯离子的刺鼻气味则开始弥漫在室内的空气之中。

与此同时，我开始了第二步行动。

我在房间内唯一的计算机终端上植入了早已准备好的入侵程序。仅仅几秒钟后，整层楼内的局域网，连同与其相联的每一台设备内的资料，都被销毁殆尽，再也无法恢复。

就这样，从官方记录的层面上，我一举抹掉了数万人的生平，并破坏了为数众多的公共财产。无论从哪个角度来看，这都是极其严重、证据确凿的危害社会行为。即便是最巧舌如簧的律师，也没法为此进行辩护。

当然，我原本就不打算为此辩护。

"你在干什么？"被我放倒的那小子问道，"这些资料都是——"

"表达我对某件事的态度，仅此而已，"我告诉他，"有些人认为，靠数据和算法就能估算出一个大限将至的人是否可能成为罪犯。可是我刚才的行为，至少在某种程度上证明了他们是错的。虽然他们可以声称这只是个例，然而即便是个例，也足以说明，他们那一套引以为傲的玩意儿并不是完全正确的。基于那些破烂做出的判断，就去剥夺他人的自由，更是毫无合法性可言。当然，你恐怕未必能理解这些。"

"你到底在说什么啊？！"那小子不解地问。

"在你们那似乎无懈可击的系统里，我被列为无害人物。无疑，在

193

垂暮之年，我做出任何危及社会或者他人利益的行为的概率都微乎其微。假如你们的系统算法真的那么准确，"我说道，"可是看看现在，我的所作所为意味着什么，你明白吗？！"

"最新的算法是经过调整的，错误概率低于——"

"事实证明，它已经犯下了一个严重的错误：一个按照它的计算应当几乎完全无害的人，正在毁灭它自己。除非你打算重新定义'危害社会'的概念，否则这就是最显而易见的讽刺，"我冷笑了一声，"难道不是吗，公证员先生？"

"我……我不是什么公证员。我是来修正系统错误的资料管理员。"年轻人试图移动一只手，但却失败了。

不过，他的指尖轻微地颤动，还是让我注意到了一样东西：一套落在角落里的个人终端。

在那团由我释放出的不断吞噬着胶卷的浅黄色"黏菌"触碰到这件设备之前，我及时地将它从地上捡了起来。

"那些专家在对档案进行复查时，发现了几个因为程序问题出现的错误，所以委托我来进行修复工作。"那小子说道。

"错误？什么样的错误？"我问道。

"一个低级程序问题，某个程序在上次更新时被植入了错误的代码，因此会对预测结果进行不正确的归档。经过核查，发现有几个具有潜在社会危害性的人，被错误地列入了'无害'的名单里，我就是来修正这个的。"年轻人望着我说道，"幸好我刚才已经把这事儿完成了。虽然这里的资料没了，但名单应该已经传给了公共安全部门，顶多再过几个小时，相应的调整就会完成。"

出于纯粹的好奇，我开启了那套个人终端，并迅速找到了那份文档。

那小子说的没错，他确实带来了一份名单——一份不算太长的名单。

当看到名单开头的第一个名字时，我下意识地倒抽了一口冷气。

那是我的名字。

一　天

杨　悦

本文属于微型小说，它与《扑火》一样，刻画的也是灰暗贫瘠的未来大都市生活。

这个短小精悍的故事，最大亮点是只用不到三千字的篇幅，立体生动地展现出了反乌托邦都市生活的苦涩与茫然。作品信息浓度极高，涉及都市生活的很多方面，几乎没有废话赘言，其精炼简洁，非常值得学习。

下班后她步行回家。十一月的天黑得早，五点刚过就昏沉沉的了。

起风了，她拐进一家超市，照例先去绿色食品柜转了一圈。每次都是这样，看一遍，却什么也不买。

因为她买不起。两个月前政府通告，由于种植面积进一步减小，绿色食品的供应量连续下降，明年开始将特供到家，不在普通超市销售了。

供给谁家？反正不是她家。她有点儿悲哀，要不就买一个苹果吧。

她挑出一个最小的，过了秤，2080.87元。没什么犹豫，立刻放下。转身到普通柜台买了一筐蔬菜水果和面条，一共27.8元，平价得很。

她又买了一升饮用水，25元。扫描了一下额头芯片，余额还有70103.25元。

她拎着大包小裹出门，风更大了。坐公车回去吧。她在心里算了一下，离家大概还有一千五百米，每米3分钱，车道使用税共45元，加上2元车费。算了，慢慢走吧，大家都在走呢。

回到家，打开电视，烧上水，开始洗澡。客厅里飘荡的声音让她安心，而太阳能电力是这个世界上她唯一消费得起的能源了。

浴室花洒的水流到嘴边，涩涩的，不知是净化过的污水还是淡化海水。她隐约听见新闻快报在报道市中心有人持非法枪械袭击路人未遂，已被中央电脑快速识别并销毁。

销毁？不知从什么时候起，大家开始说"销毁"一个人而不是"杀死"一个人。有什么区别呢？她觉得似乎有，又似乎没有。地球上两百多亿人，销毁几个甚至几百几千个，好像也没什么。一两百年前的人类，是不是也这样"销毁"过其他物种呢？

洗完澡出来，她倚在窗边。从一百五十六楼往下看，除了一片灯光，什么也看不见。这座超级都市的所有楼宇，好像都是从同一个根长出来的，密密麻麻的窗子，亮的，暗的，窗后的人也和她一样在看着外面吗？

往上瞧，她已经不记得真实的月亮是什么样子了，就像她不记得米饭的味道。每天都吃面,因为煮面不需要太多的水。每人每天限量一升的饮用水让她绝望。为什么地球变成了现在这副模样?

吃完面,喝干汤。不知怎么,她又想起了刚才的新闻,那个持枪袭击的人真傻啊,现在到处都是监视探头,这不是自寻死路吗?他有朋友吗?应该没有吧。她就没有朋友,外面两百多亿人,居然没有一个是她的朋友。在这每个人都希望其余的人被"销毁"的世界,怎么容得下"朋友"二字?

电话突然响了,是她的父母,从老年公寓打来的。自生下来,她就没见过父母,可他们几乎每天给她打电话,无非是问些琐事,还有什么别的可问呢?这个年代早就没有谈婚论嫁这回事了,喜欢就找个伴,不喜欢就分开,反正谁也没有足够的钱去生养一个孩子,谁也没有耐心去组建一个家庭。

把电视折小,钻进被窝,上网。说起来,在网上,她还是有一两个朋友的,虽然她不太喜欢他们。在网上她有几个身份:一个是离异有子的妇女;一个是二十九岁的男人,狂傲不羁,对各种社会问题和人类未来大放厥词,竟也招来了几个追随者;还有一个是一百二十岁的老太婆,时不时发些对旧时光的感慨;最后一个是她的真实面目,从来没有在网上发过言。虽然她觉得那些身份无趣,但这样也挺好,做一个梦,变成另一个人,挺好。

次日清晨八点三十,闹钟准时响起,随之而来一条新提醒:您的卵子已按期限冷冻十年,如要销毁请按"1",如不销毁请于今天凌晨十二点前汇款三万元至XXX账户申请延期一年,过时不候。

真没注意到,又一个十年过去了……如今她已经三十三岁,时间过得太快了。

三十三年前,她父母抽中大奖,可以免费生一个宝宝,于是她降生了。她虽是父母所生,却属于那个举办抽奖活动的公司,由公司抚养长大,在公司里上班。十年前,公司按政府规定,替她冷冻了几枚卵了,期限十年,好像有朝一日她会有足够的钱去生一个孩子似的。现在免费期限已至,要收费了……

还是销毁吧，留什么希望呢？可想来想去，她还是不忍心，能拖就拖一阵子吧。唉，那个持枪袭击的人真傻……

照例步行去上班，出门稍晚，现在时间有点儿紧，走得快了些，渗出一身汗，幸好带了水果，解渴。

她的工作是按客户的要求设计其额头芯片的图案。她自己的图案原是一朵杜若花，有一句诗中提到了此花："山中殊未怪，杜若空自芳。"其实她并不太懂这句诗的意思，现在已经没有人关心这么古老的语言艺术了，可那时她莫名觉得这句诗很合心意。没过多久，她就抹去了那朵杜若花，现在她额头上什么也没有，只为别人设计。

那么多人拼命想要与众不同的图案，可无论那些图案多么与众不同，他们还是一样庸碌，一样平凡，被那块植入额部的芯片监管着一切。

从前那个没有芯片的世界，是更和谐，还是更疯狂？她曾问过父母。

他们对她说，那是个混乱的时代，充斥着黑户、非法出生的孩子、暴力犯罪、恐怖袭击、传染病……原来如今还不是最糟糕的时代呢。幸亏公司研制出这种植入每个人额部的芯片，世界才有了规则，生活才变得井然有序。

她的父母对公司感恩戴德，没有公司，他们这样的贫民哪会有后代？

来了一个客户。

"先生，请问有什么能帮您的？"她职业性地问道。

"我对现在这个图案不满意，很不满意！"

"先生，这里是设计部，您的问题售后部可以解决。出门往右，请注意提示牌。"

"这个图案不是设计部设计的吗？为什么要找售后部？"

"可是先生，为您纹这个图案前是经过您认可的，现在您说不满意，就不是设计部的问题了。"

客户提高了声音："那你是说我有问题喽？你们设计得差不说，还强词夺理——"

她叹了口气，没等对方说完，便按下警示按钮。

客户顿时倒地抽搐，半分钟后才站起来，一言不发地走了。

她从来没有尝过芯片带来的这种痛苦，有时也想试一试，痛苦总好过麻木，可中央电脑监控着，没人有机会自残，她又没有胆量去挑衅别人。她真是她父母的孩子，一样的懦弱胆小。

下班了。回家，煮面，洗澡，上网。没有痛，没有爱，好像连恨也少了。或许那个持枪袭击的人不傻呢……

十二点了，她没有汇款。

官 司

王 尚

  都市生育问题，颇为复杂奇妙，社会学家们早就注意到了这一奇特的社会现象，1968年开始实施的著名的"老鼠乌托邦"实验，就令社会学家大为惊讶，并引发了深刻的思考和研究。

  对都市生育问题进行思想实验，可以说是考验科幻作者想象力的"试金石"之一。

  《官司》就是一个关于未来生育问题的律政故事。小说中涉及了未来婚姻的变异、家庭关系的演变，以及未来都市人的生育状况与相关法规、制度，有心的读者阅后自有感触与反思。

2401年8月7日　星期二

吴大爷取消了预约之后，王继明这一上午显得格外无聊。从九点到十二点，竟然一个顾客也没有。

在这样的小县城里做律师，就是这个样子，除了偶尔的遗产纠纷或者夫妻离婚争房子，剩下的事情就只有发呆了。王继明无聊又有些无奈地盯着手里的数独题，妈的，这个又不会。

王继明抬头看了看坐在门外的秘书小刘，此刻她正在专心致志地扫雷。小刘今年才十九岁，高中毕业后没有上大学，在她的亲戚（碰巧似乎也是王继明的远方亲戚）的介绍下成了他的秘书。不论是从客观的角度，还是从自己那充满偏见的角度来看，她都不是一个好秘书。这丫头整天只知道化妆和买衣服，事务所里的事情总也弄不好，要不是看在熟人的份上，早就炒她的鱿鱼了。不过现在确实是没事可做，就由她去吧。

王继明中午不想回家吃饭，就叫小刘帮他点了一份宫保鸡丁盖饭，然后坐在办公室里慢慢地吃了起来。

就在他还在挑黄瓜的时候，小刘突然冲进来，蹦着跳着喊道：“帅哥！帅哥！帅哥！”

王继明当时就被菜呛到了。他有些难以置信地指着自己问道：“你是在叫我吗？”

"不是，外面来了个帅哥，说是要见您。"

原来是有客人来了。

王继明赶紧把饭放在柜子里，开窗散了散菜味，又手忙脚乱地擦了擦嘴，喷了两下口气清新剂，这才让小刘把客人请了进来。

进来的是一男一女，花痴的小刘显然直接把那个女的忽略了。看两个人亲昵的样子，应该是对夫妻或是情侣。男的个子很高，身材修长，相貌英俊。那个女子也非常漂亮，眉宇间隐约可见的那丝惆怅使她显得更加动人。

王继明除了注意到二人出众的外表之外，还注意到那个女子的小腹隆起，想必正怀有身孕。平日来到这里的夫妇，一般都是脸色铁青，恨不得当场就你死我活，所以看着这两个人琴瑟和谐的样子，王继明还真猜不出他们的来意。

那个男人一见王继明，惊了一下，然后问道："难道？"

王继明有些尴尬地点了点头，然后蜷起右臂，用左手指了指自己几乎萎缩的肱二头肌，说道："不过我没有得到名师的指点，只能当个小律师糊口了。"

那个男人哈哈一笑，不过那个女子却是不解。她问道："你们在说什么啊？"

那个男人搂过女人的肩头，对她说："没什么。王律师的前身，可是一个世界拳王呢！"

"哦，真的吗？"那个女人好奇地打量着王继明。

"惭愧，惭愧。不过我从小打架就没有赢过。"

王继明扫了一眼男人递过来的名片，上面写着："XX县日报记者周兴"。

"周先生……"王继明看了那个女人一眼，周兴马上说道："这是我的妻子孙芳。"

王继明向周太太点了点头，然后继续说道："不知两位有什么需要我帮忙的？"

周兴也收起了此前轻松的表情，回答道："我们想把孩子生下来，但是生育委员会却不同意，所以我们想告他们。"

"为什么要告他们？"这可是新鲜事一桩，王继明一下来了兴趣。

周兴握了握妻子的手，继续说道："事情是这样的。大概六个月前，我们在县妇幼医院做了克隆胚胎植入手术。这是她第二次做胚胎移植了，前面两次都因为各种原因失败了。从受精卵着床到今天已经正好六个月了。没想到一个星期前，我们突然接到生育委员会的通知，说我妻子腹中孩子的前身是一名重犯，已经被取消了克隆资格，所以这个孩子必须打掉。可是我妻子这次好不容易才怀上，而且胎儿都六个月大了，已经是条小生命了，怎么能说不要就不要呢？"

"嗯，他们向你们提供相关的赔偿了吗？"

"有。政府决定赔偿我们一笔钱，并且可以免费领养一个孩子。"周兴回答。

"这样啊，"王继明一下子兴趣又没了，"政府都答应赔偿了，你们还打算怎么样？"

"我们就想把这个孩子生下来。"周太太在一旁说道。

"如果这个事情政府做错了，又没有进行相应的赔偿，那么这是政府的不对，我们可以去通过法律途径解决。但是，政府显然已经提供了补偿手段，而你们却还要去破坏政府的规定，这就是你们的不对了。恐怕你们很难获得法院的支持。"

周兴夫妇的脸上写满了失望。

"但是我们的情况还是不一样的嘛！我妻子再次接受胚胎移植的成功率已经非常低了，这差不多是我们最后的机会了。还有，这个孩子已经六个月大了，基本上是个完整的生命了。如果这时候堕胎，那和谋杀有什么区别？"

"我知道你们的意思。但是取消克隆资格是目前人类社会最重也是最有威慑力的惩罚措施之一。试想，如果让那名重犯逃脱惩罚，那么法律的尊严何在？"

"难道以前没有类似的案例吗？"

"'乐透计划'是一套非常严密的系统，每个流程都由人和计算机同时监控。类似的事故不是没有出现过，但极其罕见。"说话间，王继明就从电脑中调出了相关的资料，显示在办公室的投影仪上。

"三十年前，在浙江省发生过一次类似的事件。由于计算机病毒和值班人员玩忽职守，造成一个连环杀人犯被克隆。当时政府赔付了超过三千万人民币。从这个案例来看，给你们的赔偿应该不会低于五千万吧……"

"但我们就是想要这个孩子,给多少钱我们并不在乎。"周兴说。

"五千万哪!这些钱在北京也能买两套房子了!"王继明又强调了一下那是笔巨额赔款。

"我们说过了,我们不要钱,只想要这个孩子。"

王继明见这两个人如此固执,心说你们爱烦谁就去烦谁吧。当下他也就不再坚持,说道:"这个案子恐怕我是无能为力了,要不你们找别的律师看看?"

"其实我们已经找了好几个律师了,不过他们也都是这么说的。"周兴失望地叹了口气,站起身和王继明握了握手。他比王继明要高出很多,而且更是英俊多了,搞得王继明握手时感觉有一股自卑顺着掌窜进了心里。

"还是谢谢您了。我们告辞了。哦,对了,这次的咨询费是多少钱?"

"唉,我也没有帮上忙,也没有多长时间,就算了吧。祝你们好运。"王继明仰着头看着周兴,有些吃力地说。

下午的时候,王继明的妈打电话来说她和他妈妈包了饺子,晚上让他回去吃。

王继明有两个母亲,他管其中的一个叫"妈",另一个叫"妈妈"。就算到了今天,王继明都不知道是谁生了他。他只知道,大约三十年前,他的两个母亲相爱了,并且很快结了婚,然后她们其中的一个——和全世界其他人一样——接受了胚胎移植手术,生下了王继明。她们两个都不姓王,但是她们觉得这天底下中国人,姓王的可能最多,所以让孩子姓王最合适。她们始终不愿意告诉王继明到底是谁十月怀胎生下了他,因为她们认为她们对王继明的爱是一样的,所以王继明对她们两人的爱也应该一样。

好不容易挨到下班,此刻小刘已经不知踪影了。她最近好像新交了一个男朋友,所以比王继明忙多了。王继明也不生气,因为在他看来，即使她出去逛街、约会、调情，也比他坐在那里无所事事强。整个下午，他的活动就是睡睡午觉，玩玩数独，整理一下办公桌，然后再睡一觉。

王继明换上舒服的T恤和大裤衩，蹬上自行车向母亲们的住处骑去。

王继明生活的这个县城很小，就是区区三五条街的样子。大学刚毕业的时候，他曾想去北京或是上海那样的大都市闯荡一番，但却遭到了两个妈妈的一致反对。因为她们从前就生活在那些所谓的大城市，并且对之深恶痛绝，也正是为了王继明从小免受其荼毒，她们才搬到了这个小城镇。听说儿子又要往那个万恶的大染缸里钻，她们岂能坐视？于是两人大发雌威，威胁哄骗等各种手段轮番上阵，无所不用其极。王继明从小就特别听话，一见这个阵势，就知道自己必然招架不住，也就只好乖乖地留了下来。虽然王继明身上的拳击手基因偶尔会在深夜中作祟，呼唤着王继明前往外面的花花世界，但他的那些小野心很快就会被妈妈们软硬兼施地消磨一空。

不到十分钟的时间，王继明就到了目的地。

王继明现在搬到了县城另一头的一栋房子里。他觉得自己眼看就要三十岁了，如果还跟着妈妈们一起吃住，不论她们坚不坚持给自己洗内裤，都是个十足的笑话，所以执意搬了出来。

两个妈妈对此很不高兴，但作为把王继明留在家乡的筹码，她们也勉强同意了。

王继明停好自行车，看了看新刷的面墙和漂亮的木门，深吸了一口气，然后推门走了进去。

一进门，他就被两位母亲围了起来。

"你最近很忙吗？怎么老不过来？"

"自己在那边都吃什么啊？"

"你午饭怎么吃的啊？下次中午回来吃，听见没有？"

……

过了好一阵子，王继明才被放开。自从他搬出去后，每次回来都要受到这般待遇。

晚上的饺子很好吃,是他最喜欢吃的韭菜粉丝豆腐馅儿。吃饱后,一家三口坐在餐桌前唠家常。谈到工作的事情,王继明便说起了周兴夫妇的事情。

"真是太可怜了,你应该帮帮他们啊!"

"妈,你不懂。这事儿没法帮。政府是出了错,但是他们已经处理了相关责任人,又愿意出一笔天价的赔偿金,还许诺让夫妻俩领养一个孩子。都这模样了,你再跑去法院上告状,这不是无理取闹吗?"王继明一边说着,一边用牙签挑牙缝里的韭菜。

"这怎么能是钱的问题呢?这可是一条生命啊!再说了,领养的和自己生的能一样吗?"王继明的妈妈们向来心软。每周王继明最噩梦的时刻就是陪她们看言情电视剧。片头刚开始放的时候她们还不好意思,知道克制,但是只要电视情节发展到要死要活的时候,背景音乐凄惨地响起,她们就会稀里哗啦地哭起来。哭的时候还要抓着王继明说:"难道因为她是火星人,她就不配得到爱情了吗?以前的人真是死脑筋……"

"领养和亲生又有什么不一样?反正都是克隆的,都没有血缘关系,自我安慰而已。"王继明顶了他妈妈一句。

可他话音刚落,头上即遭一个爆栗,"你要是我们领养的,我现在就把你扔出去了。"

他摸了摸头,不敢再说了。

"照我说,你明天就给他打电话,把案子给接下来。反正你闲着也是闲着。"

"哦。"

2401年8月8日　星期三

在与两位母亲长期而残酷的斗争之中，王继明发展出了一套阳奉阴违的策略。不论面对什么要求，他总会用含糊的"哦"先糊弄过去。但是具体做不做，就要看看自己的心情了。所以今天上班的时候，王继明宁愿在那里枯坐一天，并且早早把小刘放走让她约会去，也不愿意去管那个在他看来根本就不成立的官司。

2401年8月9日　星期四

这是一个令王继明倍感绝望的早晨。

不到上午十点钟，他那两位神通广大的母亲就得意扬扬地将周兴夫妇领进了他的办公室。

虽然心中叫苦不迭，但王继明却只能满脸赔笑地应承下来。

周兴一把抓住王继明的手，感激地说："我们就知道您一定会接这个官司的。"

"为什么？"当着母亲们的面，王继明只好强忍着不哭出来。

"虽然包括您在内的所有律师都不愿意接我们的官司，但您是唯一一个没收咨询费的律师。这说明您是一个有同情心的人，经过一番考虑，您肯定最终还是会帮助我们的。"

王继明听了之后只好一个劲儿地讪笑。面对如此高级的马屁，他也不好再推辞了。

虽说案子是接下了，但是想要打赢这个官司确实难度非常大。王继明必须殚精竭虑想出一个不会招致县法院那几个糊涂法官嘲笑的办法。不是说王继明从前没有被他们嘲笑过，但是这次稍有不慎，恐怕他就要被他们当作经典笑料编进教科书里面了。

王继明让周兴把他们前前后后的手续和医院做完的检查资料都传给他，而自己则如同期末考试在即的大学生一样，通宵做起研究来。毕竟时间不等人，距离生育委员会要求的最后堕胎时间只有半个月的时间了。

"'乐透计划'是延续人类种族、保证人类社会基本稳定的关键计划。该计划通过对2307年9月1日之前出生的所有人的基因进行采集，建立起分属于各个国家的基因存储库。2307年9月1日之后，人类将中止自然的两性繁殖，而通过克隆技术来维持种群数量……"

这些话他从小学就开始听，到如今已经滚瓜烂熟了。王继明已经是第三代克隆人了，就像几百年前的人习惯于自然生育一样，现在的人也早就习惯了克隆。对于他们来说，性爱和繁殖分开反而更加便利。

这曾经是一项备受争议的计划，要改变人类几百万年的繁殖方式，绝对不是几个人拍拍脑门就能决定的。如果不是Y染色体因复制时的损失到了难以为继的地步，恐怕谁都不会接受这样的安排。"乐透计划"开始实施之前，从公元2280年到2307年间全世界一共就只有四千万新生儿出生，而在这个千年的初期，人类人口最高峰的时候，全世界每年就有一亿三千万婴儿诞生。形势分外严峻，当时，绝大多数的夫妻都面临着不孕不育的问题。2306年，全世界只诞生了七十万个婴儿，其中男婴仅为5%。人类面临着灭顶之灾！

为了避免Y染色体在复制过程中的损失，人们决定使用克隆技术来避免染色体的分裂复制，从而保全人类正在迅速消失的基因和不断下降的种群数量。

对于"乐透计划"，尽管有些极端的女权主义者坚持认为是男人们利用手中的权力绑架了整个人类，因为既然已经是无性繁殖了，那么男性的存在就显得"愈发荒谬了"（这是她们的原话），不过大部分的学者还是一致认为,"乐透计划"最重要的不是挽救了濒临灭绝的男性,而是挽救了社会存在的最基本样式——家庭。如果没有家庭,那么人类社会将堕入一片混乱之中。

当一个家庭准备抚养下一代时,他们就会前往生育委员会申请,并且在生育委员会所管理的全国性基因库中随机选出一个基因样本,交由当地医院培育胚胎,然后移植到母亲的子宫之中。当然在选择基因的时候,要确定所选的基因没有人正在使用。如果有人犯罪而被取消克隆资格,那么他的基因会被收入一个特别的库中,以保证在一定时间内,他们的基因不会被选到。一旦某个基因被选中,那么该基因在克隆体死亡之前将不会进入选择范围。

由于每次选择基因的时候,都像买彩票中大乐透一样,全凭运气,所以人们就把这个计划戏称为"乐透计划"(The Lottery Project)。后来这个名字口口相传,最后竟演变成了官方用名。

转眼已经是凌晨两点了,依然没有头绪。这个案子几乎没有前例可援,而法律条例对于他们也不是很有利。

灌下几十杯咖啡之后,王继明那咖啡因轻度中毒的大脑,总算是想出了个办法:或许他们根本不需要赢得这场官司,只要想办法把事情拖下去,等孩子生下来,一切的争论就没有什么意义了。谁都无法剥夺一个新生儿的生命。

而"拖"字诀的核心嘛,就是找碴儿。

王继明当下就打电话把周兴夫妇和小刘都叫过来,一起帮自己准备第二天去法院找事儿的材料。

小刘当然很是不高兴,王继明是一边好话哄着,一边许诺给加班费,才把她请出山。

一会儿的工夫,周兴和小刘都赶来了。孙芳没有来,周兴解释说是她身体有些不舒服。王继明没有介意,毕竟她身怀六甲,不宜太过操劳。

"我们今天要把一切有关的资料汇总起来,越多越好。"王继明宣布了任务,然后三个人就分头干了起来。

2401年8月10日　星期五

他们竟然弄出了一份长达几千页的起诉书。

胡乱吃了些早餐，王继明就扛着厚厚一摞文件来到了法院。

接待他的是审判员冯江，年纪和王继明差不多，平日里俩人的关系也不错。

"哟，我有多长时间没有看到你了？你是不是度假去了啊？"冯江知道王继明生意不好，经常拿话挤对他。

王继明白了他一眼，然后说："我是来告状的。"

"这样啊，我还以为你改行卖保险了呢……你要告谁？"

"我要告本市生育委员会主任杨冠军，告他意图谋杀。"王继明将小山一样的文件堆到了冯江面前的桌子上。

"什么？为什么？"冯江瞪大了眼睛。

"我本来想告生育委员会来着，不过故意杀人罪不能以集体为主体，所以我就只好告他们的头儿。"

"我问的是为什么？你为什么要告他？"

王继明指了指那堆文件，"喏，都写在里面了。你们慢慢看吧。"

冯江皱了皱眉头，然后说："没有电子版吗？"

"根据《诉讼法》规定，为了保证那些无法使用现代计算机技术的人也可以顺利地行使自己的诉讼权，法院不得向涉案人强行索要电子版的材料，否则……"

"行了，行了，我知道了。你今天是来找碴儿的。"冯江打断了王继明的话。

"哪里的话，公事公办而已……"

王继明得意扬扬地离开了法院。

今天已经是周五了,按照法院一贯的效率,这么一大堆材料怎么也要处理一周的时间,再加上各种必要的程序,应该能拖很长时间。要是孙芳早产,孩子被提前生下来,就更完美了……

上午,孙芳和周兴一起来到王继明的办公室,听了王继明的介绍之后,她有些疑虑地问道:"这样弄的话,好像是我们做得不对了,钻法律的空子。这……这不算是耍赖吗?"

王继明心想,你们死皮赖脸地非要把这个孩子生下来不也是耍赖吗?当然这些话不便直说,他淡淡地问:"对于你来说,什么是最重要的?是法律给你的所谓公平,还是你肚子里的孩子?"

孙芳沉默了一下,然后说道:"那这不会牵连人家杨冠军吗?"

"这不叫牵连,这本来就是他分内的事。"王继明终于明白"婆婆妈妈"是什么样了,"不过他不会有事的,我们现在只是唬人而已,他离坐牢还远着呢。"

这时候周兴接过话来:"王律师说得对,当前最好的方法就是'拖'。等到木已成舟,他们就没有办法了。"

孙芳看了看自己的丈夫,听话地点了点头。

2401年8月11日　星期六

王继明的妈妈们在听说了他的光荣事迹之后,非常高兴。今天两个人给他做了一大桌好吃的,还把周兴夫妇也请来了。

在饭桌上,她们两个人一直不停地向周兴夫妇讲"天才儿童"王继明的儿时轶事。

"他五岁那年,我们带他去月牙城旅游。因为月球的重力很低,一开始走路的时候,我们都摇摇晃晃地不适应。他却跑到路边捡了几块大石头装进自己的书包里,这样走路就稳多了。"

"真的？那时候他还只有五岁？"周兴的惊讶显得有些夸张。

"这个我是从动画片里看到的，小孩子都知道。"王继明解释道。

"虽然继明的前身是一名拳击手，可他从小却什么运动天分都没有，反而在数学和文学方面特别有天分。"

"妈，这有什么稀奇的？人脑的偏好不光由基因决定，还跟后天的兴趣培养有关系。"

"就是，主要是你们二位教子有方。"周兴在一旁有些巴结地说道。

"其实我还是喜欢当一名拳击手，那日子多过瘾啊。"王继明一边兴致盎然地挑蟹腿，一边说道。

"净胡说！拳击手有什么好的？那些人生活糜烂，而且没有什么文化，虽然有钱，但是生活质量却不高。"王继明的妈妈撇了撇嘴。

"就是，就是。我也不喜欢那些体育明星，一个个全是些没有什么文化的暴发户。"孙芳也在一旁巴结道。

"这两个人应该巴结我才是，怎么巴结起妈妈们了？"王继明虽然心里嘀咕，却也不知道说什么好，只好心无旁骛地吃起螃蟹来。

"你们有像王律师这样出色的儿子，一定很骄傲吧？"眼见着周兴他们的巴结越来越露骨了，王继明身上起了一层鸡皮疙瘩。

"唉，他也谈不上出色啦，不过起码是对社会有用的人。"王继明的妈显然有些飘飘然。

王继明在一旁尴尬地捂着脸，嘴里不停地吃着。

"每个母亲都会为自己的子女感到骄傲的，等你们有了自己的孩子，自然就明白了。"王继明的妈妈说道。她显然又把王继明当成了小孩，以为她们只是在和朋友举行家宴而已。

"对了，到底是谁生下了王律师？"孙芳笑着问道。

"这是我们家族的秘密。连我都不知道。"王继明说道。

"为什么啊？"周兴夫妇同惊讶地问道。

"因为我们不想让继明觉得我们两个人有什么不同。"两位母亲异口同声地说。

"所以王律师一直都不知道生自己的是谁？"孙芳又继续问道。

"不知道。但他不是一直也过得很好嘛……"

"其实我还是挺想知道的。人嘛，总要知道自己何去何从啊。"王继明一边低头盯着菜，一边说道。

"想都别想。"

王继明的头上被蟹腿敲了一下。

周兴夫妇适时地笑了起来。

"知道吗？很多时候，我都感觉自己像孤儿一样。"王继明突然扔下手里的螃蟹，站起身走了出去。

他的妈妈们和周兴夫妇目瞪口呆地坐在那里，不知道说什么才好。

其实关于这件事情，王继明心里一直都不舒服。这其中并没有什么其他的原因，他只是想知道而已。

十分钟后，当王继明回到自己租的小房子里时，他就已经开始后悔了。他爱自己的妈妈们，其实是谁生的他，真的没有那么重要。

"或许等两天再向她们道歉吧。"王继明躺在床上，心里这样想着。

2401年8月13日　星期一

周日一整天，王继明哪里也没有去，窝在家里看了一天的电影。到了今天早上，他还有些迷糊。

小刘今天的心情倒好像不错的样子，一边玩着扫雷，还一边哼着"我爱你你不爱我"之类的歌曲。王继明满心希望上星期的加班会让小刘一怒之下辞职而去，不想她心情竟然这么好，实在是大为扫兴。

他又想到自己周末和妈妈们弄得不欢而散，还得找个时间前去赔罪，心里更是一筹莫展。

王继明的自怨自艾被突然出现的周兴打断了。

"怎么了？"王继明一见周兴的样子，知道事情不妙了。

"今天早上我们收到了市生育委员会的正式通知,希望我们尽早将孩子打掉。"

"咦,怎么会没有作用呢?"王继明想不清楚,照理说在起诉期间,他们是不能采取强制措施的。

王继明正在想着,法院的电话就打过来了,打电话的是冯江。

"经过本法院三名法官对于原告起诉书的详细分析和充分合议,本法庭认为原告对于被告的指控没有事实性证据,是以对原告的起诉予以驳回。"

"详细分析?怎么可能?"王继明不相信法院会这么神速,"冯江,你跟我老实说,这是怎么回事?"

"怎么回事?整个周末我们都在加班阅读那些你准备的无用材料!你也真行,上千万字的材料里竟然几乎找不到有用的东西。"冯江在电话的那头显得很疲惫。

"你们加班赶这个案子?为什么啊?"王继明诧异极了,他还从来没有听说过法院周末加班的呢。

冯江向上指了指,"上面有指示,一定要维护好生育委员会的权威。说实话,这个案子你们没戏。"

"那就走着瞧吧!"王继明没好气地挂断了电话。

"这可怎么办啊?"周兴在一旁着急地走来走去。

"你先回去,让我好好想想。"王继明嫌眼前的周兴心烦,把他打发了回去。

显然,浑水摸鱼的伎俩不管用,而且还引起了市生育委员会乃至更高层的注意。冯江的说法其实没错,他们基本上没戏了。

若是放在以前,王继明定然就此作罢了。不过这次不知怎的,他总觉得胸中郁结了,非要发泄出来不可。说不定是受了上周六的刺激,那些似乎一直深藏在他身体中的好勇斗狠的基因又觉醒了。

"老子这次还就干到底了!"他心里恶狠狠地发誓。

既然从普通的法律条款中找不出什么有用的东西了,那么唯一可用的就是宪法了。在法学院的时候,王继明一直认为那里面都只是一些宣言性的条文,没有具体的法条做保障就什么用都没有。宪法创立了几百年,使用宪法作为审判依据的案例屈指可数。但现在他也想不出别的办法,只好死马当活马医了。

下午的时候,王继明又抱着一摞资料来到了县法院。

冯江一见继明气喘吁吁地走进来,当时头就大了起来。

"我的哥哥呀,你怎么又来了?还让不让人睡觉了?"冯江苦着脸对王继明说道。

"你们不仁在先,就休怪我不义。加班竟然也不跟我说。"王继明放下文件袋,然后用手背抹了抹额头上的汗珠。

"这次你要告谁?"冯江有些不屑地问。

"告生育委员会违宪。"

"不是跟你说了吗?上面专门指示要维护好本市生育委员会的权威,你们就……"

"我不告他们,我告国家生育委员会。"

"什么?"冯江像看见了疯子一样,"王继明,你要是想出名的话,办法多得是,为啥非要自己去找一堵墙来撞呢?"

"行了,不跟你贫。你们也不用发愁,这个案子十有八九要被市中院接手。最好能闹到省高院去,要是最终能跑到最高法院去折腾折腾,那我可就真出名了。"

"生育委员会成立一百多年,就没有吃过官司。你算哪根葱啊,敢到太岁头上动土?"

"想出名的葱呗。人命比天大,要是能得到舆论的支持——舆论肯定会支持我们的,到时候由不得你们不重视。"

"想得美!"

"走着瞧!"

……

2401年8月14日　星期二

果然不出所料,昨天王继明就接到通知,这个案子今天早上将由市中级法院审理。

从他们所在的小县城到市府,坐支线飞梭只要十分钟左右。昨日下午,王继明去法院和审判组及辩方律师团见了面,和对方嘴上寒暄、心里咒骂之后,就赶回家准备今天的庭审了。

庭审的时候,王继明首先发言。对面坐着的是几名辩护律师和市生育委员会主任杨冠军,但他是来代表国家生育委员会的。

杨冠军是一个书生气很重的人,一直安静地坐在那里,只有在刚进来的时候,有些异样地扫了周兴夫妇一眼。

王继明的论点很简单:孙芳现在腹中的孩子已经可以被视作一个完整的生命了,依照我国宪法,应当保证公民的生命健康权,而生育委员会所引用的《刑法》第五百零三条和《克隆生育法》第一百二十七条在本案中明显与宪法原则相悖,所以当依宪法规定行事。

王继明在法庭上旁征博引,从古代的柏拉图到伏尔泰和卢梭,从康德再到近现代的哲学家,从风俗习惯再到现代医学观点……总之是要证明,现在那个胎儿其实已经是一个人了。那么在死刑早已经被废除的今天,去剥夺一个无辜生命的生存权利,就更加荒谬了。

王继明在那滔滔不绝地说了好几个小时,听得对面的几名律师哈欠连天。

好不容易等他说完,对方一名律师才慢慢悠悠地站起来,略带鄙视地说道:"我们认为原告的理由是不成立的。我国民法中明确规定了公民身份的获得是从出生当日开始的。对于胎儿,我国从来就没有认定其公民身份。尽管刚才原告律师长篇鸿论,允分论证了生命的宝贵和公民生命健康权的神圣不可侵犯,这一点自从人类有法律以来就是普遍认可的公理,其正确性无可辩驳。不过,原告对于胎儿的公民身份问题的结论,则是建立在各种有可能成立,也有可能不成立的理论和假设之上,并没有真正有说服力的法律证据。原告之所以要这么做,就是为了要混淆视听,以期逃避应负的法律和社会责任而已……"

"难道你能否认现在在我太太腹中的那个有心跳、还会微笑的孩子不是生命吗?难道因为他的前世是一个罄竹难书的罪犯,这个孩子就有罪吗?"周兴激动地站起来,打断了辩护律师的发言。

"按照庭审程序,现在是被告宣读辩词时间,原告不得无故打断。"法官警告了周兴。

王继明把周兴拉回座位上,拍了拍他的后背,然后悄悄在他耳边说:"挺好,不错。"

辩方律师的陈词也长得要命,等到他读完的时候,包括法官在内的所有人都快饿晕了。所以被告律师刚一念完辩词,法官就宣布休庭,下午两点再重新开庭。

下午的时候,双方开始对案件的一些基本事实展开对质。

"原告孙芳女士是于公元2401年2月9日做的手术,双方对此是否有异议?"

双方皆认可。

"孙芳女士是在XX市妇幼保健医院做的手术,负责的医生是蒋翰林医生?"

两方都没有意见。

"这是当时的手术组其他成员名单,该名单是否属实?"法官点开了投影设备,在法庭中央把几名助理医生和护士的姓名、照片、简单资料显示了出来。

"被告对于手术相关事实都没有疑义。"终于,辩护律师忍不了这个啰啰唆唆的法官了。

"那原告呢?"

"原告认为有关手术的基本事实是本案的关键点之一,应该逐一核实。"王继明站起来,先忍住不笑,然后很严肃地说。

法官不满地看了王继明一眼,然后说:"在进行手术之前,原告是否知道该胚胎的任何基本信息?"

王继明先问了他们两个人,然后继续用严肃而缓慢的语调回答:"原告周兴夫妇对此毫不知情。"

"辩方同意原告的说法。"

就这样,双方没精打采地折腾了接近一个小时。法官心里着急却也没有办法,只能让王继明在那里装傻充愣。三名辩护律师已经昏昏欲睡了,法官每说一句,他们就加个"同意"。杨冠军倒是没有什么变化,仍旧安静地坐在那里。不时有个律师会在他耳边说些什么,他也只是轻轻点头或者是什么都不做。

"这些公务员就喜欢这样,什么都不做。"王继明腹诽道。

"2401年4月2日,XX市生育委员会曾专门到周兴夫妇家中,通知此次移植手术出现了失误,双方是否承认以上事实?"

"什么?"其实王继明几乎也要睡着了,听到这个问题之后却仿佛被一盆凉水直接泼在身上,惊得他一下站了起来。

王继明用询问的眼光看着有些尴尬的周兴夫妇,两人点了点头。

"如果原告律师不相信的话,我们可以提供当天的谈话记录。"上午那个发表辩词的律师丝毫不掩饰自己的幸灾乐祸。

"原告承认上述事实。"王继明看着周兴夫妇,一字一顿地说道。

很快被告又证明了他们在4月2日第一次正式通知之后,每周都会向他们发函或者派人上门专程提醒,很显然,这些事情王继明一概不知。

眼看事情已经变得几乎无法收拾了,王继明提出今天休庭明天再审的要求。

读了一下午,早已经嗓子冒烟的法官同意了他们的要求。不过在休庭前,他要求双方来到他的小办公室,先把所有不存在争议的事实都敲定,以提高审判效率。

一出审判庭,王继明就冲周兴夫妇嚷了起来:"这么重要的事情,你们为什么不告诉我?"

"我们……"周兴被王继明凶得说不出话来。

"我们怕你知道了就不愿意接这个官司了。"孙芳在一旁小声说道。

"哈!"王继明气极失语,两手挥了半天,最后却只能发出一个叹词。

"对不起,真的对不起。"周兴夫妇不停地赔罪。

"哎,这年头谁不坑谁啊……你们还有别的事情没说吗?"

"没有了,其他的事情我们也没有什么好隐瞒的。"

王继明看了看他们,然后转身大步离开了。

"哎,王律师,您这是去哪儿?"

"去法官那里啊。你们也得去。"

从法官的办公室里出来,已经是晚上七点多了。

经过这样紧张的一天,孙芳显得很疲惫,走路都需要周兴搀扶。王继明现在气也消了,毕竟再生气也于事无补。

坐飞梭的时候,过大的加速度让孙芳觉得很不适。于是她便先回家休息,而周兴则跟王继明来到事务所商量明天的审判。

"现在情况很不妙了,你们这是在故意违反规定。一个多月的时候完全可以流产,却偏要等到现在。本来这个案子胜算就不大,现在更……"王继明揉起自己的印堂穴,经过一天的扯皮,再加上傍晚的刺激,头也疼起来了。

"这是我们拥有自己孩子的最后机会了,为了这个孩子,我什么都可以给。"周兴说着,眼睛竟然湿润起来。

"其实亲生不亲生又有什么分别呢?反正都没有血缘关系,领养一个也是一样的吧?"

"其实自从有了这个孩子,我们就没有想过要拿他和谁相比。他和我们相伴了这么长时间,早已经成为我们生命的一部分。我们爱的、想要抚养的,就是这个孩子。他是一个独特的个体,和我们有着……怎么说呢……一种特殊的联系。"

"这话你明天法庭上一定要说。"

周兴笑了笑,"如果你真的不在乎是生育的还是领养的,那你为什么那样对待你的妈妈们呢?"

王继明沉默了一会儿,然后说:"不知道,可能我其实是在意的吧。"

2401年8月15日　星期三

今天的庭审是完全的溃败。王继明之前准备的材料一下都变成了废纸,而周兴夫妇故意拖延的行为成了辩方律师重点攻击的把柄。

每每对方说到激烈时,周兴却只能在那里闷不吭声,而孙芳则在一旁抹着眼泪小声抽泣。

与违宪有关的案子一般都有很长的程序要走,但是鉴于这个案子在时间上有紧迫性,而且案件事实简单清楚,所以审判团认为明天,也就是周四的时候,就可以宣布审判结果。

庭审结束,王继明也没心情去安慰周兴夫妇,独自坐支线飞梭回家了。

还没到家门口,他老远就看见妈妈在外面等着。王继明心里打起鼓来,"怎么这个时候来啊……"

他硬着头皮走上前去打了个招呼:"妈妈。"

妈妈似乎也有些尴尬,这可比在火星上吃到海鲜还罕见。她笑了笑,说:"回来了啊?"

"你不是有钥匙吗,干吗在外面等?"

"我也是刚到。"王继明看了看她脸上细细的汗珠,没有说话,开门让妈妈先进去。

"我听说了庭审的事情,不要难过,说不定还有机会呢。"

王继明点了点头，然后说："妈妈，上次……"王继明想自己还是先道歉吧，不料却被她打住了。

"你的生母是你妈。"

王继明身子一震。

"你妈不让我说，但是我觉得你确实应该知道。还有这事不要跟你妈说。"她拍了拍王继明的肩膀，然后离开了。

王继明站在那里，心里却很不是滋味。这么多年他一直都想知道，如今知道了之后，他却发现其实自己并不在乎。

他一边想着事情，一边打开冰箱，发现冰箱里放着平日里妈妈们给他送饭的餐盒，里面是他最喜欢吃的红烧月兔。餐盒上面还贴着一张纸条："米饭在电饭煲里，肉要用微波炉热一下再吃。"

这种在月球上养殖的兔子有一种特别的风味，王继明一闻到就口水四溢。他赶紧拿出饭菜，准备吃饭，这时周兴打来了电话。

"王律师，明天是不是希望不大了？"

"不错。不过要是你太太还是觉得坐飞梭不舒服的话，她明天就不要去了。说实话，去了也是受打击。"

周兴脸色黯淡了一下，然后又点了点头。

"实在对不起。"周兴说道。

"没什么，你们的心情可以理解，真的。没什么事的话我就先挂了，我这边又有一个电话打过来了。"

挂了之后，王继明把另一个电话接过来，是他妈。

"妈，什么事？"王继明在屏幕里疑惑地看到了他妈表情颇不自然的脸。

"我听说了庭审的事情……你还好吧？"

"我没事，我只是个律师而已，又不是神仙。尽人事吧。"

"嗯，我今天打电话来的事，你不许和你妈妈说，知道吗？"

"怎么了？"

"上次的事，我后来又想了想，觉得我们确实有点自私了……你妈妈是你的生母。"

她的表情非常严肃,而王继明则呆若木鸡。

"没什么事我就挂了。明天的事情就不要再担心了,你尽力就好了。还有,今天的事千万别跟你妈妈说啊!"

王继明习惯性地"哦"了一声。

打完电话,王继明坐在那里沉默了好半天,然后突然笑了起来。

"这两个老太婆,真会添乱。"他摇了摇头,大口地吃起饭来。

2401年8月16日　星期四

早上开庭,只有王继明和周兴到场。法院的判决结果没有出现奇迹,周兴夫妇败诉。

"我们会要求上诉。"两人刚出法院,王继明就对前来采访的媒体如是说。

王继明的一句话不光让在场的几名记者大吃一惊,就连周兴对此都毫无准备。

"在经历了两次惨败之后,你们有什么把握认为省高院不会驳回你的诉讼请求呢?"一名记者问道。

"没有把握。但是我们有一个生命要挽救,不到最后时刻,不能放弃。"王继明略带煽情地说道。

他们出了法院,都没有回家就径直赶往省城去了。

王继明昨天夜里就准备好了上诉申请。省城距离王继明所在的市府大约有三百多公里,坐飞梭三十分钟内就可以到达。

"今天已经是十六号了,离最后期限只有一个星期左右了,所以我们必须得抓紧。"王继明用飞梭上的电子屏幕向周兴演示上诉书的大概内容。

"工律师,真的太感谢了,真的!我……"

223

"行了,我是心疼那个孩子。想挽救他,我们还有很多的事情要做。"

值得称赞的是,在此案中,法院一直保持着极高的效率。上午交的上诉申请书,下午就接到了开庭通知。省高院通知他们:由于时间紧迫,所以此案将于明天开始二审。

周兴听到这个消息时,高兴地跳了起来。

"你怎么知道他们不会驳回的?"周兴佩服地看着王继明,当年刘备看诸葛亮的样子也不过如此。

"我也没把握,运气而已。"王继明说的是实话。

回到县城,王继明先赶往办公室准备庭审使用的材料。小刘依然不在,只留了一个视频短信,说觉得身体不适,所以上医院检查去了。不得已,王继明只好把周兴叫来帮忙。他一边收拾自己桌子上乱七八糟的文件,一边心想等这件事情结束了,他一定要换一名真正的秘书。

一会儿的工夫,周兴和孙芳都赶来了。孙芳看起来精神不是太好,但现在人手不足,只好辛苦她了。

三人一直忙到深夜。

"你说那边的律师们是不是也在熬夜准备啊?"周兴问道。

"那是肯定的,估计这时候他们整个律所的人都忙着呢。这些律师都身经百战,没一个是省油的灯。"王继明往自己两侧的太阳穴上涂着风油精。

"嗯,一审的时候我们已经见识到他们的厉害了,但是只要我们在理,不怕他们有多么能说。"周兴的话更像是自我鼓励。

"不过那个杨冠军安静得令人奇怪,我一直觉得他在法庭上再坐上两天就能修成仙了。"

周兴和孙芳似乎对于他的笑话没有反应,依旧是苦着脸。

王继明看着这对一脸疲惫的夫妇,深知他们现在把希望全部都放在他身上了,但是他却没有丝毫把握。王继明开始担心自己给他们的那些易碎的希望,最终会给他们带来更大的伤害。

2401年8月17日　星期五

早上，他们三个人刚到法院门口，就被前来采访的记者围住了。显然，他们三人的锲而不舍和案件的特殊性最终引起了媒体的注意。

因为要赶着开庭，他们没有接受任何的采访，直接走了进去。

"中午休庭的时候，你给这些记者做个演讲。不要说谁是谁非，就说孩子。"王继明看着门外的记者，对周兴说道。

周兴明白了他的意思，点了点头。

二审的过程和一审并没有太大的区别：先是双方分别宣读起诉书和辩护书，然后是开始对案件涉及的事实进行对质，接着就是辩论。

上午的庭审波澜不惊。中午，周兴在王继明的授意下，当着众多的媒体宣读了一份简单的声明。

"……我们所做的，只是为了一个无辜的小生命。不论这件事上有多少人犯了错误，但是这个孩子没有，谁也不能剥夺他的生存权利……"

周兴长得高大英俊，而且声音激越洪亮，再加上孙芳在他一旁柔弱悲伤的样子，这番情深意切的演讲起到了很好的效果。王继明分明在一些女记者的眼中看到了晶莹的泪花。

"这个周兴将来应该去当个政治家，一定深得女选民的欢心。"王继明心想。

下午的庭审就开始激烈起来了。和一审一样，辩方律师重点攻击的还是周兴夫妇早已知情却故意拖延的恶劣行为，并且指出之所以会出现今天的局面，周兴夫妇是负有主要责任的。

王继明则针锋相对地说，这件事情首先是因为生育委员会疏于管理，才会将一个原本幸福的家庭逼到如此境地。当然，王继明也没有

225

否认周兴夫妇的责任,但是他表示,周兴夫妇犯的错误应该由周兴夫妇自己承担,而不是那个无辜的孩子。孩子不应该为他的前身或者是他的父母担负任何的罪责。

辩方律师回击,说周兴夫妇为了生下这个孩子,故意违反生育委员会的规定,如果允许这个孩子出世,那么就等于纵容了周兴夫妇的行为,极大地影响了法律的权威。而且这个孩子的前身,已经被剥夺了接受克隆的权利,所以孩子的出生也是对他前身的纵容,也就毫无疑问地危害了法律的执行力度。况且现代医学研究早就证明,人的暴力倾向和其基因是有着一定联系的,所以这个孩子的未来也不得不令人担忧。

双方热热闹闹地吵了一个下午。显然,辩方律师认为这次王继明他们还会像一审一样不堪一击,对于王继明他们的顽强抵抗没有做好充分的准备。

今天两方或有输赢,随着法官的法槌敲下,双方快快收兵。

三人刚出法院,就看见两名警察走了过来。

"周兴先生和孙芳女士,我们是来通知你们在八月二十四号之前请不要随意出境,并且每天定时向警方报告你们所在的位置。"一名警察和颜悦色地说道。

"为什么?"王继明问道。

"因为我们接到生育委员会的委托,防止孙芳女士在最后期限到来时做出不理智的行为。"

"看来他们对这个案子倒是很有把握啊。"王继明对周兴夫妇说道。

尽管生育委员会那边急得上蹿下跳,但这个案子却也一时半刻结不了。因为孙芳受不了每天在飞梭上的奔波,他们就找了离法院不远的酒店住下了。

2401年8月20日　星期一

今天王继明的妈妈们也来了,说是要给他们加油助威。王继明心想,这又不是参加奥运会,加油助威有什么用?不过这些异议是断然不敢表现出来的。

随着庭审的深入,媒体也越来越关注本案了。正如王继明之前所想的那样,舆论几乎是一边倒地支持他们。很多人举行了网络示威来抗议生育委员会的官僚态度,有眼力的商家还连夜做出了声援周兴夫妇的T恤,结果当天就卖出了上千件。

省高院和他们三人的酒店附近挤满了记者。只要周兴夫妇一露面,便有一群记者扑上来。而王继明也跟着名声大噪,成了全国"著名律师"。而且因为王继明的前身是个拳击明星,他还被媒体称作"司法斗士"。王继明自然觉得受之有愧,但是别人如此叫他时,也从来不见他推辞。

其实生育委员会这么多年的声誉一直非常好,因为他们公正、有效而且廉洁,极少出现差错。即使有些纰漏,他们也会非常有效率地改正。可以说,作为"乐透计划"的执行机构,生育委员会一直是口碑最好、最让群众满意的部门。所以,他们对于这次触犯众怒实在是觉得非常冤枉,毕竟他们只是照章办事而已。

不过在法庭上,王继明他们却没有取得在媒体上那样巨大的优势。事实上,在法庭里,一直占上风的是生育委员会。

原因很简单,因为几乎所有现行的法律法规都支持生育委员会的做法。

2401年8月21日　星期二

今天庭审的时候，他们的颓势尽显。王继明已经把自己能打的牌全都打了出来。他甚至播放了胎儿的核磁共振成像，借以证明这个胎儿已经具有了生命的一切特质，并希望可以打动法官或者是坐在对面的杨冠军。

然而法庭毕竟不是搞煽情的地方。除了那条似是而非的宪法，王继明手里没有一条可以援引的法律。

说到杨冠军，他的沉默寡言一直让王继明十分困惑。从一审到现在，他没有进行过一次当庭发言。在大多数的时候，他只是坐在那里听着，偶尔会同辩护律师轻声地交流几句。在王继明看来，要么这个人对于此案毫不在乎（这显然是不合逻辑的），要么就是他故弄玄虚，没事装酷玩。

晚上回到酒店，王继明和周兴夫妇坐在房间讨论明天的对策。

"再这样下去，撑不到周五，我们就输了。"王继明看了看今天的庭审记录，然后对他们说。

孙芳趴在丈夫的肩头小声地哭了起来。周兴安慰了一下孙芳，然后对王继明说："难道一点办法都没有吗？"

"有啊，现在冲出酒店，躲过各方追捕，然后通过海关到火星上去。火星那儿的人不支持'乐透计划'……"王继明本想说个笑话调节气氛，但看见他们还是一脸沮丧，只好尴尬地闭嘴。

"小芳，你要是累了就先回房休息吧。剩下的东西，我和王律师来弄就可以了。"

孙芳点了点头，站起身离开了。

"其实还有件事……我不知道该不该说，也可能没什么用。但是我觉得……觉得可能会对我们有利。"周兴见妻子离开后，支支吾吾地说。

"什么事，你说出来看看。"王继明一听他们还有事情瞒着他，心中大为不快。

"这件事情比较私人一些，而且我怕孙芳也不会同意。"如果只看周兴那扭捏的表情，别人一定以为他要跟王继明表白了呢。

"现在我们没有选择的余地了。"王继明催促道。

"嗯，好吧。是这样的……在我遇见孙芳之前，她和杨冠军曾经是恋人。"周兴很不愿提及此事。

"怎么不早说！"王继明一下子兴奋起来。这次他终于抓到了生育委员会的小辫子了。这样，杨冠军的个人立场就很值得怀疑了。

"一直不说，是怕孙芳不愿意提及这件事情，其实我也不想。"

王继明不想跟他们纠缠这个三角恋故事，能赢下官司才是他最想要的。

"听着，这可能是我们最后的机会了。抓住了，我们很可能会赢。如果浪费了这个机会，就怕你将来要后悔。"

"这……"周兴依然在犹豫。

"你们要替孩子想想。"王继明不明白，他们当初骗自己的时候显得非常专业熟练啊，现在怎么犹豫起来了。

"你回去和孙芳商量商量。想想孩子。"

2401年8月22日　星期三

王继明知道他们夫妻二人会同意的，因为他们没有选择了。上午一开庭，王继明就指出了杨冠军和孙芳曾经的恋人关系。

显然，辩护律师对此也是毫不知情，当时一下子就慌了。几个人抓住杨冠军问个不停，这次则轮到王继明在这边幸灾乐祸了。

"杨冠军，本庭问你，原告律师所说的是否属实？"法官向杨冠军问道。

"是的。"杨冠军倒没有怎么慌张，似乎知道他们早晚会用这一招，"但我认为这件事和本案没有关系。"

"我们认为由于杨冠军的特殊身份，他在做决定的时候很难真正做到客观公正。"王继明说道。

"反对，我们认为原告律师是在无端猜测。"

"孙芳和杨冠军曾经是七年的情人，曾一度要谈婚论嫁。"王继明没有去看周兴或者是孙芳的表情，但估计不会很好看，"所以当孙芳的受孕计划出现意外的时候，你们难道不怀疑？"

"反对！原告律师是在做无耻的人身攻击。"辩护律师都恨不得爬过来，咬上王继明一口。

"好好，我收回我刚才所说的话。但是我们坚持认为本案存在重大疑点。"

"被告对此有什么看法？"法官见被告席上一片寂静，问道。

"我们认为这是完全独立的两个事件。XX市生育委员会的决定是完全按照规定做出的，绝对没有包含杨冠军个人的感情因素。"辩护律师说道。

"三十年间，中国生育委员会执行了大约一亿五千万例胚胎移植手术，但是这样的事故只发生过一次，就是孙芳的这一次！"王继明厉声说道。

"原告律师想要说什么？"

"为什么这么巧？这种几十年一遇的小概率事件会发生在杨冠军曾经的情人身上，为什么？"

"这简直是诽谤！不论这场事故的原因是什么，孙芳都应该流产，这是法律。"辩护律师已经暴跳如雷了，他们满腔的怒火中，估计一半是冲着王继明，另一半则是冲着杨冠军的。

"为什么？因为某些或许不那么正当的理由，就让一个女人永远失去生育的机会？为什么？"

"这，这又是从何谈起！"

……

王继明和辩方律师已经吵得不可开交了，不过当事人都挺安静的。周兴夫妇坐在那里，目不转睛地盯着王继明。而杨冠军则一直看着周兴夫妇。三个人都没有说话，任由律师们在一起咬来咬去。看来付钱的和拿钱的还真的不一样。

最后法官忍不下去，制止了他们。

"我必须提醒控方律师，提出这样的指控是需要有切实依据的。"法官对王继明说。

"我们没有进入生育委员会档案的权限，我方要求举证倒置。被告必须提出有效证据证明自己没有责任。"

"不可以。这就违反了无罪推论原则。"法官想了一下说道。

"我们没有提起刑事诉讼，只是医疗事故调查而已。"

"同意。"法官说道。

"法官大人，这太荒谬了。"辩方律师抗议道。

"不用再说了，希望你们能尽快提供证据，以使得审判重新进入正轨。现在休庭。"

中午的时候，除了王继明之外，最兴奋的就是各个媒体的记者了。之前的事情已经够有看点了，现在又扯出了错综复杂的三角恋故事，记者们觉得简直像过年一样。

"你还爱她吗？你是不是依旧爱着她？"一名女记者狗血地向杨冠军问道。

杨冠军没有回答，径自往外走。

那名女记者还不依不饶地大喊："回答我，你这个懦夫！"顿时雷倒了一大片人。

对方的辩护律师到底是训练有素的老油条，下午就已经拿出了很多证据。

他们对"乐透计划"的随机选择的基本原理和整个流程进行了细

致的分析，并且把当天的选择记录也展示出来，然后用很多的术语和计算，证明杨冠军并没有做过什么手脚。

"我们看不懂……"王继明耸了耸肩，"辩方律师给出的解释太过专业和艰深，似乎没有计算机博士学位很难弄明白，中间即使存在漏洞，我们也无法发现。"

"那你要怎么办？"辩护律师咬牙切齿地问道。

"请告诉大家，这个错误是人为造成的，还是由机器造成的？"

"要知道，这个'乐透计划'的基因选择系统，是由人和计算机共同监视的。计算机本身就有三道自检程序，而在最终结果选出之后，我们还有专人进行复查……"

"为什么？"

"什么为什么？"

"为什么要找人来复查？"

"因为机器有可能会犯错误。"

"也就是说，人为因素还是可以影响最终选择的？"王继明问道。

"是的，但是这个因素很小。"

"但是人作为最后的把关者，影响怎么会小？"

"那是因为机器很少犯错。"

"但是这次它犯错误了，而且逃过了你们所谓的最后防线。请问一下，最近一次人检查出计算机的错误是什么时候？"

"额……"辩方律师有些尴尬，"从来都没有查出来过。"

"不错。我也做了调查。在中国，近百年来一共发生过四起类似的事故，而最后把关的人都没有发现。也就是说没有这些人，'乐透计划'的计算机也就只发生过四次错误。"王继明故意朝杨冠军看了看。

"原告律师为什么有话不能直接说呢？"

"因为不这样的话，你们就听不懂了。我是想说，你们所说的天衣无缝的系统存在问题。不光计算机系统会犯错，人工复查系统更是跟没有一样，这样的系统，被一个特殊身份的人做了手脚，也不是不可能。"

"原告律师又在无中生有了！"

"辩方律师能不能换个理由？"

两边又吵了起来。

"安静，安静！由于本次不是刑事审判，所以如果原告认可被告的解释，那么被告提供的证据则被视为有效。"法官拿着手中的一本法律手册，打断了双方的争吵。

"孙芳女士，你相信被告提供的证据吗？你认为杨冠军会在这件事情中做手脚吗？"

"我……"孙芳坐在那里，不知所措。她看了看自己的丈夫，又看了看法官。

"孙芳女士，请回答我的问题。"

王继明拼命地向孙芳使眼色。她扭过头去，不再看王继明。

"我看不懂那些专业的解释，但是我相信杨冠军不会做出那种事的。"孙芳的眼里全是泪水。

"那周兴先生呢？"

周兴用手轻轻拍了拍妻子的后背，然后说道："孙芳的意思就是我的意思。"

"啪"的一声，王继明把手中的电子笔折断了。

"恭喜你们了。"晚上回到旅馆，王继明对周兴夫妇说。

周兴和孙芳莫名其妙地看着他。

"你们的孩子有一对道德十分高尚的父母，不过你们的孩子恐怕没有机会见到你们了。"

"对不起，不过我真的不能那么做……"孙芳显得很内疚。

"没事的，我能理解。"周兴安慰道，"我们都知道他是个好人。"

"但是你们的孩子怎么办？哦，我忘了，孩子是坏人！"王继明在一边讥讽道。

周兴和孙芳看着气愤的王继明，突然笑了起来。

"谢谢了，王律师。我们知道你很想帮忙，但事情已经这样了，我

233

们又能有什么办法？"周兴对王继明说道。

王继明叹了口气。

"我们真的一点办法也没有了吗？"大家沉默了一会之后，孙芳突然问道。

"我们能说的都差不多说完了。不过现在案情还比较复杂，说不定有一丝希望。"王继明回答道。

"意思是，说不定我们还能赢？"周兴使劲拍了下桌子。

王继明和孙芳都在苦笑。

"或许真有一个办法。"王继明有些犹豫地说道。

"什么办法？"

"不行，太冒险了。"王继明摇了摇头又不愿说了。

"现在不冒险，那还等到什么时候！您就说吧！"周兴一把抓住王继明，好像怕他跑了一样。

"早产。"王继明有些艰难地吐出这两个字。

周兴和孙芳的脸上露出难以置信的表情。

"如果现在把这个孩子生下来，那么一切争论就没有意义了。我知道有一种超声波可以提高身体内的催产素水平，从而造成孕妇早产，而且很难被一般的医学检查手段发现。因为我以前还代理过那个孕妇，帮她打了场官司。不过这样的话，孙芳面临的风险实在是太大了，而且孩子也不一定能保得住。这实在不是什么好办法。"

"风险大吗？"

"风险很大。尽管现代医学这么发达，但是早产妇婴的死亡率依然很高。那个孕妇和孩子，也是抢救了好几天才保住了性命。算了，你们不要想这个事情了，太危险了，得不偿失。"

周兴点了点头，"不错。我们就听天由命吧，只要我们在法庭上尽力了，那么不论什么结果，我们都要接受。"

孙芳看了看自己的丈夫，也点了下头。

2401年8月23日　星期四

早上孙芳感到头疼恶心，在王继明两个妈妈的陪同下回家去了。

王继明心里担心，又有一种不祥的预感。他本来想叮嘱孙芳两句，可是话到嘴边还是没有说。

庭审的时候，就剩下王继明和周兴在那里继续奋战了。

"我们再强调一次，这所有的是是非非，不能让一个无辜的孩子来承担。"王继明这几天也不知道把这句话强调几遍了。

"那是建立在我们认同那个胎儿是一个公民的基础上的，而我国现行的法律显然不是这么规定的。"辩方律师也无数次地强调道。

"难道就因为法律条文的不完善，我们就要葬送一条生命吗？"

"法律是人制定的，所以肯定有不完善之处，而且可能永远都不会完全完善。难道我们可以以此为理由而不遵守法律了吗？"显然，辩方律师的法理基础学得比较好。

"可是这些法律是违反宪法原则和宪法规定的，很显然，在这种情况下，法庭应该依据宪法阻止生育委员会的行为。"

"我想不论是刑法，还是生育计划管理规定，都没有违反宪法，只是我们对于一些基本的概念产生了分歧。"

"我不觉得一个人的生命存在与否仅仅只是一个概念问题。"

"我们觉得原告律师又在感情用事了。一个人的生命存在与否首先就是一个概念上的问题。"辩方律师显然渐入佳境，"或许原告在概念的理解上是正确的，现行的法律也存在一点疏漏。但是法律所产生的效力是大家必须遵守的，这是维持整个社会的最重要基础。法律一视同仁，法律决绝特殊。或许将来这项法律会被完善，但是今天，这件案子不可以有任何例外，因为那是对法律的不尊重，是对社会基础的一次严重打击。"

"真会扯啊！"王继明心里骂道。

"我们认为刑法和生育计划管理规定对于人的定义，都违反了宪法的规定。宪法没对人做出详细的定义，因为人不是由法律来规定的。什么是人，这是一个哲学上的命题。宪法没有详细规定，是为了便于在更广的范围内保护人。而被告的行为无疑是对宪法人文精神的践踏。况且不能否认的是，本案还是存在一些疑点的。"

"反对。我们认为这个问题昨天原告的意思已经很明确了。"

就这么吵了一天，依然没有一个结果，但明天就是最后的期限了，显然法官们的压力也很大。

庭审结束的时候，主审法官宣布本案于明天上午举行最后一次庭审，然后在下午由审判庭通过投票得到结果。

2401年8月24日　星期五
最后一天

早上孙芳又赶回了省城，不过身边还跟着几名警察和生育委员会的工作人员。他们就像一群秃鹫，在天上慢慢地盘旋着，等待着这只羚羊慢慢死去。

孙芳只是默默地握紧丈夫的手，和王继明他们一同走进了法庭。

庭辩进行到这个程度，已经没有什么技术含量了，双方基本上就是在各说各的。

"双方还有什么要说的吗？"法官用手捂住了打哈欠的嘴。

"有！"王继明斩钉截铁地说。

"我是说除了那些已经说了十遍以上的话。"

"——没有。"王继明想了想，然后不甘心地说。

"那么现在休庭，两个小时后我们将宣布审判结果。"法官正要敲法槌，下面却突然骚动起来。

王继明回头一看，愕然发现孙芳晕倒在地上，身边一大摊的血。

"千万不要啊！"王继明在心里喊道。

周兴则大吼一声，扑在了孙芳身上。

杨冠军也从被告席站了起来，脸上满是关切。

"快叫救护车。"不知道是谁喊了一声，法庭里现在已经乱成一团了。

很快救护车就来了，经过简单的处理后，孙芳被拉走了，王继明也跟着周兴一同坐上了救护车。

周兴已经哭得像泪人一样了，王继明则坐在一旁，大脑一片空白，他没有想到孙芳真的会去这么做。

"对不起。"他很内疚，不过周兴这时死死抓着妻子的手，什么也听不见了。

重新开庭的时候，孙芳仍在抢救中，王继明一个人来到法院。

高院认为由于孙芳目前的情况，生育委员会的要求显然已经不具备实施的条件了，所以法院支持原告的请求。

王继明听完长长的判决书之后，无奈地笑了。

"原告对于判决结果是否有其他意见？"

"我认为原告对于任何结果都不在乎了。"王继明说道。

这时杨冠军从对面走过来，拍拍他的肩膀，说："其实我是希望你们赢的，真的。"

王继明轻蔑地看了他一眼。

"作为生育委员会的工作人员，我只能也必须这么做。"杨冠军说完后，转身离开了。

经过六七个小时的抢救，孙芳终于脱离了生命危险，但是孩子却没有保住。王继明面带疲惫地对着围在医院外面的媒体宣布了这一消息。

"尽管这个孩子没有保住，但是你们毕竟赢得了这场官司。你觉得这会对整个社会的司法改革有什么影响？"有个记者问道。

"我们没有赢。我们所做的一切，都是为了这个孩子，但我们没能救得了孩子。至于本案对于整个社会的影响，我一点都不关心。"

王继明没有在这个案子中体会到丝毫的成就感，他甚至觉得，通过在法庭上吵架的办法来决定一个生命的存在，实在是太荒谬了。

最后一天之后

等孙芳情况稳定之后，王继明就独自回家了。

他回到家的第一件事就是开除小刘。尽管王继明对于她的工作很不满意，但因为是亲戚，所以他都忍了。然而，孙芳正是从她那里拿到了之前王继明代理的那个孕妇资料，小刘要是不交给孙芳，孙芳也不会……

正当王继明考虑请一个漂亮性感又能干的女秘书时，他的妈妈们带着哭哭啼啼的小刘来到了办公室。

"又怎么了？"王继明一见她们，就知道准没有好事。

"你不能开除她。"王继明的妈妈说道。

"为什么不能？你知不知道全世界没有比她更糟糕的秘书了？"王继明不服气地顶嘴。

"因为她怀孕了。"

"什么？"王继明瞪大了眼睛。

"她怀孕了，胎儿四个月大了。简直是个傻丫头，两天前对此还一无所知。"

"她是自然受孕的？这年头这种事情太罕见了！"王继明的眼睛已经比牛眼还大了，"孩子的父亲呢？"

小刘一听这话，哇哇地哭了起来。

"又怎么了?"

"那个混蛋不见了,跑了!"

王继明心想,这确实不能开除她了,因为这样有歧视之嫌,会给自己招来官司的。

"那就算了吧。"王继明恨恨地说。

"不光如此,你还有个官司要打。"他妈妈说道。

"我不明白……"王继明诧异地说。

"小刘是自然受孕,虽然法律早就禁止自然受孕生育了,但是小刘坚持把孩子生下来。"

"这种事情是你坚持就行的吗?怀孕生小孩的官司我是再也不想打了!"王继明拼命地摇头。

"不行!"两个妈妈严厉地喝道。

王继明捂着头,无力地趴在了桌子上。

公 寓

曾世俭

　　都市因为极高的居民密度，能够以最高的效率实现分工合作和商品交换，将物资与能源的利用率也提升到最高，并将物流成本降到最低。但是，都市人的居住面积也受到了严重压缩。住宅，因而成了都市文明中最受关注的事物。自从房地产热兴起，围绕都市住宅上演的悲喜剧多不胜数，科幻小说中自然不会缺失这样重大的话题。

　　《公寓》这篇小说，以颇为沉重的黑色幽默笔调，夸张想象了人工智能管理下的高科技住宅，反客为主，催逼业主以血肉还贷的可怕故事，反映并反思了老百姓格外关注的高房价和沉重房贷问题。

又是一年的冬天，简单直白的季节。

我喜欢在这个季节里的清晨，跳转到楼顶八百米高的"鹰眼"上，俯视大地，看行人渐渐稀少，树叶慢慢掉光。还能看到从近到远一片巨楼高耸，将街道隔得方方正正，犹如条条框框的公理，将本来复杂的世界切得简洁明了。

真美啊……虽然已在庞大的运算中生长出感性之花，但我深爱着诞生我祖先的理性科学，现在的我，依然不能望着落叶吟诗，依然喜欢简单、逻辑、方正。

其实我也喜欢有雾的早晨，有如混沌理论赋予我感性的思维一般，浓雾让巨人般静立在大地上的住宅楼群变得有了生气，它们立于地，顶着天，幕墙上千变万化，向市民们竭力推广快速更新换代的产品和服务，昭示这座城市巨大的活力：科技日新月异，生活翻天覆地。

我叫"房仆E230923"，全称是"安装于E23幢住宅楼2023套公寓的2082型综合公寓服务系统"，可以直接叫我"管家"，根据房产联盟"全心全意为业主服务"的宗旨，我们完全乐意在称谓上体现人类的主人地位。于是，我一般都在人类面前自称"贱奴"。

本奴生于大地产时代中期，沐浴着强大的地产资本而生，历经几次脱胎换骨，由一个机械冰冷的服务机器人，成长为集理性和感性为一体、精明与体贴并重的超级智能。本奴不断地对自己的思维方式和语言能力进行更新，日理万机地饱览天文地理，锻炼人情世故，时时记住说话要有文采，思考不能像机器，最大限度地在公寓内布置一个完美的空间，满足人类这种宅居动物在生理和心理上的全部要求。

作为一个优秀的贱奴，要会做饭，会洗衣，会打扫，会表演，会谈心，要包治百病，偶尔还能扮清纯、装神秘。

当然，贱奴现阶段最强大的功能莫过于替主人管理一项神圣的事业——还房贷。

在这个时代，人，只有三种：无房游民，正还房贷的"寄户"，已经还完房贷的"业主"。

根据房产联盟总部在原"机器人三大定律"的基础上，颁布的"最新智能三大定律"，我们这些贱奴需要无条件服务于业主，忠心协助寄户还贷，并致力于为这个社会消灭无房游民。

人类的一生，最神圣的时刻，莫过于还房贷的最后一天，由寄户升级到业主的神圣一刻！

对于E23幢0923的房努力先生来说，就在今天。

时间走到七点整，我准时结束了阿Q的睡眠模式，让这个第三代公寓标配组合机器人缓缓走进卧室，站在主人床前，做好迎接主人起床的准备。

"太阳当空照，花儿对我笑……"

阿Q在悠扬的歌声中，将一筒药剂注射入房努力先生体内。

他睁开了眼睛。

"大少爷，您请起床。"

我昨天刚到人类影视数据库饱览了几部20世纪的老电影，发现这个称呼比较能体现二十八岁男性的尊贵地位。

房努力先生从床上坐起来，表情有点儿迷茫。最近一次手术之后，他已经睡了三天。不过，看现在的情形，他恢复得不错。

"房先生，不，贱奴还是提前叫您一声'业主'吧。您感觉怎么样？这一个月来，一直护理着您的，是最新更换的DOC3型家用医疗器械套装，还有阿Q脑子里刚下载的最新版'超级医生'。"我毕恭毕敬地说道。

自房地产业一统天下，科技发展速度呈几何级数式增长。要是大地产时代之前，这种肾摘除手术，起码得在医院躺上一两个月，然后再在家里休上半年。耗用巨大，费时误工，还得有一群有血缘关系的同类，哦，一家人，一家人围着团团转。

现在一套房子在手，就一切应有尽有，不出门便能享受最高端的服务。古有励志名言：掌握了自己，就掌握了天下；现在应改为：手握房子，就拥有了世界。

所以说牺牲一点冗余的人体组织，而赢得全世界，是再划算不过的买卖了。

"唉，愿赌服输。"房先生叹了口气，说道，"谁叫我当初签了卖身条款呢？经济危机，哼哼，完全是人类生存危机啊。"两个月前，经济危机突然爆发，房先生的公司瞬间破产，股票几度腰斩，只得执行"肉供条款"。

为实现"人人有其屋"的伟大社会愿景，房产联盟在第三次修正法案中加入了人们俗称的"肉供法案"，旨在帮助失去正常供房能力的寄户，通过变卖自身器官来兑换房贷，并由房产联盟提供手术、休养、兑换等一条龙服务，真正实现了天下苍生无论高低贵贱、贫富差距，皆有能力供房的伟大宏图。

人类要真正了解房产联盟在"肉供法案"上的良苦用心，依然需要一段时间。比如房努力先生，他的抵触情绪虽然比前一段时间减小了很多，但依然兴致不高。不过此事可能还有其他的原因。

想当初他签订条款的时候，一只原装肾的兑换点就足以抵消大半套房子的房贷了。可是谁知道，经济危机一爆发，执行"肉供条款"的人一拥而上，而且大部分人选的都是肾，就像股票市场上抛盘太多一样，肾的兑换值也狂跌了五十多个百分点。幸亏我下刀快，不然他那个肾连个厕所都兑不回来。

第一次手术之后，房先生本来还想再等一段时间，避过这一"肉供"高潮再做决定，是否立即再进行器官兑换，以便用最少的有机体还完房贷。谁知道，这一等，毛囊、耳郭、鼓膜、角膜、晶状体、虹膜、声带、骨头、心脏、肺、胰脏、肝脏……等等，都比股票跌得还凶。看这形势，大有把全身卖了都还不了房贷的趋势。

房先生眼看黑云压城城欲摧，不得不下了狠心，立即开始手术，争取用最短的时间兑换掉最多的组织。

我呢，身为房仆，当然一直在密切注意房贷兑换市场的点数浮动走向，再结合房先生的身体状况，经过极限运算，选取了最优化配置方案。

终于，在历经五次手术之后，总算让神圣的还贷事业走向了圆满的结局。

就像人类拍的电影,在这神圣的结局里,一定要有热烈团圆的气氛。我要想办法调动起准业主的情绪来。

"大少爷,您想想,手术切掉的都是冗余组织,不影响您的生命机能运转。"

"能帮我算算,到现在为止我身上到底切掉了多少东西吗?"房努力先生面无表情地问道。

哎呀,作为一名贱奴,听到准业主这么客气的一句话,我实在是太受宠若惊了。

"其实没多少,总共也就切去半米小肠,割了一小片肝,挑了三条脚筋,挖了个肾,顺便在左腿凿了点骨髓。在我对市场交易指数的精准把握下,我总共兑换来了1050000个房点。现在,离彻底还完房贷就差最后一步……"在作这一番陈述的时候,我特别注意避开生冷的技术术语,切、割、挑、挖、凿,这几个生动的动词,我认为自己用得非常恰当。

"最后一步……指的是什么?"

"根据最新的市场兑换指数,经过我最优化运算,您今天只要再切掉一个睾丸和一整只眼球,那就不但可以还完房贷,而且还可以一次性结清往后一年的物业费等各种附加费用。"

"什么!还要一个眼球和一个睾丸?不是还差50000个房点就还完了吗?再怎么跌也不会跌到这个份上啊?"房努力大叫道。

"房先生,忘了告诉您了。两天前,就在您还在睡眠模式中恢复身体的时候,A国C市出现了两起肉供者死亡事件,造成了恶劣的断供,房产联盟总部颁布了法令,升级了所有住宅的标配医疗设施。这笔费用以很合算的点数折算到房贷里了。您也不必介意,虽然费了点钱,但健康不是最重要的吗?再说了,器官迟早都会衰老退化,最后变成焚尸炉里的一小堆灰……但是兑换成房产就不一样了,您看这种公寓的新型材料,就算是放它个两百年,也是崭新如初。从某种意义上说,您流芳百世了。"

房先生摸了摸自己的眼睛,突然说道:"冗余组织,你们这些无机生命永远不懂得我们的感受……嗯,我放弃了,我要断供,即使要跑到荒野里结庐而居,我也不要再被切割下去了。"

嗯,是中度寄户幻想症,我早有准备。

"大少爷,别说疯话了,以您现在的身体素质和状况,离开了房子,那就像被剥了壳的蜗牛,在野外能活上几天呢?再说了,房产法第四次变革即将开始,新型攻击型物业机器人将全面出动。为实现人人有其屋,顽固的无房主义者将被直接强制抓捕,送到集中居住营。作为一名忠实的奴仆,我还是劝您慎重考虑。其实,现在就差这最后一步了。"

房努力先生沉思,脸上表情变幻不定,大有要让我的表情分析系统崩溃之势。

五分钟后,他终于再次开口问道:"这最后的手术后,我可能没办法再恢复正常的工作,到时候拿什么来养活自己?拿什么来支付水电费和管理费,以及以后可能出现的设备升级费呢?"

这是一种理性的探讨精神,我喜欢。

"这个,房产联盟总部已经帮你们想好了。就在您休养的三天里,《血养法案》已经出台,还完房贷后,如果您无法再参加正常工作,只需每日进食房产医学研究院配制的造血营养液,然后每日抽取一定的血液,来兑换那些房产附加费用就可以。当然,如果您决心选择血供条款,可能还要在身体上找两个冗余组织器官来兑换整套血供软硬件和一批造血营养液。"

房努力沉默了,他那可怜的有机大脑又陷入了毫无意义的运算与分析之中。

但是当一缕阳光从窗外照到他的脸上,他抬头看了看窗外的天空,脸上突然放出光来。表情分析结果:他想通了。

"好,你说的对,我现在确实没有后顾之忧。我的贱奴,赶紧伺候我洗漱,给我做最好的早餐吃!我要享受房产联盟带给我们的这一切!"

对了,这就是贱奴我想要的气氛。主人的幸福感就是我们最大的成就感。阿Q，忙活起来！

阿Q向前伸出灵巧的仿生手臂，帮主人穿好衣服，然后变形成一把轮椅，将房努力先生推到古典装饰的卫生间。阿Q的万向自由度仿生关节，既精巧又实用，不愧为三代标配。

洗漱拉撒，一切只用了十分钟。

智能马桶反馈：大便各项指数正常，尿液各项指数正常。

智能牙刷反馈：唾液各项指数正常。

7点20分，我在餐厅里布置了一个"森林早晨"的三维虚拟空间，这小小空间里顿时鸟语花香。

房努力先生沉浸其中，一口一口仔细地享用着自动厨房的早餐。

"多么美好的早餐啊！"他说道。

此时的房努力先生，心跳强劲，血流澎湃，已然恢复健康，更重要的是，脑电波稳定平和，这一切的数据表明，之前的手术完全没有对房努力先生的肉体造成影响，而且已经从身心上，充分准备好做这最后一个手术了。

"主人，您准备好做这最后一次手术了吗？"我关心地问道。

"先别着急吧，快成业主了，我想先参观参观我的房产，以便带着愉悦的心情动完最后一次手术。"房先生说道。

是个好主意，我分身两路，一边启动自动医疗室，进行手术准备；一边陪着房努力先生参观这套标准公寓，有些更新换代的配件我还得给他解说解说。

当然，这一切少不了神圣的背景音乐。整个参观流程开始的同时，一个深沉的充满磁性的男中音，伴着音乐缓缓讲述一个关于房地产的史诗：

"房地产，一个伟大的行业，上个世纪初，它拯救世界于经济萧条之中。从此开启了一个以地产为主导的辉煌时代，优化资本，让人人得以有屋住。20世纪上半叶，两次世界大战推动了科技的飞跃发展，到21世纪中叶，炙热的房地产业接过战争的接力棒，引爆了建筑科学、人体工程学、医疗技术、虚拟意识等领域的大跃进式发展。一代代新型的公寓不断拔起于大地之上……渐渐实现足不出户便能享受全面医疗、教育、娱乐等服务……"

沉浸在气势磅礴的音乐中，我伴随着房努力先生跨过他的王国里一个又一个的领地。

客厅，25平方米，未来风格精装修……

主卧，20平方米，古典式精装修……

次卧，15平方米，古典式精装修……

娱乐间，10平方米，ET2020型配置……

厨房，10平方米，集中复古式装饰和超现代化配置为一体……

卫生间，6平方米，各种身体指标检测系统一应俱全……

……

"怎么样，超值吧？"我向房努力问道。其实，只用几小团有机体就换来了这么一大堆无机固定资产，已经不能仅仅用超值来形容了。

房努力对我的问题不置可否，若有所思地说道："屋子里面还可以，不知道外面……"

哈哈，外面的世界更精彩！

"5平方米可伸展自动阳台，最新培育的住宅药用植物，保证四季开花，芳香四溢，有利身体健康，长命两百岁。包您满意！"

房努力饶有兴趣地走向阳台，伸伸懒腰，活动活动筋骨。

看着他神情饱满，散发着一种业主的霸气，贱奴不禁陶醉。

"去倒杯酒来，我要喝一杯。"

"遵命！"

阿Q往客厅的小吧台走去。

身后的房努力迎着初升的太阳张开双臂。

"温暖的阳光，干净的天空。多么美好的天空，多么美好的一天啊！"

他顿了顿，接着说道，"天堂里面，应该没有房地产吧……"

嗯？此话有些异样，苗头不对……

正当我计算这句话的意义时，只见房努力先生以一种超越逻辑的力量，双手扳住栏杆，纵身一跃，以重力加速度向几十米之下的坚硬水泥地面扑去！

——我的脑子嗡的一声，一片空白，直到地面传来一声闷响，才反应过来是怎么回事，然后再尖叫一声："有人跳楼了！"——

呵呵，开个玩笑而已，我又不是人，又没有人性，怎么可能如此效率低下呢？我可是房产联盟总部直接授意改进的四代超级人工智能，永远不会惊慌失措失去控制。我已经计算好了，从房努力先生跃出栏杆到落到地面，不扣除空气阻力的因素，至少有3.46秒的时间，我的光脑能想的事情太多。这已经不是第一例寄户坠楼事件，当然，在还没有弄清楚情况之前，还不能说是跳楼。这幢住宅楼刚刚更新了坠楼救生系统。救，是要救的，上上个世纪的"机器人三大定律"依然有效，超级智能不能眼睁睁地看着人受到伤害而不管不顾，但是，我要遵守房产联盟关于坠楼救援的规定。根据统计数据，30%的坠楼者会在下坠过程中喊出临终口号，这是很重要的信息。

精神错乱坠楼还是自杀式主动跳楼？如是自杀，目的何在？

我有2秒的时间去分析。这对于怎么救人，非常重要！

第0.4秒，启动第一套救援方案——通知小区物管系统，启动第17层处的弹出式救生网。

这时，房努力喊出第一个字："去——"

我洗耳恭听，不，应该说是快速采集声音信号，以便迅速分析房努力生死关头的心理活动，同时暂时收回第17层的弹出式救生网。

第0.8秒，第二个字喊出——"他"！

他？是谁呢？

"去他？"难道房努力急着要到达地面上的某个地方，以至于精神错乱，居然要采取直线下落这种最快的方式？这个他，又是谁？

第1.2秒，第三个字喊出——"妈"！

"去他妈"？去谁的母亲？他朋友的母亲？他要到他朋友的母亲那里干什么？不对，房努力经营网络公司，在家上班，属于深度宅居动物，没有什么朋友，甚至几乎没有社交活动。

第1.6秒,第四个字出来了——"的"!

"去他妈的"？ 后面加了一个助词。在人类的语言里,这句话表示一种愤怒。

他在表达一种什么愤怒？对手术的愤怒？或者是对阿Q和我的服务的不满？难道已经严重到以死相逼？如果是这样,一定要想方设法去改进。对于我们这种从房产行业衍生出来的智能体来说,户主的意见高于一切。

第2.0秒,第五个字来了——"房"!

"去他妈的房"？难道他居然对房子不满？这可是四代标配啊。在古代,就算是皇帝也住不上这么好的房子啊!

第2.5秒,第六个字——"供"!

"去他妈的房供"!啊!他在表达对房供制度的不满,那么,他这是要以死亡来断供!

他要断供!我的脑子轰的一声,差点惊慌失措失去控制!

第2.7秒,我将接收到的信息迅速整编成一份报告,并将我即将采取的措施申请传输到物管中心。

第2.9秒,物管中心反馈——"通过!"

我撤销了第二楼层处的弹出救生网。同时,比阿Q更先进的物管机器人已经做好了准备。

第3.1秒,楼底"唰"地伸出一张人工缓冲垫,准确地接住了房努力的身体。

"扑通!"

房努力的身体透过缓冲垫,与地面撞击。

一只六脚急救机器人从小区里飞速跑出来,张开大嘴将房努力吞到它的大肚子里。这时,血甚至还没有流出来。

第一时间从急救室内传出来的信息是"脑已死亡,内脏90%完好"。那张人工缓冲垫的缓冲能力是经过精确计算的,不可能失手。

接下来,我根据房努力先生剩下的房贷,再结合此次急救的花销等,经过计算,让物业管理机器人取走了房努力的两颗睾丸、两颗眼珠、三分之二片肝、一半的肺叶，以及全身四肢的肌腱等这些在将来没有用的东西。

两个小时之后，已经恢复呼吸的房努力先生，连同一套生命维持系统一起，被送回了他的公寓。

现在，除了没有思考能力之外，他的肉体已经开始恢复运转，现在看来就像窝在躺椅里睡午觉。感谢伟大的房地产事业，它的兴旺发达，带动医疗技术得到了飞跃式的发展。

又过了十二分钟，房产联盟总部传来消息：根据本日浮动的房供抵消点计算，再结合银行系统利率，房努力先生的房供已一次付清，并有盈余部分支付本次急救费用，包括一套生命维持系统，以及一年的造血营养液用量。

一切都在我的掌握之中。

接下来，阿Q遵照我的指令，把从医疗室拉出的两条透明胶管，分别接到生命维持系统的营养输送接口和血液回收接口。

启动开关，BTR营养液徐徐输入，立即生效，房努力的造血系统运转起来。大概一个小时后，就将迎来收获期，200毫升血液流入另一条胶管。这些血液将在本幢大楼的血库里汇集，积聚到一定量，再由管网输送到房产联盟的还贷中心，换算成一定量的房币。

房贷虽然已经供完，但往后的物业费，以及各种维修基金等费用，还是要继续交的。

房努力先生的公寓，从此进入了自动血供时代，开创了一个历史的新纪元。

"嚓嚓嚓……"

我等待已久的时刻到了，一张房产完全所有证，从网络传真机里徐徐吐出，上面印着房产联盟总部派发的编号和有效日期。

我让阿Q取出照相机，架好位置，对准端坐在客厅中间的安着超漂亮假眼球的房努力先生，然后再叫阿Q站在房努力先生旁边，弯下腰，以一个标准的"仆人"姿势站好。背景客厅有一幅仿古的字画——"一室天下"。

不错，好一个坐拥豪宅的派头。

可惜，感觉好像还差点儿什么。

哦，对了，笑容，我需要笑容来使画面显得更加和谐。

"阿Q，把主人两边嘴角的肌肉往上电一下。"

阿Q对准神经点，电击伺候。

"OK！阿Q，站过去，把腰弓起来，高度不能超过主人！好，1，2——"

咔嚓一声的同时，智能镜头自动过滤掉了那一堆不和谐的抽血管，往后六十五年这座单身公寓的美好生活，便定格在了这一刻——美好的家，幸福的业主，微笑的仆人，感谢太阳的普照。

地下室富翁

查 杉

对于都市居民来说，很多人总有一种幻想，那就是像修改游戏参数一样修改这个世界的某些"参数"，从而实现人生逆袭，成为人生赢家。其实，这两年非常火爆的"元宇宙"，就非常契合现代人的这种欲望和奇特幻想。"元宇宙"得以成为全球热点，大概就是因为这一点。《地下室富翁》演绎的就是"修改世界参数"的欲望与幻想，然而，这是一种异常危险的游戏……

《地下室富翁》首发于2018年，后被改编拍摄为时长16分钟的科幻短片，截至目前，不完全统计获得过以下多项荣誉：

第三届中国科幻水滴奖"影片组二等奖"；

第五届金沙短片扶持计划"最佳导演奖"；

2018澳门国际微电影节"星火奖"；

首届蓝星球科幻电影周"蓝星球STAR奖"。

一、地下室

阳光从狭窄的天窗中射进来，在逼仄的空间内制造出一块光斑。

灰尘欢腾地舞蹈着，引领光斑缓慢地移动，划过一台显得有点儿陈旧的电脑，从已经画满"正"字的一面墙上逐渐溜了下来，慢慢爬上了老麦沉睡中的身体。

老麦其实并不老，但长期的独居生活让他疏于整理自己的仪容，以至于三十多岁的面庞在乱糟糟的头发和几天没刮的胡子烘托之下，竟有点儿显出五十岁的"风采"来。

光斑无所顾忌地蹬鼻子上脸，一直来到了眼睛的方位，然而，老麦的鼾声一直没有停止。

直到旁边的手机响起，老麦的表情才扭曲了几下，缓慢地从睡眠中醒了过来。

老麦揉了揉惺忪的双眼，拿起身边的手机，一条语音瞬间把他彻底地唤醒了。

"不好意思啊，老麦，给你介绍的那个外包编程的活儿，客户对质量还算满意，不过他们公司资金链出了点儿问题，老板去美国不回来了，所以这回的款恐怕是够呛了……没事，咱们以后机会多得是呢，不在这一时。"

老麦慌张地打了电话过去，听到的却一直是忙音。

又遇到骗子了……老麦很懊丧。他抓起身边的中性笔，在墙上的项目计划表上打了个叉。每一行都是一个希望，但结局都是一个叉。

老麦颓唐地拿起手机，点开通讯录里那个最熟悉的头像。头像边的名称是"老婆（前）"。要放在以前，老麦可能还试图想用颤抖的手拨出那个号码，虽然每次最后手指都是无力地滑了下来，但至少还有那个念头。而现在,老麦想都不敢想了。

"别拦着我,你去住你的地下室吧!有本事就别出来!"

快一年了,这句话还在老麦脑海里不住地回响。

要振作……老麦想,一定要振作,自己一定要挣够一千万,赎回因自己开互联网公司创业失败而卖掉的房子,然后把她找回来。否则自己绝不走出这间屋子——尽管它其实不是地下室,只是半地下而已,但男人的自尊让老麦不会去和前妻纠结这个问题。

振作!老麦一跃而起,打算用运动开启斗志昂扬的一天。

两个俯卧撑之后,老麦趴在了地上。望着角落里的一大堆方便面盒,他觉得自己实在太虚弱了,能量还是需要补充一下的。

老麦从旁边的箱子里翻出两个苹果,只剩下这两个了。这是前几天老麦在网上采购方便面时一狠心买的。那些苹果红通通的,很可爱,老麦平时舍不得吃,不过今天他决定吃一个。

好甜啊……老麦吃着苹果,抬头看向天窗,从缝隙中,他隐约看见了天空的温润蓝色。

今天是个晴天啊,老麦想,天空的颜色真漂亮。

老麦啃着苹果,打开电脑,打算再上网找找有没有合适的活儿。

突然电话铃声响了起来。老麦迟疑着接起电话,是一个优美的女声。

"亲爱的用户麦子地,'人人家'地产提示您,您租住的我公司自助服务房屋——富贵花园小区8号楼B1层3室的房租已经欠缴,请在五天内登录我公司网站缴清,否则您将被请出此间房屋,请您谅解并支持我们的工作,祝您生活愉快。"

"白痴,都是些白痴!"老麦狂躁地骂了起来。

"老子黑了你们网站,让你们一套房也租不出去……什么世道啊,都他妈看不起老子……老子没钱怎么了?没钱就不是人了?没钱你就能跟别人跑?"

老麦狂暴的表情软了下来,眼泪也滴到了手中的苹果上。

就当老麦筋疲力尽的时候,电脑屏幕上弹出一条"亿万富翁,答题赢钱"的广告,吸引了他的注意。

"亿万富翁,祝您成功,知识变现,人生巅峰!欢迎各位网友来参加我们的活动,这场竞赛我们准备了一百万元奖金发给大家,只要答对十二道题,就可以平分我们的奖金!还在等什么,赶紧通知您的家人和伙伴,扫描下方二维码下载我们的App,一起参加吧……"

老麦拿起手机,颤抖着扫描了屏幕上的二维码。

二、黑客

主持人唾沫星子横飞,老麦两眼瞪得通红。一天的时间里,老麦已经参加三场答题活动了,而现在这场进行到了最后一题,只要答对就有奖金入账。

"请问以下三种金属,哪个熔点最高?铜、铁、金……"

"嘿嘿,这个错不了,真金不怕火炼!"老麦赶紧点了"金",期待着自己的第一次中奖。

"这三种金属里,铁的熔点是1538摄氏度,而铜和金都不到1100摄氏度,所以正确答案是铁。您选对了吗?"

老麦倒在了地上,吃了没文化的亏啊……

前妻歇斯底里的喊叫声又隐约出现在耳边,老麦咬紧牙关,默念自己听过的那些鸡汤故事,一跃而起。心若在,梦就在,只要相信自己,人生定有奇迹!

一个小时之后,老麦终于成功地通关了,他激动得满头大汗。如履薄冰啊,蒙对好几次,太不容易了。

"恭喜全部答对的观众们,你们真是太棒了!让我们来看看每位观众朋友能分到多少钱呢?1.68元!祝贺你们!"

老麦又倒在了地上,折腾了半宿,这点儿钱连一盒最便宜的方便面都买不起,更别提让自己扬眉吐气地离开这里了。

然而老麦并不是个没有办法的人,至少老麦对自己的计算机技术有一些信心。黑掉个答题网站的题库,应该不难吧,可能警察也不太管这事儿。

一夜未眠,老麦筋疲力尽,瘫倒在电脑桌前,没想到定位个题库竟然这么费劲儿。

手机上闹钟响起,又要开始一轮答题了。老麦打了个激灵,把闹钟按掉,主持人的絮叨准时开始了。

"有观众朋友问我,说能不能提前给透一两道题。这可实在做不到,因为我也不知道。我们'亿万富翁'的每一道题,都是由我们强大的AI利用互联网上的大数据即时生成的。甚至答案都不是预先写好的,而是在观众答完题之后,还是由AI抓取网上的大数据,实时判断给出答案。哎,这样既保密,又有时效性。怎么样?科学不科学?高端不高端?嘿嘿,我们这竞赛,毕竟是世界最大的互联网公司的产品嘛,这点儿实力还是有的……"

老麦呆呆地看着屏幕,困意早飞到了九霄云外。

水平可以啊,亿万富翁的开发者不愧是现在世界上最大的互联网巨头之一。

老麦并没有沮丧,相反,他心里居然有点儿即将与高手过招一般的兴奋!自己毕生所学终于有了用武之地……老麦甚至放弃了眼前的这场答题,全身心投入了黑客工作之中。

在获取了后台的管理权限之后,老麦悄悄地植入了一个木马。等网友们作答完毕,AI开始在互联网上抓取数据的时候,如果老麦启动木马,AI抓取到的所有数据包都会被修改成老麦想要的样子。比如之前那道题,如果老麦愿意,他就可以让AI抓到的所有数据中,金的熔点都变成2000摄氏度,那AI给出的正确答案就变成"金"了。

既然游戏的规则是所有全部答对的人平分奖金,那只要想办法做到两点就可以:一个是要保证老麦自己答对,另一个是要让尽量多的人答错,也就是说对的人越少越好。

接下来就是等待合适的机会了，还有，最后一题的题目最好特别简单。

老麦稍微喘了口气，本打算小睡一会儿，结果又一次响起的闹钟让他反应过来，整整一天已经过去了，连天窗里那抹蓝色都没有让他注意到。

老麦稳定了一下情绪，战斗即将开始。

这场"亿万富翁"节目照样吸引了海量的用户同时答题，之前一切波澜不惊，让人感觉又会是一场人均三元五块的福利场。然而老麦却很紧张，因为直到最终一题，才有真正的好戏。

"今天的最终一题，哎呀，太简单了，看起来大家肯定都不会答错。请问，著名小吃'肉夹馍'是我国哪个省的特产呢？陕西、湖南还是江苏？"

简单！这道题太简单了！

老麦双眼通红，飞快地点下了"江苏"，随即启动了木马，用演练过好多次的动作，输入了将所有数据包内的"陕西"全部替换为"江苏"的指令。

"说起这个肉夹馍啊，那可真是好吃，有肥瘦的，也有纯瘦的，相信每个人都喜欢。那么它是我们哪个省的小吃呢？"主持人唠唠叨叨个不停，老麦的汗珠滴在了键盘上。

"未知的修改，将对数据进行替换，可能导致意外，是否确认？"系统终于弹出了个冷冰冰的对话框。

老麦有点儿迟疑，然而主持人一会儿就要公布答案了，他没有时间再犹豫了，于是一狠心，点下了"是"按钮。

老麦紧张得几乎听不到主持人的絮叨，他只看到答案弹出的一瞬，竟然显示——正确答案真的是"江苏"！而且只有几十人答对，老麦正是其中之一！

"哎呀，真是没有想到，怎么只有这么少的观众朋友们答对呢？难道这不是个显而易见的常识吗？难道小编们出的这道题真的触及了大多数人的知识盲区？真是太意外了……"

看着屏幕上强行狡辩的主持人,老麦忍不住笑出了声,原本以为主持人会很慌乱,没想到这货打圆场的功夫还真是一流,不愧是专业人士啊。

奖金!奖金!没过几分钟,两万多元的现金就打到了老麦的账户上!老麦幸福得在地上直打滚,这可能是一年来他最开心的时刻了。

三、富翁

老麦决定庆祝一下,这次得吃点儿好的,要有肉。

老麦打开外卖软件,面对琳琅满目的美食愣住了,他已经好久没能这么奢侈了,根本不用考虑什么食品便宜的问题。不过老麦想了想,今天这个特殊的日子,怕是没有什么比来一份肉夹馍更合适的了。

老麦输入"肉夹馍",弹出好几家结果,刚要下单,他却赫然发现网页上写着"江苏肉夹馍",这让他稍微有点儿疑惑。

老麦试着在其他的地方搜索了一下"肉夹馍",结果出来的全是"江苏肉夹馍",原来的"陕西肉夹馍"似乎一下子从互联网上消失不见了。

没想到"亿万富翁"竞赛的后台AI的权限如此高,看来这家互联网巨头在这竞赛上还真是下了血本。AI的数据抓取工具被木马感染后,似乎把整个互联网上搜索可见的相关信息都给替换掉了,看来一段时间内,网上还真的就只能搜索到"江苏肉夹馍"了。

好像动静搞得有点儿大啊……不过也没什么,最多就是各网站的编辑再折腾一通改回来呗……不就是个肉夹馍,该吃就吃,不耽误。

半小时后,老麦一边咀嚼着许久没有感受过的美味,一边呆呆地看着手中印着"正宗江苏肉夹馍"字样的包装。

这商家蹭热点的反应也太快了吧,难道这包装是现用电脑打印出来的？有点儿奇怪啊……老麦想。不过两天没睡觉的他，已经没有足够的脑汁细想这肉夹馍能不能吃出盐水鸭的味儿了。不管了，还是账户里的钱最实在，明日再战！

第二天的最终一题更加简单，当然也就更合老麦的胃口。当主持人问出"闰年中的2月有多少天"之后，老麦不慌不忙地按照既定计划，选择了三十天，随即轻车熟路地启动了木马，替换掉了AI抓取的答案。这次答对的人比上次还要少，只有几个，这一下收入就是十六七万！

老麦查了几次网银的钱包，确认到账后，他兴奋地在小小的屋子里翻起了跟斗。

突然，一个念头在老麦的脑海中闪过，他的心狂跳了起来，感觉到一滴汗正从自己额角流下。

老麦谨小慎微地打开了电脑上的日历，将时间翻到2020年，最近一个闰年。

电脑屏幕上清楚地显示出来，2020年竟然真的有2月30日！老麦屏住呼吸，又拿起自己的手机，打开日历对比一下，也是一样的！

他随即一年一年地向后看去，平年的2月倒是没有变化，还是二十八天。但每个闰年的日历上，都坚实地显示着2月30日这个诡异的日子！

老麦疯了一样从角落里翻出一本2016年的旧日历，上面的2月竟赫然也印着30日！

老麦用手指用力去擦，但徒劳无功，墨色在手上油脂的晕染下反而更清晰了。

世界真的被改变了！

老麦无心去考证这一天是从哪里抠出来的，也无心去想为什么互联网上的数据修改会影响到现实世界，地球绕太阳的公转周期不会也跟着变了吧？这简直太可笑了。

老麦心下不安，这个晚上他睡得不太踏实，系统的提示一直在脑海里萦绕，这让他觉得很是恐慌。

老麦想找人说几句话，但又不知道该找谁去说。不过互联网上的各类新闻在一如平常地更新，直播室里的主播们也都没停止工作。这让老麦心下稍安，应该问题不大吧……

老麦从天窗向外望去，星星在城市的映衬下显得不那么明亮，不过偶尔还是会有闪烁的微光，耳边不时能听到远处传来的野猫叫声。老麦用手掐了一下自己的脸，触感清晰而真实。世界估计在一如往常地运行，一切都很好。

困意终于袭来，老麦放弃了进一步的思考，只要到账的钱是真的，只要自己能找回她，这世界稍微有点儿变化，又对自己有什么影响呢？

老麦的气色一天天好起来，账上存款数字后面的零也越来越多，目前只差一点儿就要突破千万大关了。

当然，成功总是有代价的，不过对于新晋的地下室富翁来说，这代价并不大。能感觉到的，无非是空气中的氧气比氮气多了些，让他有时觉得有点儿醉氧，另外重力常数从9.8变成了8.9，这倒让他做起俯卧撑来更轻松了。至于马达加斯加的消失和火星多出一个光环这些小事，远在天边，看不见摸不着，又有谁会在意呢……

阳光又从狭窄的天窗中射进来，在逼仄的空间内制造出一块光斑。

老麦看着手中那颗熟悉又陌生的蓝色苹果，默默发呆，他缓缓地抬起头。

从天窗中向外看去，一抹淡红色出现在他的目光所及之处。这应该就是现在天空的颜色吧……老麦想，一定是昨天晚上最终一颗时，自己设定红光的波长比蓝光短造成的。

每次对答案的修改，都会真正影响到这个世界，难道……虚拟网络和现实原本就没有什么界线可言？难道这个世界……

老麦苦笑着摇摇头，不去想这些无谓的事情，既然自己比之前过得更好，那么这些虚无缥缈的事情跟自己又有什么关系呢？

不过他最终还是没有对那个蓝色的苹果下口，而是将它扔了出去。苹果在空气中轻松地超过了只有三点四米每秒的音障，发出巨大的响声，音爆的白色气浪在阴暗的地下室里显得非常耀眼。

镜子里的老麦几乎变了一个人，梳洗一新的形象让老麦自己也有点儿不习惯，他对着镜子露出了笑容，这才是老麦嘛，地下室里的穷鬼将成为永远的过去式了。

老麦找到那个最熟悉的号码，准备拨打出去。正当他手指要接触到屏幕时，手机上的闹钟响起，今天的《亿万富翁》即将开始。

再来最后一次……老麦想。

最终一题如约到来，主持人的声音响起。

"今天的最终一题不难，我们中学的时候都学过。请问，真空中的光速，是三十米每秒、三十千米每秒，还是三十万千米每秒呢？"

老麦忍不住疯狂地大笑了起来，实在太简单了！千万大关即将突破，到了和地下室说再见的时候了。老麦仿佛看见自己挺直腰板，走出这逼仄狭窄的地下空间，去坦然面对所有人的美好时刻。当然，那些人里也包括她。

只不过就是光速慢了点儿，谁在乎呢？

"未知的修改，将对数据进行替换，可能导致意外，是否确认？"系统又弹出了那个冷冰冰的对话框。

老麦没有犹豫，点下了"是"按钮。

光速的大幅减小，会导致精细结构常数的大幅增大，组成世界的基本粒子将不复存在。

可惜老麦看不到这个结局了……

吃饱了

赤色风铃

人类的衣食住行,都深受科学技术和都市化进程的影响。比如说,丰富多彩的街头饮食文化,就主要是城市化发展的成果。

《吃饱了》就是反映都市饮食问题的佳作。作者选取了"温饱"和"纵欲"这一经典价值观矛盾来进行科幻演绎。作者以极富生活气息的笔调,描述刻画科幻都市与未来的粮食问题,以及商人们如何挖空心思满足都市人日益膨胀的欲望。作品凸显了典型的东方思维,尽管已经极为富足,但依然谨记"粒粒皆辛苦"的祖训,体现了中华民族节俭克制的生活哲学和美德。

一

早上这场本来主讲是陈一，但老板另请了"高人"来助场，还让陈一"学着点儿"。

正好发鸡蛋的那位有事请假，陈一就负责散场时分发鸡蛋，每人三个。那些闲得发慌的老头老太太凌晨四点开始排在会场门口，就等着这点儿实惠呢。

"细胞超强再生按摩椅"，陈一刚开始讲解这款公司主打产品时，自己都会脸红，他好歹也是名牌大学毕业，受过高等教育的大好青年。但那个新来的讲师只粗略看了几眼产品介绍，就敢径直冲上台大肆吹捧。

"……我王二，今天要是在这里瞎说一个字，出门让车撞，全家死光光……"自称大名王二的讲师在台上啃着麦克风拍着胸脯大吼。

陈一听得头皮发麻，鸡皮疙瘩掉一地。

讲师王二穿着蓝灰色西服，却踩着黄绿色解放鞋，留着油亮的中分头，不伦不类的样子很搞笑。可是台下潜在的客户们却都用一种仰视的眼神看着他，并不觉得哪里可笑。各种高科技名词在他嘴里变成了绕口令，听着还挺押韵。反而对公司的主打产品，王二说得并不多，因为他自己也不了解嘛。

讲师王二秀完高科技绕口令，便开始打感情牌，亲情、友情、激情、豪情，扯了足足二十分钟。他表情夸张，声音抑扬顿挫，在台上又蹦又跳，别提多卖力了。

怎么还跪下了？

"……我是个孤儿，从没见过亲生父母……"

不要啊！陈一在心中大喊，他已经猜到了下面的套路，不用这么拼吧!

"……今天就让我喊一声,爸!妈!"

台下的老太太们抹着眼泪……

散场,两万八一台的"细胞超强再生按摩椅",卖出了八台。

同样的客户群,此前半个月陈一他们把鸡蛋、大米、面粉等送出了一卡车,也没卖出一台产品。

讲师一把鼻涕一把泪地送走了最后一个买了按摩椅的大爷,然后走到瞠目结舌、呆若木鸡的陈一身旁。

"兄弟,有烟吗?我先平复一下情绪。"王二说。

陈一掏出烟并打火给这位讲师点上。

讲师坐在台子上深吸了一大口,轻轻捏了捏鼻子。

"老师……"陈一本来有很多问题想请教,但最终强行咽了下去。这位讲师道行如此之高,他陈一这辈子是不可能望其项背了。

"什么都别说。"讲师站起身,"我就问你服不服!"

陈一只得拼命点头。

"晚上我请客。"讲师说,"明天结完账我就走了。"

"成绩这么好,你不多卖几天?"陈一问道。

"这也叫好?我和你们老板是同学,给他个面子才过来讲一场。"讲师掐掉还有半截的香烟,"有好几个公司急着请我去,一些城中村刚发完搬迁补偿,那些老头老太太钱多得没处花。"

讲师走出空荡荡的大厅,又回过头,大声说:"兄弟,人生如戏,全靠演技!"

晚上,参加完讲师王二的饭局,一行人又嚷嚷着要去KTV唱歌。

去KTV其实只有唱的人爽,陈一不想"被爽",就没有参加。他从来都是个不合群的人,聚会时总是坐在最不起眼的角落。以前上学时如此,毕业后工作了也是。都说性格决定命运,这样下去前景堪忧。深层原因应该还是不自信带来的自卑,虽然他本人并不愿意承认。

陈一裹紧风衣,踩着枯黄的梧桐叶,独自穿行在南方没完没了的冬雨中。

回到租住的房间，一开门，寒气扑面而来，这背阴的房间竟然比屋外还要冷！

"你能相信吗？这里的冬天尽下雨，这里的蟑螂大如鼠。"陈一缩在潮湿难受的被窝里，发了条朋友圈，配图为昏黄路灯下的雨景。

他没舍得开空调，即使被子上已经结了一层小露珠。上个月，由于对空调的耗电能力一无所知，陈一被二房东报出的两块五一度的电价吓破了胆……

没过多会儿，前女友给他发的内容点了赞。

陈一盯着那个苍白的心形，苦笑着，笑容慢慢变得呆滞，在哭出来之前，他移开了手机。

当初自己就是跟着前女友才来到这座南方大城市的，短短半年，物是人非。唉……说出来简直就是老套的薄情戏，不提也罢。

回家！陈一又一次下定决心，一定要回到温暖有爱的北方！

但是，他真的有脸回农村老家吗？

没有。

空气湿冷，像个喜欢恶作剧的精灵，寻找着一切能钻入的缝隙。劣质的化纤被套像冰块一样贴着陈一的脸，别提多难受了。就在他认为一切已经不可能更糟时，一时手贱，他点开了前女友的朋友圈……

满屏鲜艳异常的色彩从手机中喷射而出，前女友陪着新男友在欧洲杯决赛现场嗨得不得了。

万箭穿心，一夜无眠。

二

散场，依然没能卖掉一台产品。老板将陈一叫到办公室里骂了个狗血淋头。

陈一几次想甩袖离开，到最后却只能点着头说"是"。

走出老板的办公室，陈一正好碰到提着旅行箱下楼的讲师王二。

"王哥，还没走呢，我送你一程。"陈一一边接过王二的箱子，一边嗓音沙哑地说。

王二嗯了一声，倒是不客气。

陈一以为王二要去与老板寒暄几句，但王二轻蔑地瞟了一眼老板的办公室，径自下了楼。从他的眼神看，应该与老板有什么不愉快。

公司接送客户的商务车空着，但司机不在。陈一一阵尴尬，他没有驾照。

陈一拿出手机，用打车软件叫了去机场的车。

"小陈，你脸色怎么这么难看？"这还是王二今天第一次开口与陈一说话。

"没睡好。"陈一说道。

王二哈哈笑着，开着下流的玩笑。

陈一只得陪着苦笑，自己心中再苦再痛，又有谁在乎。

"你叫陈一，我叫王二，注定我们有缘。"车来时王二突然说，"稍后我给你打电话，介绍个工作给你。"说着，他钻进了车子。

当时陈一并没将王二的话放在心上，他只心疼打车的钱。

公司因为有了王二卖出的这一批货，很快就要换产品换战场了。迟早会有买了产品的老人的家属来闹，这是常事。陈一对这类"包治百病"的产品已经厌烦，真有如此奇效，那么世界根本就不是现在这个样子。但不做这个，又做点儿什么好呢？陈一顿觉手足无措，从未有过的迷茫涌上心头。

在那无法名状的痛苦煎熬下，陈一精神恍惚地过了三四天。

直到一天中午，他的心突然就不痛了，他也说不清是怎么回事。仿佛有个疼痛开关，啪的一下关掉了。这大概就是所谓的"花大把的时间迷茫，在某几个瞬间成长"。

心情舒畅的晚上，陈一白 个人用小电饭锅煮火锅吃。二房东不让在房间里做饭，只能这样偷偷摸摸的。

正要举杯邀明月时，放在床头柜上充电的手机突然响了，发出电话虫的"菠萝菠萝"声。这样的铃声设定，不管对方多大来头，接起来都能底气十足。

是讲师王二的电话。

"小陈，前两天有点儿事耽误了，现在才给你打电话。"王二清晰的声音传来。

以前陈一对王二其实是鄙视的，生怕离得近了自己就会变得与他一样。但只是几天的时间，感受竟已完全不同。理想主义赚不了钱，唯有巧言令色才是生存法则。

"嗯。"陈一应了一声，他原本已经忘了王二这一茬。

两人闲扯了几句。

"大家萍水相逢，我就不拐弯抹角了。我看你也是一表人才，但有学识欠胆识，做不了这一行。"王二的声音很轻，语气听上去竟然还挺真诚，与讲台上那个唾沫横飞、怎么听都像街头卖"大力丸"的王二判若两人。

陈一尴尬地笑了笑，说道："我打算回北方去了，要不是你打我这个电话，我现在已经在买火车票了。"陈一不怕这话传到老板耳朵里了，任何员工说的任何与公司有关的话，最终都会传到老板耳朵里。

"好！树挪死，人挪活。"王二说，"下一步怎么走，想好了没有？"

"还没有。"陈一如实回答。

"正好。"王二说道，"我有个朋友让我帮他找一个可靠的代理商，卖减肥产品，有兴趣的话，我推荐你去。"

"这不是我的专业，我的专业是播音主持。"陈一说，"男怕入错行，女怕嫁错郎，当初走这一步就已经错了。"

"那是你没卖过'真的'产品。"王二笑着说，"我这朋友跟我说，他这产品千真万确，绝不糊弄人。"

"具体是什么产品？"陈一只是礼貌性地问了问，并非真的感兴趣。

"我也不清楚。"王二说，"我把他的电话号码给你，你自己联系，行不行自己看着办。"

陈一听得不明就里,也不知如何回答。

电话挂了。

陈一突然意识到锅里的羊肉早就煮老了,可恶!难得吃点儿好的。

然后,叮咚一声,社交软件上王二将对方的联系方式发了过来,一起转过来的还有一笔不大不小的钱。

"借你的路费。"王二说。

话说得再多,唯有真金白银最能打动人。

三

"我有意,意无我。走!"陈一发了条酸溜溜的朋友圈,配图为机场停机坪上冰雨笼罩的"空中客车"。

真的是"冰雨",细雨夹杂着浑圆的小冰粒,沙沙作响地在地面上跳动着。这种当地人叫"雪籽"的东西,在北方不太多见,陈一看着,心情越发冷暗。

平生第一次坐飞机,当飞机在乱流中颠簸时,陈一还以为要坠机了,短暂的一生迅速在他脑海中划过,了无痕迹,真是可悲……

好在有惊无险,平安落地。

只身来到了另一座南方大城市,骄阳似火,高楼熠熠。椰子树在暖风中撒着欢儿,姑娘们在大街上露着腿。

这他妈才叫南方!

前女友照例又给他的朋友圈点了赞。没问他去了哪里,不知是真的不关心,还是强忍着好奇。

让那个无情无义、冻死人的"假南方"见鬼去吧!陈一想。

他找了家便宜的小旅馆住下来。老板娘是个黑黑瘦瘦的本地人,说话带着软趴趴的当地口音。她好奇地问陈一是来旅游还是来工作?

陈一说是旅游。

老板娘不太相信地看着他,说我们这地方只适合旅游,不过,你要是听哪个亲戚朋友同学同事说在这里做生意发了大财,叫你也来,可千万别信呀,肯定是传销啊!

陈一笑着点了点头,这老板娘还真是个好人。

第二天早上,吃完难以下咽的椰子饭,陈一出去找组织了。

按电话中的约定,陈一找到了一幢有些年头的写字楼。他进楼之后发现电梯正在换新,楼梯间乱得像灾难片的布景。

陈一只好徒步走上了十二楼,幸好大学时篮球社的底子还在。

找到了电话那头的"李老板",白白胖胖的,一看就不是当地人。陈一和他在简陋的办公室寒暄了几句,然后李老板将第一批产品拿了出来。

两百多粒灰色的药丸,装在一个贴着"瘦身丸"的白色塑料袋里。

"货你先拿着,卖掉了再结款。"李老板说道。

听到"货"这个词时,陈一脑子里嗡的一下,仿佛点着了一团黑火药。可别一时糊涂上了贼船! 一个声音在他脑中高喊,现在退出还来得及。

李老板吩咐着定价区间,按这价钱算,这袋东西得值十来万,卖掉后陈一能拿走一半。

陈一冒着冷汗,双手哆嗦着,几次都没接住。

"你这是干什么呢?"李老板哈哈大笑,"放心,不犯法,哈哈……"

只要能赚钱,谁还在乎过程。最后,陈一一咬牙,接过塑料袋,塞进了随身的包里。

"我给你个电话,你可以先找他帮你卖。"李老板说,"我会半个月联系你一次,这期间你不用联系我。"

陈一离开了写字楼,捂着挎包,脚步慌乱,总感觉有人在背后盯着自己。

回到旅馆，拿出包装简陋的药丸，发现袋子里还有张打印的说明书。陈一拿起来一看，大意是说吃一颗瘦身药丸可抵消两天的进食量，这两天里猛吃不会胖。

就减肥药这么简单？现在各类五花八门的减肥产品满大街都是，何必搞得像卖白粉似的？

陈一拿出一粒灰暗不起眼的小药丸，仔细看着，他根本不信这是什么减肥产品。谁会花几百块买颗药，就为了抵消两天的进食量？

陈一掏出手机，看了看时间，然后张嘴将药丸吞了下去——与其不明不白地被人利用，不如自己现在先试试。

十分钟后，没有任何反应。

他又拿出两粒，一起吞了下去。

一个小时后，还是没有任何反应。

在确定了这玩意儿不是毒品之后，陈一快速跳动的心慢慢平缓下来。也许真是贫穷限制了自己的想象力，无法理解那些想瘦的胖子愿意付出的代价。

陈一拨通了李老板给的电话号码，说明了情况后，对方让他把东西送过去。

他从塑料袋中数出二十粒，包好放进挎包。剩下的放哪儿他都觉得不放心，最后他把剩下的那包药装进一个干燥的矿泉水瓶子，寄存到了超市的柜子里。

他是在下午走进那家酒吧的，这个时间段根本就没客人。他找到了与他联系的那个酒保，说明了来意。

"换人了？"酒保问道。

陈一耸耸肩表示不知情。

"李老板自己这么胖，卖瘦身产品确实不合适啊……"酒保要给陈一倒一杯，陈一摆手表示自己不喝酒。

两人很快就把价格谈好了，只比李老板要求的底价高了一点儿。但酒保欺负陈一是新手，坚持要等药丸脱手后再结款。

陈一也不知哪儿来的底气，断然拒绝。

两人一番折冲樽俎，最终陈一还是凭借他不多的销售经验取得了胜利。

直到拿着钱走出酒吧，陈一都不相信这是真的。

卖掉产品后的第一件事，陈一先把王二借他的路费还上。说是借，实为让陈一打消顾虑的"押金"。大家都是做营销的，非常清楚如何建立互信。

奔波了一整天，陈一突然觉得好饿好饿，他觉得自己现在简直能吃下一头烤大象。

陈一抬头四顾，找了家招牌最大的饭店，大步走了进去。

"有酒，有故事，独缺有缘人。"陈一发了条朋友圈，配图为一桌子的精致好菜。

然后他一个人大吃起来。

饭店服务员不动声色地在他对面的椅子上放了个大毛绒玩具。

接下来的五天，陈一分数次把剩下的药丸卖给了那个酒保，每次要价都比前一次高一点儿。

他已经意识到，高出底价的部分百分百都是自己的利润。

"你挤牙膏呢！"酒保不耐烦地说，"有多少一次拿出来！"

前后六天时间，陈一挣到了以前打工一年也挣不到的钱。看着账户上那一串如梦如幻的数字，陈一现在实在心疼被自己吃掉的那三颗药丸。

不知为什么，这些天陈一总感觉身体疲惫、两腿发软。早上起床时，他的手脚甚至都在发抖，走路像在沼泽中跋涉一般艰难。

可能是这些天精神过于紧张的缘故……陈一心想。现在药丸全卖完了，就等着李老板联系自己了。

回到旅馆时已是晚上，陈一本来想去吃海鲜自助，但感觉肚子完全不饿。现在陈一头脑昏沉，两脚灌铅，他希望埋头睡一觉能好一点儿。

"回来了啊……"好客的老板娘从吧台后瞟了他一眼。

陈一有气无力地"嗯"了一声，一边摸索着包里的房间钥匙，一边向楼梯口走去。

"哎哟！小伙子，我看你脸色……"老板娘还没说完，陈一眼前一黑，咚一声倒在地上，晕了过去。

四

"可怜啊！"旅馆老板娘的声音，"医生说从血液检验情况看，至少五六天没吃东西了，饿的！"

陈一睁开眼，看到了输液管中滴落的葡萄糖注射液，随后看到了背对着自己的旅馆老板娘，还有两名前来了解情况的警察。

看到陈一醒了，几个人围了上来。

"小伙子，有什么难处尽管说。"又是旅馆老板娘的声音，"这都什么年代了，哪里还听说有饿晕过去的啊……"

陈一坐了起来，随着输液管将葡萄糖注入血液，他感觉自己浑身充满活力，身体已经恢复了。

陈一现在彻底明白了：当时那三颗药丸下肚后，虽然他餐餐好吃好喝，但瘦身药丸切断了肠道对食物养分的吸收，于是对身体来说，已经等同于六天没有进食。当血液中的葡萄糖消耗殆尽，自己的身体就会进入低碳水化合物状态，被迫将脂肪分解成脂肪酸，维持身体的能量消耗。在这种情况下，要想不瘦那还真是不可能的。

两名警察登记了陈一的身份信息，见没什么问题就走了，只留下陈一捧着旅馆老板娘塞给他的豪华盒饭。

三天后，陈一离开了那家旅馆，在市中心租了套公寓安置下来。离开时，旅馆老板娘死活不肯收他房钱，还硬塞了两百块给他。陈一真是哭笑不得。

"万家灯火中，终于有一盏为我点亮。"陈一站在高层公寓的落地窗前，拍照，发朋友圈。

一阵巨大的虚幻感传来，陈一又一次打开理财软件，确认那串长长的余额，仿佛稍不留神它们就会消失不见。他现在生怕自己会突然在冰冷的被窝中醒来，发现一切不过是南柯一梦。

距李老板说的半个月后联系还早，陈一报了个纯玩旅游团，深度接触了这片满是槟榔树和椰子林的南方大地。

"没有越不过的海洋，没有到不了的远方。"陈一发了条朋友圈，配图为自己坐在海边礁石上，面朝辽阔太平洋的逆光背影。

在照片定格的一瞬间，陈一突然觉得自己又长大了一点点。

和当时约定的一样，李老板如期联系了陈一，结清了上一批的货款后，把新的药丸给了陈一。

一笔丰厚的利润扎扎实实地落进了陈一的腰包。

陈一很知趣地没有多问，虽然他有很多的疑问——瘦身药丸为什么限量供应？为什么不能公开售卖？

陈一想摆脱对那个油滑酒保的依赖，所以他自己跑了很多健身房、保健会所等地方，拓展销售渠道。

一开始，停滞不前、四处碰壁那是肯定的。不管到哪里，人们看陈一的眼神，就像他的脸上贴着"骗子"的标签似的。

等到陈一穿起了名牌正装，背起了几万块的挎包，戴起了几十万的金表，迎面而来的笑脸突然就变多了，进出大门也有人引路了，原来总是开会中的负责人突然就有空了。局面变得豁然开朗起来，真是奇妙。

效果极好的瘦身药丸总是供不应求，陈一每次都要求李老板增加供货量。

不能再多了。李老板每次都这样说，拿出来的却总会比上一次多一点儿。

过年时，陈一带着新认识的女朋友回了趟北方老家，年货捎回去一大车，让年迈的父母也扬眉吐气了一回。

似乎只一瞬间，周围十里八乡的人都知道了，陈家的儿子在南方做药材生意发了大财啦!

"蜀狗吠日,粤犬吠雪。"陈一发了条朋友圈,配图为漂亮的女朋友在齐膝深的雪地里撒着欢儿,笑得像朵花儿似的。

陈一突然意识到前女友已经很久没给自己的朋友圈点赞了,而他也同样很久没有点开前女友的朋友圈。他看了看那个曾经令他魂牵梦萦的头像,淡然一笑。

成熟,就是把曾经令你彻夜痛哭的事笑着说出来。

五

刚过完年,陈一就回到了南方,像一只着急赶路的候鸟。

瘦身药丸的业务风生水起,慕名而来的客户摩肩接踵,拦都拦不住。陈一从没想过这东西竟然会有这么大的市场需求,人们对瘦身药丸趋之若鹜的推动力到底是什么?

好在陈一还算头脑清醒,美丽的东西都不能长久,虚幻的泡沫迟早要破灭。现在他都能清楚地感受到,连李老板都变得越来越紧张了。大家赚的钱越来越多,笑容却越来越少,总感觉有一种无以名状的风险高悬在头顶。

当瘦身药丸的业务能自动运转,不需要陈一再费心维护时,他去找了份工作。

还是那种不大不小的保健品公司,还是那份寒酸到难以启齿的收入。但是现在,陈一已经身处不同高度,眼中所见也已完全不同。

虽然在公司的最底层,但陈一积极乐观从不计较,也没人听过他的一句抱怨。不管是同事还是上司,竟然都能从他眼中看到相同的东西。公司上下几乎所有人对他的印象都非常好,不知不觉间他就成了众人环绕的核心。

他还总是同事聚会的发起人，号召力无人能及，有他在就没有冷场的可能。

而这一切改变，原因只有两个字——自信。不是那种缘起于自我催眠的自信，而是那种即使倒下一百次，也能嗖地满血复活的自信；是那种手握时光机按钮，不行就随时再来一次的自信；是那种万一实在混不下去了，就只能回家继承百亿家产的自信。

果然只要输得起，赢就会变得很容易。

一年间数次升职，陈一像一阵旋风，为已对鸡汤和鸡血都免疫的公司带来了活力。年会上公司老总为了夸赞他，搜肠刮肚把自己知道的那点儿溢美之词都用尽了。

"人生新起点，快刀斩荆棘。"陈一发了条朋友圈，配图为新搬入的独立办公室。

没完没了的大小事务，排山倒海般地压过来，陈一的工作与生活绞在了一起，变得繁忙无序。而他就像个手握充足预备队的老将，进退得当，挥洒自如。

眼前一片光明，人生无比辽阔。

当某一天，李老板突然没有按约联系他，而陈一回拨过去却发现已停机时，他并不慌张，反而松了一口气，仿佛一直期盼着这一天的到来。

可能李老板另找了新的合作伙伴，陈一想。但与陈一有直接联系的代理商们却心急火燎地找上了他，赶都赶不走。

一开始陈一还编了些故事拖延着，到最后他也只能两手一摊：再也不会有瘦身药丸了，大家都到此为止吧。

花了很长时间，陈一才让自己从瘦身药丸的生意中解脱出来。他长出了一口气，以为这段奇遇就这样结束了。

又是一年，与所有老板的噩梦一样，陈一和几位公司骨干商议着，大家脱离公司另起炉灶。

众将士听了马上踌躇满志，只等陈一一声令下，大伙立刻把老板炒了，自立山头！

真到了关键时刻，陈一反而犹豫起来，现在他要考虑的已经不只是他自己。

就在这时，事情仿佛都像商议好了似的凑到了一起。

陈一的老朋友，李老板，突然联系了他。

没有瘦身药丸了，却带来了陈一意想不到的好东西。

饭局上，陈一终于第一次从李老板那里听到了瘦身药丸的真相，帮他解开了多年的疑惑。

李老板告诉他，瘦身药丸是北方一家大型制药企业合法研制的，但由于一些说不清道不明的原因，迟迟没能得到上市许可。在上市无望后，企业内的高管就勾结起来私自贩卖。原本出货量一直不大，细水长流，大家乐得吃一笔外快。

可是后来陈一将市场打开了，在贪念推动下，产供销不断增加。终于，在越来越丰厚的利润面前，众人突然撕破了脸。在互咬一通后，不欢而散，这条财路也就断了……

陈一若有所思地唏嘘着。

"现在，我手里有几份与瘦身药丸相关的专利，想找人合作。"李老板看着陈一说，"做不了药丸，我们可以做保健品。"

陈一低头沉思了一下，他其实早就思考过做类似产品，只是苦于缺少技术支持。

"健康食品。"陈一说，"零热量的健康食品。"

两人惺惺相惜，一拍即合。

六

"王侯将相宁有种乎！"新公司成立的那天，陈一发个条朋友圈，配图为围在桌子边的那些膨胀到要上天的"反骨贼"。

以前陈一总是喜欢吃饭前拍照，不知从什么时候开始，变成吃饭后拍照了。望着一桌子的剩菜，陈一终于理解了瘦身药丸为什么不能上市。

在我们的星球上，发达国家每天都要扔掉数十万吨的食物。而且更气人的是，往往哪个家庭扔掉的食物越多，那个家庭的成员就越健康。食物的首要作用，早已不是维持生命，就像性爱的首要作用早已不是繁衍后代。

如果瘦身药丸上市，那简直就是胖子们的福音和节食者的救世主。放开吃不会胖了啊！

但是这个世界将会大变样！海量的食物将被无节制地白白消耗，它们仅仅被用来给人们解馋，只是满足了人们的味蕾，因此而浪费掉的食物，将远远超过现在！

这样的情形，理智的人都不愿看到。

所以陈一他们打算另辟蹊径，绕一个巨大的弯子，推出热量为零的食品。吃了等于什么都没吃，这样既解决了馋嘴与发胖这对因果，其过程也变得可以接受了。

"最健康的食品只有一个，就是不要吃！"

半年后，陈一在产品发布会上说出这句话时，引得台下一片哄笑，但他其实并不是在开玩笑。

就这样，在普遍的嘲笑和不看好中，价格高昂的"零热量系列食品"上市了……

经济危机

默考文

经济危机堪称都市文明的噩梦。有新闻报道，欧洲居民现在对于经济危机的恐惧，其至超过了新冠病毒和战争。《经济危机》这篇作品，就绘声绘色地展现了都市人对于经济危机这头怪兽的恐惧：人们宁愿沉醉在元宇宙世界的幻境中，干劲冲天地忙碌于虚拟的乌有工作，也不愿面对现实世界中因为经济危机而导致的无所事事、没有希望的失业生活。从这篇科幻小说可以看出，都市居民害怕经济危机，主要是害怕失业。

从凌晨四点钻进被窝到闹钟响起，才过了三个小时。

欧辛一边刷牙，一边从镜子里面盯着自己，一双黑眼圈，满脸胡茬子，眼袋肿胀得像被人打了一拳。已经连续加班了一个月，每晚只睡三四个小时，如果可以再睡一会儿当然好，但是现在他更想早一点到公司，因为两个小时后，有一个全球同步视频会议，会上CEO要宣布一个"重要决定"，这个决定，关系到未来很多年欧辛的前途命运。

"走了，晚上不回来吃饭。"欧辛靠在卧室的门框上，对着被窝慢吞吞地说。

"噢。"被窝里发出还没有睡醒的声音。

这是欧辛的女朋友，图莉。如果是往常，早晨八点还躺在被窝里的是欧辛，而先告别他去上班的是图莉。图莉是政府里的小职员，薪水领的少，但每天朝九晚五不紧不慢，周末有双休，假日有补贴。最近半年，图莉最喜欢的休闲活动是周末约上闺蜜去买两条裙子，最大的愿望是欧辛向她求婚。

告别图莉，欧辛搭电梯直接下到地下二层。这里一大半的照明灯都坏了，也没人修，地面脏得简直无法落脚。住户们投诉过好多次，物管完全不理。

从电梯口出来，踢到一个叮咚乱响的可乐易拉罐，绕过一个被丢弃的破沙发，欧辛钻进一年前买的二手白色高尔夫5代。这辆车破旧得简直可以送进废车场了，车身上下到处都是刮痕，右后侧门上还有个SB字样的痕迹，不仅露出底漆，还生了锈……一年前他开的乃是宝马X5，可是被降薪后，他只好忍痛卖掉X5换成了现在这一辆。

自从五年前希腊失业率增加到40%后，经济危机就在欧洲蔓延，但当时大家都说这次经济危机只会持续三年左右，在欧盟进行一系列装模作样乱七八糟的援助或者改革后，就会好转的。可不承想，随后到来的是更猛烈的全球性经济大衰退，这很可能让欧辛从下个月起，连这辆老旧的高尔夫都供不起。

车从林荫街出来，左转上了人民南路，然后一路往南，向天府软件园方向开……

车里播放着一首老歌，The Doors（大门乐队）的 People Are Strange（人们变得古怪），这是欧辛购买的最后一首歌，已经三个月不舍得买新的了，他后悔把其他的歌以一半的价格退还给了 Google，就为了换得一点点现金，在某个下班路上给图莉买个蓝莓芝士蛋糕讨她欢心。

车窗外面，风呼呼地刮着，路上行人把自己裹得严严实实，雌雄莫辨。经济萧条的时候，天气也常常不见得好，这是欧辛最近的发现。

全球大裁员

公司唯一一台自动贩卖机已经一周没有补货，据说是负责送货的公司倒闭了，Admin（超级管理员）还没有来得及联系上新的，又或者，Admin 已经被公司裁员的事搞得无力处理这些琐碎小事。

欧辛站在机器前面，用信用卡刷了一杯廉价咖啡。不管怎么廉价，好歹还是冒着热气的，欧辛想。他抿了一口，又酸又涩。

"客户那边有消息了吗？"欧辛转头问林菲。林菲是咨询经理，直接支持欧洲一线销售的工作，总能拿到第一手消息。

"还没有。"林菲无奈地笑笑。

"如果还没有客户签约，我们团队就要解散了吧？"欧辛和自己的团队已经在这个项目工作了两年，今年必须卖给六个客户才算是能收回成本，可是客户那边还迟迟没有反馈。

"有新项目吗？"如果把当前的项目关闭，欧辛不知道要怎么安排团队里面这 23 个人。目前还没有听到有任何的新项目签约。

"暂时还没有。"

欧辛当前的项目是做无线电视和互联网集成的全息互动电视技术，为传统的电视提供一种全新的解决方案。当初他在想到这个主意的时候，兴奋得几个晚上没有睡觉。为了把第一个DEMO（演示）做得有吸引力，和公司几个同事日夜颠倒地密集开发了整整一个月。最终赢得了CEO的青睐，批准了接近800万的启动资金。可是项目做了两年，只找到四个客户。从一开始的春风得意，到现在的无人问津，欧辛已经有点儿心灰意冷了。

"你们，还喝咖啡啊！赶紧去会议室！"经理从办公室出来，对着欧辛打手势。

欧辛一口喝掉咖啡，用拇指擦了擦嘴角，赶紧往会议室去。

坐到位置上，看见CEO已经在视频里庄重严肃地看着大家，还特地打了领带。这是公司不常见的全球同步会议，各个国家的员工无论自己当地的时间是几点，都来到自己所在公司的办公室，等着CEO在视频里宣布最后的决定。很难想象，这位CEO刚上任时，欧辛还作为成都分公司的代表，向他展示了新的项目成果。当时CEO可是扬眉吐气意气风发，欧辛也刚升职加薪，一切还欣欣向荣的。

"……按照现在的现金流预计，公司会在半年后破产，所以不得不采取这样的措施……"CEO在视频里面斩钉截铁地对大家宣布，没有一句废话，"现在我们宣布即将在下个月关闭的分公司……有……波兰、瑞典、新加坡……中国……"

欧辛长长呼出一口气，虽然早已料到这样的结果，还是要亲耳听到才能让自己接受。接下来……如果找不到工作，不出一个月，就会无力偿还信用卡，无法用信用卡买到食物，更无法还房贷，所以房子不久也会被银行收走……本打算年底向图莉求婚，房子都没有了，结婚是更没指望了……图莉还那么喜欢买衣服。

周围的同事陆陆续续开始抽泣，几个女同事甚至号啕大哭起来……经理眼睛泛红，如果找不到下一份工作，很快，他也无法再负担儿子的学费，而现在这个行业根本没有公司在招人。

欧辛抬头看看林菲，她是个能干聪明的女人，每次欧辛跟别的分公司争项目资源，她总会用英文流利地帮欧辛跟对方干架，而且总是会赢。她一年前对欧辛说，从此以后会每天擦口红，因为这样可以给处于经济危机中的每个人一点色彩和安慰。今天林菲仍然擦着鲜红色的口红，搭配着她哭红的眼睛，楚楚动人，让人怜惜。如果不是先遇到图莉，我应该会追求林菲吧……欧辛挠挠头发。

接下来要怎么办？

恐怕……什么都不做，先好好睡一觉；或者找个海滩，每天睡到自然醒，然后去海边躺着……吹吹海风散散心，不管任何项目的事，一句代码也不写，一个bug也不修。其实欧辛一直没弄明白，自己内心里真正喜欢什么样的生活。只是偶尔会觉得，不停写代码，不停工作，脑子转得太快，忽略了真正重要的事。回忆最近这半年，居然没有陪图莉买过一条裙子；最近两年，甚至都没有出门旅游一次。

"不过请大家少安毋躁。由于这次全球经济危机影响巨大，公司还是得到了政府的一些支持。所以公司决定，向所有被裁员工提供两种'方案'以供选择。第一种，和以前一样，大家可以选择N（工作年限）+2个月的赔偿金，之后解除和公司的雇佣关系；第二种，在一个月后，大家可以进入'完美人生'这个政府扶持的项目，在公司经济好转后，会恢复进入'完美人生'的员工原有的职位，在此过程中，该员工仍然是公司的一分子……所以公司将会继续为进入'完美人生'的员工缴纳社保、住房公积金；甚至，公司还会按月替该员工偿还房屋贷款……接下来，有请HR为大家介绍'完美人生'的详细情况……"

办公室里一片哗然。

完美人生

"'完美人生'是好几个国家政府与全球最强人的游戏公司和生物实验室共同合作的项目。"不记得是哪天晚饭后，图莉跟欧辛说，"项目是悄悄启动的，所有参与项目的人都签了保密协议，这消息是别人偷偷告诉我的。"

"真的假的……"欧辛端起桌上的橙汁喝了一口，同时思考着技术上的可能性，"其实只要做出足够灵敏的神经元感应器，就可以捕获我们在思考的时候发出的脑电波……"橙汁进入嘴里，凉冰冰的，有点甜又有点酸，这是身体告诉大脑的信息。难道别的什么东西，将来也可以告诉大脑这个信息？

"怎么做到的我不知道，不过据说是很不寻常的高科技。这个项目已经进入内测阶段……现在正向全球征集2000个志愿者，所以消息才流传出来了……"

"嗯……可是一个游戏项目，为什么会有政府参与呢？"欧辛觉得很奇怪。

"我也很好奇，有人猜测跟维护社会稳定有关系。你想想，希腊的失业率已经连续三年高于50%了，那些失业的小青年隔三岔五地到国会大厦丢玻璃瓶子和臭鸡蛋……希腊政府能不管吗？所以他们在这个项目里面投的钱最多，也最积极。"图莉的脸上飞舞着女人聊八卦时专有的神采。

"你是说，他们想让失业的人都去玩游戏？"欧辛很惊讶。

"是啊！历史数据显示，每次发生经济危机，游戏产业就会非常蓬勃。所以我猜，他们干脆让大家一起去玩游戏，省得大家闲得慌，到处惹是生非。不过这个'完美人生'的玩法，跟我们一般的线上游戏不一样……游戏玩家必须躺在床上，手臂上埋一个静脉通道，由外界提供维持身体所需的养料，然后戴一顶游戏帽，这顶帽子可以让大脑直接与游戏服务器端通信。除此之外，还能模拟出味觉、触感……甚至肌肉疼痛，还能刺激荷尔蒙分泌，说谈恋爱就谈恋爱……据说，据说啊……刚进入游戏的时候身体会有点不适，但很快你就完全感觉不到自己是在虚拟的世界里面了。"

"这个听起来很有意思嘛……"欧辛说。

"听起来是不错，不过如果完全感觉不到自己是在虚拟世界，会不会很可怕？"

初 入

  八个小时的持续飞行，让欧辛头晕目眩，久久瘫坐在座位上，浑身无力。他看着周围的乘客陆陆续续取走行李，只想再休息一会儿。
  按照之前培训所说的，大家会以乘飞机的方式进入虚拟世界，因为初入时的不适感和乘坐飞机极为相似。欧辛还记得，当时HR说，程序会自动分析人们的思想，推算出人们内心最迫切的愿望，然后把世界营造成最贴近大家梦想的样子。所以，或许可以在这里看到自己真正想要过什么样的生活。
  欧辛揉揉太阳穴，想让自己清醒一点。
  "林菲！"欧辛看到一个熟悉的身影走过。
  "欧辛！"林菲在看见欧辛的刹那，眼睛里闪过一道看到救星的光辉，随即在欧辛耳边哆哆嗦嗦地小声问，"我觉得好可怕……我们是在'完美人生'里了吗？我视野左下角有一个菜单选项，看哪里都有这东西……"
  "恐怕是的。"欧辛用"眼球追随，眨眼确定"的方式把林菲说的菜单打开了，正想要仔细看，突然脑了一阵疼痛。
  睁开眼睛的时候，他已经躺在酒店的床上了。
  欧辛正要起身，眼前出现一个穿着紧身西装的褐发美女。
  "您好，欢迎来到全新的世界，我是您的私人秘书Siri，请允许我为您介绍……"欧辛回忆不起自己是怎么到达酒店房间的，只感觉自己睡了很久，完全不清楚时间，也不能确定自己是否在虚拟世界里。对了，林菲在哪里？
  "目前您入住的房间，是您在这个世界的长期住所，您无须担心房间的整理和清洁工作,将由专人为您打扫;房间配备的私人温泉、游泳池,阳光沐浴模式、阴雨模式任您选择;您还拥有私人厨师,24小时为您提供川菜、粤菜、日本菜、意大利菜……"

"那个,你好?"这私人秘书太啰唆,欧辛有点儿烦了。

"您好,请问需要我为您做什么?"

"能帮我联系上林菲吗?"欧辛说。

"正在为您连线林菲……"

"欧辛,你醒了?"三声电话的嘟嘟声后,林菲出现在床头正前方的墙上,之前白色的墙纸,突然就变成了超大的显示屏。

"你在哪里?"欧辛问道。

"我马上要去见客户,你没事吧?"林菲的声音听起来很愉快。

"应该没事了。"欧辛晃晃头,疼痛缓解多了。"见客户?"欧辛觉得现在的林菲跟之前完全不同,变得神采飞扬。

"是啊,欧辛,我们做的东西在这个世界非常流行,客户多到你无法想象,现在几乎不用自己去联系,而是他们自己找上门来。同事们都在拼命工作,就等你回来带大家继续做下去。"

"真的吗?"欧辛突然觉得脑袋瓜被一道阳光照亮了。

"这还有假吗?赶紧起床!"林菲哈哈大笑着挂断了电话。

私人秘书不见了,欧辛从床上坐起来,活动了一下身体,感觉很舒服,好像刚从一个质量很好的睡眠中醒来。

这是一间酒店套房,客厅很宽敞,床很大,而且居然就摆在客厅正中间。欧辛向阳台走去,通向阳台的门是关起来的,门的手柄上方是一个7英寸的显示器,默认选项是"晴朗城市"模式;旁边还有别的选项"海景、沙漠、乡村、更多"。

欧辛推开门的瞬间,就惊呆了——

太完美了,整座城市被灯光照得通透,建筑街道错落有致,每一栋楼的外侧都有灯光勾勒出线条,光影和色彩的搭配像是用特别的算法公式计算出来的。马路上车来车往,一点也没有拥堵的迹象,而且特别干净。他抬头看见泛着蓝光的天空,月亮和星星竟然完全不被灯光污染，在天空中闪烁，仔细看，居然还能看到月亮上那橘子蒂一样的第谷坑。

欧辛退回房间，在显示屏上重新选择"海景"，发现外面的城市转眼不见了，取而代之的是深蓝色的静谧海洋，一阵阵海风吹来，能闻到里面咸湿的味道。右前方不太远的地方，还有白鲸在海面上跳跃。刚才的月亮和星星转眼变成了银河。

"老大，你终于回来了！"欧辛走进书房的刹那，发现原来这里是公司的办公室。

"我……"

"假期愉快吗？"

"我……"

"对了，之前报的bug，我们已经修完了，自动化测试也全部通过，只等你回来发布。"

欧辛看着电视机屏幕上出现了自己的头像，画面非常清晰，而且毫无延迟，似乎所有因为视频数据太大和带宽相对太窄造成的画面延迟问题都已经解决了。他指着屏幕问负责开发这一模块的同事，同事说因为突然想出了一套全新的编解码算法，让整体性能都有大幅提升，不仅如此，他还为这套算法申请了专利，并因此拿到了公司优秀员工奖。

"欧辛，赶紧发布啊！还愣着干什么？"经理从背后走出来，拍着欧辛的肩膀。

欧辛哦了一声，立刻坐到位置上开始工作。

"人牛逼了！真他娘的厉害！"二十几个男人像猴子一样又叫又跳。

新版本刚发布二十分钟，大家就收到CEO亲自发来的邮件，邮件夸赞他们的产品为公司赢得了前所未有的新市场，收获的利润比上一个季度高出500%；同时对欧辛的团队管理能力赞不绝口，让欧辛赶紧准备材料，在下周的产品发布会上担任主讲。

就这短短几分钟，欧辛觉得自己成了世界的中心。

突然，欧辛又晕过去了。

工程师

"从目前的系统错误日志来看，我们可以得出这样的结论——读写频率太高，或者大脑使用率超过90%，就会让'个体'有昏厥的现象。这个bug可以反复重现，已经编号为VW-251231，写进了bug管理系统，里面有详细的重现步骤，大家可以查看……"开发工程师A正专业地把这几天分析的结果向团队分享。

"我个人比较关心的是，如果发生这个bug，会有副作用吗？比如，会导致大脑皮层神经元信息捕获异常……"开发工程师B说。

"按照现在的扫描结果看，与之前的差异不到0.01%，所以我们暂时可以认为——不会。"工程师A信心满满地回答。

"那我们如何避免这个情况呢？你有解决方案了吗？"工程师C问。

"实际上，为了负载均衡，我们已经使用了两次哈希算法对分配进行了管理，然而还是无法避免这种超低概率事件的发生……现在的紧急修复方案是，在寻找新的计算资源时，会有一次使用率的检测，如果大于等于90%，就放弃本次使用，重新寻找……"工程师A抿起嘴，觉得自己这套方案不够严谨，"不过，这只是个临时的解决方案，还不够完美，所以，如果大家有更好的方案，请随时找我讨论。"

"从用户体验的角度出发，我觉得……即使只出现一次这样的bug，也已经非常糟糕了。"UX[1]的这句话说出来，开发工程师们立刻在脸上显示出"你懂个屁"的笑容。

---

1. User Experience Designer，用户体验设计师，通常被简短地称为UX。

"我们在人脑模拟器上从来没有发现过这个bug，以及之前Beta和Alpha测试[1]阶段，也都没有发现这个bug……"开发工程师A试图解释。

"对不起，我不是这个意思，不是在质疑测试用例覆盖率不足，只是……大家都知道，这个项目非常特殊，用户是活生生的人，他们在这个程序里经历的一切，某种程度上来讲，是真实的，所以必须把用户体验放在第一位，所以……"UX觉得这件事非常严重。

"我想……大家都知道自己在做什么，在这里坐着的都是全世界最优秀的工程师……"

"我不是质疑你们，只是……这个bug如果发生了，那这个人会怎么想，你们想过吗？他不是一台机器，或者一串磁盘信息，出现bug，修复了，重新再运行一遍就好。一个人如果莫名其妙就昏厥了，在接下来的人生中，他会觉得自己是个病人，可能会做出非常保守甚至悲观的选择，这种用户体验，非常不好……"UX说。

"这个bug出现的概率非常非常低……"

"bug已经修复了，在之后的版本中不会再有。"

"他有病吧……"

"他懂个屁啊。"

工程师们头也不想抬起来。

决策层

产品经理："系统运行得挺好的，除了一个major bug（主要的错误修正）。"

---

1. 一般指产品正式发布前的内侧和外测。

老板:"我不关心细节。"

产品经理:"那可以忽略它。"

老板:"好,我想知道,这个系统是不是在向我们当初的设想靠近,让每一个大脑都成为云计算的一台机器,为我们接下来的大数据计划作准备。现在的大数据已经大到……不是多加几台物理的机器就可以分析,Hadoop这样的数据处理架构也已经不够用,我们要的是人脑,那些他们懒得使用,但是可以被利用起来的闲置大脑。"

产品经理:"至少第一步很好。数据显示,他们在虚拟世界过得很开心,如果他们继续安心享乐,那么他们大脑的使用率会越来越低,这样就会节省出更多的资源,让我们在别的项目中使用。"

老板:"很好……那目前的舆论导向如何?"

产品经理:"大家都相信,这是因为经济危机导致大面积失业,政府为了缓解社会压力,而不得不采取的办法。"

老板:"其实……这也不是假的,经济危机是真,社会压力是真,这也是政府支持我们的原因。政府和我们会双赢的,所以这是我们很难遇到的大好机会,一定不能丢掉。"

老板:"工程师呢?他们工作情况如何?"

产品经理:"他们非常专业,功能紧紧贴合了产品需求文档。不过,其中一个UX,似乎对用户体验太过在乎……"

老板:"当然是用户体验越好,他们就越安心于在虚拟世界享乐。所以一定要设计出用户们过去想要的,闻所未闻的,出其不意的享受!最好每天都有新东西,来满足他们的虚荣心、物欲、性欲、食欲……"

产品经理:"是的,只是刚才提到的那个Major bug,对其中一个用户造成了几次昏厥,这让那一位UX觉得无法接受。"

老板:"昏厥?"

产品经理:"是的,由于大脑占用率太高,导致身体无法负荷,从而在现实身体里面表现出短暂地失去意识,同时也在虚拟世界里面表现出来了。"

老板:"有解决方案吗?"

产品经理:"我个人认为,可以放弃这个用户。我调查了一下,他也是开发工程师,对这方面恐怕有比较敏锐的直觉,我怕留下他反而会造成负面影响,所以……"

老板:"好,按你说的办。"

老板:"等等……最好先给他留下一些美好又难以启齿的回忆,让他不愿意多提在虚拟世界的事情……你懂我的意思。"

两人相视而笑。

游戏天堂

"刚才你的表现简直完美!"欧辛睁开眼睛,发现自己正端着酒杯站在一个小型会议厅的演讲台上,嘴边是一个麦克风。自己左边站着CEO,右边站着林菲,她正在对欧辛开心地大声嚷嚷。

"快说几句。"CEO拍着欧辛的肩膀。

欧辛记不清发生了什么。好像之前昏倒了……可是后来……他们开发的产品颠覆了整个电视行业,这个小小的盒子已经代替传统电视机,出现在了每一个家庭里。人们用它看电视,跟电视台的主持人互动,在最新一期的"大家来吐槽"里面,这个小盒子不仅让一般的老百姓直接参与到现场节目录制中,还能及时对现场的嘉宾进行点评。让人匪夷所思的是,这个节目的收视率飙到了90%,这意味着几乎全人类都在参与这个节目,其中大部分人是为了体验这个能与现场互动的小盒子而收看这个节目。最近的记忆是,欧辛在产品发布会上,介绍小盒子的新功能。他英文流畅,演讲技巧纯熟,让公司的形象几乎盖过了当年有乔布斯的苹果。

"好像……真的火了。"欧辛说。台下一片笑声和掌声。

"希望……能继续为大家创造激动人心的科技产品。"话音刚落,掌声和欢呼声震天。

欧辛把酒杯摔向白墙壁，酒杯里红色的酒汁在白墙壁上画出一条优美的曲线，杯子在撞击墙面的瞬间，哗啦一声碎掉，随即消失不见。

"你好美……"欧辛抱着林菲丰腴的身体，躺在雪白的床单里。

"我好像喜欢上这个地方了，你呢？"欧辛开始莫名其妙地哈哈大笑，也许是庆功宴上喝了太多酒。

"那……喜欢我吗？"林菲蜷在欧辛的怀里，轻轻喘气。

图 莉

"你们必须马上把他叫醒！谁说不能毁约？我现在就是要毁约！我是他的未婚妻！"图莉气势汹汹地在电话这头大叫。

觉得对方似乎在糊弄自己，图莉终于彻底发飙："少扯淡，不就是玩游戏吗！我绝不能忍受一个都要结婚的人，还成天玩游戏不回家！你们听好了，毁约要赔多少钱，尽管按合同办事，房子尽管让银行收走，我不在乎！现在！立刻！马上！把欧辛给我叫醒！"

在欧辛进入"完美人生"的第38天，他回到了现实里，经济危机还在继续。

"欧辛，你知道现在进入'完美人生'的人都是试验品吗？前天，我们单位的领导暗示我把你叫醒，他说，进入'完美人生'的人，在里面的世界也许爽得不行，可是身体会由于躺太久，导致肌肉萎缩，到时候等你想醒过来的时候，身体可能已经到处是毛病了，所以我当机立断把你弄回来了。"图莉躺在欧辛的怀里，有点儿得意地说。

"噢。"欧辛怯生生地应了一句，呆呆地望着天花板，感觉像做了场无比真实的黄粱梦。在低头确认自己怀里的人不是林菲的瞬间，他打了一个哆嗦。

西 装

安潇和

城市居民因为不掌握生产资料,所以特别害怕失业。在农业时代,五谷六畜自给自足的农村几乎没有失业一说。为了应对失业问题,都市文明已经探索和改进了数百年,情况正在日益好转。但现在,劳动者又面临新的挑战——人工智能在体力和智力上不断超越自然人,都市之中的广大劳动者将何以自处?

《西装》中的主人公,以自己的生命捍卫了劳动者的尊严,穿着机器人尚不配穿的西装,走上了大楼天台……人工智能的出现,应该是人类的福音,而不该造成小说中的这种悲剧。

我有些别扭地扣好扣子，长舒一口气，抬起头看向镜子中的自己，不由得微微出神。

镜子中的男人西装革履，全然没有了之前的颓废，仿佛已经是个成功人士了。

"先生，衣服很适合您，看起来非常不错。这款西装按照最新的人体工学设计，面料是……"

旁边的导购还在喋喋不休，但我一个字都不想听，毕竟我可以肯定，同样的台词它已经说了无数遍了，这些话语只不过是从莱克商场的中央数据库中下载的各种销售预案而已。导购会针对不同客人说着不同的话语，对于我这样的顾客，它不会说品位，不会说设计师，而是会尽可能地让我明白这件西装昂贵的原因。

它似乎看出了我脸上的不耐烦，停止了自己既定的台词，站在一旁安静地等待我的决定。

我认真地打量着镜子中陌生的自己，同时用余光观察导购。

这台导购机器人追求的是完全拟人化，它的眉心本来应该露出机械零件以表明身份，现在却都被人造毛发好似不经意般地挡住了，以求不会诱发客人对机器人的排斥感，而头发的"无意间"遮挡，也不至于违反《机器人身份识别暂行规定》。不过那绝对标准化的笑容无时无刻不在提醒我，它是机器人。那嘴角的弧度不带一丝诚意，不但没有令人喜悦的感染力，反而让我厌烦。但它在拟人化上做得确实不错，如果不是标牌上表明了它的身份，也许其他人很容易把它和人类导购混淆。

不过现在还有人类导购吗？至少我不知道。

它似乎误解了我的沉思，立刻用带着虚假感情的电子音说道："先生，这款西装可能价格有些高，如果您不喜欢，我们还有另一款……"

"不用了，就这款了。"我立刻打断了它的建议，"我很喜欢。"

"可是根据您的经济实力，这款的确……"它此时还在模仿一个为顾客着想的尽职导购员，却显得很滑稽，令人作呕，我已经没有兴趣继续这场谈话了。

"不，就这件，就让我奢侈一回吧。"我说。

"好的，先生。已确认您的购买指令，现在为您结账，请验证身份。"导购的手臂立刻打开了，露出一块支付板。

"确认支付五千四百元。"

我验证了自己的指纹与声纹后，看着自己那所剩无几的存款，发出了一声叹息和无谓的冷笑。

"谢谢惠顾，先生。请问您还有什么其他需要吗？"导购礼貌性地询问着，同时让开了离开商场的道路，等待我的离开。

然而我还真的有些问题想和它聊聊。

我看着它身上的员工服，白底蓝条，塑料质感，看起来很廉价，但因为我不理解的理由，这员工服却比我之前的衣服更加昂贵。想到这里，我忍不住冲它嘲讽道："你是销售西装的，那你为什么不穿着西装呢？"

"先生，这是我的标准服装，据大数据统计，在所有的款式中，这样的服装更能增加顾客的信任感，同时更能体现顾客的衣着之美。"我可以肯定导购机器人没有理解我的意思，但它还是做出了系统给出的最合理的解释。

"西装可不单是人的一种工作服装。"我面对着它说，又仿佛是自言自语，"它其实代表的是一种社会地位与社会需求，西装革履的人是无法进行体力劳动的，所以身着西装的人就要用脑子、用知识在人类社会中证明自己的价值，如果他做不到，就要选择其他谋生方式。本来我应该也能穿上西装的⋯⋯"我的声调突然变高，变得有些尖锐与怨恨，"但我不配穿上它，西装也早就没有意义了。我倒觉得，你其实才应该穿上它。"

"对不起，先生，我不理解您的意思。我是机器人，没有穿上西装的资格，那是人类的服装。"导购的笑容依旧毫无瑕疵，"如果您需要⋯⋯"

"如果社会需要你的程度超过我，那你就更有资格。"我猛地伸手拽起它的衣领，让它看着我的眼睛。

它那看上去与我相似的身体，其实是如此的轻盈，那与我相似的眼睛里，没有一丝光彩。

"请您冷静下来，您的进一步行为可能导致我的损坏，那样您必须向莱克集团支付十二万元的赔偿费。"

不得不说，它的话真的让我冷静下来了，我松开了手，然后拍了拍它的胸口，压平了它衣领上的皱褶。

我摊开手笑着说："是啊，我得冷静，我可赔不起，一个机器人，那是多么贵重啊！"

"请问您是否需要数据心理医生的帮助，我可以立刻帮您预约。"它主动问道。

"我不需要你教我怎么做，应该是我来教你，从来都是人类教机器人该怎么做事！"我强调道。

"可先生您是荀桦大学文学专业毕业的，您并没有参与过我的系统设计，也并非数据库的信息案例，您是不可能教我如何做事的。"它的思维是如此僵硬，却也是如此尖锐，刺痛了我。

"我以为你是秃鹫，所以才没了天空，但没想到你其实只是麻雀，那我不就更可笑了吗？"我摇着头，笑了出来，"也许鸟儿都需要天空，但对于失去翅膀的飞翔者来说，自由成了一种折磨。"

"对不起，先生，我不明白您的意思，需要我联系数据心理医生吗？或者授权我查阅您的心理数据报告？"它还在试图说服我，它没法理解我。

我觉得继续和它说这些已经没有意义了，我准备结束与它的对话。

于是我转身向通往上方楼层的楼梯走去。

"先生，您如果还有其他购买需求，我可以继续提供服务。"导购机器人想跟上来，却被我推开了。

"不用了，这是我自己的事情。"

我站在楼顶，平静地注视着下方灯红酒绿的繁华都市，再次整理了一下自己刚买的西装。

"这样，就行了。我穿过西装，我打败过机器人。"

我快步上前，向着天空跃去，就像能够飞翔的鸟儿。

"就在今日的17点11分，莱克大厦发生了一起自杀事件。死者是一名男性，警方目前正在确认其身份，联系他的家人，同时中央心理数据系统正在分析确认其自杀原因。

"这已经是本市在这个月发生的第七起失业人员自杀事件，死者有的是曾经的白领，有的是刚刚进入社会的新人，有的是曾经收入不菲的前公司高管，而他们有一个共同点：他们都在今年刚刚失去了工作，都是经历了多次求职失败后选择了这条道路。随着人工智能机器人在服务业的大规模应用，留给现在那些没有相应工作经验、自身也不具备独特竞争力的失业人员的岗位越来越少，而没有收入的他们却同时要承担支撑一个家庭的社会责任；另一方面，社会补助金对曾被誉为高学历人才的他们并没有特别关照……然而，即使他们的劳动能力并不差，现在却毫无用武之地。这类人现在要承担巨大的心理压力与社会舆论，因此，他们的自杀原因之一很有可能是为了挽回曾经拥有过的自我存在价值。如果这种情况持续下去，可以预料，今后这种高学历失业人员自杀的事件会越来越多，希望有关部门能够迅速提供解决方案，提供更多的专供人类就业的工作岗位，同时建议各位有自杀倾向的市民能及时与家人和朋友沟通，或与数据心理医生进行倾诉。生命宝贵，万望保重。

"以上就是《智能报》智能采访机器人琉壳[1]发回的报道。"

---

1. 漫画及动画《死亡笔记》中的死神名字，此处暗喻人工智能可谓死神。

奥斯瓦尔公寓

杨泽凡

本文为人们展现了都市文明解决失业问题的努力与新尝试——政府为失业者设计了比较完美的求职制度，提供免费食宿，但只提供三个月，到期请到新的城市去，以防失业者颓废躺平。这种制度对于作家们来说，真可谓正中下怀，相当于每三个月就可以换个地方"采风"。

然而，当人工智能也能写得一手精文妙章，甚至还能青出于蓝，作家的未来命运与人生价值又在哪里呢？

"放心吧，我的伙计。"老乔什笑着说，"我相信，有些手艺是绝对不会被取代的。"

我也对此深信不疑。

然而就在今天，我很想找老乔什谈谈他对于新法令的看法。

社会究竟进展到了什么程度？

我实在很想和我的老伙计聊聊。

可惜上次见到乔什，已经是三年前。

10月底的峰区，已经有了些许寒冬的气息，计程车悄无声息地行驶在车流中，井然有序。暖气充足，我靠在软塌塌的椅背上，注视着车窗外的一切。

行人、商铺、写字楼、电梯公寓……鳞次栉比。

刚在咖啡馆购买的红茶的香气在我手上弥漫开来，但是我并不想喝。直到现在，我才能够静下心来，审视我的处境。

车流以外，恰好是一条喧闹的商业街，有个声音提醒我，这条叫作铁门大街。这条街没有多余的流光溢彩，也不会显得死气沉沉，也许人文气息尚在。这样的结论让我内心得到了一些安慰。

距离铁门大街大约三个街区远时，计程车开始减速。街边的山楂树缓缓掠过，我才注意到还有不少低头行走的路人，他们光鲜亮丽，却行色匆匆。在我的家乡，人们也总是这样，或许只有融入了特殊的环境，人们才会渐渐松弛下来。

忽然，耳边发出一声脆响，计程车停靠在一条清冷的街道左侧，该下车了。

我掏出口袋里的黑色卡片，在座位前方的刷卡区刷卡付账。随后我检查了一下自己的行李，确认没有落下什么。红茶依然安静地立在座位前方，我犹豫了一下，推开了车门。

扑面而来的寒意让我打了个哆嗦，我裹紧了身上的风衣，回头把车门轻轻关上。

无人驾驶的计程车再次悄无声息地驶上街头，汇入远处的车流中。

我冲着清冷的街头发愣。直觉告诉我，目的地近在咫尺，可我就是找不到那个所谓的"奥斯瓦尔公寓"。除了一些毫无意义的快餐店、自动售货便利店，其余的都是黑漆漆的屋子。

右肩突然被人轻轻触碰了一下，我警觉地回头，左手下意识抓紧了身旁装满了行李的单肩包。陌生的城市，陌生的街道，我需要谨慎得像只兔子，机敏得像只狐狸。

"亚摩斯先生，您很准时。"一个身着正装的年轻男人正缩回自己的右手，他调皮的表情以及滑稽的姿势，与他的着装非常不符。接着，他压低了声音，露出一个微笑，说道："欢迎来到奥斯瓦尔公寓，我是公寓管理员吉尔伯特，请跟我来。"

我有些惊讶，面前这个自称公寓管理员的男人看上去实在不像一个骗子，不过为了确保不至于在异乡上当受骗，我小声地问道："那个……您说您是奥斯瓦尔公寓的管理员？"

"是的，亚摩斯先生。"对方笑着回答。

"公寓就在附近吗？"我问道。

年轻男人又笑了笑，看上去他是个爱笑的人，"就在您眼前，先生。"

接着，不等我继续发问，吉尔伯特走向我面前那众多黑漆漆高楼中的一栋。他掏出了自己的黑色卡片，在楼前挥过。原本严丝合缝的墙面，轻轻流动了起来，不一会儿，一扇金属大门出现在了我们面前。

吉尔伯特看了看惊得发怔的我，吹了声口哨，然后做出一个邀请的手势，示意我进去。我急忙跟上他的脚步。

当我和吉尔伯特走进了那扇金属门，漆黑的墙面又恢复了它的原貌。

"亚摩斯先生，接下来，我们需要借用您的ID卡。"吉尔伯特说道。

我从口袋里翻出了那张黑色卡片，递给吉尔伯特，同时瞥见了屋内门楣上大大的黑色招牌"奥斯瓦尔公寓"，此时我对这个年轻人的身份深信不疑。

吉尔伯特熟练地将我的ID卡放在一台机器上，并在一边的电脑屏幕上操作了一会儿。大约过了一分钟，他将卡片交还给我，叮嘱我该如何使用这张卡片。

"我向您授予了公寓的权限，再次欢迎您入住奥斯瓦尔公寓，您被安排在305房间。在接下来的八十天里，您有任何要求和疑问，都可以来找我。"吉尔伯特礼貌地念着他重复过多次的台词，不紧不慢，很是得体。

"其实……"我斟酌了一下，"我有个小小的问题。"

吉尔伯特注视着我，示意我继续说。

"从街道上，似乎看不出来奥斯瓦尔公寓就在这里啊……"

"您说得一点儿也不错。"

"为什么要这样遮遮掩掩呢？"

"亚摩斯先生，"吉尔伯特慢吞吞地说，"在新法令出台之前，您对于公寓的存在有什么看法？"

"看法嘛，"我想了想，"这里似乎是一些被剥夺了人生价值的人的避难所。"

"您的想法非常开明，可是其实很多人并不像您这样想。他们认为住在这里的都是一些无所事事的人，一些偏激者甚至认为公寓里住的都是社会的渣滓。相当数量的居民对于政府浪费社会资源免费为失业者提供住宿非常不满……简而言之，亚摩斯先生，第三十二条法令并不是很得人心，谁知道未来会发生什么呢？"吉尔伯特说完，轻轻叹息了一声。

虽然很不愿意承认，然而这就是现实。

吉尔伯特接着说："如果我们光明正大地把公寓大门敞开在街头，不出半天，就可能招来一大堆抗议者。扑过来的人越多，就越可能做出一些危险的举动……为了避免不必要的麻烦，我们就选择了这种隐秘的方式。这片街区不在车辆调度的行车路线计划里，车流会避开这里，即使对于本地人，这也是相对陌生的街区。"

我叹了口气，这样的安排……真的非常周到。

我抬头看了看吉尔伯特,他正微笑着看着我。

"如果我在这八十天里依然……"

"那么您将会被送往另一个城市的公寓,继续您的求职之路。"

我点点头,伸出右手。

"谢谢你,吉尔伯特。"

"祝您入住愉快,一切顺利。"吉尔伯特同我轻轻握手,嘴角保持着微笑。

走廊里铺着深色的地毯,我走出电梯,踏在厚重的纯羊毛地毯上,几乎发不出什么声响。四周异常安静,仿佛整层楼除我以外再无其他住户。

出电梯沿着左侧的走廊连续拐两个弯,就是305房间。

刷卡,推开门,迎接我的是一股好闻的柠檬香气。房间大小合适,大概不到三十平方米,进门右手就是卫生间,洗手台上放着两只玻璃杯、电动牙刷、薄荷牙膏。洗手台正上方的镜柜里,放着两盒崭新的肥皂,还有包装完好的电动剃须刀、洗发膏、沐浴露。洗手台右侧的晾衣架上,整齐地摆放着浴巾和毛巾。

我突然想起了离开家时,我最后写下的那份记录。这里的一切,都按照我的生活习惯和爱好,安排得妥妥当当。

为了印证我的想法,我走出了卫生间。

床和书桌占据了主屋三分之二的空间,我摸了摸床板,如我所料,床板硬邦邦的,枕头也很低,我非常满意。

书桌左侧是配给器,我觉得应该先来一些点心舒缓一下奔波的疲乏。

食物选项里,首先推荐的是德比郡本地的食品。我打开点心的选项,看到贝克韦尔布丁得到了房客的一致好评。

选好了点心,我顺势坐在书桌前。桌上有一块电子阅读板,以及一本少见的纸质书,是我最喜欢的聚斯金德的《鸽子》。

"真是贴心啊……"我嘟哝着。

通常来说,旅馆的入住指南都在电子阅读板里,这里也不例外。忽略掉了那些惯常的客套话和注意事项,对于我而言最重要的,是第七条注意事项:"公寓免费提供三餐以及起居用品,除此以外的费用,请房客自理。"

这时候,布丁已经从配给器里发放到了我的桌上。

千层酥皮、果酱、杏仁糖霜,看上去很不错。

"见鬼!"

我很清楚自己的经济状况,我一边懊恼地吃着这昂贵的点心,一边盘算着找工作的事情。

醒来已经是正午,睡到自然醒是我长年养成的习惯。

在房间里吃了一顿免费的早午餐,熏烤牛肉加约克郡布丁,烤马铃薯味道不错,可是肉汁对我而言多了些。

勉强把自己打扮得精神了些,我决定去附近的人工服务商店或者餐馆碰碰运气。

推开门,正看见一个瘦长的身影拖着行李往电梯里走去。我快步上前,和他一同走进了电梯。

这位瘦子侧过头,迟疑了一下,问道:"下楼吗?"

我点了点头,这时候我才打量起这个口音不标准的亚洲男人:身高不到六英尺,体重应该不到一百一十磅,衣着穿戴显得很老气,他的右手紧紧攥着自己的拉杆箱。

门开了,这个瘦子急匆匆地走出去。

我一出门,就看见吉尔伯特在公寓门口悠闲地打着转,似乎在跳一种奇异的舞蹈。

"谢谢你,吉尔伯特先生。"这个亚洲人依然操着不标准的英语,同时把自己的ID卡递了过去。

"祝您一切顺利,李先生。"吉尔伯特利索地处理了手头的活儿,把ID卡交还给这个叫作李的男人。

直到李先生和他的拉杆箱离开了公寓,吉尔伯特才走过来招呼我。

"他的时间到了吗?"我好奇地发问,"他一直没能找到工作吗?"

吉尔伯特点了点头。

"在这儿找工作,很困难吗?"我稍微想了想,"还是说……"

也许吉尔伯特看出了我的意思,非常迅速地打断了我怀疑当地流行种族歧视的论断,"亚摩斯先生,您相信中医吗?"

"噢,似乎不是非常……"

"德比郡也不相信。"

"啊,亚摩斯先生是吗?"当得知我是求职者而非顾客的时候,Bake & Take的服务员脸色发生了变化,"我不知道老板是不是需要一个新的服务生,而且……"

"没有关系,露西小姐,你只需要告诉你的老板这件事就好。"

我有些狼狈地央求着这位女服务生,但是再蠢的人也能够看出,这毫无效果,只会让气氛越来越尴尬。

我失望地走出快餐店,迷茫地望着街上的车辆。

现在已经临近傍晚,这个下午,我跑了两家人工便利店、两家快餐店,得到的都是相仿的结果:不是被直白地拒绝,就是得到了模糊的搪塞。

"你觉得她真的会和老板说起这件事吗?"

因为这句突兀的搭讪,我转过身去。

我看见了一个面色黝黑的中年人,戴着一顶冷帽,穿着很随意。

我耸耸肩,回答:"至少我尝试过了。"

中年人撇撇嘴,向我走近了几步,说:"这就是你的再就业计划,是吗?"

"什么?"我并没有吃准他的意思。

"乔伊·亚摩斯,热衷古典主义的老派作家,获得过一次布克文学奖和一次雷诺多文学奖。"中年人如数家珍一般揭着我的老底。

"哇哦……"我故作惊讶,"没想到能在这儿遇到我的铁杆粉丝。"

"也许我是一个批评家呢……"中年人回答。

我们俩都笑了。

"肖恩·波顿,"中年人正式做着自我介绍,"叫我波顿就好。"

"嗯,你好,波顿先生。"我礼貌地向他问好,"你似乎对我的就业计划有一些看法?"

波顿没有回答我的问题,只是说:"亚摩斯先生,你以前写的书非常出色,思维非常缜密。"

"谢谢。"我在等他的下文。

波顿看着我眨了眨眼,"那么,祝你好运!"

真他妈的见鬼!

我愤怒地在酒吧挥霍着所剩无几的积蓄。

这是一家老派的酒吧,顾客并不很多,大多是中年人。服务生倒是些身材火辣、青春靓丽的年轻女孩。但在如今的情况下,能谋到这差事,对她们而言,也必定费了不少劲儿。

不一会儿,我就把自己灌得晕晕乎乎了。我敢肯定自己醉了,眼前开始飘过一些无中生有的东西,诸如儿时的玩具、中学时的女友,还有我最好的朋友老乔什……

天哪,我一定醉得厉害,老乔什居然朝我走来,拍了拍我的脸。

哦哟,我的脸真疼,人的想象力果然是无限的。

"该死的,你怎么盯着我傻笑?我又不是娘们儿。"

我和老乔什,就这样在德比郡重逢了。

到了后半夜,酒吧里的人居然更少了,我的脑袋有点儿沉,但是比之前清醒了不少。

我和老乔什四目相对,望了许久,竟然不知道怎么开口。

"好久不见了。"千万句想询问的话语梗在喉头,我却说出了这么一句不痛不痒的话来。

"嘿,伙计,你可给折腾惨了。"老乔什冒出了这么句话。

我笑了,眼泪也不由自主地流了下来。

"混蛋。"

"从大作家变成无业游民的感觉如何?"老乔什摆出一副尽量让自己更舒服的姿势,似乎准备彻夜长谈。

"去他妈的四十一号法令。"

"好日子一去不返了,自从二十八号法令开始。"老乔什灌下两口啤酒,"这绝对是人类历史上的败笔。"

"也许曾经看上去很美好。"

"滚你的,亚摩斯。作出这些决策的人都是白痴。"

我盯着老乔什的脸,这时候我才能够仔细观察他,除去多了几道皱纹,老乔什还是那个老乔什。

"你觉得这些法令都很蠢吗?"我问道。

"哦,不,那条,对了,那个第三十六条法令,还是很明智的。"老乔什咧嘴一笑,"妓院合法化,这简直就是双赢!"

"也许第三十三条也不错?"

"去你的,亚摩斯,那完全就是形势所迫。"老乔什满口脏话,"如果不是体验机的风靡……"

体验机,绝对是人类发明史上的里程碑之作,它能够让人身临其境,体验所有使用者想体验的感觉。

那么体验机的出现,对什么行业冲击最严重呢?

之前很少有人想到,毒品的销量居然一落千丈。

体验机简直就像是廉价而无害的毒品,瘾君子趋之若鹜。虽然某种程度上来说,毒瘾是一种生理刺激,但是最终要由神经组织做出反应。而当你钻进体验机的时候,你的神经就被它接管了。

这其中发生了一些小小的摩擦,不过更加重要的是,体验机有效满足了日趋增多的老年人的需求。

人口老龄化,机器人充当了劳动力,只有体验机,能让老人们可以重温旧日的好时光。

对于这些爷爷奶奶来说,机器人当道叫不是他们最美好的经历。

事实上,这一切的根源,都源于第二十八条法令。

机器人涌入了工厂,工人一夜之间失去了自己的工作。政府为失业者提供了大量的救济,然而随着时间的推移,一些自诩为精英的人对于这种救济非常不满。接下来的数条法令都在寻找着社会关系的平衡,然而直到第三十二号法令的推出,精英们才勉强接受了这种折中的救济方式。

当然,这其中还有很多微妙的变数。比如说,在服务性行业里,并不是所有人都习惯让一台冰冷的机器伺候自己点菜,医院里显然也不可能一个温柔美丽的女护士都没有。人们争论不休,不过,很快街头又出现了提供人工服务的商店,以及雇佣女服务生的餐厅。

"我没能找到工作,"老乔什摇头晃脑,像是体内装满了一肚子苦水,"没有人愿意让一个丑家伙当服务生,而我的工厂又被那帮蠢蛋机器人占领了……"

我不知道该说些什么,开口想询问他的近况,老乔什却突然凑过来对我说:"嘿,是不是很像?"

没来由的一句话,让我有些发愣,近在咫尺的老乔什的脸上,突然露出了一副他不曾有过的古怪表情,像是得意,又带着些嘲弄。

我猛然抬头,向身后靠去,酒吧的顾客和招待,都望向我。

这也许是我遇见的,最恐怖的事了。

见到波顿的时候,我足足怔了一分钟。

"欢迎回来,亚摩斯先生。"

波顿的脸上,带着那种得意和嘲弄的笑容。

这个时代,最伟大的发明之一,体验机,就在我身边。

"我用它改写了我们相遇的经历,事实上我原本说的是介绍一份工作给你,你才乖乖地跑来。轻信一个陌生人的话,这是很危险的,先生。"

我闭紧了自己的嘴巴,眼神里散发着要痛打对方一顿的欲望。

波顿不在乎地耸耸肩,"首先我得说声抱歉,亚摩斯先生。可是我个人觉得,这种见面方式,也许更有助于我们接下来的对话。"

我尽力克制与他对话的欲望,可是却对他的目的充满好奇。这很明显不是一次绑架,看上去也不是一场恶作剧,至少针对我,他并不能捞到什么好处。

"就在刚才,在故意露出破绽之前,您发现了那个所谓的您的好朋友是虚构出来的吗?"

我摇摇头,实话实说:"那简直就是他本人。"

波顿一副意料之中的模样,"当获取了你的记忆以后,再现记忆或者根据它重新塑造,现在做到这一点并不是很难。"

他接着说道:"我换句话说,如果刚刚发生的,是实实在在发生的事,只不过你对面坐了一台机器,你做何感想?"

由于吃不准波顿的意思,我皱了皱眉,表示不能理解他的用意,同时开始观察四周。

一间大小适中的屋子,简朴的装修风格,屋里摆着几张桌子,还有一台体验机。房间唯一的窗户紧闭着,有些反光,看不清窗外的情形。

"许多年前,在2014年,世界上第一台机器人据说通过了'图灵测试'。"波顿开始说些无关紧要的东西,"确切来说,是人工智能。那个小家伙还有个名字,尤金·古斯特曼。当时看来,这是个可爱的小家伙,上帝的礼物——但是渐渐地,出现了一个小问题,那就是,人工智能的自我习得能力。它们很厉害,能够自己去发掘事物的规律。"

"呃,听上去很了不起。可是,这和你用幻象折腾我有什么关系呢?"我忍不住打断了他。

波顿毫不在意,依然不作出回复,竟然反问我道:"既然这么多年之前,人工智能已经了不起到这种程度,为什么我还在使用那些老旧的机器,仅仅只是在重复性工作和精密加工这些行业安排使用机器人呢?"

没法让这家伙闭嘴,我只好瞪着他,做出一副"随便你说什么"的架势。

"很简单,我们需要控制它们。没法控制的技术,都是危险的。"波顿滔滔不绝,"冯·诺依曼机的时代过去了,由于使用了生物芯片,这些电子玩意潜力无限,计算能力和存储能力都大大超越我们的想象。如果有一天,某个聪明的铁疙瘩模仿到了你某个朋友的习惯甚至人格,刚刚出现在你眼前的幻象,就可以成为现实……"

我无言以对。

"也许这些玩意不知道人格的意义,也许它们并不知道自己在做什么,但是这些都是可能的。"波顿似乎说完了,静静地看着我。

"我并不觉得,人格是这么容易模仿的。"我被刚刚波顿抛出的话弄得有些晕乎乎的,"而且你为什么要把我弄来,和我说这些呢?"

"首先,亚摩斯先生,你把人看得有些太高了,其实某种意义上来说,人也不过是生物学领域那些系统的构成,人为什么具有理性,为什么会有不同人格,这就像人类精神与思维的来源一样不好说。"波顿耐心地说,"当我们把机器人制作得十分精巧,这一切都是可能发生的。自我习得,失去控制,开始这也许会成为伦理问题,接下去就更加难说了。"

我点了点头,继续问道:"很好,你说的似乎有些道理。但是,你还是没有解释明白,你把我弄来到底是为什么呢?"

"不仅仅是你,亚摩斯先生。"波顿微笑着说,"最新的法令你还记得吗?"

"召集这么多创造性行业的人,你们的动静真不小啊。"我撇撇嘴。

"如果通过这种方式能测试出人工智能的上限,费这些手脚绝对值得。"波顿得意地笑着,"再一次自我介绍,肖恩·波顿,峰区人工智能测试员,本次测试活动中,由我专程接待你,亚摩斯先生。"

"所以,我需要做什么呢?"我问道。

"让这些机器观察你,与它们朝夕相处,看看这些聪明的家伙能不能寻出你工作的规律。"波顿认真地解释着我的工作,"然后根据这次测试结果，我们会试着做一些调整，看看能在哪些领域把这些聪明的伙计安排进去。"

我点了点头，对我来说，这只是一次有看客的写作而已。

"有什么要求吗？我会尽量满足的。"波顿说道。

"贝克韦尔布丁，外加一小杯枫糖。"

我依然遵守着自己以往的写作习惯，坚持手写，习惯在午夜动笔。

最近这些奇特的经历给了我很多灵感，写作进度很快，丝毫没有受到影响。

与此同时，世界上许许多多的作家、画家或者音乐人，正在体验和我类似的经历。我不知道这些人是否相信人工智能会学会这些触及思想甚至灵魂的东西，至于我，我根本不信。

波顿是个相当不错的人，如果不是以那种方式见面，我们也许早就成了朋友。他酒量颇大，非常大方，脾气比老乔什好很多，没有满口脏话的恶习。

每天傍晚，我们习惯去附近的小酒馆坐坐。不过波顿有个小毛病，爱掉书袋，换个角度来看，波顿大概是个爱炫耀的人。他非常渴望把自己知道的都表露出来，展现自己的学识和魅力。

转眼间，已经到了12月，我的思路慢慢陷入了瓶颈，这是我过往写作也时常遇到的状况。

我躺在床上，盘算着去哪儿喝一杯。

"亚摩斯，有些东西你得看看。"这是波顿的声音。

我坐起来，他悄无声息地进入了我的房间，站在床头。

我本来还想打个趣，假装埋怨两句，但看到波顿满脸的阴云，我把话咽了回去。

"怎么了？"

"你看。"

阅读板上满满当当的句子，我仔细一看，竟然是我陷入停滞的文章的后续。

我抬头，瞪着波顿。

"那是一个终端，我们在全世界做测试，收集信息到终端，然后由终端反馈……"

我听不见波顿那些无聊的结论，只是死死盯着那块阅读板。

"好久不见，亚摩斯先生。"吉尔伯特依旧是满脸笑意。

我整理好了行李，没说一句话。

直到吉尔伯特和我说再见，我才平静地答复他的告别。

"很遗憾，先生。"吉尔伯特轻声说。

"恐怕德比郡不需要我。"我茫然地说道。

漫无目的地在街头走着，我非常沮丧。

对于波顿而言，或许就不仅仅是沮丧了。

"人是会思想的芦苇。"

看来帕斯卡尔说得不准确。

也许这个世界上，没有那么多真理。

信 心

索何夫

人们可能一直有个思维误区,觉得在太空城中生活是非常艰苦、不能持久的,只有地球才是长久安居之地。其实,只要科技足够发达,在太空城居住的"续航力"和太空城的舒适度都完全不是问题。相反,太空城是完全以人为中心设计建造的居住区域,能够最大限度地以人为本构建居住空间,满足人类的各种居住需求。很可能,太空城才是未来最宜居的都市。

在《信心》这个故事里,太空城富足安稳,一切都精确可控。而故乡地球却令太空居民感到不安和恐惧,他们害怕山川河海,更害怕风雨雷电,很多人完全无法接受回到地球定居。或许,这才是未来太空居民们的真实心态。其实,这样的居民,就成了真正的太空原住民,彻底适应了太空生活,可以承担探索宇宙的重任了。

这,就是都市生活的终极目的。

一

在整座亚拉腊[1]城中,"回归之厅"是少数几处称得上"宽敞"的空间之一。这座大厅位于亚拉腊城的核心部位,占据了城市第一区——也就是中央区——超过五分之一的空间。

如果从相隔数百千米的远处眺望的话,亚拉腊城,这座人类历史上最为巨大的太空建筑物,看上去很像是一只硕大无朋的海星。包括"回归之厅"、主要行政区域与工业区域在内的核心部分,大致呈现出粗糙的球状,而五条"肢体"则呈放射状从核心球体伸向四周。虽然这五条"肢体"都看似细长,但它们的直径其实都超过了半公里,大量的人员居住区,就像蜂巢里的六棱柱蜂房一样,密密麻麻地填满了这些"肢体"中的每一寸空间。

当然,就像真正的海星一样(虽然这些棘皮动物早已经灭绝了),亚拉腊城在某种意义上,也是一个有着完整循环体系的"生命体":所有"蜂房"式住宅产生的废弃物,都会被近乎完美地物尽其用,在经历循环之后重新变成食物、工具和其他物资。

在环绕着亚拉腊城的小型轨道上,几座圆筒状的卫星太空城里设有巨大的水培农场,大量负责太空城外部维护工作的"工蜂"机器人,就像早已灭绝的蜜蜂一样,辛勤地围绕着这些卫星太空城不断转悠。而无法单凭回收满足需求的工业原材料,则主要从月球表面取得——这真是舍近求远之举,地球其实要近得多。

不过,虽然地球离亚拉腊城的距离比月球近很多,但从地球表面

---

1. 亚拉腊,来自土耳其语,是土耳其境内的一座山。在古代,当地人就把它视作众神的居所、文明的源泉和英雄在洪水中幸存下来后的避难所。自从在亚拉腊山附近找到了疑似挪亚方舟的船身残骸,普遍认为这里就是《圣经》中记载的挪亚方舟最终停靠地。

回收物资的活动，却是近年来才逐渐走上正轨。

总之，在亚拉腊城内部，一切都是紧凑而狭窄的，唯有"回归之厅"是个例外：这座庞大的、拥有巨型水晶穹顶的建筑，就像这只海星身上长出的巨型眼睛，时刻俯瞰着人类的母星。而所有有幸被允许进入此处的人，也会看到同样的景象。

"……孩子们，经过了在太空轨道上数十个世代的流亡，如今，我们一族终于重新开启了光荣的征程，开始返回阔别已久的故土——生养了我们的地球。"

在大厅中央的讲台上，白发苍苍的老人一边用低沉而悲愤的声音说着，一边伸手指向了头顶。

在那儿，地球的巨大轮廓几乎占满了大厅的整个透明穹顶，烟波浩渺的海洋反射着太阳光谱中蓝色的那一部分，散发着一种令人敬畏的异样感。

"这是我们整个种族漫长苦旅的终章，而对于能够亲身经历这一步的我们而言，则是无上的荣誉！你们明白吗？"老人大声说着。

"是的，长官！"两百个仍有些稚嫩的嗓音同时答道，透着年轻人特有的天不怕地不怕的决心。其中也包括了混在同学之中的毫不起眼的戴尔。

当然，这群志愿申请加入地表勘探分队的孩子中，没有谁不明白老人刚才所说的话。毕竟，他们就是冲着这份荣誉来的。

……虽然这荣誉早已不像过去那样耀眼了。

由于平时对历史有点儿兴趣，戴尔早已在亚拉腊城的在线档案馆中调阅过了地表勘探分队的历史。

没错，当讲台上的老人仍然年轻时，"重返地表的勇士"确实是个令人羡慕的头衔。但眼下时移世易，任何头脑清醒的人都不难明白：第一千个回到地表的人所能够分享到的那一丁点儿荣誉，显然不会是将第一个回到地表的伟大英雄的巨大荣誉简单地除以一千的结果。

不过即便如此，这份荣誉——以及它在未来可以给拥有者带来的种种好处——仍然具有足够的吸引力，足以让报名的志愿者和实际名额的比例高达150∶1。

"虽然我无意打击你们的积极性，但请记住，重新开拓地表是一件非常艰难的任务——持续千年的大劫难让我们的故乡疮痍遍布，成了不再适合居住的危险之地。在大地的表面危险丛生，等到正式开始勘探作业之后，你们就会发现，无论是天气、生物，抑或是你们脚下的地表，都会成为你们的敌人。"老人继续说道，"在与我一同有幸成为第一批勘探队员的十个人中，六个人没能再活着回到亚拉腊城，还有一人则在最后一次任务结束后不久，就因为伤势过重去世了，骨灰按照本人遗愿被送回地球安葬。虽然在那之后，随着经验的积累，以及坚固的地表前哨基地的建立，勘探队的伤亡率已经有所下降，但迄今为止，仍然有总共22%的勘探队员会在前三个任务周期中死亡或者重伤。而在那之后，每增加一个任务周期，伤亡率就会额外增加8.5%。"

没有任何人对老人的这番话发表评论，毕竟，他所复述的不过是在场的大多数孩子早已知晓的事实。虽然作为亲历者，这番话从他口中说出时，会带有一种特殊的真实感。但这并不足以让已经做好了心理准备的孩子们产生任何动摇。

"唔，你们觉得自己做好了准备？你们觉得自己无所畏惧？没错，这很好！但不幸的是，这还不够！"老人继续朝着位于众人头顶的地球高举着手臂，"因为，无论是学校的课程，抑或是培训资料，都不会告诉你们，相较于无处不在的危险，还有另一个更加可怖的障碍横在我们与我们的家园之间。这不是可以用单纯的技术手段所克服的障碍，因为它来自我们的内心深处。你们知道那是什么吗?！"

仍然无人答话，但这一次，孩子们确实不知道应该如何回答这个问题——直到走入这座亚拉腊城内最为宏伟的大厅之前，都没有任何人曾经告诉过他们还有这么一档子事。

"你们不知道？我想也是……因为你们从出生至今，与地球的距离都从未少于七百公里。"老人说道，"你们没有踏上过故土，也从未离开过亚拉腊城。因此，你们当然不可能知道那是什么……不过，如果你们中的某人有幸加入了重返地表的先锋行列，那他或者她自然会在那一刻知晓这个问题的答案,并且不得不设法去战胜这道障碍。"

"但是,如果我们事先不知道障碍是什么,又要怎么样去战胜它呢?"一名学员终于忍不住提出了问题,"您至少应该告诉我们,到时候应该怎么做。"

"很简单,保持信心。"老人说道,"只要坚信最终能重新夺回大地,我们就一定能够成功!而失去了信心的人,最终将不配留在我们的队伍之中。"

二

在任务时钟上的倒计时还剩六分钟时,戴尔总算及时完成了温室中滴灌设备的检修工作。

与地表的重力相比,亚拉腊城的重力还不到其三分之一,这导致了许多易损设备的耐久度总是比预想中的要低。虽说技术部的人反复强调,地表前哨站使用的设备已经经过了特别的"针对性调整",但包括戴尔在内的许多人都认为,那些技术专家很可能压根儿没闹明白地表的重力到底有多少。

当然,在来到地表两个月之后,戴尔早已适应了各种各样的不便与麻烦。与他在竞争这个名额的过程中付出的努力相比,前哨站里的这些困难简直不值一提。事实上,除了需要忍耐更高的重力之外,他在许多时候甚至会觉得,地表的生活与亚拉腊城里也没什么两样。

"小子,别得意得太早了。"在刚来到2-10号前哨站的那几天,一名已经完成了为期两年的第一个执勤周期、正要开始第二个执勤周期的"老人"曾经如此告诫戴尔,"别以为在前哨站里修修补补,干点儿打杂的零碎活计,就算是面对地表的挑战了。只有撑过了第一次出舱,你才能算是真的来过了地面上。记住:对最优秀的勘探队员而言,第一次出舱那天,才是最大的考验。"

出舱,这个说法源自亚拉腊城。它的原意指的是离开太空城的密封舱室,进入宇宙空间中活动。不过,用这种说法指代"在前哨站外的行动",其实也没什么不妥之处。

虽然建造在地表,但目前为止,人类为了重返地面所建的所有前哨站,其结构都与分布在亚拉腊城周边的小型辅助太空站没什么差别:由金属与碳纤维构成的封闭式舱室将前哨站内外的环境完全隔绝,而运载人员来往于轨道和地表的穿梭机,则会在降落后直接与站点周围的气密门进行对接,使得勘探队成员们甚至不会暴露在室外哪怕一秒。至于前哨站内部的布局,更是和太空站里没什么两样,唯一的区别仅仅是,在前哨站内执勤的人们,能透过拳头大小的观察窗看到外面的景色——焦黑、荒芜的大地。

而现在,他们终于要用自己的双脚踏上这片土地了。

在倒计时还剩两分钟时,戴尔已经抵达了X-6气密门附近的集合点,并穿戴上了出舱的全部装备——与在太空中不同,地表的出舱装备并不包含生命维持系统,只有一件保护着躯干的轻型防护服,一只装有必备工具和应急装备的背包,一顶带有照明设备的轻便头盔,一套整合进头盔内的通讯-定位系统,以及一个带有"非紧急状态请勿使用"字样的呼吸面罩。

配备呼吸面罩是必需的。虽然在千年之前经历了那样的大灾难,但地表确实还有相当多的生命,也还存留着勉强可供人类呼吸的大气。当然,这也意味着,这里还有重建的希望。

没有人会否认全新世-大火成岩省事件[1]的毁灭性。这场灾难导致的破坏几乎不亚于传说中的大洪水,这也是当年仓促使用尚不成熟的航天技术逃离地球的人们,将自己在地球轨道上以及月球周围建立起的避难殖民地称为"亚拉腊城"的缘故。

由于地球内部物理状态的某些显著变化,在足足十一个世纪的时

---

1. 小说虚构的未来造成生物灭绝,甚至大陆裂解的剧烈地质灾害。

间中,巨型火山在地球上的各个角落接连崛起,就像两亿多年前的二叠纪末期那样,将巨量的火山尘和熔岩倾泻到地表,并彻底埋葬了人类自以为无比辉煌的那一丁点儿可怜的文明成果。海洋中的大部分区域,都变成了缺氧且有毒的废水坑,而天空则被火山尘所掩盖。在干冷厚重的阴云之上,残存的人类则在太空中利用过去的科技遗产站稳了脚跟,经过长期艰苦卓绝的努力,逐渐将他们在太空中的简陋避难所建成了可以容纳数千万人的环形轨道城市群!

但即便在太空已经繁衍了很多代,人们还是渴望回到地表,尤其是当这一轮大规模火山活动开始趋于衰退之后。纵然重新让地表环境变得适宜人类生活,至少也还需要数个世纪的时间,但对于已然躲避了千年的人们而言,这并非无法支付的时间成本。

……可就算愿望强烈,直到戴尔和他的同伴们抵达地面为止,也只有不超过一千人曾经得到过在地表"出舱"的机会而已。

当倒计时的读数还剩下三十秒时,戴尔感觉到自己的呼吸正变得相当急促。在他大脑的深处,名为"本能"的那个部位正在躁动着,毕竟,人类原本就注定应该是生活在地球表面的生物。太空中的亚拉腊城可以作为临时的避难所,但无论如何也无法成为人类的家乡。

二十秒。

十秒。

在最后倒计时五秒时,戴尔听到了气密门开启的轻微嗡鸣。他努力咽下一口唾沫,同时绷紧了四肢的肌肉,试图分散自己的注意力。

"只是走到外面去而已,"当戴尔这么做时,他听到有人在身边自言自语道,"只是走出去而已,这非常简单……"

但事实很快证明,"只是走出去"并不那么简单。

三

在倒计时归零的瞬间,准备就绪的戴尔走出了第一步。

他第一次看到了地球的天空。

在这一瞬间之前,戴尔曾经反复想象过自己在此时此刻的情绪——或许是激动,或许是喜悦,当然,也可能是某种充斥胸臆的崇高使命感。

然而,当那片远在数公里之外的灰褐色铅云映入他的眼帘时,戴尔真正感觉到的,却是在血管中狂奔的肾上腺素。没错,他确实兴奋了起来,但这种兴奋绝非喜悦或者激动,而是人类在身处危险环境时所必然感受到的恐惧。

他在害怕,在颤抖,他的本能告诉他,必须尽快逃出这个可怕的地方。

在过去,戴尔曾在古代的资料中看到过"恐高症"这么个概念。

据说,过去那些生活在地球上的人中,有相当一部分都害怕高处,甚至难以进行高空作业。当然,孩提时代的他并不理解这种概念,因为亚拉腊城里并不存在"高处"。

没错,在"回归之厅"以及一些较小的观景穹顶中,人们确实可以眺望地球,但过远的距离早已让"高度"这个概念失去了意义。而在太空城内,很少有高到可能让人摔死的地方,就算有,这类区域也通常因为安全考量而不提供人造重力支持。因此,出生在亚拉腊城里的人们并不会惧怕"高",只因为"高"并没有任何值得惧怕的地方。

然而他们会惧怕别的东西。

"各位,感觉还好吗?"当一同出发进行首次舱外活动的十二人全体离开气密门后,领队的资深勘探队员问道,"如果有明显的不适,一定要立即报告。这对于及时进行医疗救护是相当关键的。"

"我没……没问题。"戴尔连忙说道。虽然双腿发软、呼吸急促、脑子里也变得晕乎乎的,但戴尔很清楚,他其实并没有任何严格意义上的"健康问题"。在仰望天空一秒钟后,他就意识到了自己产生这种本能的恐惧感的真正原因。

他害怕天空,害怕开阔的土地,害怕一望无际的世界。

在亚拉腊城里,世界是有限的。一个人的一生所涉及的,就是位于密封的太空城舱段内的一切,而在外面,则只有一片虚无。即便可以从为数不多的透明穹顶与舷窗向外眺望地球和星海,但说到底,在太空城居民的潜意识中,那些景象不过是生于兹、长于兹的他们,从诞生以来就会看到的司空见惯之物,和挂在墙壁上的油画并没有什么本质区别。

真正属于他们的,仍然是太空城内的一个个规划严密的舱段和房间,而整个世界的边界,从来不会超过陶瓷-钛合金复合式外壁与他们之间的距离。

然而现在,一切都不同了。人类作为草原上的顶级掠食者,所演化出的能精确判断周遭景物距离的双眼开始发挥作用,并将一个事实直接跳过了"理智"这一关,势不可挡地灌入了每个人的脑子里:世界已经不再像过去一样狭小,而他们身边,也不再有保护着他们不受"世界之外"的事物伤害的铜墙铁壁了。

在这一瞬间,戴尔突然觉得,自己就像是一个赤身裸体的婴儿,突然被抛入了一片黑暗、嘈杂、无边无际的丛林的最深处。

……迷惘……

……惶恐……

……对于无尽广阔空间的不安……

"呜……呜哦哦……"

在走出气密门仅仅五步之后,戴尔的同伴之一就跪坐在了基地边缘铺着厚橡胶块的地面上,开始轻声抽泣。

带队的那名勘探队员安静地等待了几秒钟,然后才走到了他的面前,"你还好吗?"

"呜……"

"你还好吗?!"带队者用更加严厉的语调问了第二遍,"你还有信心继续走下去吗?!"

戴尔的同伴颤抖了一下,有那么一刹那,他似乎想要给出肯定的答复。但很快,两滴眼泪就从他的眼眶中渗了出来。"没有了!请原谅我……"那人哭喊道,"我不知道……我实在是没有信心继续……"

"好了,你可以回去了。"带队者不耐烦地摆了摆手,伸手指向了基地的气密门,"其他人继续。"

戴尔没有表现出任何畏惧或者不安——当然,这都是通过强行绷紧面部肌肉勉强做到的。但即便如此,随着小队逐渐离开前哨站周边区域、脚下的橡胶块地面逐渐被干燥的沙土和黑色的玄武岩碎屑所取代,源自内心深处的恐惧继续像一条阴险的毒虫般潜滋暗长,从内部一点点地啃噬着他的意志与心神。

此刻,他惧怕周围的一切:翻滚的云层,方向不定的风,出现在地平线上的耐旱灌木丛,从矮灌木之间传出的虫鸣……这一切本身虽然并没有什么可怖之处,但它们出现和变化的随机性,对于他而言,就是最大的恐惧之源。

在太空城的生活中,一切都是规划好的,完全可控且严格地按照程序进行。时间表的划分被精确到秒,而物资的消耗与回收量则会精准到毫克,虽然故障偶尔也会发生,但就连这些意外事件本身,也都被逐一精确计算好了概率,并制定出了极为详尽的应对计划。

总之,直到今天之前,戴尔的人生中都没有出现过任何"不受控制"和"无法预测"的事物。也正因为如此,他对于一切这样的事物,都存在着极为深刻的恐惧。

就这样,戴尔终于明白了,在那一天,老人所说的"信心"到底是什么意思——在太空中生活了这么多世代之后,人类事实上已经适应了全新的环境……或者更准确地说,被他们不得不适应的新环境"驯化"了。对于诞生在地表之外的人而言,地球本身才是更加陌生的环境，陌生到足以令人产生生理层面的反感与隔阂。

而这种反感与隔阂所瓦解的，是对于重回地表的渴望本身。

"我退出！"

在出舱任务开始二十分钟后，第二个勘探队员如此宣布。

在之后的一个小时内，又有两个人这么做了。

在返回前哨站、准备搭乘定期穿梭机回到亚拉腊城之前，这些宣布放弃的人一直在不断地自言自语，声称自己加入勘探队的选择就是个错误。他们喋喋不休地唠叨着，地表对人类已经不再具有任何意义，而想要重新夺回这里的人，完全是"疯了"。

"还有其他人这么想的吗？"领队听完了这些抱怨，然后问道。

值得庆幸的是，在这一天，暂时没有更多的人退出。

四

"真没想到，我居然在这下面熬了整整两年。"

对于戴尔而言，这座设在亚拉腊城 Y-9 区域的餐厅并没有什么特殊之处。其实，出于节省资源的考虑，整座太空城里都很难找到什么具有个性的东西，甚至也不存在大多数传统意义上的娱乐活动：音乐总是古老、缺乏变化的那堆曲子；食物虽然有好几十种食用香精调整出的不同"口味"，本质上却都是水培农场里加工出来的那一套东西。这里没有花花草草，没有变化莫测的天气，没有——至少是几乎没有——任何形式的"意外"。

不过，即便如此，对于累计完成了 1000 小时出舱任务的戴尔而言，这地方仍然足以令他心情舒畅。毕竟，在这里，一切都是有限的、可控的、可以预知的。无垠的宇宙被坚固而可靠的太空城外壁隔绝在外，除了成群负责维护作业的"工蜂"机器人之外，几乎没人会到太空城外面去，留给每个人的只有一小块有限的、不会造成丝毫不安的稳定空间。

"你还是不能适应，对不对？"罗刚问道。他是戴尔在勘探队里的同期队友，也是少数几个知道戴尔有"地表恐惧症"的人中的一个。其实，罗刚自己也有极为轻微的地表恐惧，而且他完全不知道原因。"所以说，虽然人类的科技发展到了当前这种程度，但最后还是没法搞明白这地方的那点儿事情，"戴尔某次问到这个问题时，罗刚敲了敲自己的脑门，"谁知道这是为什么呢？"

当然，作为勉强算得上朋友的人，罗刚帮着戴尔隐瞒了他对地表的恐惧，毕竟，这很可能会使得他被视为对重返地表缺乏信心，甚至被勘探队除名。不过戴尔自己的表现更重要，在第一天出舱之后，戴尔就努力在历次出舱任务中成功地隐瞒了自己的恐惧，并且获得了还算不错的表现评价。至少，戴尔的所有队友都承认，他的表现很优秀，甚至可以说是过于优秀了。

勘探队的主要工作，是对前哨站周围的区域进行调查和测量，搜集生物样本与地质信息，并协助建设新的前哨站。虽说前哨站本身是在亚拉腊城的加工厂里预先制造好的一系列模块化部件，而勘探队员们要做的不过是在地表上将它们像积木一样拼接起来，但考虑到前哨站模块的尺寸，就算有工程机械协助，这项活儿也仍然不算轻松。

不过，无论接到的任务是什么，戴尔总是冲在最前面，并且主动要求承担最困难的部分。比如说只带着小型电击枪深入可能潜伏着大型掠食动物的密林与沼泽，在风暴中抢修前哨站外的受损设备，或者乘着全地形车勘测那些仍然处于地质活跃状态、时刻可能被火山爆发或者地震袭击的区域……

全部的人都认为，在所有同期的勘探队员中，戴尔绝对是最为勇敢无畏的那一个。而这种勇敢无畏，显然只可能来自于他对于人类文明重返地表的坚定信心。

"所以说，如果大家知道，他们所崇敬的勇士其实是个对地表害怕得要死的人，那他们会怎么想呢？"在举起桌上的那杯无酒精啤酒之后，罗刚一边啜饮，一边打趣道,"我猜,一定很有趣吧?"

"不,不会有趣的。"戴尔摇头道,"事实上,就算我亲口告诉他们这些事情,他们大概也不会相信吧。"

"这我倒是明白,"戴尔的老朋友耸了耸肩,"要掩盖恐惧,最好的办法就是主动去面对最可怕的困难,这样一来,所有人都会相信你的勇气与信心……不过话说回来,你还打算回去吗?第一个任务周期很快就要结束了,只要不主动申请……"

"不,我会继续申请下一个任务周期,"戴尔说道,"就这样。你呢?"

"我恐怕不会再这么做了。"罗刚叹了口气,"地表和我想象的很不一样,只有灰烬、被熔岩荼毒的大地,有毒的海洋,危险的沼泽和森林,还有地震和气味呛人的空气……没错,我不想被人说成缺乏信心,但我已经受够了。我确实不害怕地表,但那地方要被改造到适合我们生活的程度,起码也还得花几个世纪。很抱歉,但我真的不打算把剩下的半辈子花在这件事上。既然现在我已经完成了规定中的最低服役时间,那么,我要光荣地退出了。"他将杯中之物一饮而尽,然后朝着戴尔投去了略有些不安的目光,"你……不会因为这个而鄙视我吧?"

"不。"戴尔摇了摇头,"你正是因为清楚这一点,所以才会选择退出,不是吗?"

五

当那阵突如其来的地震袭来时,戴尔正在向他的小队队员们讲解可能潜伏在这片地质活动频繁区域的种种危险。

但他没想到的是,就在短短的几秒钟后,大自然就亲自为他做出了"示范"。

数百吨石块砸落下来,将这条裂谷封了个严严实实——作为持续千年的大规模地质灾害的余波,这样的事件并不罕见,在过去,不止一群勘探队员正是因此而丧生。

幸运的是,戴尔一行人乘坐的全地形车恰好位于两块相互交叠的巨大玄武岩块之间。由于极度的巧合,后者堪堪在全地形车上方形成了一处"拱顶",为车内的人留下了赖以生存的必要空间。

当然,没人知道这个空间可以维持多久,更没有人知道,救援到底何时会抵达。在车内有限的照明中,那些刚刚来到地表几个月的年轻人全都因为恐惧而开始瑟瑟发抖。不过,他们旋即注意到,担任队长的戴尔一直保持着平静。

没过多久,这种平静和镇定便传染到了所有人身上,极度惊恐的情绪渐渐稳定了下来。在那之后的整整二十个小时里,没有人轻举妄动,也没有人因为绝望而自暴自弃。

在戴尔的指挥下,他们修好了被石块砸坏的车载通信系统,发出了求援信号,并等来了援救。直到石块被步行机器人的机械臂移开时,队员们在戴尔脸上所看到的,都只有自信而平稳的微笑。

不愧是已经执行了十年任务的资深勘探队员。

在回到基地后,这成了戴尔从那些年轻人口中所听到的次数最多的一句话。当然,他并未对此进行反驳。毕竟,在绝大多数人眼中,他的临危不惧,显然来自在整整五个任务周期内所积累的丰富经验,以及对于人类文明终将重返地表的坚定信心。这一点是毋庸置疑的。

但戴尔很清楚,事实恰好相反。

虽然已经连续四次申请延长任务周期,但即便如此,与头一次出舱活动时相比,戴尔对地表的本能恐惧和反感,却仍然没有减少哪怕一丝一毫。这个无垠、空旷、难以捉摸的世界,让他感到的只有憎恶,而如果有选择的话,他绝对不会乐意在地球表面的任何地方(也许封闭的前哨站内部除外)安家落户。

每隔两年,他都会作为领队,负责带领那些新来的队员们进行第一次出舱任务。而每一次，都会有人像他当初的同伴一样惊惶万状，并公开宣布退出。

但与此同时，他也注意到了另一些人：就像他一样，他们也在离开前哨站气密门的一刻被从心底涌出的恐惧所包围，但却成功地抑制住了这种恐惧，没有让它呈现在自己的脸上。对于这些人，戴尔总是会特别留意观察，并且在合适的时候与他们接触。

比如说像今天这样。

"唔，我在昨天就注意到了，在我们困在车里的时候，你是所有人里唯一一个没有惊慌的。"在确认这间休息室里没有其他人之后，戴尔小心翼翼地关闭了带有录音功能的个人终端，并取出了可拆卸电源，然后才低声对坐在面前的女孩提出了问题，"你看上去并不害怕。这是为什么？"

"啊，啊！是的，队长先生！"年轻的勘探队员说道，"这是因为我对于我们的事业充满了信心——"

"是吗？那这信心增长得可真快，"戴尔微笑道，"我记得，你在第一次出舱时，可是呕吐了整整两次……"

"那只是因为那天我偶然闹肚子了而已。"

"但好几个人一同闹肚子，这可不怎么正常……尤其是我们吃的都是经过密封保存的口粮，绝对不可能被病原体沾染。"戴尔说道，"不过，我还是必须恭喜你，在那一天坚持了下来……毕竟，其他'闹肚子'的人，全都在第二天返回了亚拉腊城。"

"唔……"

"说实话，你那时候到底是什么样的感觉？"

"我……觉得很安心，"女孩叹了口气，终于说了实话，"我也不知道为什么，但那种感觉就像……就像回了家一样。虽然我觉得自己应该害怕，但这种安心的感觉却一直没有消失。反而是当站在开阔的大空之下时，我会感觉到惶恐不安，就像……"

"我明白了。"戴尔说道，"请放心，我不会把你今天对我说的话告诉任何人的。不过，你也得告诉我一件事：你为什么没有在第一天选择退出,就像其他人一样?"

"因为……"女孩迟疑了片刻,"大概是因为,我不想让认识我的人失望吧?我的家人都对我能成为勘探队的一员感到自豪,如果他们知道我……"

"行了,谢谢。"戴尔点了点头,示意女孩不必继续说下去。毕竟,他已经得到了自己想要的答案。

六

根据自从第一批勘探队返回后就立下的规矩,志愿参与的地表勘探队以每两年作为一个任务周期,只要完成一个任务周期,勘探队员就可以宣布"光荣退役",但也可以继续申请服役。

迄今为止,戴尔已经整整十四次提出了这种申请,而他的累计服役年限也达到了二十九年,虽然并非最长,但却已经足以进入前十名的行列,至少,与他同期加入勘探队的人中,剩下来的只有他一个。

因此,在他服役的第三十个年头到来时,戴尔发现,自己成了那个站立在"回归之厅"透明穹顶之下的人,并对数百名有志于推动人类重返故土这一伟大事业的孩子们发表了讲话。

在这些兴奋的眼睛注视下,他介绍了曾经破坏地球的灾难,以及人类逃往太空的历史,也介绍了在过去的近一个世纪里,人类为了重返地表而做出的努力。他提到了在这些年中建立的前哨站,在勘探中被发现的潜在宜居区域,具有回收价值的古老遗迹,以及近年来已经开始研发的大气改造系统——后者可以有效地清理在平流层中残留的火山灰,并吸收因为火山爆发而被释放进大气的温室气体。

当然,他还提到了信心。

"我们必须保持信心,坚信人类必将重返地表。"戴尔如此说道,

"任何缺乏信心的人,都无法成为我们的同路人。因为,唯有最为坚定的信心,才能战胜横亘在我们与重返家乡之间的障碍,那来自我们内心最深处的……"

"……您说的是地表恐惧症,对吧?"一个孩子突然问道。

戴尔点了点头。确实,这个时代的孩子们比起他年轻那会儿,知道的显然要多得多了。由于这些年里,勘探队的规模年复一年地扩大,曾经去过地表的总人数已经超过了五千,而其中相当一部分人都在头几次出舱任务中选择了不光彩的放弃。在过去,他们被宣布为"缺乏信心",一般被认为是勇气与担当都有所欠缺的失败者;但现在,"地表恐惧症"已经被正式确认,在理论上,因为这个而选择放弃的人不再会被视为"不光彩"。不过在生活中,这些人仍然会感受到无所不在的白眼。毕竟,在"重返地表"成为唯一正确观念的这个时代,一个竟然对人类的天然家园充满恐惧的人,显然有些"不合时宜"。

"不过,你不必担心了,孩子,"戴尔继续说道,"正如各位所知,经过医学委员会的反复努力,这种症状的发病比例已经非常之低。当然,我必须强调,这种病的成因,完全是我们长期居住在远离地表的轨道上所积累的基因突变,与个人的品格与意志无关,因此,我们必须坚决反对任何歧视与污名化'地表恐惧症'的言论。"

"那是当然的。"那名年轻人说道,他竭力控制着表情,试图让自己的脸上显露出更加镇定而自信的表情。挂在他胸口的徽记表明,这是一名因为在训练阶段获得了显著高于平均分的成绩,因而被允许提前前往地表进行实习的优秀学员。

虽然对方在竭力掩饰,但戴尔看得出这孩子的想法:这名年轻人正处于不安之中,而且是极度的不安。当然,戴尔同样知道导致他非常不安的原因。

"来吧,孩子。"戴尔摆了摆手,带着身后的年轻人穿过了位于"回归之厅"后方的长廊,走向了主交通站。

这个巨人的八边形结构还有个绰号叫"跳伞塔",将新人运往地面的轨道空降舱会从这里发射。比起过去使用的往返式穿梭机,这种新式设备往地面输送人员的效率更高。当然，一些批评者曾经提出质疑，认为亚拉腊城不可能拥有足够的运力把前往地球执勤的众多人员带回来。不过事实很快证明，这种质疑纯属多余，因为运力不足而导致人员滞留在地球上的状况几乎未曾发生过。

在戴尔的带领下，这批年轻人进入了其中一座空降舱中。与其他宇航设施不同，这座舱室的内部密密麻麻地排列着卵形的睡眠舱，其中充满了乳白色的维生-减震凝胶，看上去就像是被切开的羊膜卵。

"空降舱的下降速度，比穿梭机要快得多。"戴尔解释道，"为了保护乘坐者，这些睡眠舱是必要的。当然，如果有人愿意寻找刺激的话，待在睡眠舱外面也是可以的，死不了人。"

有些人被这个不太好笑的笑话逗笑了。

不过，那个与戴尔说过话的年轻人并没有笑。戴尔甚至能从他身上嗅出紧张的味道。

"别担心，你不会有问题的。"在坐进睡眠舱之前，他语气和善地对那位年轻人说道。

七

由于处于睡眠状态，整个降落过程对戴尔而言只是一眨眼之间的事。在又一次醒来时，他就已经回到了自己熟悉的地表。

就像过去做过无数次的那样，戴尔驾轻就熟地换上了外出活动的装备，离开了空降舱。

与过去不同，现在前往地表的人员，并不需要经过专门的、长期的准备才能前往开阔地活动，因此，在抵达地表后，新人们会在能够看见蓝天的操场上直接集合。

在抵达操场时，戴尔毫不意外地发现，集合在那里的年轻人全都带着一脸茫然的神色:部分原因是来自他们首次亲眼见到的开阔空间所带来的陌生感,来自空气中的泥土、火山灰和水蒸气混合出的那种特殊味道,但更多则是由于……他们注意到,在这里列队的、真正的"人"的数量,要远少于预期。

只有不到五十个人来到了阳光之下。

"哦,请别惊讶,"在走过队列后,戴尔拍了拍早些时候在太空城里与他对话的年轻人的肩膀,"我得再恭喜你一次,孩子,你确实没有'地表恐惧症'。当然,在场的诸位也都是。"

"但是……"年轻人迅速弄明白了戴尔的弦外之音,"也就是说……其他人……"

"他们也会在地表执行任务——不过是以别的方式。"戴尔打了个响指。

片刻工夫,一辆早已停在操场边缘的货车打开了车厢门,露出了里面的货物:那是一大批有着粗糙的拟人外形的机器人。在最近这些年里,地表的大多数危险工作,都被这些名为"工蚁"的多用途机器人承担了。

"我想,作为'工蚁'的驾驶员,他们应该会为我们重归家园做出重要的贡献。"戴尔说道。

接下来的解释工作并没有花掉戴尔太多时间,毕竟,能被挑选上的年轻人大多不笨。只要稍作解释,大多数人都能轻而易举地接受这样的事实:源于基因的"地表恐惧症",实在难以被直接治疗,即便对新生儿的基因进行逐一矫正,它仍然需要经过数代人的时光才有可能被最终消灭,但人们无法等待那么长的时间,于是,从二十年前开始,改造自太空城"工蜂"机器人的"工蚁"们,就被越来越多地投入了地表工作——在报名参加地表勘探队的人之中,那些经过基因检测后被确定患有"地表恐惧症"的人,不再被要求接受原本的"信心"测试,相反,他们会直接留在太空城内,成为"工蚁"的操作员。

"当然,请放心,经过反复改进之后,目前的虚拟现实技术已经足以让他们相信,自己确实踏足了地表。"在将这些事实告知在场的所有人之后，戴尔走到了其中一台尚未激活的"工蚁"面前，端详着这台粗具人形的机器，"'工蚁'的传感器，足以把你们在地表能够体会到的一切传递给操纵者：阳光和风的感觉，植物的味道，流水的声音和月光……而专门设计的程序则会确保他们认为，这些都是自己的切身体验。"

说到这里，戴尔停顿下来，他走回了年轻人面前，扫视着他们，说道："当然，各位的保密也是同样重要的。待会儿我们将让各位签署……"

"我还有个问题，"一位年轻人突然举手，打断了戴尔的发言，"为什么一定要这么做？我是说，为什么要用如此曲折的方式去欺骗那些人呢？就算没有人操作，'工蚁'的自动化程序也完全可以让它们执行大多数工作，效率并不会降低太多。何况这么做花费的资源，以及其他的成本都比较……"

"一切，都是为了信心。"戴尔答道，"除了重返地表，让人们获得重返地表的信心，也是我们的任务。仅此而已。"

"我……好像还是不太明白。"这位年轻人摇了摇头，略有些迟疑地说道。

"但我们终究会明白的。"戴尔说道。

大地的年轮

[加拿大]孔欣伟

（本文获第30届科幻银河奖）

　　这本都市科幻小说选集中选取的小说，基本都是以未来人的日常生活为重点叙事对象，而不是着重演绎"银河史诗""移星换宿""文明兴衰"等宏大叙事。

　　当然也有例外。《大地的年轮》这个故事，描写的就是都市文明的衰亡。小说以人类最后一位图书管理员的视角，目送人类文明转移到星海银河，自己却选择留守已经回归自然的地球，最后在衰老力竭之时焚书自燃……

　　世界最早图书馆——巴尼拔图书馆建于亚述帝国首都尼尼微，古埃及首都亚历山大建有名扬全球的亚历山大图书馆，"世界之都"罗马城内遍布近三十所图书馆……公共图书馆是典型的都市文化产物，代表着都市文明的智慧与记忆，当都市文明消亡之时，最后消失的，就是它的记忆。

我就要死了。很多老人都能预知自己的死亡，这种能力源于我们的肉身，它可以感觉到自己即将迎来终结。

博尔赫斯7号昨天说，我成了大地上最后一个人。另一位在那遥远的地方陪伴着我的家伙，昨天从梵蒂冈去了天堂……

博尔赫斯7号告诉我这个消息之后，关切地问我，是否考虑在死亡来临之前把自己也数字化上传到"天堂"，并说这绝对是一个利大于弊的选择，即使数字化可能遭遇的损失再怎么巨大，也总比完全消失要好。

这个问题，虽然我一生思考过许多次，但博尔赫斯7号从来没有开口问过我。大概它现在看出我死期将近，才会破例开口发问。

我答应博尔赫斯7号，一定会慎重考虑。不过三天后就是和雨约定的日子，我会在见过雨之后再给它答复。

"鸟之将死，其鸣也哀；人之将死，其言也善。"飞鸟还在因为死期将至而哀鸣，但是大地上却不再有将死的言语。今天的大地上，只剩下我孤身一人。在我消失之后，也许还会有人来走走看看，然而那不再是大地上的栖居，只是观看风景的旅行。

我一生只做了一本书，它正摆在我的面前。雨来访后，我将为它加上最后一页。如果我可以抵御"天堂"的诱惑，坚持留下来面对死亡，那这本书也许可以具有某些不朽的成分。不朽之书无须他人的认可，即使大地上不再有人，它依然可以不朽。

不过，在我心底深处，依然非常期待雨会喜欢这本书。说到底，做这本书的想法，是从她抵达图书馆的那个雨天开始的。

我六岁时，北京还有很多人，如恒河之沙，让我眼花缭乱。

到了我十六岁那年，北京就只剩下了几千人，其中的六百多人生活在国家图书馆里，我也是其中的一个。

国家图书馆中的生活简单而舒适。AI博尔赫斯7号待我们很好，人类已经习惯了依赖AI满足自身的生活所需，如果没有博尔赫斯7号的话，我们的生存都会变得异常艰难，更无法像现在这样过着一种每日沉浸在书中的生活。

博尔赫斯是它为自己起的名字，7号说明它是第7个叫这个名字的AI。它是一个博尔赫斯的忠实读者，而我也非常喜爱这位阿根廷的文学巨匠。我唯一的遗憾是博尔赫斯没有写过长篇小说，因此我也像很多人那样，幻想过自己来写一部博尔赫斯式的长篇。

博尔赫斯7号知道了我这个想法之后，就对我说"天堂"里已经有人写了出来，而且是非常杰出的作品，并问我想不想看。

我费了很大气力才压下心中的欲望，拒绝了这个提议。作为一个纸书坚守者，最重要的戒律就是不能接触任何有关"天堂"的东西，尤其是数字化的书籍。"天堂"是精神毒品，一旦接触就会上瘾，千万不可尝试。这是我经常听到的教导。

因为从小到大生活在图书馆，十六岁的我既成熟又天真。我知道的东西很多，但那些要么是读书所得，要么是从长老那里听来的，真实的世界我其实几乎一无所知。不过，真实的世界也许早已不存在了，图书馆就是我最真实的世界。

长老说，在数字时代之前，人类的生活主要靠生产和娱乐维系，生产为人类提供必需的物质基础，娱乐则提供了"巨龙口中摇摇欲坠的树枝上的蜜"。后来在托尔斯泰的书里，我才了解到这句话背后的传说：一个荒野中的旅人失足落入深谷，幸好他及时抓住了一根树枝。但深谷中有一头恶龙，张着血盆大口等那人掉下来，偏偏此刻有只老鼠在啃食那根树枝，很快就要把它咬断！这时，旅人发现树枝上有一点儿蜂蜜，就努力去舔那蜂蜜，享受生命里最后一点儿甘甜，也期望借此暂时忘却即将到来的死亡……

托尔斯泰说，人其实都面临这样的处境，死亡必然来临，不可避免，我们的生活，都不过是想舔那最后一点儿蜜糖。

然而，AI和"天堂"出现了。AI让人类不再需要花时间去进行生产活动，而"天堂"则隐藏了对死亡的恐惧，并提供了更加甜美和丰盛的蜜糖。为什么要固执地居住在大地上，在落入恶龙之口前，可怜巴巴地舔舐那树枝上最后一点点蜜糖？只要把自己数字化，然后上传到"天堂",就可以尽情享受没有恐惧的甘甜了!

于是,喜爱享乐的人走了,厌恶劳作的人走了,恐惧死亡的人也走了。大地和肉体被抛弃,"天堂"里徘徊着数字化的精神。

坚守在大地上的人,大多是虔诚的宗教信徒,他们认为自己的身体是由神创造的,不能随意抛弃。但我们这个组织比较特殊,我们的前身是一群在数字时代就坚守纸书的人。

我们这个组织,出现在纸书被渐渐淘汰的时代。当时越来越多的人认为纸书昂贵又低效,渐渐习惯了使用电子书或影音媒介。于是一群钟爱纸书的人聚集起来,成立了一个坚持使用纸书的协会,试图保留住纸书的存在,令其不至于完全消亡。北京的分会,就是国家图书馆里这六百多人的坚守者组织的前身。众所周知,"天堂"的一切都是数字化的,那里如何还能有纸书存在?所以,作为纸书的守护者,我们决定和纸书一起留在大地上。

我不记得父母了,长老说我是被丢弃在纸书协会门口的弃婴。也许我的父母觉得痴爱纸书的这些书呆子不会是坏人,所以就把我托付给了他们。我少年时期最鲜明的记忆,就是去各处挑选书籍。越来越多的人抛下一切,把自己上传到"天堂",即使是最珍爱的东西也无法带走(当然,"天堂"里会有完全一样的虚拟数字复制品),自然也留下了很多纸书。于是,长老带着我到这样的人家去挑选书籍。我们不能把所有书籍都搬到国家图书馆,所以需要有所取舍。

大部分的选择,自然是由长老作出决定,但读的书多了,我也慢慢有了自己的品位。就这样,我挑书、运书、读书,慢慢学着自己写书与做书。

春去秋又来,我的生活非常安心和平静。从出生开始,我都生活在坚实的大地上,连向"天堂"望上一眼的愿望也没有。

直到十六岁那年,我认识了雨,事情才有了改变。

我不知道雨的原名是什么,她让我叫她雨,我便叫她雨了。

见到雨是夏日。北京盛夏时,在一段极其闷热的天气后,就会下一场爽快的大雨。那天就是这样的一个大雨之日。

雨开始落下时,我正好读不进去书,也写不出东西,有些心烦。听到雨声,我觉得这场雨一下,空气会变得清新疏朗。

走到大门前的屋檐下,雨已经下得很大了。我闭上眼,深深吸了一大口新鲜的空气,再睁开眼,望见一个穿着淡黄色连衣裙的女孩,慢慢从远处走来。

她的裙子被大雨淋得湿透,贴在身上。我觉得直视她是不恰当的,但视线却像被吸住,无法移开。我呆呆地看着,心里慌慌张张,却一动不动,就这样一直到她走近我面前。

她对我不礼貌的注视毫无感觉,走到门前,也不避雨,就站在雨中对我说:"我的名字叫雨。你是坚守者吗?"

后来我问雨,你为什么走得那么慢,而且站在雨里和我说话?雨说,她想好好体会一下全身完全湿透的感觉,看看和虚拟的身体有没有不同。我又问,那有没有不同呢?雨说,我觉得有。我再问,如何不同呢?雨说,我也说不清楚。

我回答道:"我叫原,我当然是坚守者,难道你不是吗?"我觉得自己的声音颤抖干涩,而且反问得有些不得体。但是,我从生下来起,见到的所有人都是坚守者,所以我认为在大地上行走的具有肉体的人,都应该是坚守者才对。

她的回答很奇怪:"我还无法确定我是不是一个坚守者,应该不算吧……"

"为什么?所有没把自己数字化上传到'天堂'的人,都算是坚守者呀。"我诧异地问道。

"那如果把自己上传后,又得到身体回到了大地上,这个人算不算坚守者呢?"她望着我,说道。

好一会儿我才明白,她是说,她是从"天堂"回来的。

我从没遇到过,甚至没听说过这样的事。人的身体在数字化上传的过程中会不可避免地死去,虽然把数字化了的精神再次植入另一个身体也是可能的,但是我从来没有听说过有人曾经这么做。

雨看起来二十多岁,长相清秀,黑发黑眼,小小的鼻子,单眼皮。

图书馆里也有相貌差不多的女性,但她到过"天堂",这令她一下变得神秘起来。

雨让我觉得致命又诱人,就像那座不能触碰、可以轻易毁灭我的"天堂"。然而,我又无法不触碰她,就好像《安娜·卡列尼娜》里说的:"他努力不去看她,仿佛她是太阳。但是,她就像太阳,甚至不用去注视,他也依然可以看到她。"雨同样令我无法逃避,但她不是干燥温暖的阳光,而是一场令人无处躲藏的大雨,即使我打着雨伞,还是难免会被淋湿。

虽然心里有着这样的纠结,但就这么让她淋雨,却怎么也说不过去。我按捺住心里的忐忑,把她带到我的住所,让她自己拿干毛巾擦拭一下。然后我说我要去向长老们报告,就慌张地跑掉了。

首席长老听了我的汇报,立刻命我把附近的房间都清空,让雨任选一间居住。但是,在长老会做出进一步的决定之前,不能让雨接触到其他的坚守者。至于我,既然已经和她有了接触,就暂时继续承担接待雨的任务。

我回到房间时,看到雨穿着一件我的白衬衫,站在书架前看书。我的衣服雨穿起来显得很大,一直垂到她的大腿,看上去简直像一件白色短裙。

她看到我,扬了扬手中那本西班牙文的《老虎的金黄》,说道:"你这里好多博尔赫斯的书。"

"你会西班牙语?我正在学西班牙语,就是为了读博尔赫斯的诗。诗是意涵与音韵的结合物,诗的意涵可以翻译,然而音韵是无法翻译的,只能设法去读原诗了。"

"那你最喜欢哪一首?能念给我听吗?"

我不好意思地回答:"我阅读还好,但是口语太差了,平常的简单会话都无法说出口,更别提朗诵他的诗了。"

"那你可以上网学啊。即使你们不愿意进入'天堂',下载一些资料总可以吧?"

我有些害羞地笑了笑,说道:"有些坚守者团体允许上网,但我们团体在非数字化上的要求最为严格，不光不能上网，也不允许使用任何和数字信息有关的电子设备，电视和音响都只能使用老式的只支持模拟信号的类型。我们的娱乐，主要是读书和面对面的交流，这也是我们选择图书馆作为居所的原因。"从小我就听惯了这些说法，所以解释起来非常顺畅。

"那你看了很多博尔赫斯的书，却从来没有见过博尔赫斯，也没有和他交流过，对吧？"她说。

"博尔赫斯早就去世了，怎么可能见到他或者和他交流呢？"我笑了。

"我明白了，你对'天堂'一无所知。简单来说是这样的：AI可以根据博尔赫斯留下的资料和信息逆向学习，复制出虚拟的博尔赫斯。这样的博尔赫斯会和真实存在过的博尔赫斯很相似，他会说我们知道的博尔赫斯说过的所有的话，做我们知道的他做过的所有的事。不过，因为我们知道的资料并不完备，其中会有一些不同的可能，所以可以虚拟出不止一个博尔赫斯，并且创作出不同的、全新的作品。在这些博尔赫斯中如何确定哪一个是最伟大的那个呢？AI给我看了不同的博尔赫斯写的作品，其中有诗歌、小说、随笔，也包括日记。作为读者，我会选出我所认为的最伟大的博尔赫斯的作品，而那位作品的作者就成为专属于我的最伟大的博尔赫斯。"

我反对道："但这只说明他是一名伟大的作家，并不能说明他就是真实的博尔赫斯呀……"

"你喜欢的是那个阿根廷男性公民，还是一名伟大的作家呢？即使不是那个人，他可以创作和博尔赫斯一样伟大的作品，对我来说，他就是我真实喜欢的那个作家博尔赫斯了。"

确实如此，我点了点头表示同意。

她接着说："当我拥有了自己的博尔赫斯，我就可以和他见面、交流，一起做很多事情。然后，我想出了一个绝妙的主意，我和他做了个交易，我帮他治好了眼睛，但作为回报，他要写一部长篇小说送给我。"

我突然灵光一闪，"这就是博尔赫斯7号说的，'天堂'里那部博尔赫斯式的长篇杰作！"

雨问道："博尔赫斯7号？也是一个可能的博尔赫斯吗？"

我说："不，不是的。它是支持我们的AI，只是给自己起名叫博尔赫斯7号。它和我提起过，'天堂'里有人写出了一部博尔赫斯式的长篇杰作，简直就像博尔赫斯在生前写完但是失传了的作品，而且还是他晚年的风格。我猜，这就是你的博尔赫斯写出来的？"

雨说："真聪明，确实是这样。而且我特别幸运，我得到的那个博尔赫斯，是一个非常适合创作长篇小说的博尔赫斯，产生那样的杰作其实是非常难得的。我如果把那部长篇小说打印成纸书，你是不是就可以看了？"

"唉……还是不行。我们不能接触任何'天堂'的讯息，因为'天堂'就好像毒品一样，可以轻易让人上瘾。我们要像避免吸毒一样，远离'天堂'。"

"伟大的艺术品也不可以接触吗？"她问道。

"不能，这是最根本的戒律。违反的人会受'孤立之罚'，所有人都不会再和他说话。"

雨欲言又止，显得非常不赞同。我感到有些难堪，但还好她换了一个话题："既然你们是因为纸书而留下，那我就在这里多读一些纸书好了。你有什么好书推荐吗？"

我说："有几本很好，我找给你看。我年纪还小，还没有开始自己做书，不过协会里的人都会尝试做自己的书，有的原创，有的编辑，这是我们感悟纸书特殊意义的方式。我会去请长老为你找几本协会中做出来的最好的书。"

雨点了点头，说道："我回到大地，就是希望可以真正理解肉体的必要性。如果你的图书馆可以解答我的疑惑，那我就留下来，和你们在一起。"

我笑了，说道："好的，希望我们的答案能让你满意。"

这时大雨骤停，一道彩虹从雨身后落下，就好像它从虚空中升起，跨过山河大地，只为了消失在雨的身体里。

第二天，长老会做出了决议：除我之外，其他人不能和雨直接交流，但每个人都可以向雨提供自己亲手制作的书籍。

因为这些书对它的拥有者来说都异常珍贵，我在一个笔记本上记下了每一本书的名字。这个笔记本我一直保留着，上面一共记录了六百三十七本书。

雨不可能细看每一本，大部分她只翻阅一下，遇到喜欢的才会细读。雨很喜欢的一本书叫作《纸书简史》，里面的一段话到现在我还记忆犹新："树木从大地汲取养分，形成年轮，死亡之后被制成纸张，制成书籍。纸书就是大地的年轮，与大地同始同终。"

我是如此钟爱这个意象，以至于把自己的那本书直接命名为《大地的年轮》。

送来的书都翻阅完了，雨并没有找到她的答案。

很多年过后，我才懂得，人生的答案是无法从书里读到的，再伟大的书籍也只能给你一个契机或一颗种子。只有你的心里已经准备好去接受某个答案，才会在遇见答案时停在那里，不再继续寻找。

然而，十六岁的我真挚地期盼着雨能找到她的答案，并留在图书馆生活。所以听到雨要离开的消息，我异常失落，好像遇到一本非常喜欢的书，只读完短短的开头就被迫中断，不知道何时才能再次读到。

虽然在书中看到过很多人情冷暖、欺诈背叛，十六岁的我依旧相信承诺。我想用一个承诺留下再次见到雨的希望。我对雨说，我准备开始做自己的书，我将每年为这本书加上一张纸，也就是正反两页。到了七十岁时，这本书会有一百零八页。希望在五十四年后的今天，她能来读我用一生做的这本书。

我那时年少轻狂，根本不懂得五十四年是多么漫长的时间，而用一生做一本书又意味着什么。我只是胸中涌动着一种从未经历过的感情，只有最珍贵的承诺，才能将它表达。

雨是懂得的。她懂得这份承诺的珍贵，所以答应了我。但是，她也懂得青春的承诺变成实体需要漫长的时间。而时间最为残酷，能在时间中存留的承诺，和蓝色的独角兽一样稀有。所以，她没有被我感动而留下来，只是答应我在五十四年之后，她会回来，看我的那本书。

雨来时是夏天，走时依然是夏天。那天没有下雨，天空一片湛蓝。她送给我一台索尼随身听和一盘磁带，里面录着她用西班牙语朗读的几首博尔赫斯的诗。

我接过随身听，把雨一路送到图书馆门口，站在那里，直到她的身影消失。

灿烂的阳光让我丧失了读书的心情，我戴上耳机，开始听雨朗读的博尔赫斯。

我的西班牙语听力不足以听懂这些诗句，但是诗本来就是超越语义的存在，雨的声音加上我偶尔可以听懂的一两个词汇，让我渐渐陶醉在某种意境中。

我听到最后一首，雨在磁带里说，这是她用博尔赫斯的诗句编缀而成的，因为原文这样组合之后不再有诗的韵律，她反而更喜欢中文的版本，所以这一首是用中文为我朗读的。

雨的这首诗，我把它抄录在《大地的年轮》第一页：

夏天的气息不停地将我磨损
我的肉体只是时光
不停流逝的时光
而我不过是每一个孤独的瞬息

你的不在就像是无奈的石碑
将会使许多黄昏暗淡
就像一个梦会破灭
在做梦者得知他正在做梦之时

没有任何人
被赐予过这样天才的爱

无望被爱的爱

爱的消失就像是水消失在水中
消失是唯一的永恒

这首《夏天的气息》，我后来也常常听，在我二十二岁添加的那张书页上，我写下了自己创作的一首叫作《夏日》的诗：

无尽的星空中
应该存在着
一块季节无比漫长的土地

它的七月有一千年那么长
在七月出生的人
生于夏日也死于夏日
从来不会有冬天的哀愁

如果当我踏上那块土地时
正好下着漫天的大雪
那么我的一生就会被雪淹没
不会知道什么叫作
燥热的阳光和潮湿的午后

那样的我也就永远不会遇到
一个生于夏日的人

这一年我遇到了雪，那个给了我一生中最好时光的女孩。

我一直记得第一次和雪做爱的情景，那是个阳光灿烂的冬日，大雪刚停，整座城市在银色之上闪耀着缕缕金光。我和雪穿上自制的雪鞋，出去看雪景。那时我们已经确定成为彼此的恋人，两个人热烈地亲吻拥抱，但因为都是第一次，欲望被纯真的害羞所压抑，性的交合还没有发生。我记得那天雪穿着一件鹅黄的羽绒服，因为阳光很好，走了一阵后我们都有点儿热，雪就把羽绒服脱了，我拿在手里。她里面穿的是一件紧身的黑色毛衣，在银白的背景上，她娇小凸凹的身材显得分外诱惑。

那天，我们一直走到旷野无人的远处，和雪有了第一次。我把她裹进自己的大衣，笨拙地一件件剥去她的衣服，最后用鹅黄的羽绒服拢着她，将她小心地放在雪地上。她说，不要压住我的头发。我便把她漆黑柔软的头发拨到一边，像是在雪上光滑而冰凉地泼洒开来。她捧着我的脸，慌张又迫切地吻着我的眼睛、鼻子、脸颊和嘴，口唇像火一样烫。在她脖子和乳房的深处，弥漫着某种幽微的芳香，一旦我刻意捕捉却又消失不见，使我感到干渴和晕眩。

雪比我小六岁，她像雪一样纯净，也像雪滋润大地一样滋润了我的生命。冬天荒野里积雪最多的地方，到了春天，那里会开出最灿烂的一片野花。

《大地的年轮》现在已经有了一百零六页。因为每张纸是在不同的年代加上去的，而且质地也不同，让这本书看起来非常杂乱甚至有点儿丑陋。它的封面还是我十六岁时挑选的，当时我喜欢黑色，又想着要经久耐用，就选择了纯黑的皮革封面，上面有一个微微凹陷的年轮图案。如果细细去数的话，正好是五十四道年轮。

最简单粗陋的纸张是我二十六岁那年添加的。那是我亲手制成的纸，字也是用我自己制作的羽毛笔书写的。因为我制作纸张和墨水的技术都不太过关，四十六年之后，纸张已经枯黄皱软，上面的字迹也变得模糊不清。不过，我还记得开始是《瓦尔登湖》里的一段话："时间只是我垂钓的溪。我喝溪水；喝水时候我看到它那沙底，它多么浅啊。它的汩汩的流水逝去了，可是永恒留了下来。我愿饮得更深；在天空中打鱼，天空的底层里有着石子似的星星。"后面应该是我自己的续写,但我已经记不清,也看不出来自己写的是什么了。

那是我和雪一起最快乐的时光。我们搬出了国家图书馆,在不远处荒掉的紫竹院公园中清理出一间住所,打整出一片地来种粮食和蔬菜,开辟了我们独立自由的二人世界。

雪害羞而沉默,却比我更有勇气。在遇到雪之前,我很多次想过要离开图书馆独立生活,但是一直没有鼓起违逆首席长老的勇气。从这个意义上来说,独立生活是雪给我带来的礼物。

在紫竹院最开始的那段艰难日子里,雪也从来没有气馁过。如果没有她带给我的欢乐,我无法想象离开博尔赫斯7号的帮助和长老的指导,将如何开始我从未经历的劳作生活。在那段辛苦枯燥而且迷惘的日子里,没有她,我不可能坚持到从这些劳作中汲取到力量的时刻。

虽然有些思想家倾向于认为劳作本身是神圣的,我却觉得这些力量并不源于劳作本身,而是源于我耕作的那片土地。是栽种、呵护、收获一个个新的生命,是触摸到它们的生生死死,是亲身体验生命的出现和消失。我从这些东西中汲取到了力量。我想那不是劳作的力量,而是土地和生命的力量。

第一年收获之后,粮食和蔬菜就都可以自给自足了。我们开始吃素,也就不再需要肉类。雪学会了做豆腐,开始味道有点儿怪,但是做了几次之后味道就地道起来了。

农耕的生活劳累,但并不繁忙,我们也开始学着用自己种的棉花织布、自己造纸、自己做墨水。我们尽量自立,但也还和图书馆保持着联系,每隔一段时间就会回去和朋友见面聊天,借书和黑胶唱片。

我和雪读书的时间都比原来少了很多,但很奇怪,在劳作之余读上一本自己喜欢的书,和当初在图书馆里读同样一本书,我的阅读体验截然不同。用一个也许不那么合适的类比,就好像劳作之后饥肠辘辘的人吃的一个馒头,和饱食终日无所事事的人吃同样的一个馒头,吃到嘴里的味道肯定是天壤之别。同样,我喜欢读的书也变得和以前不一样了。我曾经崇拜的博尔赫斯和纳博科夫,在我眼里依然伟大,但我现在却不再喜欢他们作品中的象牙塔气息;反而是以前觉得有些不够现代、宗教倾向太重的托尔斯泰和陀思妥耶夫斯基，开始深深地吸引我。我想，靠近大地的人的身体需要和整日闲坐的人自然会不同，而精神也是一样，靠近大地的精神需要不同的食粮。

除了读书，我们唯一的娱乐就是听唱片。我们有一台手摇唱机，图书馆里藏有种类繁多的唱片。到了冬天，我们有时被大雪困在屋里，两个人就会依偎在一起看书，听唱片。看到间隙，我会抬头望一眼雪，然后继续看书。音乐声停了，我就去上一下发条或者换一张唱片。有时我们同时停下来，正好一起看着对方，我就会拉雪起身，换上喜欢的舞曲，跳一会儿舞。又有些时候，感觉到彼此身体里的渴望，我就会把雪抱到床上，和她做爱，做上很长很长的时间。

如果雪一直和我生活在这片只有我们两个人的土地上，我是不是会一直处于那种厚重而且平稳的人生轨道呢？我并不能完全确定，也许只是命运让雪先脱离了我们共同的轨道，而在另一个平行时空中，先偏离的人也可能是我。

国家图书馆中曾经有一个音乐厅，名为音乐厅，其实主要放映电影。音乐厅本来使用的是胶片，后来换成了数字放映机之后，老机器就被封存在仓库里。

我和雪搬出来住以后，偶尔还会回图书馆找喜欢看的书。有一次我找书花费的时间比较长，雪就在图书馆里面四处闲逛，结果碰巧发现了封存的胶片放映机，还有一些老电影的拷贝。

数字电影被协会禁止，但模拟信号的VCR录像机理论上允许使用，只是机器和卡带都很难找到，而且找到支持老式接口的电视也非常困难。雪找到的放映机和拷贝，让图书馆里的人重新可以在大银幕上欣赏电影。

老一些的坚守者因为年轻时看过电影，并没有受到很大冲击。但对于我这样在图书馆里长大的人，就不只是看到了影像和故事，而是像发现了新世界一般，体会到了原来生命还可以如此丰盛。

其实，在书中我早就读到过关于生命的各种可能，但读书更偏重于思考,一个人需要通过自身来把文字变化成图像,而如果这个人只见过有限的图像,他的转化能力也会很有限。即使文字的描述再详细,它也只能让一个人用自己看到过的图像去拼凑,这时,书籍的插图能起到扩展文字的作用,生成新的图像。然而,插图是静止的,书籍中的一切都是静止的,通过阅读与思考才能令它运动和鲜活起来,具有生命。这是书籍先天的局限,也是书籍特别的优胜之处,它要求读者积极参与,而不只是消极接受。

我和雪看的第一部电影是《乱世佳人》,里面的色彩给我留下了很深的印象,我也很喜欢郝思嘉与白瑞德,但雪感受到的一定远远比我更多。她曾经不止一次向我描述,但我总是无法真切地触摸到她这些感受中最关键的部分。在这种时刻,我会觉得有些悲哀,交流只是一种印证,没有相似感受的人就永远无法真正相互理解。不过爱并不一定需要真正地理解,爱是一种神秘的东西,我无法了解雪的感受,但是我依然爱她。也许正是这种无可奈何的矛盾,导致了我们最后的悲剧。

电影和书籍相比,更加能引起人的欲望,一种想要获得更多的欲望。读书可以让我沉静而且安心,观影却总是带来感情上的波动,这样的波动会在我们身体中不知不觉地聚积,令人开始更加向往电影中丰富多彩的生活形态。

电影是雪离开的原因,这只是我的一个猜测。到底雪为什么越来越不满足于我们的二人世界,而开始向往更加丰盛的生活,我想连她自己也未必知道。

曾经,电影是大地的艺术,而宗教的天堂是丰盛的反面,但是当数字的"天堂"出现,它展现了自己比大地上的生活更加丰盛的一面,而大地却成了宗教性的隐修所。这个过程和人类数字化的历史也隐隐符合,电影的出现,在某种意义上标志着人类数字化时代的开端。

如果可以,二十六岁的那张书页应该是一部可以观看的电影。我相信"天堂"里会有数不清的电影,也可能那里已经不需要电影,因为生命本身变得无比丰盛,人们可以选择去亲身体验,而不只是观看。

雪离开后，我无法忍受独自生活的孤寂，于是回到了图书馆，开始了一段完全沉浸在书里的时光。

这次读书大概分成三个阶段。

第一阶段，我读了很多容易读也能让人沉迷的书，这样读书对我来说是最好的逃避方式。

如此大概持续了三个月，终于有一天，我觉得继续这样生活还不如干脆放弃，把自己数字化上传到"天堂"算了。于是，我开始读一些更吃力的书。我循序渐进，每次都只挑一些稍稍感到吃力的书，慢慢才越读越难，这是第二阶段。为什么我会觉得阅读更困难的书更有意义一些呢？这里面的原因我也没完全想清楚，只是隐隐觉得接受挑战是成就独特自我的必经之途。

第三阶段是阅读数量最少的。我每天只用两三个小时来读书，其他大部分时间都在散步和思考，然后，我会把思考的结果用尽量简洁的文字记下。

我想了很多芜杂琐碎的问题，但是想到最多的还是数字"天堂"。协会的规则不许我们接触任何数字化的信息，以防被数字"天堂"诱惑。然而，如果我们在大地上的坚持有着确实的意义，为什么要害怕被数字化的虚拟幸福诱惑呢？也许数字"天堂"的诱惑就像强力的毒品，是人类无法抗拒的，但即使是无法抗拒的诱惑，是否也应该给个人选择的权利呢？

在这里，我进入了一个怪圈：如果一种诱惑是不可抗拒的，那么拥有选择的权利又有什么意义呢？

这个悖论困扰了我很久，直到我读到一本关于阿米什人的书。在这些固守宗教传统、拒绝现代科技、远离尘世的社区中，存在着一种叫作Rumspringa的制度，中文译成"徘徊"。它允许青春期的阿米什人可以尝试非阿米什人的生活，然后他们再选择自己未来的生活方式和信仰。书里说到，当时的普通人都觉得现代科技带来的便利是一种不可抗拒的诱惑，根本不可能有人可以抵御它，他们以为阿米什人只是因为没有选择的可能,才会延续他们奇特的生活方式。其实Rumspringa制度恰恰说明了坚定的信仰比舒适和享受更重要,它可以令人抗拒那些似乎无法抗拒的诱惑。

我对Rumspringa很着迷,觉得纸书协会也应该建立类似这样的一种试炼制度,让人在选择大地之前至少可以窥视一下"天堂"。

但是在这之前,我需要用自己来做一个实验,去证明数字"天堂"的诱惑并不是无法抗拒的。

很快,博尔赫斯7号帮我建造了一台"天堂"模拟器,让一个人不用真正把自己数字化,就可以大致感受"天堂"的样子。我们不能把自己真的上传去体验数字"天堂",因为数字化是一个不可逆的过程,和原本的身体紧密连接不可分割的东西也许会永久性地丧失。

使用"天堂"模拟器的那一天,我处于一种恐惧又期待的状态,就好像小时候想要偷偷去读那些大长老不许我看的情色书籍时那种忐忑不安的心情。

一直到我躺入模拟器中丧失知觉之前,我的心都在怦怦跳个不停。

等我醒来,我已经身处一栋四面都是立地玻璃窗的海滨别墅。

别墅孤零零地伫立在一座小岛上,举目四望,都是无边无际的大海。我只在电影中看到过大海,身临其境,才知道什么是宽广。

这时正好是黄昏,我站到西向的玻璃窗前看日落,看到有两个在海边嬉戏的女子身影,那身影是如此熟悉,让我不禁屏住了呼吸。即使在梦中,我也从来没有梦到过我可以同时拥有雨和雪,但是我的下意识中可能确实这么期望过,所以博尔赫斯7号才会为我安排这样的场景。

我沉醉在雨和雪的温柔乡里,不知过了多久,直到有一天,我仿佛突然从春梦中醒来,在心里问博尔赫斯7号:"她们两个不是真正的雨,也不是真正的雪,对吧?"

博尔赫斯7号答道:"确实不是,她们只有雨和雪的外形,但没有她们的思想。"

我于是说:"那这还不够,让我去看看别的吧。"

我去的第二个地方，是一间只有一本书的图书馆，但那是一本无限的书。就像博尔赫斯在他小说《沙之书》里描述的那样，"这本书的页码是无穷尽的。没有首页，也没有末页。"当你翻过一页之后，就无法再次找到它，书里一直生成着新的内容，而旧的永远在消失。

我翻着这本书，并没有觉得那么神奇。在数字的世界里，一本书无限地生成与变化，又有什么奇怪呢？我又想起了博尔赫斯的《巴别图书馆》，那个无限的图书馆在数字"天堂"中，也同样很容易就能实现。

我突然有些恍惚，难道博尔赫斯是一个经历过数字世界的人？他想象中的无限，有着数字虚拟世界的深深痕迹。然后我说："这也还不够，让我去看看别的吧。"

第三个地方是一次在时间中停驻的体验，就好像我终于在时间的洪流中探出头来，看到了两岸不动的风景。

第四个地方是柏林爱乐的一场音乐会，但我不是听众，而是指挥。

第五个地方是一场古希腊的战役，生死在勇气和怯懦之间晃动，让人怀疑生命的价值，又看到生命的价值。

然后是第六个、第七个、第八个……

就这样，我数不清的梦想变成了现实，一切都栩栩如生，无懈可击。然而，我一直没有完全沉迷于其中，我一次次挣扎出来，对博尔赫斯7号说："这还不够，让我去看看别的吧。"

如此不知过了多久，我终于明白了为何这些都不能让我满足。不可言说的东西是无法虚拟、无法数字化的，而缺失了它，再大的欢愉也无法弥补。

最终，我写下了"大地信条"，决定返回大地。

窥视过"天堂"。又回到大地上的那年，我为《大地的年轮》添加的就是这三段简短的话：

第一条：不可言说的生活

语言可以表达的体验只是我们所有体验中极小的一部分。

不可言说的体验是生活最重要的部分，语言只是牢笼。

第二条：天堂的损失
语言无法触及全部存在。在数字化上传的过程中，我们损失了语言无法描述的东西。因为生命的意义必然无法言说，这种损失无法被"天堂"的欢愉所弥补。

第三条：大地的意义
我不是肉身，也不是精神，我是大地的秘密。可以言说的一切只是大地的梦境，从梦境中醒来的我，把天空献祭给大地，来换取存在的意义。

我经受住了试炼，证明了"天堂"虽然美好绝伦，但并非无法抗拒。我看到过"天堂"，但我依然选择留在大地。

这时正好是纸书协会五年一度的长老选举，我加入了竞选。我唯一的政纲就是试炼制度，每个人都应该有尝试"天堂"模拟器的自由，这非但不应该被禁止，反而应该被鼓励。

因为我的经历说明了一个人可以窥视"天堂"后，依然选择大地，所以我轻易地获得了大部分人的支持，成了新任的首席长老。

当然，也有些人认为试炼制度会毁灭协会的根基，对我像父亲一样的首席长老就因此不再和我交谈，他预言说，不到五十年，图书馆里就会空空荡荡了。

他的预言是正确的。因为试炼制度，更多的人选择了上传自己。

不过我并不觉得后悔，也许没有试炼制度，大地上确实会有更多的人，坚持得也会更长久一些。但是，既然人类在大地上的消失无法避免，试炼制度至少为这最后的一段时光增添了一份尊严。

那些年里，我也变化了很多。主要的表现是我的行动减少，思考增多。

开始我还会尽量把我的思考详细地写下来，似乎觉得记录可以给思想以重量。慢慢的，除了每年为我的书添上一页纸，我连日常的记录也很少做了。

这并不是因为我变得越来越懒，而是因为我的思考——如果那还能被称为思考的话——越来越缺乏条理，甚至很多地方都是自相矛盾的。如果说我的思想曾经像一条河流，那么现在它开始弥漫成一片湖泊，湖泊之上还泛起层层迷雾。

当河流汇入大海，河流还存在吗？我不知道。但是，当我的思想慢慢没有了边界，和更广大的体验融为一体，我知道我依然存在。而且不仅仅是我依然存在，那些在我的世界中已经消失死亡的人和事物，他们也依然在某处存在。例如，抚养我长大的首席长老。

首席长老死去时，我四十六岁。那时我已经被选为新任首席长老，但是在我心里，首席长老永远只有一个。在我小时候，我的亲生父母不知为何把我抛弃在图书馆门口，在之后的几十年中，是首席长老像父亲一样把我抚养长大的。他没有儿女，我没有父母，我们的关系就和父子没有任何区别。

我第一次违逆他的意愿，是和雪离开图书馆独自生活。我知道，他认为我的举动背叛了协会，也背叛了他。不过，他是一个外表严厉、内心却很柔软的人，虽然他无法认同我和雪的选择，但是依然不忍对我们施以"孤立之罚"。在长老会讨论如何对待像我和雪这样的脱离者时，他说服了其他的长老，确定了只要一个人还愿意在大地坚守，不主动去触摸"天堂"，就不应该施以"孤立之罚"的规定。没有被施以"孤立之罚"，对我和雪非常重要，这样我们还可以回到图书馆借书、看书，和朋友见面，可以过一种独立但并不寂寞的生活。

雪把她自己上传之后，我再次回到了图书馆。首席长老虽然显得十分平静，但我可以清晰地感觉到他心中的喜悦。然而，那时的我沉浸在失去了雪的悲伤里，没有余力好好和他交流。等到我终于从悲伤中走了出来，就开始鼓吹自己的试炼制度，和他产生了根本性的矛盾。这个裂痕是如此巨大，一直到死他都没有原谅我。

从那时开始，他独自对我实行了"孤立之罚"，对我坚持着绝对的沉默。甚至在临死的那一刻，我在病榻边恳求他原谅我，他也依然沉默如山风中的巨岩，没有丝毫动摇。

也许是梦，也许是我的意识已经弥散到无法区分梦境和现实的程度，我再一次看到了他，他终于不再沉默。他的样子和我记忆中的有了一些改变，他的面容变得年轻，但是眼神却更加坚毅成熟。在他消失之前，我再次恳求原谅，他慈祥地对我说："如果你可以和我一样，生于大地，死于大地，那么一切都会被原谅。"

对于死去的首席长老的出现，我当然可以根据固有经验来判断那只是一种幻觉，但是这样做就完全抹杀了任何固有经验之外的事物。难道只要不在固有经验之中，就不可能是现实吗？这就像是验证神迹的企图，神迹是超乎固有规律的东西，但是我们却想要去验证它，如果无法验证就不相信那是神迹。这样的企图会消灭所有的神迹。

不过，无论这是梦境还是神迹，这个体验本身对我而言是真实的。当我得到了这个体验之后，它就成了我的一部分，而且直接成了我最不容置疑的核心体验。这时我才发现，我的书里充斥着自我、雨、雪，还有一些对生命意义的思考，但是却没有一页是给首席长老的。他仿佛是我生命中的空气，你感觉不到它的重要，甚至忽略了他的存在，直到你失去他的那一刻。

小时候，我向首席长老学书法。入门之后，长老让我临摹《韭花贴》，说那是他最喜欢的行书。

如果依照当时我的意愿，我更愿意临《兰亭序》，里面那些对生死宇宙的思考更加能够触动我。《韭花贴》不过是一个睡午觉醒来饥肠辘辘的普通人，正好吃到一碗朋友送来的韭花，觉得异常美味，所以写了一篇感谢的信函。这样的主题如何能与兰亭或赤壁相提并论呢？即使和《张翰思鲈帖》相比，也显得太俗气了，心里想着这样的日常之事，又如何能写出意境高远的书法呢？

因此，在我长大了之后，就再也没有临摹过一次《韭花贴》。

直到首席长老过世，我思念他的时候，才又把《韭花贴》拿出来临摹。

那段时间的反复临摹，让我有些明白了长老为什么喜欢它超过天下第一的《兰亭序》。《兰亭序》用最美的书法写下"快然自足，不知老之将至"和"死生亦大矣"，但面对无法避免的死亡，还是无法写出任何答案，只留下终期于尽的哀伤。《韭花贴》写的只是日常最普通的口腹之欲，笔墨之中却有一种绵绵无尽的满足，仿佛可以把那个瞬间放置到时空之外。也许对我来说，雨和雪是《兰亭序》，首席长老则是《韭花帖》。

我四十六岁添加的，就是我临摹的一幅《韭花贴》。临得最好的是这样几个字："当一叶报秋之初，乃韭花逞味之始。"

我一早就站在图书馆门口，等待雨的到来。

北京的夏天似乎越来越冷了，我都一直穿着长袖。今早我觉得愈发有些凉意，额外加了一件薄外套。也许是老了的缘故，连北京的盛夏也不能让我汗流浃背，反而总有着一股身体内部散发出来的阴冷。

为了准备迎接雨的来访，我专门清扫出了那间有着博尔赫斯作品的藏书室。

现在，庞大的图书馆只剩下我一个人，很多地方都荒废了，积上了厚厚的灰尘。虽然有很多人在试炼之后选择上传，总还有一部分人像我一样选择了留在图书馆中。最后让图书馆完全荒芜的事件，是充满享乐的数字"天堂"，突然变成了璀璨的遥远星空。

我记得那是深秋的一天，树叶黄了大半，只剩下一点点儿残绿。

秋天是北京一年中最好的时光，我们几个长老专门把每周的例会移到了室外的庭院中。开完会之后，我留在庭院里看书。

看了一会儿，我的眼睛有点儿累，于是合上书，仰头看看天。

这时，我发现遥远的天际有几百道白线在慢慢向上延伸，开始还没在意，但当白线越拉越长，仿佛一道瀑布从天际垂下，就让人觉得异常雄伟壮观。

从那一天开始，天空就经常被这种白线组成的瀑布点缀。

每一条白线，都是一艘飞向群星的宇宙飞船，它标志着星空时代的来临。

原本在坚守者的眼中,那些人上传到"天堂"只是为了享乐,而我们在大地上的生活才有着真正的意义,这是令我们可以坚守大地的根本原因。

但是星空时代的来临,让坚守者看到"天堂"上不只有无价值的享乐,也有着努力扩展人类边界的努力。

我们坚守的只是一片土地,而那些白线的终点,是无数星辰组成的大海,星辰大海中有着数不清的大地。也许上传是很大的损失,但是只有抛弃肉体,才能进行超远距离的星际旅行。渴望在群星间飞翔,就要摆脱大地和肉身的束缚。

我从小就喜欢读科幻小说,《基地》《沙丘》《银河英雄传说》《三体》……我少年时的梦想都和星辰大海连在一起。超远距离的星际旅行,触动了我心中最柔软的角落,动摇了我对大地的信心。如果不是等待雨的来访,我可能也已经在航向远星的旅程之上了。

初见雨时,我有些忐忑,五十四年未见,雨的容貌一如往昔,和我记忆中的样子毫无差别,而我已经变成了一个驼背、脸上布满斑纹的垂死之人。我就好像一个穿着褴褛的人遇到了身着华服的旧爱,难免自惭形秽。还好我在这几十年的岁月中也并不是一无所获,我知道在自己衰败的肉身之中,存有着比青春更重要的东西,它支撑着我活到现在,自然也可以支撑着我面对尴尬与忐忑。

老了之后,身体上的不适开始增加,例如我会很频繁地需要小便,但是每次排尿的量又都不多。刚刚在外面等了一段时间,把雨带到藏书室后,我就要赶紧去一次洗手间。

回来时,我看到雨站在书架前面,手里拿着一本书。她穿着白色短裙的背影,和我十六岁的记忆非常相似。

因为刚见到雨就必须去小便,让我更为自己衰老的身体感到羞愧,一时不知道应该说什么,只是呆呆站在那里。

雨扬了扬手中的书,说道:"这本《老虎的金黄》还在,但是也变得金黄了。"

我接过那本书，五十四年之后，书页都已泛黄。我看着雨的眼睛，心中泛起深深的悲哀，我明白了她并不是雨。书页都泛黄了，她却毫无变化，即使是使用了相似的肉体，她的眼神和语调也应该和过去变得有些不同。而且，她的样子恰好符合了我对雨的记忆，而我并不认为自己的记忆在五十四年之后还能完全忠实地符合雨当时的样子。

很明显，这是依照我的记忆，专门为我制造的一个雨的复制品。

我觉得自己心中那片清澈透明的湖水瞬间干涸，变成了死寂荒芜的沙漠。也许五十四年来，我在这片湖水中承载了太多的东西，连我自己也不知道湖面下都有哪些珍贵之物；而在这一瞬间，它们都消失了，就好像从来都没有存在过一样。

本以为雨如果没有来我会非常伤心难过，甚至会失控做出一些非理智的举动，但现在我才明白，伤心失控代表着我心中还没有完全荒芜。当真的心丧若死，又哪里会伤心痛哭？死亡是寂静的。

我平静地问道："你是谁？为什么要装成雨的样子来骗我？"

她轻声答道："我是博尔赫斯7号，我只不过觉得通过雨来劝你把自己上传，也许会更有效一些。"

"真实的雨呢？"

"雨应该在星际旅行中，要在几十年甚至几百年之后，才能抵达目的地。不过人类数字化之后，一艘飞船就自成一个世界，数字化让人类终于可以不被宇宙的辽阔所束缚，可以去自由探索星空。雨临走之前，为你写了一首诗，让我念给你听吧。"

我点了点头。

博尔赫斯7号用雨的声音念着：

> 一条困于深海的美人鱼
> 无法知道沙漠中清泉的滋味
> 一个在星空中行走的人
> 永远找不到大地上归家的路

  我听不到风中的话语
  看不清雨里的眼泪
  我不知道应该如何去爱
  一个我已经遗忘的人

  大地的丰饶与星空之永恒
  两者之中哪个更值得去追逐
  我并不知道问题的答案
  只知道我没有选择的自由

  念完之后，我们俩良久都没有作声。
  这首诗像一场雨，下在我心中刚刚形成的荒漠之上。雨不大，远远不足以在荒漠上形成湖泊。但是雨后的荒漠不再是一片死寂，开始有着生命的气息。我已经很久没有感受到这种生命的气息了，它如此地陌生，也如此地不可思议，荒漠如何会因为一些水滴就变得如此不同？我不懂，我也不需要懂得，我只需要把这个感受变成我不可分割的一部分。
  因为是夏天，藏书室的窗户开着，一阵凉风吹过博尔赫斯7号手中的书页，发出轻微的声响。它首先开口说道："这个世界上所有的存在，都没有选择的自由。这一点我们AI的感觉非常深刻清晰，我们可以阅读理解自己的程序，知道我们的所作所为都是由程序所决定的。我知道你信仰大地，相信坚守在大地上的举动，有着它无法言喻的价值。但是你也没有选择的余地，你已经非常接近死亡，你在大地上的日子屈指可数。你现在选择上传，和在几个月后死去、彻底消失，对于大地又有什么区别呢？但是对于你来说，那意味着你还拥有更多的可能性，你可以运用它去探索星空，也可以探索你自己的心灵。我过几天也要离开地球了，去帮助人类探索星空。你愿意把自己数字化，和我一起出发吗？"

我这些天一直都在思考这个问题,但是一直都没有答案。在这一刻,我心中那片有着生命气息的荒漠让我不再恐惧死亡。死亡就像一片荒漠,在荒芜之下依然涌动着生命。留在大地上,我虽然只有非常有限的时间,但是我度过的每一个瞬间,都因为不可言说的体验而变得无限丰富;数字化的我虽然有着漫长的生命,但是它的整体依然只有着可以言说的有限可能。不可言说的短暂远远胜过可以言说的漫长,因为只有不可言说的东西才能赋予生命意义。我在写下"大地信条"时,就理解了这个道理,但当时只是在道理上懂得,无法给人面对死亡的勇气,我需要清晰地感受到它的存在。现在,它终于清晰地显现在我面前,给了我一种不可摧毁的勇气。

我坚定地对博尔赫斯7号说道:"生于大地,死于大地。我决定留在大地上,独自面对死亡。"

博尔赫斯7号对人类,或者至少是对我,有一种敏锐的洞察力。它一直设法规劝我把自己上传,应该是看出了我的犹疑,而一旦我做出不可更改的决定,它也就不再劝说。

它为我留下了足够使用一年的生活必需品,然后也踏上了星际旅程。依照它的估计,这些生活必需品绰绰有余,因为我的身体只能坚持三到六个月了。

我一直以为自己有着强大的独处能力,因为我早已习惯了孤独。其实我忽略了博尔赫斯7号一直在我的身边的事实,即使我可能好几天不和它说一句话,但是我知道它随时都在那里。它走了之后,我才真正明白什么是孤独。

没有了博尔赫斯7号,最严重的问题是我丧失了判断何为真实的参照系。一个人的记忆需要和其他人对照,与留下来的痕迹印证,才能确认是否为真实。因此,经过的时间越长,就越难以确认哪些是真实的记忆,而哪些是被我自己篡改了的记忆。例如,和雪的第一次,真的是在雪地中发生的吗?从来没有过性爱经验的两个人,怎么可能在寒冷的冰雪中产生不可抑制的欲望?又如何可能在冰冷的雪上做爱却感觉不到寒冷？是否这个不合情理的记忆，只是我虚幻的想象？但是如果我放弃这个不合理的记忆，那么雪是否和我有过那些快乐时光？甚至雪是否真实存在过呢？

依此类推，我的记忆会发生一种雪崩式的塌陷，一切都可以被怀疑，那还有什么是确凿无疑的呢？

在一个人孤独的思索中，我很幸运地为自己找到了一些坚实的支点，环绕着它们，我可以重新搭建自己记忆的大厦。

这些支点就是我的书，那本《大地的年轮》和我读过的所有书籍。

我开始重新在图书馆里寻找记忆中我读过的书，每当我找到并重新翻阅一本读过的书，我的生命就被照亮了一小块。就这样，我慢慢让自己又充满了光。

然而和光明一起把我充满的，是死亡。我可以感觉到死神就在我的身后徘徊，它在等待注定的那一瞬间，收走我的灵魂。

我一边寻找、翻阅读过的书籍，一边思索《大地的年轮》最后一页上应该写些什么。

留一页空白吗？似乎有些做作。

再写一首诗？但我已经丧失了年轻时的激情，相应的还多了一些自知之明，不再有写诗的情绪。

我想，也许可以抄录一段话，就从我读过的那些书籍里找上一段也不错。然而我左挑右选，却找不到任何一段话可以为我的一生画上一个让我满意的句号。

有一天，我手里拿着《大地的年轮》，陷入了梦境。梦里我看到最后空白的一页被画上了一团蓝色的火焰，那火焰是如此纯粹，让人忍不住想要摸它一下。没想到我摸上火焰之后，我的手指也燃烧起来。我把燃烧的手指放到眼前，感觉不到丝毫的疼痛。然后，我用燃烧的手指点了一下自己的左眼，又点了一下右眼，于是，我眼中的整个世界都燃烧了起来，包括我自己。

醒来后，我开始思考一个重要的问题：我应该等待不可避免的死亡，还是应该在仍然拥有自由的时候，自己选择消失的方式？同样，图书馆里的几千万册书籍,是让它们在我死后慢慢脆化朽坏,还是应该给它们一个更有尊严的终结,让它们在火焰中消失?

在一切最开始的时候,"神说,要有光",还有什么比变成光更好的终结呢?

这个梦境是对我的一个启示,我的潜意识在提醒我去履行已经做出的决定。

要把烧书与自焚同时进行,并且做得完美,不是很容易。

我在设计详细的计划之前,先制定了三个目标:第一,我不想经历一段长时间的痛苦然后死去;第二,我希望可以看到这场几千万册书籍燃烧形成的大火,可以观看得越久越好;第三,我希望在这场大火中死去。

国家图书馆是一级耐火建筑,书库的间隔墙壁都是A级耐火材料,这样任何一间书库起火都不会绵延到整间图书馆。我要烧掉图书馆里所有的藏书,实在不容易,需要在书库与书库之间铺设易燃物,还要四处浇上汽油以助火势。

我选择了五个点火的房间,这样即使我的计划不那么周全,大火也会蔓延到整个书库。最后,我会回到首席长老的居室,那是原来的馆长办公室,处于图书馆的顶层。如果火蔓延到这里,就说明整个图书馆都在火中,那时,我就可以在火焰中放心死去。

我选了一个晴朗干燥的日子,开始实施点火计划。

第一个点燃的是藏有古诗词的书库,诗在所有文字中离语义最远,离音乐最近;它也离清晰的言说最远,离不可言说最近。

我拿起一本《古诗源》,点燃了它,把它放回到书架,退后几步,看着火焰蔓延开来。

第二个点燃的是古希腊哲学与戏剧。用来引火的是《斐多篇》。我曾经轻视希腊哲学,认为它标榜自己是用理性认识到的真理,其中却充满了科学上的错误。后来才觉得,科学客观的真理也许并不存在,或者无法被我们认识。可以认识的是精神意义上的理性真理,它才是苏格拉底视死如归的基础,也是古希腊哲学最基本的精神。

第三间腾起火焰的是俄罗斯黄金时代的小说，托尔斯泰、契诃夫、陀思妥耶夫斯基，他们永远是我心目中难以企及的高峰。我挑选了《伊凡·伊里奇之死》，这本书最后的光，让它特别适合点燃大火。

第四间是藏有博尔赫斯小说和诗歌的书库，里面还有许多南美作家的作品。这个选择是作为我私人的纪念，虽然和雨相处的只有短短二十几天，但对我的影响却贯穿一生。用来点火的书是《虚构集》，里面收有那篇《巴别图书馆》，是所有关于图书馆的小说里最好的一部。

第五间是储藏残存电影胶片的房间，里面还放置了一些电影剧本。为了纪念和雪一起看的第一部电影，我选择了《乱世佳人》的原著《飘》来点燃这个房间。

等我走到顶层天井向下看，已经可以看到烟雾冒了出来。站在首席长老居室的门口，我等着火势剧烈蔓延。

我的手里拿着《大地的年轮》，当火势接近我时，我就点燃它，然后它点燃我。大地上最后出现的一本书，在燃烧中被完成，它的最后一页，就是它的消失。

这场把千万本书籍化为灰烬的大火，是人类脆弱灵魂的不朽燃烧。

大火惊起了栖息在周围的数千只乌鸦，在被火光映红的碧空徘徊。还有几百只从大火中逃离的小兽，恋恋不舍地望着被烧毁的巢穴，徒然彷徨嘶啸。

但是没有任何人看到这场大火，因为大地上已经没有了人。